闇の中をどこまで高く

セコイア・ナガマツ
金子 浩◎訳

SELECTION
東京創元社

闇の中をどこまで高く

クレイグ・ナガマツ（1958－2021）をしのんで

三万年前からの弔辞

　シベリアでは、地面がゆるんで地下の空洞へ崩落していたり、氷が解けて先史時代のマンモスの死骸が露出したりしていた。直径一キロのバタガイカ・クレーターは、気温上昇のせいで拡大し、雪でおおわれていた湿地帯のジッパーを神が開いたかのように、ケブカサイをはじめとする絶滅動物の姿をあらわにしていた。生物学者兼ヘリコプターパイロットのマクシムが、地面に生じている赤褐色の裂け目を指で示した。わたしの娘はそこに転落し、直後に三万年前の少女の死体を発見したのだ。ヘリコプターは研究基地の上を旋回した。森林限界のすぐ下に、接続しあっている赤いジオデシックドーム群が見えたと思ったら、すぐに開けたところに着陸した。わたしはマクシムに手を貸してもらってヘリコプターを降りた。そしてマクシムはヘリコプターの後部からわたしの荷物と郵便物をおろしてくれた。

「クララはみんなに好かれてました」とマクシムが言った。「だけど、だれもクララのことを話さなくても変に思わないでください。思ってることを口に出さないタイプがほとんどなんですよ」

「ここへは仕事をしに来たんだ」とわたしは応じた。

「ええ、そうですね」とマクシム。「もちろん、ほかにも問題があって……」わたしは、半分聞き流しながらあたりを見まわし、足元の化石のごとく、時にとらわれているかのような空気を吸った。マクシムによれば、わたしたちがヘリコプターに乗っていたあいだに隔離が実施されたのだそうだ。わたしがクララの仕事にけりをつけに、それもこんなに早くやってくるとはだれも思っていなかった。

基地の中央ドームのなかは、見た目も匂いも学生寮の談話室にそっくりだった。大画面テレビとくたびれたリクライニングチェアがあって、箱入りのマカロニ・アンド・チーズがストックされている。壁には地形図と――『スター・ウォーズ』や『プリティ・ウーマン』や『ラン・ローラ・ラン』やらの――映画ポスターがべたべたと貼ってある。寝棚またはラボから、蛇腹《じゃばら》式の通路を通ってだらしない姿の連中が出てきた。紫のウィンドブレーカーにランニングタイツという格好の女性が駆けよってきた。

「ユリアです。世界の果てへようこそ」そう言うと、その女性は、ハチの巣状に寝棚が設置されている中央ドームから放射状にのびている八本の通路の一本へ消えていった。各自のワークステーションからあらわれた隊員たちがゆっくりとわたしを囲んだので、十数人の研究者が漂わせているかび臭さに包まれた。

「みんな、こちらは本日の主賓、カリフォルニア大学ロサンゼルス校《UCLA》のクリフ・ミヤシロ博士――専門は考古学と進化遺伝学だ」とマクシムが紹介した。「クララの発見の調査を手伝ってくださる。われわれ実験用ラットは、現場を離れることを禁じられたせいでますますおかしくなるだろうが、感じよくふるまってくれ」

解けつつある永久凍土に閉じこめられていたウイルスと細菌をよみがえらせることにチームが成功したので、念のため隔離されることになっただけなんです、とマクシムは請けあった。政府の役人どもは映画の見過ぎなんですよ、と。標準プロトコルなんです、と。基地のだれも体調不良になっていたり気にしたりはしていないようだった。

そのあと、クララがここでどう過ごしていたかを、頼んでもいないのに教えてもらった――クララはどこでコーヒーを飲み、オーロラを見上げていたか。どんなルートをたどって植物学者のユリアとジョギングしていたか。ハス形の卓上アロマファウンテンを使って、疫学者のデイヴと、どんなふうに朝の日課のヨガをしていたか。どのロッカーに防寒具をしまっていたか。わたしとクララはサイズがほぼおなじなので、その防寒具はわたしが使うことになった。そしてだれかの誕生日には、隊員何人かと、もよりの都会、ヤクーツクへと遠征し、カラオケを楽しんで、周囲の建物がいにしえの泥のなかにじわじわと沈みつつあることをつかのま忘れたのだそうだ。

「例の少女のところに案内してくれないかな」とわたしは頼んだ。隊員たちがいきなり静かになった。キッチンにいる研究者が、明らかにわたしを歓迎するために運んでこようとしていたプラスチックコップとウイスキーのボトルを片づけた。大多数がフランネルかフリースを着ている、身なりにかまわない科学者たちを見ていると、ひと月前にクララの葬儀をおこなったときとおなじ気持ちになった。教会には、ほとんどが一度もわたしたちと会ったことがない、クララの友人と同僚が詰めかけた。参列者は列をつくってわたしと妻のミキと握手をし、お悔やみを述べた――青く染めた髪を逆立てている男は、自分がクララの背中に三つの赤色矮星《わいせい》をめぐっている紫の惑星の刺青《いれずみ》を入れたのだと言い、彼女を〝ぶっ飛んでるヤツ〟だったと語った。近所に住んでいた老夫婦は、クララがよくふたごの娘のベビーシッターをして、算数に自信をつけさせてくれたという思い出話をした。国際地球サバイバル基金でクララのプロジェクトのスーパーバイザーをつとめているという禿《は》げ頭の紳士は、わたしに名刺を渡し、娘がシベリアでしていた仕事を引き継がないかと誘った。参列者が去ったあと、わたしはミキを抱きしめながら、わたしが用意したスライドショーをあらためて見た。養育施設内で撮った三歳のクララの写真で停止した。わたしたちの養子になったとき、クララは紫水晶のペンダントを持っていた。わたしもミキも、クララがその紫水晶を見つめるたびに、娘の瞳で小さな星々が輝くと断言した。

葬儀場の外では、孫娘のユミが、通りを直撃している熱波をものともせずにいとこと遊んでいた。東のマリン岬から、じりじりと近所に迫っている山火事の焦げ臭さがあたりに漂っていた。「あの子は、一度もわたしたちを必要としなかったのかもしれないわね」とミキが、かろうじて聞きとれた小声で言った。「だけどユミはわたしたちを必要としてる」わたしはポケットのなかで名刺を強くつかんだ。

　研究基地では、マクシムが、いかにも気まずそうだった隊員たちのもとからわたしを連れだして、クララが死ぬ直前に見つけたミイラ化死体のところへ案内してくれた。

「アニーはクリーンラボに保管してあるんです」とマクシムが説明した。

「アニー？」とわたしはたずねた。

「ユリアはユーリズミックスが好きなんですよ——彼女の両親は、いまだに八〇年代に生きてるんです。彼女が、ユーリズミックスのアニー・レノックスにちなんで命名したんです」

　クリーンラボというのは、天井から床まで、合成樹脂のシートをダクトテープでとめて区切ってある、骨ラボの一画のことだった。マクシムはわたしに、ニトリル手袋と防護マスクが入っている箱を渡して、「すべてにおいて資金が不足してるんですが、われわれがよみがえらせてしまいかねない病原体には用心してるんです」と言った。

　そして、「実際には、ほとんど危険はないんですけどね」と付け加えた。

「なるほど」わたしはマクシムの向こう見ずな物言いにいささかぎょっとした。

「およそ千キロ東にある更新世《こうしんせい》パークでは、同僚たちが、この地にバイソンと土着の植物を再導入する計画を進めてます。草木を増やして、大型動物が草原《ステップ》を歩きまわって表土を踏み固めるようにすると、地中の氷が解けにくくなるんです——過去を過去に閉じこめておく役に立つんですよ」

　わたしは手袋を二重に装着し、マスクをつけると、合成樹脂のシートの切れ目を通ってなかに入った。

　アニーは金属製の台の上で、胎児の姿勢で横向きになっていた。

予備的検視メモ：思春期前のホモ・サピエンス・サピエンスだが、ネアンデルタール人の特徴を備えている可能性がある――眉弓《びきゆう》がやや隆起している。推定年齢は七、八歳。身長百二十一センチ、体重六キロ（生存中の体重は二十二キロと推定される）。両こめかみに赤褐色の髪が残っている。左前腕部に刺青――三つの黒い点のまわりを、やはり点がめぐっているように見える。縫製《ほうせい》した服を着ている――数種の毛皮が使用されているようだ。この地域に自生していない貝の殻が編みこまれている――さらなる検討が必要。

目の周囲の組織にしわが寄っていた。太陽を見つめているかのようだ。口のまわりの皮膚は後退し、苦痛に満ちた悲鳴をあらわにしかけている。大きな獲物を追って荒野を移動中に、巨大なホラアナライオンと狼に跡をつけられている、幼かったころのクララを、それともほぼ同年代のユミを、思わず想像してしまった。わたしは少女の握りしめている両手をさすった。

「世紀のミステリーですよ」わたしの背後に歩みよってきたマクシムが言った。「ここでの研究のための資金は、ほとんど、パートナーシップを締結してる国際地球サバイバル基金が出してくれてるんです。ぼくたちは土壌やアイスコアや、ときどき見つかる古代の動物の死骸を一生懸命調べてますが、みんな、あの洞窟で見つかった、アニーをはじめとする死体に気をとられてないと言ったら嘘になりますね。それに、もちろん、デイヴがそれらの死体の予備標本から発見した正体不明のウイルスもありますし」

「ほかにも分析は、標本の検査はしたのかい？　たとえば貝殻は……？」

「地中海に自生する小型の海貝でした。トリビア・モナカです。ええと、六万年前には、ネアンデルタール人と初期人類がシベリアのアルタイ山脈にいた証拠はありますが、これほど北ではは[じ]めての発見です。貝殻は、きわめて異例なほどの複雑さで生地に編みこまれてます。正直なところ、この針さばきを見たら、祖母は恥じ入るでしょうね」

「アニーだけがこんな服を着ているのは不思議だな。洞窟で見つかったほかの死体には、単純な毛皮のマントを着ていた形跡しかないのに。きみたちが送ってくれたこの基地の報告書に目を通したんだが、わかったこと以上に疑問が増えたよ」

「ぼくたちは、だれかが研究を引き受けて、アニーの物語を解明してくれるのを待ってたんです。わたしは動物を調べに来たのよ、とクララは言ってました。彼女は、氷河時代の生物群系《バイオーム》を理解して再現できるようにしたがってました。だけど、いつも、彼女はほかのなにかを探してるように見えてましたね。ほかのだれよりも長く発掘現場に居残ってました。それに、地中に隠れてるものを調べるのが仕事だったのに、しょっちゅう空を見上げてました。間違いなく、アニーも自分の研究対象だとみなしたでしょうね。彼女はよく、未知の過去がわたしたちを救ってくれると言ってました。彼女は科学者でしたが、詩人か哲学者みたいに夢を見てたんです」

「母親が画家だから、似たんだろうね」幼いころ、クララは午後じゅうずっと、ツリーハウスをつくっていた――教師たちはクララを天才と呼び、わたしたちはできるだけ娘をはげました。クララはクレヨンで星雲についてのレポートを書いた。自分が見つけた星座のリストをつくり、自分が考えた神話を書き記した。プレアデスのいとこたちや、大きすぎも小さすぎもしない、ちょうどいい大きさのひしゃくの物語を。

「わかるような気がします。ここでは、たいてい、相手の人柄が簡単にわかるんですが、クララは心のうちを明かそうとしませんでした。あなたの連絡先を突きとめるために、彼女の持ち物をかなり調べなきゃならなかったんです」

「娘は仕事ひと筋だったからね」わたしたちはアニーを見おろした。少女の絶叫が静かなラボに響きわたっているように思えた。

マクシムはうなずいて、長旅だったんだからもう休んだほうがいいですよ、とわたしに言った。箱に入れてあるクララの私物は、彼女の就寝ポッドでわたしを待っているそうだった。

シベリアに向けて旅立つとき、まもなく十歳になる孫娘のユミは、空港で泣きじゃくっているのに、自分はだいじょうぶだと言い張った。ミキはあらためて、ほんとうにこれでいいのかと確認した。せめて、何カ月か待てば、真冬に行かなくてすむのに、と。だがわたしは、いま行かなければ、ぐずぐずと先のばしするはめになるし、娘の霊はあの僻遠《へきえん》の地から消えてしまうとわかっていた。

わたしは、クララが晩年に身をひそめることを選んだ地を、どうしても脳裏に描けなかった。ママはどこにいるのとユミにたずねられたとき、ミキとわたしは地図を指さし、バタガイカ・クレーターと北シベリアのグーグル画像検索の結果を見せた。妻は、ユミと一緒に、張り子でこの地方のジオラマをつくり、小さなおもちゃのバイソンと恐竜を置いて、3Dプリンターでつくったわたしたち家族の人形を、時代がばらばらな探検に参加させた。

「ママはおまえを愛してるよ」とわたしはユミに保証した。「だけど大事なお仕事をしてるんだ」そして、わたしはその言葉をなかば信じていたが、最後に顔をあわせたときには、おまえは家に戻るべきだ、こんな状態はユミにもわたしたちにもフェアじゃないという最後通牒《つうちょう》をクララに突きつけもした。クララは絵はがきを送ってきたし、ときどき、ユミとビデオ通話をしていたが、わたしは娘と、一年以上直接話していなかった。

この研究基地が国際地球サバイバル基金の事業だと知るまで、わたしはクララが、天の川の星明かりに心を癒《い》やされながら、ドームテントで動物の毛皮にくるまって寝ているのだと思っていた。だがクララの就寝ポッドは、ドームの一基の側面に設置されている、三×十メートルのユニットだった。蓄熱フリースが内張りしてあり、LEDライトと本棚と折りたたみ式作業台、それに収納ネットが備えられている。ネットからダッフルバッグを出してあけると、私物――服、洗面用具、惨事ノート、日記、古いiPod《アイポッド》、旅先で手に入れたいくつかの工芸品――が入っていたが、わたしがいちばん期待したもの、クララの水晶のネックレスは見つからなかった。わたしはハイキングブーツを脱いで寝棚に乗り、マットレスの下や換気口の格子のなかなど、クララがペンダントを隠しておきそうな場所を探したが、徒労に終わった。長旅で足が痛かったし、寝棚はチーズのような臭いを発していて、それが基地のいたるところにたちこめているタバコと汗の臭気と混じっていた。アメリカを発《た》って以来、はじめて横になってクララのiPodをいじっていると、グスターヴ・ホルストの組曲『惑星』が見つかった。楽章〈木星〉の昂揚《こうよう》感に満ちたホルンが、クララがまだ星に夢中だった幸せな時代の記憶を呼び起こしてくれた。たとえばクララが三年生のころ、太陽系図の縮尺は正確でなければならないとこだわったり、サイエンスキャンプで、大昔のアフリカの空では見えていた、消えたプレアデス姉妹の星たちについての物語を創作して騒動を起こしたりしたときのことを思いだした。この荒涼たるツンドラの夜空で踊る星々を見上げながら、クララはなにを考えたのだろう？　わたしはクララの日記を手にとって、娘の声をふたたび聞こうとページをめくりはじめた。

三日目：驚いたことに、クレーター内のところどころにもう植物が生えている。ぬかるみからマンモスの牙が突きだし、新たな草木が芽吹いている。しょっちゅう崖が崩れ、氷が解けるので、あちこちに一時的な小川ができ、あたり一帯が洗濯機と化して、現代と古代がごちゃ混ぜになっている。隊員は全員、なにがかかっているかを承知している。寝ているあいだも足元で徐々に不安定化し、人々が求めても欲してもいなかった秘密を開陳している地球を無視するのは難しい。初日の夜、外で立って耳をすましました。すると、気のせいかもしれないが、土がかきまわされ、無数の死んだ昆虫や初期人類や狼が踊る音がはっきり聞こえた。

二十七日目：野生では、ほとんどの親は、子を守るために命がけで戦う。心のどこかでは、両親もそれを理解しているはずだ。両親に返信しないのは、言いたいことはもうすべて言ったからだ。ユミは、寝ているあいだに地球の歌を聴いているはずだ。ユミは、わたしがなぜ、そばにいて遊んだりサッカーをしたりできないかをわかっていると信じなければならない。ユミはだいじょうぶ。この基地の同僚たちにも子供がいる。子供たちは理解してくれないとか、思っていたとおりには育ってくれない、と同僚たちはこぼしている。でも、わたしたちがここにいるのは、子供たちとその子供たちとその孫たちが呼吸できて想像力を働かせられて——それゆえあまたの生物種の弔辞を述べる必要がないようにするためだ。お誕生日おめでとう、ユミ。これを読んでもらえたら、わたしがあなたのことをずっと考えていることがわかるのに。


　ノートをかたわらに置いてｉＰｏｄをダッフルバッグに戻したとき、隅になにかが突っこんであることに気づいた。フリースの靴下にくるんである、くたびれた写真と小さな像だ。写真は、三年前、わたしたちがアラスカ南部でクララと会ったときに撮影したものだった。ユミは七歳になったばかりで、わたしは、少しずつ海に流されつつある四百年前のユピック族の村を発掘していた。

　背景に、ずんぐりした茶色の発掘現場トレーラーが写っている。そのなかで座って、コーヒーを飲みながら午前の書類仕事を片づけつつ、院生たちの監督をしたものだ。この写真を撮った日、ミキとわたしは、クララがユミに大きすぎる胴長《ウエーダー》を着せているところを見守っていた。三カ月か四カ月に一度、長くて一週間か二週間、ユミと会うとき、クララは悪びれた様子をまったく見せなかった。「クララは一週間しかいないんだから」とミキはその日の朝、わたしに釘を刺した。わたしがクララにお説教をするつもりであるかのように。「揉《も》めごとは起こさないでよ」

　わたしは発掘現場事務所を出て、助手たちがモッシュピットと呼んでいる場所の端へ歩いていき、ぬかるみのなかでなにか見つからないかと探している娘と孫娘を眺めた。クララはユミにアザラシ猟の話をしていた。

「あんなふうに膝までの深さの泥のなかで親子で過ごしてるクララとユミを描こうかしら」と背後から妻が言った。「次の個展用に。その絵を見たら、クララも娘と一緒にいる必要があることを思いだしてくれるかもしれない」

「いいんじゃないかな」とわたし。

「見て、おじいちゃん。こんなに泥だらけ！」とユミが叫んだ。

そのあと、ミキは体を洗わせるためにユミをモーテルへ連れていったが、わたしはクララに、話がしたいから残ってくれと頼んだ。

「ここの発掘がすんだら、わたしたちと一緒にうちへ来るつもりだとママから聞いたよ」

「長くて一週間ね。シベリアに行くことは話したわよね」

「ユミがおまえを恋しがってることはわかってるはずだよな」

クララはモッシュピットの端に並べてある折りたたみテーブルの一台のそばに立っていた。テーブルには発掘した遺物が雑然と置かれていた。クララは、わたしたちがこの現場で発見した、清涼飲料水の缶ほどの大きさの木彫り人形を見つめた。

「これはユミのためなのよ」

「ああ、それはわかる」わたしはかねがね、娘が世界を気にかけていることを誇りに思っていた。クララは学校から帰ってくると、ニュースを見、インターネットで検索して、災害や戦争や憎しみや不公正を、すべて色分けしてノートに書き記した。どうしてそんなことをしているのか、理由をたずねたことがあった。クララによれば、ほかのみんなが気づいたり気にしたりしていないせいでおなじ過ちがくりかえされ、近隣の憎しみや不公正な状態が血中の毒のようにめぐりめぐって、またひとつ棚氷を崩壊させたり、また動物を一種、絶滅させたりしているさまをすべてを記録しているそうだった。ぜんぶつながってるの、とクララは答えた。だからわたしは、おまえはひとりなんだし、一回の人生しか送れないんだぞ、とたしなめた。

「わたしにうちへ戻ってほしいって思ってるんでしょ？　そして、なんならパパの大学で教えてほしいって。毎日、ユミのお迎えをして、なにもかもがうまくいくみたいなふりをしてほしいって」

クララは木彫り人形を手にとって、その簡素に彫られた笑みをためつすがめつした。「これで遊んだ子はつらい人生を送ったはずよね。たぶん、すごく短い人生を」

「ユミに、母親がいる子供時代を送らせてやりたいだけなんだ」

「パパとママに、親は子供といるべきだなんて言う資格はないわ」

「いつもそばにいなかったわけじゃないじゃないか」クララにそう責められるたび、わたしは自分がダンゴムシのように丸まるのを感じたものだ。クララは、自分で稼げるようになると、すぐに地の果てへと逃げだし、絵はがきと写真だけでわたしたちに消息を伝えるようになった。クララはメッセンジャーバッグを手にとると、向きを変え、木彫り人形を持ったまま、わたしを残して海のほうへ歩きだした。わたしが追いついたとき、クララは新しいノートをとりだしていた。

「新しい海面上昇の予測はもう見た？」とクララは言って、ユミが生きているうちに水没すると予想されている都市の名前を列挙しはじめた――フロリダ南部の都市のほとんど、日本の主要都市の大部分。ニューヨーク市はヴェニスのようになる。「アパラチアの山火事のニュースは見た？　サマーキャンプが開かれてる湖で脳を食うアメーバが爆発的に増加してるっていうニュースは？」

「どの世代にも大変なことはある」わたしは、クララが開いているノートの、惨事がびっしりと記されたページを見た。「それでも、わたしたちは自分の人生を生きなきゃならないんだ」

「気候変動がなかったら、パパはここで調査ができてないのよ」

「わかってる」

「ユミに、明日の朝、朝ごはんを食べに連れていくと伝えておいて。パパが話したければ、そのあと、また話しましょう」クララは向きを変え、調査テントまで歩いていくと、助手のひとりを呼びとめ、町まで車で送ってほしいと頼んだ。そして車が来るのを待つあいだに、発掘現場に戻ってモッシュピットのなかで泥に足をとられているわたしを見つけた。

「ところで、わたしが娘と一緒にいたがってないとは思わないでよね」とクララ。「そう思ってるんだとしたら大間違いよ」

だが、翌日、ミキとわたしがクララとユミが朝食をとっているところに合流すると、ユミは泣いていた。クララは予定を変更していた。シベリアの現場への移動が大変だからというのが理由だった。クララにはどうしようもないそうだった。クララはバナナスプリットを前にすすり泣いているユミを、続いて母親をハグした。ミキはクララに、体に気をつけてねと声をかけた。だが、わたしは押し黙っていた。コーヒーを飲み、チョコチップパンケーキを注文した。

「クリフったら」とミキがたしなめた。

わたしが道路脇のダイナーのブラインド越しに外をのぞくと、クララはレンタカーに乗りこんだ。だが、エンジンをかけなかった。いつまでたっても運転席に腰かけたままだったので、わたしはとうとう、立ちあがってテーブルを離れ、外へ出た。そしてクララの車のウィンドウをノックした。

「愛してるぞ」わたしはドアをわずかにあけてそう言った。「元気でな」

「こうするしかなくて残念だわ」とクララは応じた。


クララの就寝ポッドに戻ると、わたしはその写真を財布にしまって、靴下にくるまれていた五センチほどの土偶《どぐう》を拾いあげた。ずんぐりと丸っこい像は、円形の目が頭部のほとんどを占めている。たしか、日本古代史の展示がある博物館で、中学の卒業祝いとして買ってやったレプリカだ。持ち歩いていた縄文人の魔除《まよ》けだろうと説明して、邪気や災いや病気を吸いとってくれるとみなされていればお守りになるぞ、とわたしはクララに言った。わたしはそのくぼみと輪郭を指でなぞって、娘の最後のかけらを――仕事の失敗やユミとの距離や今際《いまわ》のきわの息を感じとろうとした。

ドームの反対側から、だれかが走ってくる音がした。足音がアルミの通路に反響した。わたしが土偶をズボンのポケットに入れた直後にユリアが入ってきて、手首につけているヘルストラッカーをちらりと見た。

「ふう。モスクワマラソンも行けそうね。ええと、お腹がすいてるか、それとも休みたいかを聞きに来たの」ユリアは息を弾ませながらそうたずねた。トレーニングウェアから、基地の非公式な制服、つまり色あせたジーンズとフーディーに着替えている。「ただ、フィッシュタコスができてるし、みんなで『プリンセス・ブライド・ストーリー』を見ることになってる」

「じゃあ、きみがこの死体をアニーと命名したのか」とわたし。「ユーリズミックス・ファンなんだそうだね」

「マクシムはビートルズの曲にちなんだ名前をつけようとしたのよ」とユリア。「エチオピアで発見されたルーシーが〈ルーシー・イン・ザ・スカイ・ウィズ・ダイアモンズ〉にちなんでるみたいに。この子はジュードかペニーになってたかもしれないのよ。だけど、命名権を賭けたチェスでわたしが勝ったの」

わたしはユリアについてメインエリアへ行き、何カ所もダクトテープで穴をふさいであるリクライニングチェアに腰をおちつけた。マスを焼いている匂いが漂っていたので、十時間近く前に最初の乗り継ぎをしたウラジオストクで食べてから、まともな食事をとっていないことを思いだした。四人の研究者がソファにぎゅう詰めになって座っていた。道具箱を椅子がわりにしている者もいた。全員がきちんと自己紹介をすると、道具箱に座っている男、デイヴが、わたしにウォッカを差しだし、新米はこれを飲まなければならないことになっていると言った。のんびりした話しかただしオクシデンタル大学のシャツを着ているので、おなじカリフォルニア出身のようだった。

「サンタクルーズですよ」とデイヴは言った。デイヴがわたしのグラスに傾けたボトルはマンモスの牙のような形をしていた。研究者のひとりが、それは、この地最古の蒸留所が地元の水と小麦と松の実からつくった正真正銘シベリア産ウォッカだと説明した。「すぐにあなたも自分の分を買うことになりますよ」とデイヴは続けた。「こいつは体を温めてくれるし、好奇心がすり減らないようにしてくれる。ここではなにかあってもだれにも頼れないことを忘れさせてくれるんです」何口か飲んだだけで、わたしの顔は赤くなりだした。

　わたしは合皮の肘かけ椅子にガーゴイルの姿勢で座って、ショットグラスを手に、内気な小学生のように部屋を見まわしながら、どうやってここになじめばいいんだろうと考えた。数人の研究者が通路に集まって踊っていた。大多数は破れた家具に身を寄せあって座って、映画にツッコミを入れたり、ライブRPGは好きかなどとわたしに質問したりしていた。しまいにわたしはマクシムに、カラスクという、イケアの家具のような響きの名前のはぐれエルフを、ダンジョンズ&ドラゴンズでのわたしのキャラクターとしてつくることを許した。デイヴがマクシムからキャラクターシートをひったくった。

「このオタクは、もう一年以上、ゲームをはじめる準備をしてるんですよ」とデイヴ。

「完璧なキャンペーンをこしらえてるのさ」とマクシム。

「そんなごみより、もっといい新歓ゲームがあるぞ」と技師のひとりが言った。名前はアレクセイだった。アレクセイは、南極のベリングスハウゼン基地で何度も越冬していた。「新人が自分の殻に閉じこもらないようにすることが肝心なんだ」

「アレクセイのおとうさんは二〇一八年にベリングスハウゼンで越冬したんだけど、そのとき、南極ではじめて殺人未遂事件が発生したのよ」とユリアが説明した。「だから、アレクセイは閉所性ストレスにちょっと敏感なの。アレクセイはわたしたちの非公式カウンセラーなのよ。様子がおかしかったり、孤立してたり、仕事にのめりこみすぎてる隊員がいると思ったら、アレクセイは薬を出すの」

「薬？」

「ベアクローさ！」とアレクセイが叫んだ。

「参加は任意よ」ユリアがそう言いながらわたしの隣に座った。ユリアによれば、ビールがなみなみとつがれたグラスをまわし、ひとりが飲むごとにウォッカを注ぎ足してまたいっぱいにする、というのがベアクローのルールだった。

　部屋にいる全員がわたしの名前を唱和しだした——クリフ、クリフ、クリフ、クリフ。この若者たちは、わたしには、たとえつかのまでも、ここにはまだクララの気配が残っていることを忘れる必要があるのを理解していた。グラスが何周もしているうちに、足の下で基地が回転しはじめた。ユリアがついにわたしの肩を叩いてだいじょうぶかとたずねたときには、テレビの前の笑い声と会話がはるか彼方《かなた》に聞こえていた。映画のエンドクレジットが流れていたし、酔いつぶれたアレクセイの前にウォッカが半分入っているグラスが置かれていた。静かになった室内に、風音と、雹《ひょう》が基地にあたる音が響いた。ソーラーパネルを保護するために、マクシムがあわてて外へ出ていった。ほかの何人かも自分たちのポッドかラボへと消えていった。ユリアは残った。ユリアは、何歳か若いかもしれないが、おそらくクララと同年代の三十代はじめだった。モスクワ大学で学んでケンブリッジ大学で特別研究員として勤めながら、自生植物、とりわけ重要な二酸化炭素吸収源としての矮性低木の研究を続けた。

「クララはいつもそれを持ち歩いてたわ」とユリアが言った。「クララの遺体をひきとったとき、コートのポケットにそれが入ってたの」

　わたしは視線を下げ、映画のあいだじゅう、自分がずっと、土偶をいじっていたことに気づいた。

「お守りみたいなものだったのね」

「わたしが、魔除けになると教えたんだよ。まだ持ってるとは思ってなかった。もちろん、なんらかの不運や災いを吸いとってくれたら、像を壊すことになっているという説もあるんだけどね。クララは水晶のペンダントもいつも身につけてた——親指の爪くらいの大きさの、カットしてないダイヤモンドみたいなやつだよ。ちょっと紫がかってる。それをシルバーの網目チェーンにつけてた。ボックスのなかにはそれがなかったんだ」

「遺体をひきとったとき、クララはそれを身につけてなかったの。なくなったか、病院に運ばれたときは、だれかが盗んだんじゃないかしら。わたしも、クララにとって大切なものだったことは知ってるわ」

ユリアが話しているあいだ、わたしはさらに力をこめて土偶を握りながら、彼女の背後の壁に掲示してあるクレーターのマップをぼんやりと眺めた。ユリアは立ちあがると、わたしに手を貸して立つのを手伝ってくれた。わたしはウォッカの酔いでふらつきながら、オレンジ色のピンを指さした。かつてはいにしえの空気を封じこめていたが、いまは外気にさらされている洞窟の位置を示しているピンだった。

「クララは、そこから遠くない、洞窟の天井部が崩落したところに落下したの」ユリアはそう言って首を振った。「最初は、なにを言ってるのかわからなかった――クララは、アニーとほかの死体を見たことを話しつづけたの。失血で錯乱してたのかもしれない。頭を打ったのかもしれない。だけど、クララはその発見のことで頭がいっぱいみたいだった。大勢いるのってクララは言った。彼女の顔が見えるって。何度もくりかえすから、覚えちゃったのよ。彼女の顔が見えるって。いろいろなことを言ってた――メモしておかなきゃとか、わたしのせいになるかもしれないとか。なにを言ってたのか、見当がつく?」

「いや」とわたしはいって、結局、世界を救えなくなった自分を責めていたのだろうかと考えた。

「クララが見つかったところを見てみたいな」

「天気が崩れなかったら、何人かで明日の午後に行く予定になってるの。表土がまた凍りつく前に、できるだけ調査を進めておきたいから。みんな、標本を採取して、この冬のあいだにデータを処理しておきたいのよ。もっともマクシムは、今年もシベリアは熱波に襲われると予想してるみたい――わたしたちにとっては好都合だけど、この惑星にとっては悪いニュースよね」

翌日、前夜の歓迎会のせいで、かなりの時間、便座にかがみこんだあと、わたしはクララのウェーダーを着て、予報によれば摂氏《せっし》五度というさわやかさの、シベリアの十月にしては快適な日にあわせて厚着をした。基地からクレーターの端まで、三十分ほど、カラマツがほとんどの松林のなかを蛇行しながら歩いた。高さはそれほどではなくて枝が上向きになっているカラマツは、つねに震えているように見えた。わたしは、ユリアとデイヴとともに研究者の長い列のしんがりにつき、機材のうしろをゆっくりと歩いた。

「カラマツの根が、地面の氷を解けにくくしてるんですよ」とデイヴが説明した。通りすがりにカラマツの幹をぽんと叩いた。「こいつらは、この前の氷河期に生息してた樹木の子孫なんです」

「へえ」とわたし。

「デイヴは、なにかというと豆知識をひけらかすの」とユリア。

「おいおい、きみがフィットネスのためだけに走ってるようなことは言わないでくれよ。きみも、ほかのみんなとおなじでこの土地を崇拝してるくせに」とデイヴ。

「してるわよ」とユリア。「ただ、わたしは口にチャックをしておくことを知ってるの」

「ところで、豆知識ついでに聞くけど、バタガイカが地獄の入口と呼ばれてることは知ってるかい？　地元民がここの木を切りすぎたことがきっかけだったんじゃないかな。実際、ここの地面を凍らせてるのは植物なんだ。だからここの地下世界は毎年拡大しつづけてるのさ」

　クレーターのへりに近づくと、わたしは足元の地面がいまにも崩れそうな気がしてきた。実際、洪水と永久凍土の融解のせいで、地面がゆっくりと剝《は》がれ落ち、沈んでいた。端のそばまで行くと、年じゅうどんよりしているシベリアの空のもと、陰気なグランドキャニオンが広がっているのが見えた。研究者たちは進入路を築いていた。土壌を削ってつくったジグザグの傾斜路がカラフルな時間のパレットをあらわにしている――クレヨンの茶色と焦げ茶色だ。デイヴ率いるチームが分かれて、彼らが〝溝〟と呼んでいる小川で標本を採取しているエリアに向かいはじめた。だが、クレーターの奥には新しい洞窟、前年の融解であらわれた太古の洞穴がある。ユリアはわたしをほかの隊員たちとは別の方向に案内し、ミニクーパーほどの大きさの穴を指さした。

「クララが転落するまで、ここに穴があることはわかってなかったの。氷と土の薄い層でおおわれてたんでしょうね。その後、出入りしやすいように穴を広げて、天井が崩落しないように、内部に足場を組んで補強してある。だけどもちろん、ここではなにもかもが解けてるの」

ユリアは、洞窟の泥でおおわれたふちにたてかけてある金属のはしごを、虚空のなかへとゆっくりとおりていった。闇のなかでヘッドライトが揺れた。ユリアに続いてはしごをおりていった。一段、また一段とおりはじめたわたしの頭に、氷が解けた水がしたたった。腐った卵の臭い、新たに放出されたガスと微生物と古代の糞《ふん》がたっぷり含まれている土の臭いに圧倒されて、わたしはコートの袖を鼻にあてた。

「どうぞ」ユリアがそう言いながらバンダナを渡してくれたので、鼻をおおうように巻いてから、腰をかがめて岩に触れた。「穴を広げる前の臭いは、いまより十倍、ひどかったのよ。だけど、臭いには科学的な意味がある。この臭いのほとんどを生みだしてるのは、永久凍土に適応してる細菌なの。自前で一種の不凍液をつくりだしてる細菌までいるのよ」

ユリアは洞窟の壁に張りめぐらしてある一連のランタンを点灯した——そこは隠れがであり、家であり、墓だった。床と天井に波形《はけい》のように並んでいる石筍《せきじゅん》と鍾乳《しょうにゅう》石《せき》を除けば、内部はおおむねなめらかだ。かつて、ここの壁は空に向かって開かれていた。わたしは、焚《た》き火で焼いた殺したての獲物の肉を家族と食べながら入口で座っているアニーを想像した。たぶん、彼らは黙っているだろう。いや、物語を語っているかもしれない。アニーとほかの家族は歌ったのだろうか？　葬送の歌がここの壁に反響したのだろうか？

「ここでクララを見つけたの」ユリアがそう言いながら、血で汚れているように見える岩盤の一角を指さした。「わたしたちがそばまで行ったときには、もう手遅れだった」

わたしはしゃがんで、岩の黒ずんでいる細かい筋を指でなぞった。

クララは家族についてなにか言っていなかったかとたずねたかったが、おそらく、血を流しながら終焉《しゅうえん》の地を観察し、遠のく意識で更新世の空気を吸っていたのだろうという予想がついた。その空間のほとんどを環状列石の名残《なごり》が占めていて、真ん中に立っているドアサイズの巨石には、アニーの体の刺青とおなじ模様がくりかえし刻まれていた。死体のほとんどが発見されたその立石の周囲の床面は、符号か言語に見えるがそんなはずはない点と渦巻きのパターンで埋めつくされていた。

「まるで」とわたしは彫りこみのきれいなエッジを指でなぞりながら言った。「レーザーで彫ったみたいだ。鑿跡《のみあと》がぜんぜんない。信じられないほど正確な線もある」

「くさび形文字との類縁がありそうだけど、さだかじゃない。壁の写真をオックスフォードの考古言語学教授に送ったの。教授によれば、時代を考えたらありえない模様なんですって。わたしたちのまわりの彫られてるものの大半は高等数学と関係してるらしいっていうのが教授の解析結果だったの」

「じつは、クララは小さいころから古代の異星人のドキュメンタリーが大好きだったんだ——人類は何者にピラミッド建設を手伝ってもらったのかとか、アトランティス伝説は異星人が起源になってるとかっていう話だよ。わたしはクララに、どれもほかの説明ができると言って聞かせてた」わたしはクララを、通信販売の博士号の持ち主がでっちあげた陰謀論を真に受けているといって叱った。だが、いくらクララが信じていることに疑問を突きつけても、娘は無言で、自分だけが知る秘密を隠してあるかのようにペンダントをなでつづけるだけだった。ファンタジーとSFの専門誌や、UFOに夢中になった時期や、サクラメントで開かれていたビッグフット大会にわたしをひっぱっていった熱意のおかげで、クララはわたしよりもすぐれた科学者になったんじゃないだろうか——クララには、土のなかに、ほかのだれにも見えないものが見えるんじゃないかと思うこともあった。

地上に上がってクレーターの主要部に戻ると、わたしは、泥にブーツを沈ませながらデイヴと彼の調査チームのもとまで歩いていった。デイヴは、小川にしゃがみこんで、水と沈殿物《ちんでんぶつ》をビニール袋に採取していた。デイヴもほかの隊員も、顔に泥が盛大にはねていて、ぬかるみに飛びこんで泳いだかのようなありさまだ。

「まるでスナップショットなんです」デイヴが顔を上げてそう言った。「どれもこれもが。こんなところでこれだけ生きのびてるんだから、驚きですよね」

「具体的には、なにを探してるんだね？」とわたしはたずねた。

「攻撃は最大の防御なり、ですよ」とデイヴ。「この地に存在しているものは、最終的には、街へ、海へ、ぼくたちが食べるものにまで到達します。ぼくたちは、ほぼ無傷な細菌を発見してます。アニーとそのほかの死体から、見たこともなかった巨大ウイルスが、信じられないほどいい保存状態で見つかってるんです。これまでのところ、太古の微生物をよみがえらせることにはまだ成功してません。せいぜい一世紀前の天然痘株を復活させたくらいです——だからぼくたちは隔離されてるんですよ」

「そういう大昔のウイルスをよみがえらせようとしてるんだね？」

「解けた氷からなにが飛びだしてくるかを理解しておかなきゃならないんですよ。これまでに見つかった微生物の大半は、アメーバ以外は脅威じゃありませんが、一パーセントの不確実性が残ってるから、ぼくがここに来てるんです。これらの病原体について知っておかないと、なんらかの問題が起きるという、確率の低い事態が起きた場合に効果的な対策がとれないからです。歴史を無視するようなものですからね。しばらくはうまくいくかもしれないけど、あとで痛い目にあうはめになるんです。どこから病気がやってくるかを知っておけばおくほど、きちんと準備ができるんですよ」

「もしもきみたちが一パーセントの確率でそれを持ち帰ってしまったら？」わたしは、先史時代の微生物がデイヴと彼のチームの体の表面を、髪のなかを、開口部という開口部のなかを這《は》いまわっているさまを想像し、急に、自分のブーツに穴が空いていないかどうか心配になった。わたしだったら、たとえ危険が一パーセントでも、もっと資金を集めて防護服を買っておいただろう。

「ぼくたちが微生物の漏出を防いでいるのは、啓蒙《けいもう》活動のようなものです。全世界のみんなに目を覚まして、ここの氷がぜんぶ解けたら、封じられているはるか太古のクソがどこかへ行くことになるという事実に気づいてもらおうとしてるんです」デイヴはベルトのバックルに手をのばすと、金属の箱をひねって小さな携帯用酒瓶《フラスク》をとりだし、ひと口飲んだ。「と言っても、ぼくたちが、まだ知られてない、まったく異質な暴走病原体を発見する確率はごくわずかなんです」


その日、わたしは基地内に戻ると、アニーの検視を続けた。慎重にあおむけにして、硬くなっている皮膚にメスを入れて組織と骨髄の標本を採取した。デイヴと彼の離れた場所にいる同僚たちは、DNAとウイルスの分析をするつもりだった。

「心配ないからね」とわたしは言った。アニーがその声を聞けるか、彼女の胸郭をぱっくりと開いて、硬化し、彼女を隠していた石壁のように黒くなっている臓器を調べるわたしの指を感じられるかのように。胃を切除しようとしたとき、ミキからメッセージが届いた。

〝クララとおなじ失敗をくりかえさないで。ユミには一度しか子供時代がないの。ユミはもう、母親を失ってるのよ〟

〝だいじょうぶだ。安心してくれ。ここへは、クララを理解するために来たんだ〟とわたしは返信した。〝ユミも、いつか、理解したがるはずだ〟

ミキから写真が送られてきた。動物園で撮ったユミ。昼寝しているユミ。最近実施された〝サンフランシスコからスモッグをなくそう週間〟に、大きな日よけ帽と大気汚染用マスクをつけてゴールデンゲートパークで自転車をこいでいるユミといとこたち。孫の近影が見られてうれしかったが、言うべきことはなかった。わたしは携帯電話を置いて検視を再開した。世界の果てにいると、ほかのすべてが遠い夢のように感じられた。
アニーの口をこじあけると、ネアンデルタール人と初期人類の移動ルートに関するこれまでの理解を絶したことに、砕けた花と丸い小石の痕跡があった――少女には長すぎる移動距離だ。アニーの謎は、彼女の体に隠されていた物語を探るにつれてどんどん深まった。

解剖メモ：胃はほとんど空だが、マーモットと数種の植物、特にシレネ・ステノフィラ（葉が細長いナデシコの一種）の痕跡あり――量が少ないので、生命維持のために摂取したのか、病気を治療するためだったのかは不明。歯と歯肉の保存状態は良好だが、臼歯《きゅうし》のあいだに木質《もくしつ》が認められることから、歯の手入れをおこなっていた可能性が推察される。歯垢《しこう》の標本からすると、植物と動物と昆虫を主食としていたようだ。数種の連鎖球菌のほかに、歯肉線の下に同定不能な細菌。以前の頭蓋外傷《とうがいがいしょう》による脳浮腫《のうふしゅ》の徴候。その頭蓋外傷は悪化し、頭頂骨《とうちょうこつ》と頭蓋底が菲薄《ひはく》化した。ゲノムその他の分析結果が極東連邦大学から届く予定。

死後硬直のせいで、アニーは指を曲げていた。救いを求めているようだな、とわたしは思った――アニーの親が薬草の知識を持っていたとしたら、初期人類についての認識を改めなければならなくなるかもしれない。ネアンデルタール人はどんな子守歌を歌ってたんだろう？
ミキとわたしがユミを最初に預かったのは、彼女にとって五度目のクリスマスだった。ユミは父親とともにわたしたちの家に滞在した。母親は研究旅行に出かけていた。わたしは、父親であるタイの負担を軽減するため、夜、アニメを見ながら呼吸療法を受けている孫娘に付き添った。山火事の煙のせいで、ユミの喘息《ぜんそく》が悪化していた。ユミを抱きながら寝てしまうことも何度かあった。目を覚ますと、タイが朝食のトレイを持ってきていた。わたしは、週末の予定――サイクリング、恐竜博覧会、バレエ教室――について話しているユミと父親を眺めながら、ふたりに、クララは行けないのだから写真をたくさん撮ってくるように言った。

　検視官として金属の引き出しから義理の息子を出したのは別の人生の出来事のように感じる。わたしは、ボルチモア港に浮いているところを桟橋のそばのレストランの客たちが発見したタイの死体の身元確認をしなければならなかった。最初、その客たちは、アザラシだと思ったのだそうだ。そのころ、タイとユミは、一年以上、わたしたちの家の、ガレージを改装した部屋で暮らしていた。ユミは幼稚園に通いはじめたばかりで、タイは安定した職に就《つ》こうとがんばりながら、フリーランスのグラフィックデザイナーとして、友人に紹介してもらえたときは地元レストランや資金に余裕のないドットコム企業の仕事を請け負っていた。

「ねえ、おとうさん」とタイは言った。「この通りの先に新しくできたタイ料理レストランに頼まれて、こんなロゴをつくったんだけど、どう思います?」タイは、わたしに芸術的センスがあるかのように、いつもわたしの意見を求めた。

「食べに行くよ」とわたしは言った。それとも、「そこでフルタイムの仕事ができるかもしれないな」と。実際、タイは何度か頼んでみたが、答えはいつもノーだった。タイは、ボストンで大学を出たあと、よりよい育児環境を求めて妻子とともに西海岸に移ってきたのだが、定職には就けなかった。

　だいじょうぶ、次はなんとかなる、とミキとわたしはタイをなぐさめた。次の面接、次のフリーランスの仕事が安定した仕事につながるかもしれない、と。タイは不平不満をこぼさなかったし、つねに多くを求めなかった。だから、タイがその週末、友人の結婚式に行きたがったときは、飛行機代を出してやり、楽しんでおいでと言って送りだした。二カ所の刺創《しそう》。ホテル以外での目撃証人なし。タイの友人から電話がかかってきたとき、わたしはユミをベッドに寝かせたところだった。わたしが電話で知らせたとき、クララは長いあいだ黙っていた。泣きはしなかった。やがて、ユミはどうしているか、ユミには教えたのかとたずねた。わたしは、どう話していいかわからないとクラに答えた。

「いつ戻ってこられるんだ？」とわたしはたずねた。荷造りをし、航空券を予約しているクララを脳裏に描きながら。

「できるだけ早く帰るわ」とクララは答えた。

だが、タイの親族が二週間近くのばしてくれたにもかかわらず、クララは葬儀の日までに戻ってこなかった。それ以上はのばせなかった。クララの乗る飛行機がやっと着くと、わたしは空港まで迎えに行き、墓地まで送ってやって、娘が夫の納骨堂に参っているあいだ、一時間近く車で待った。その後、クララはわたしたちの家のなかを幽霊のように歩きまわり、ノートPCで仕事を続けた。料理をし、わたしたちと一緒に食事をとったが、ほとんど口をきかなかったし、気晴らしのために何時間も家をあけた。わたしはのちに、ごみ入れから、何十枚もの映画の半券と、ほんの数語で終わっていてくしゃくしゃに丸められた、わたしたちとユミ宛ての手紙を見つけた——〝たぶん、そろそろ〟……〝これまでのわたしがどんなふうだったかは〟……〝知っておいてほしいことは〟

わたしは、それから数週間、クララがゆっくりと荷物の整理をし、タイの私物をすべて寄付するさまを見守った。手元に残した数少ないもののなかに、クララとタイがユミを三歳の誕生日にディズニーランドへ連れていったときの写真があった。わたしはクララに喪失を実感してほしかった。ミキとわたしは、娘の育てかたに失敗したのではないかと心配していた。だが、ここシベリアでクララの日記を読んで、彼女が彼女なりのやりかたで喪失に対処していたことを知った。クララには計画があったし、ユミがもっと大きくなったらうちに戻って、自分は世界をよりよくするためにささやかな役割をはたしているのだと説明するつもりだったようだ。

六十八日目：ユミへ。きょう、みんなで近くの村へ行ったんだけど、あなたによく似た女の子がいたの。両親と手をつないでたけど、三人とも、めいっぱい着こんで氷の上を慎重に歩いてた。パパとママとあなたで、スケートに行ったことがあるのよ。あなたはたぶん覚えてないでしょうけど、あなたはリンクの上で、金属製の補助具をぎゅっと握りながら押してた。だけど、パパがあなたのスケートを脱がせて抱きあげて、飛ぶように滑りだした。パパに会えなくて寂しいわ。たぶんわたしはもっと長くあなたのそばにいて、じっくり説明するべきだったんでしょうね。だけど、いまわたしにできるのは、いたいところから遠く離れたここにとどまることなの。いつか、報われるかもしれない。報われないし、時間の無駄だったということになるかもしれない（つまり、おじいちゃんの言うとおりだったってことになるかもしれない）。だけど、わたしはいまここで、光あふれる未来をあなたに与えるためにがんばってることはわかってね。


アニーの検視を終えると、わたしは外に出てマクシムとデイヴと一緒にタバコを吸った。日が暮れてくると、気温はがくんと下がる。若かったころ、バーやレストランの外で、ほかのニコチン難民たちとともにタバコを吸ったときのように、冷気を取り入れることなくタバコを吸おうと努めた。デイヴがマクシムを相手にロシア語の練習をはじめたので、わたしはつかのまふたりから離れ、いつまでも消えない新雪の上で、オレンジ色に染まりつつある空を眺めた。この瞬間、どこかで、粉雪の足跡がこの日の小動物たちとバイソンのゆっくりな移動を記録しているはずだ。三万年前にも、たぶん雪が、アニーを愛していただれかがここから歩み去っていく跡を記録したはずだ。

「きれいじゃありませんか？」とマクシムがたずねた。

「ああ」とわたしは答えた。

「だけど、めちゃくちゃ陰気だ」とデイヴ。

「それがシベリアさ」とマクシム。

「ぼくたちは、クララに娘さんがいることを知らなかったんですよ」とデイヴ。

「その話はやめといたほうがいいかもしれないぞ」とマクシム。

わたしは煙を深々と吸いこんで咳《せ》きこんだ。マクシムがフラスクを渡してくれたので、ありがたく飲んで喉を冷やした。

「気にしなくていいさ」とわたし。「孫はもうすぐ十歳になるんだ」携帯電話を出して、ふたりにユミとクララとタイ、それにわたしたち夫婦が一緒に写っている写真を見せた。

「ここにいて家族のきずなを維持するのは難しいんですよ」とデイヴ。「実際、このところ、ぼくの結婚はひどいありさまになってます」

「隔離があとどれくらい続きそうかについて、なにか情報はないかい？」とわたしはたずねた。

「ぼくたちがアニーの体内で見つけたウイルスに対する検体のアメーバの反応がわかってきました。どうやら、アメーバの細胞質が、外膜を通して滲出《しんしゅつ》したり、結晶化したりしだすようです。政府にはまだ報告してません。人類にとって、もしもそれになんらかの意味があるとして、いったいなにを意味してるかは、ぼくたちが最初に知っておかなきゃなりません」とデイヴは説明した。「政府に過剰反応してもらいたくはありませんからね」

マクシムはふたたびわたしにフラスクを渡し、あなたはまだシベリア人になってないと言った。目をつぶると、クレーターのふちに立っているクララが、振り向き、暗くなった森を通して基地の明かりを探しているさまが脳裏に浮かんだ。

一週間後にアニーのゲノム分析が完了すると、大手報道機関は彼女を〝新たなミッシングリンク〟とか〝古代シベリアのワンダーガール〟と呼んだ。一部がネアンデルタール人で、一部が表面的には人間のアニーは、ヒトデまたはタコによく似た遺伝形質も持っていた。それが具体的になにをもたらしていたのかは不明だが、それまでは無力だと思われていた少女は、氷河時代でどんな暮らしをしていたにしろ、しっかりと適応していたのかもしれなかった。アニーは戦士だった。可能性に満ちていた。ラボの研究者のほとんどは、次々とビデオインタビューを受けたり、研究助成金が増えて新しい機器を買えそうだという皮算用で浮かれたりしていた。アニーの体内で発見されたウイルスについてのニュースは流れなかったし、わたしたちには箝口令《かんこうれい》が敷かれていた。デイヴとマクシムはどんどん忙しくなり、なんの問題もないとわたしたちに請けあったが、それぞれのラボに缶詰になった。もしもクララが生きていたら、この事態をどう評しただろう、とわたしは考えた。

わたしは妻とユミとビデオ通話をした。通話に出たとき、ふたりとも色画用紙でつくった王冠をかぶっていた。わたしは、もうすぐ、あとひと月かふた月で帰れるだろうと告げ、ほんとうにそうなったらいいのにと願った。ユミは、学校の劇で太陽役に選ばれ、バイオリンを習いだしていた。ミキがニューヨークで定期的に展覧会を開くことになったので、妻の妹と義弟が手伝いをするために引っ越してきたし、週末にはほかの親類がやってきて、毎週、持ち寄りパーティーが開かれるようになっていた。

「クララとユミの絵が二枚、売れたのよ」と妻が付け加えた。「ブルックリンのカップルは、ふたりのあいだに愛が、それにあこがれのようなものが感じられると言ってくれた。そんなつもりはなかったんだけど、クララの目が悲しげに見えてしょうがないの」

「クララは、ここでは幸せだったと思うよ」とわたし。

そのあと、通話に加わったユミに、オリンピック選手並みの肺と心臓を持ち、ヒトデやタコのように、ちょっとした怪我なら数時間で治ってしまう能力があったのかもしれない、驚くべき少女について話した。

「スーパーヒーローみたいだったの？」とユミがたずねた。

「まあな」とわたし。

「だけど、その女の子は病気だったって言ってたじゃないの」

「だれだって、病気になることはあるさ。それに、だから、わたしたちはもうちょっとだけここにいなきゃならないんだ。万が一にでも、みんなを病気にしたくないからね」

「だけど、おじいちゃんはだいじょうぶなのよね？」

「もちろんさ」

ユミとの通話を終えると、わたしは妻に、わたしの話はほんとうだとあらためて請けあった。次の家族の夕食は、ユミが好きな極薄切りにした肉を冷蔵庫でソースにひと晩浸《つ》けたテリヤキビーフにしようとミキに話した。そして、なにかあったら連絡すると約束した。

その日の夜は、数えきれないほど何度も見た『グーニーズ』や『シャイニング』を見るのをやめて、クララの日記に、彼女に宛てたメッセージを書いた。隔離が長びき、冬の嵐のためにドーム内で研究を続けるしかなくなると、ほとんどの研究者が自分のポッドにひきこもるようになった。次に補給物資が投下される直前になると、基地のアルコールとタバコの残りがわずかになった。新たな趣味に手をつける者もいた──チェスやクロシェ編みやスケッチやトランプ手品などを。ユリアは隊員が勢ぞろいしている肖像画を描きはじめた。ある夜、わたしはクララのノートを開いて、表紙の内側に太字で大きく〝おまえは正しかった〟と書き、丸で囲んで下線を引いた。


クララへ。おまえがうちから逃げた場所だと思っていた場所でわたしが人生を築きはじめたと思うと、不思議な気分だよ。でも、おまえはほかのなにかを見ていたし、わたしは、おまえがなぜ休めなかったのかがわかったような気がしている。それは、わたしたちでも、仕事でも、人生と呼ばれているさまざまな些事《さじ》でもなかった。ほかのみんなが自分の人生に必死になっているあいだ、おまえは土が死に、海が死んだ未来を見ていた。おまえには、未来の世代の人生がどうなるかについての先見の明があったし、この惑星がわたしたちの頭に銃を突きつけているように行動した。たぶん、その銃はいまも突きつけられたままなのだろう。おまえはずっと自慢の娘だったが、それに気づくためには、シベリアと隔離と三万歳の少女の謎の助けが必要だった。わたしは今夜、たぶん、星空を見上げて、わたしたちふたりのために、断崖の上に立っている女性の新しい星座をつくるだろう。わたしはここでおまえと一緒に過ごしているんだ。

愛をこめて
父より

ユリアとわたしが、ときどき、夜遅く、談話室でチェスの決着をつけようとしているとき、デイヴとマクシムがロシア語で話している声が聞こえた。デイヴとマクシムはだれにも聞かれないようにしているつもりだったが、ここでは声が反響する。ユリアが、専門用語はごく一部しかわからなかったが、通訳してくれた――医学専門家や政府職員とのビデオ会議、バタガイカウイルスにそっくりな株が、何百キロも離れた土壌とアイスコアから発見されたという報告。だが、だれも病気になっていないのだから、わたしたちはだいじょうぶなのかもしれなかった。祖先の一部がこのウイルスと闘ったことがあるおかげで、わたしたちの体の奥深くにこの病気に対する免疫があるのかもしれなかった。デイヴはわたしたちみんなに、ラボの試験管の中身を飲んだり、感染したアメーバを吸いこんだりしないかぎり、そんなに心配はない、と何度もくりかえした。

「だけど、隔離が続いてるじゃないか」と技師のアレクセイが言った。「心配する必要がないなら足止めできないはずじゃないか」

「じつは、できるんだ」とデイヴ。「現時点で、このウイルスについて研究するにあたって、いちばん頼りになるのはぼくたちなんだよ」

わたしたちは、毎日、顕微鏡で標本のアメーバを観察した。変化があると、マクシムとデイヴが解説してくれた。アメーバの体内の細胞質構造が分解しはじめた。ウイルスを注射したラットが、なぜか昏睡《こんすい》状態におちいった。

「このウイルスは、宿主細胞に、ほかの機能を果たすように命じるみたいなんだ。まるでカメレオンだよ――肝臓に脳細胞ができたり、心臓に肺細胞ができたりするんだ。で、最終的に、正常な臓器が機能停止してしまう」とデイヴは説明した。「だけど、ヒトに感染する、あるいは感染する可能性があると考える根拠は、あいかわらずない」

「感染しないと考える根拠もないじゃないの」とユリア。「あなたは、こんなウイルスは見たことがないって言ったわよね」

「放っておくべきだったんだ」とマクシムの助手のひとりが、デイヴを指さしながら言った。「すべてがあなたの責任になるんだ。ぼくには家族がいる。みんな、家族がいるんだ」

その日の夜、マクシムは全員に各人が食事エリアと共有エリアを利用できる時間を割りあてた。

「冷静にふるまえないなら、こうするほかない」とマクシム。「議論は許さない。いまは、ほかにやるべきことが山ほどあるんだ」


近頃は、チームがずっと、クレーターの泥と水まみれになっていたこと、クリーンラボがやっつけ仕事だったこと、防護マスクのエアフィルターカートリッジはたぶん交換の必要があることなどを考えずにいられない。歴史上、もっとも悪名高い感染症媒介生物の一種であるラットにウイルスを注射するというデイヴの判断も疑問だ。体調に異常を感じたらただちに報告するように言われている。隔離は延長され、物資が二週間に一度投下されるのだそうだ。いざというときは、バイオハザード医療班が派遣されてくるらしい。わたしは毎晩、家族とビデオ通話しながら眠る。ユミにおとぎ話をしてやることもある。〝みんな、いつまでも幸せに暮らしましたとさ〟と。目が覚めると、なんらかの症状が出ているのではないかとなかば覚悟している——熱とか、肩こりとか、発疹《ほっしん》とかが。鏡で、自分の体を隅から隅まで点検する。みんな、なにかが起きるならとっとと起きてくれという気分になっている。わたしは、家に帰って家族を抱きしめ、おまえのママがおまえを救ってくれたんだ、と告げる夢を見る。クララと最後に一緒に旅行したときの、北極野生生物国家保護区で、移動している最後の野生のカリブーの群れを空から眺めたときの夢を見る。頭が割れるように痛いというデイヴに、きみが言っていたように、結論に飛びつくなと助言する。だが、彼と話すとき、わたしは部屋の反対端にとどまる。胃が痛むというユリアに、わたしはお茶を飲むように助言する。きっとだいじょうぶさ、とわたしは言うが、ユリアが目に恐怖を浮かべていることに気づく。デイヴが、唾液の標本でも血液の標本でも、新発見されたウイルスの検査結果が陽性になる。ユリアのために、わたしにできることがあるのかどうかわからない。一般社会でなら、無知や政治や信仰になぐさめを求められるが、このドーム内では厳然たる数値だけが意味を持つ。ユリアは走るのをやめ、調査チームの肖像画は未完成のままになった。わたしたちは、きっと調査を終えて家に帰れると自分に言い聞かせつづける——わたしも、日によってはそう信じる。わたしは娘の防寒具を着ると、土偶を持ってツンドラに出る。オーロラの下、わたしと並んで歩いているクララを脳裏に描く。全地形型車両《ATV》は使わない。一キロ以上歩いてクレーターのふちに着く。氷に封じられていたウイルスだのなんだのが土偶に吸いこまれ、像の腹が、人に仇《あだ》なすものどもでいっぱいになるさまを想像する。わたしは娘に、愛してるよ、と告げ、土偶をクレーターに投げ入れて、地中から解き放たれたものどもがふたたび封印されるのを待つ。基地まで歩いて戻る。息が苦しい。

笑いの街

ロサンゼルスでスタンダップコメディの仕事をもらおうとがんばっている最中に北極病《ほっきょくびょう》がアメリカに来襲し、子供と弱者が感染した。ほぼ二年間、ぼくは清掃員をして糊口《ここう》をしのぎ、使われていないオフィスやシャッターのおりた学校の掃除をしながら、夜は酒と引き換えに安酒場を笑いで満たそうと努力した。「だけど、ぶっちゃけ」とぼくは語った。「マジで難しいお客さんだね」客は、気まずい思いをしなくてすむように、お義理の拍手をしてくれた。プロのコメディアンになるのをあきらめかけていたとき、数カ月ぶりにマネージャーから電話がかかってきた。

「安楽死パークを知ってるか?」とマネージャーはたずねた。朝早かった。ぼくはつなぎの作業着に着替えている最中だった。

ぼくは動きを止めた。もちろん、知っていた。州知事が、子供たちに安らかな最期を迎えさせるアミューズメントパークの計画を発表したときは、だれもがあざ笑った——なにしろ、ジェットコースターの乗客の意識を失わせてから心臓を止めるというのだ。ぞっとする、次の世代をあきらめるのか、という批判が巻き起こった。

「ええ」とぼく。「っていうか、議論になってることをニュースで見ました」

「感染症が増えてるっていうニュースも見たよな? 親は藁《わら》にもすがる思いになってるんだ」とマネージャー。「おれの姪《めい》っ子と甥《おい》っ子も感染した。病院は逼迫《ひっぱく》してる。葬儀場は順番待ちになってる。おまえの親族がかかってるかどうかは知らないがな」

「たしか、またいとこが入院してます。でも、それくらいですね」

「とにかく、息子を亡くしたドットコムタイプの億万長者が金を出して、こことベイエリアのあいだにある刑務所の跡地に安楽死パークを試作させたんだ。半年後に開業の予定だそうだ」

「で、それがぼくとどう関係するんですか？」

「この業界は活況を呈してるし、ウイルスが変異して大人もかかるようになってるという最近の報告がほんとうなら、そのパークは大忙しになる。だからスタッフを募集してるんだ」

「だけど、ぼくはコメディアンですよ」

「給料が出るし、寮もある。それにエンタメだ」

「マニー。ぼくのネタを知ってるでしょう？　だめな典型的東アジア人をネタにしてるんですよ――大学進学適性試験《SAT》予備校の外でマリファナを吸うとか、間違いだらけの数学の宿題を運動部員に写させるとか……着ぐるみを着る必要はあるんですか？」

「電話する必要もなかったんだぞ。いいからメールを読め」

　ぼくは電話を切ると、鏡に映っている危険物防護のつなぎを着ている自分を見た。だが、出勤する代わりに、ビットパルプライムで両親に連絡し、近いうちにブレイクできると思うといういつもの嘘をつくのではなく、仕事が決まった、これで風向きが変わりそうだ、という報告をした。

「胸を張って誇れる仕事だよ」とぼくは父に伝えた。「思ってたのとはちょっと違うけど、お客さんを笑わせるつもりなんだ」

　ビデオ通話ウィンドウの背景に、掃除機をかけながら死んだ弟の部屋に出入りする母が見えた。弟は、感染症がはやりだす一年ほど前に自動車事故で死んだのだが、母は、いまだに、ぼくを見るたびに弟を思いだすらしい。

「おまえのいとこのシェルビーが死んだぞ」と父。「おまけにあの子から兄弟たちに病気が移ったのかもしれない。まだはっきりしないがな。この感染症は、空気感染するという説も、しないという説もあるんだから。なにを信じればいいのやら」

「パパとママは元気なのかい?」

「なんとかな。キヨおばさんに来てもらうかもしれない。いとこの葬式の手伝いに。だが、おまえは仕事があるんだよな。どういう仕事だったっけ?」

「安定した仕事さ」ぼくは説明をはじめた。「病気の子供に癒《い》やしを与えるんだ。そのための計画を手伝うんだよ」両親に少しでも認めてもらいたくて、早くも事実をゆがめていた。弟が生きていたときから、ぼくは無意識のうちに両親の注意を惹《ひ》こうとしていた。

「いいチャンスのようだな」父はそう言ってうなずいた。でも、口調から、それにどこかが痛むみたいに目を細めたことから、父が、ぼくの話を信じていないか、ぼくの話に本気で耳を傾ける心の余裕がないかのどっちかなのがわかった。


二日後、ぼくはアパートメントの鍵を返すと、営業している店がぽつりぽつりとしかなく、ロサンゼルス郊外の丘陵地の山火事で空がオレンジ色に染まっている、閑散とした通りを車で走った。家を失ったばかりの人々が車で寝ていた。あちこちの駐車場で無料の食事を提供するスープキッチンに長蛇の列ができていた。市外に出ると、葬式と、遺体の安置またはトリアージ用にあけた古い納屋を宣伝する看板が立っていた。休憩所はなかった。開いているダイナーもなかった。ハイウェイに点在している、二十四時間営業を続けているスタンドのガソリン価格は高騰していた。キリストの再臨を説くラジオ伝道師を避けられない、真っ暗な田舎道を何時間も走ったすえ、彼方《かなた》にパークのきらめく明かりが見えた。

車を降りると、ほかのなにかに偽装している刑務所に来たような気分になった。有刺鉄線が張られた塀はそのままだし、古い看板は取り外されているものの、変色したコンクリートの壁には、〝州立刑務所〟という文字の輪郭がくっきりと浮かびあがっている。パーク内の管理棟の壁には、〝笑いの街へようこそ!〟という文字の下に、バンパーカーやメリーゴーランドや丸太型ウォーターライドに乗っている子供たちのカラフルな絵が描かれていた。通路のリノリウムにペイントされている虹をたどって、かつての検問所を改装したギフトショップと案内デスクの前を通った。最低限の備品しかない人事部は、もともと娯楽室だったらしく、ソファが何脚も置かれていて、古いボードゲームが壁際に積んであった。空いているスペースには、一脚のテーブルと数台のファイルキャビネット、それにフロアランプと分解されて積み重ねられているパーティションしかなかった。ぼくは虹の道をはずれて、椅子にもたれかかって両足をデスクに投げだしている園長、つまり銀色の宇宙服を着ている禿《は》げ頭の男に近づいた。

「エージェントによれば、きみは一時間前に来ているはずだぞ」男は、ぼくが〝ウォーデン・スティーヴン・オマリー〟と記されているデスク上のネームプレートを見ていることに気づいた。ネームプレートを手にとってもう片方の手のてのひらにぽんとあてた。「ちなみに、わたしはジェイミー・ウィリアムスンだ。元からあったものの多くをそのまま使ってるんだ」

「スキップです」ぼくはそう自己紹介して手を差しだした。「すみません。ガソリンを入れるために寄り道しなきゃならなかったんです」

「スキップか」とジェイミーが、〝プ〟を強調してくりかえした。ぼくをしばらく凝視してから、にたにた笑いながらデスクの引き出しのなかを探って書類を出した。「スキッピーを縮めたのか？」

「ただのスキップです」

ジェイミーはデスクに置いた書類をぼくのほうに滑らすと、ありもののネズミの着ぐるみを着てパーク内を浮かれ歩いて、家族と写真を撮ったり、風船を配ったり、子供たちが乗り物に乗るのを手伝ったりするのが仕事だと説明した。

「めいっぱい陽気にふるまえ」とジェイミーは強い口調で命じた。「中途半端はだめだぞ、スキップ。親は気づく。子供は気づく」

「はい、めいっぱいやります」だがぼくは、まだ、着ぐるみを着なければならないという事実を受けとめきれていなかった。辞退しますと告げてオフィスを出ていこうかとも考えたが、仕事も家もないし、ほかにあてもなかった。

「それから、親が考えを変えることがあるだろう。やっぱり子供を連れて施設を出て、残り時間を一緒に過ごそうと考えなおすことが」

「それが?」とぼくはたずねた。

「うちは、政府と疾病対策センター《CDC》と契約を結んでる」とジェイミーは続けた。「事業を継続するためには、ウイルス陽性者を施設外へ出すわけにはいかないんだ」

「どうやって止めるんですか？　ぼくの体重は六十キロですよ。ジョークを考えるのが仕事なんですよ」

「満面の〈笑いの街〉スマイルできっぱり止めるんだ。そしてもちろん、にこやかなノーでだめなら、警備スタッフに無線連絡しろ」


ピンクのストライプのつなぎを着たモリーという十代の女の子が従業員寮に案内してくれた。古い刑務所の建物群の先まで行くと、パークはシックスフラッグス遊園地のまがいもののようになった——ひび割れた舗装、有名ブランドではない菓子しか売っていない売店、日差しにあぶられて溶けるか、次の大雨のときに分解しそうに見える紙張子《パピエマシェ》のドラゴンとおとぎの国の魔法の森。刑務所施設の中心部は、海賊テーマのショッピングエリアと、不謹慎にも死者の洞穴《デッドマンズコーヴ》と名づけられたフードコートにリフォームされていて、独房に売店と自販機と飲食物の屋台とアニマトロニクスのディスプレイが入っている。高い監視塔から、虹色のスポットライトが地上を照らしている。虹色の輝きのなかにライフルのシルエットを見分けられた。

「あんなものがほんとに必要なのかい?」とぼくはモリーにたずねた。

「上から銃でねらわれてると知ってたら、だれも子供を連れて逃げようとしないのよ」とモリー。

「ほとんど見せかけのはずだけど、どうなのかな。警備員のなかには本気で特殊部隊員になりたがってる連中がいるから」

モリーはすたすたと歩いて、〈イカれバンパーカー〉で左に、〈ずぶ濡れ激流川下り〉で右に曲がり、園長によれば、キャストメンバーはそこでファミリー向けの芸を披露することが推奨されている〈ラファテリア〉を通りすぎた。

「ここにはどれくらい勤めてるの？」とぼくはたずねた。

モリーは、ぼくにキャンパスを案内しているかのように、足を止めることなく振り向いて、ピンクの海老《えび》の着ぐるみを着ているだれかに手を振った。「二カ月よ」とモリー。「両親はここのレストランの一軒でコックをしてるの」

「ここを気に入ってるかい？」馬鹿げた質問なのはわかっていたが、どんな暮らしが待っているのか、ほんとうに人助けができるのかが知りたかった。

モリーは肩をすくめると、まったくもう、とかなんとか小声でつぶやいてから、ロープで封鎖されていて〝立入禁止。乗り物と施設を修理中〟という看板がある道の先にぼくを案内した。

ぼくたちは、タツノオトシゴや人魚がさびたポールの随所から吊《つ》りさげられている古風なメリーゴーランドの裏にまわりこんだ。アスファルト舗装がむきだしの土になり、ぼくたちはトレーラーハウスとキャンピングカーの輪のなかに入った。焦げた焚《た》き火台のまわりにローンチェアが並べてあってビールの空き缶が転がっている。少し離れた人工芝の上に、小さなコテージが何棟か建っていた。ぼくたちがいる場所からだと、パークの照明が砂漠のオアシスのように見えた。モリーは、さびがめだつウィネベーゴ社製キャンピングカーを示して新人向け資料一式をぼくに渡した。

「それを読んどいて」とモリー。「明日、だれかが説明してくれる。ちゃんとした訓練なんてないの。とにかく、子供を泣かさないで」

ぼくはコテージを指さした。「あれはなんなんだい？」

「家族連れとか、特別な事情がある人たち向けよ。ここでは、製薬会社と契約して新薬の臨床試験もしてるの」

ぼくは首を振った。モリーがぼくにうんざりしているのがわかった。それとも、たんにティーンエイジャーだからかもしれなかった。

「じゃあ、おやすみ」とぼくは言った。

「トコジラミがいるかもね」向きを変えはじめながら、モリーが言った。「ここの寄付された車は、まともな清掃なんかしてないから」

キャンピングカーの電灯をつけると、なかは褪《あ》せたミントグリーンの独身男部屋になっていて、グローブボックスに古いプレイボーイ誌が突っこんであり、欠けた調理台には食べ物の汚れがついていた。何百回も遠出した結果なんだろうな、とぼくは思った。戸棚を探ると、賞味期限を数カ月しか過ぎていない缶詰がいくつか見つかった。冷たいラビオリを食べながら窓からパークの照明をながめているうちに眠りに落ちた。

§

ぼくがはじめて担当したのはダニーという名前の少年だった（グループ5A：非伝染性／ステージ4）。ダニーは髪が明るいオレンジ色で恐竜のパジャマを着ていた。両親は、ぼくが押している、息子を乗せたレースカー型ベビーカーのすぐうしろについて歩いた。それからの数時間、この一家は、大切なのは楽しむことという偽りを貫いたが、無言になる瞬間を意識せざるをえなかった――メリーゴーランドの上下動するダチョウに乗った息子が手を振っているあいだ、両親は抱きあっていた。なかには、まったく気づかない子供たちもいた――幼すぎるか、能天気なマーケティングを信じずにいられないかだった。だが、ダニー少年は理解していた。ぼくはときどき、ダニーが携帯用吸入器を使ったり、自力でベビーカーから降りられないほど弱っているように見えたりしたときは、だいじょうぶかと声をかけた。

「平気だよ」とダニーは答えた。咳《せ》きこみながらも元気にふるまおうとした。「次はなに？」

ダニーの母親と父親がはたと足を止め、抱きしめあいながら、最後の乗り物、〈オシリスの戦車〉を見上げた。〈オシリス〉は最高点が約六百メートルにおよび、最高時速三百キロ以上で何度も宙返りする。ジェイミーから、ここがぼくの仕事で特に難しいところだと言われていた。全従業員に求められている元気潑剌《はつらつ》さという幻想を維持しながら、両親が別れを告げるのを待たなければならないここが。〈ムズムズ迷路〉を出たとき、母親の頰を涙が伝っていた。

「別れを告げる機会を与えてくれてありがとう。ダニーをどこかの仮設病棟で死なせたくはなかったんです」父親は、ぼくを引き寄せ、ネズミの巨大な耳に口を寄せてささやいた。「仕事をしてるだけなのはわかってますが、おかげで、息子と一日、過ごすことができました」ぼくの毛むくじゃらなネズミの両肩をぎゅっとつかんでから、息子のかたわらでしゃがんだ。

「愛してるよ、ダニー」と父親は言った。「ちっちゃなダンはりっぱな男だ」

「パパとママはここで見てるわね」と母親は言った。「あなたはほんとにいい子ね」

両親の立場だったら、とても耐えられそうにないな、とぼくは思った。そして、北極病がはやりだしたころ、通りにずらりと並べてあった小さな死体袋や、ひと晩じゅう聞こえていた親がすすり泣く声や、白いバスが遺体を保管したり焼いたり研究したりするために運んでいったことを思いだした。最初のうちは、なにが起きているのか、だれもわからなかった。まず、ロシアとアジアで流行の兆候が認められた。ウイルス感染症が広まったら、たんに薬局で薬を買ったり、病院で診てもらえばいいとだれもが思っていたが、アメリカ初の症例で、もっとずっと深刻な事態なのが明らかになった。ニュース速報です。ハワイのビーチで子供たちがばたばたと倒れました。砂浜で横たわっている子供を、両親とライフガードと野次馬《やじうま》が囲んでいる空撮映像がくりかえし流された。

「あれを見たか？」とぼくの父親がたずねた。オアフ島のビーチで遊んで育ったぼくの両親は、この出来事をとりわけ深く憂慮した。ぼくたちが見つづけていると、同様の事件のニュースが続々と入った。

「気持ちが悪いの」髪をおさげにしてネオンピンクの水着を着ている少女がレポーターにそう語ったあと、担架で運ばれていった。レイラニ・トゥピニオは、ひと月後、臓器不全で亡くなった。肺の細胞と組織は肝臓のようになっていた。心臓は、小さな脳の構造をとりはじめていた。

「ありえない症状です」と医師がインタビューに答えた。ハワイの病院で、医師と看護師がこの感染症を〝変身症候群〟と呼ぶようになったあと、CDCがシベリアの症例との関連を発表した。わずか二カ月後の二〇三一年七月四日には、アメリカ本土でも子供たちが発症しはじめた――サンフランシスコの症例は汚染されたカキが、ポートランドの小学校のクラスターはマウイ島に旅行した家族が感染源と考えられた。

ダニーを〈オシリス〉に通じる小道に送りだす前に、母親は息子を最後にもう一度抱きしめ、ジュースをひと口飲ませてから注射器をとりだした。

「勇気の素《もと》よ」と母親はいって、パークで売っている鎮静剤を息子に注射した。強制ではないが、パークは両親に、子供が最期を迎えるにあたって、可能なかぎり安らかな気持ちでいられるようにすることを推奨している。

「怖いかい?」ぼくはそうたずねて、ジョークを飛ばしたり、くそったれな動物の風船をつくったりするべきなんだろうな、と思った。

「うん」とダニーは蚊の鳴くような声で答え、ぼくはベビーカーを押しはじめた。ダニーは鼻をすりだした。唇の上に鼻水の跡が残った。

「でも、楽しそうだよ」とぼくは言った。「勇気のある男の子と女の子にはね」

「うん」とダニーは言った。こんどのほうがちょっぴり明るい声だった。鎮静剤が血管に広がって、最後のエネルギーが振り絞られたのがわかった。ダニーは涙を流しながらほほえんだ。そしてゲートが近づくと顔をあお向けた。ジェットコースターの高さに驚嘆しているようだった。

ぼくは、膝をついてダニーの涙をぬぐってやってから、担当の子供を乗り物に乗せる準備をしているほかの着ぐるみ姿のスタッフにならった。子供が全員、着席すると、スタッフが下がって、コースと両親たちのあいだの壁になった。両親たちは離れるようにうながされ、警備スタッフの緊張が高まった。鎖と油圧装置がかん高い音を発しはじめ、ジェットコースターが空へとのぼっていった。スタッフが手拍子をはじめた。ぼくは高みに達したコースターを見上げた。ぼくが目をつぶった直後にコースターが急降下を開始していきなり走行音が大きくなり、子供たちが耳をつんざく楽しげな絶叫をあげた。最初の宙返りで加速は十Gに達した――そして、いきなり悲鳴がやんだ。二度目の宙返りで脳機能が停止し、三度目で小さな心臓の鼓動が止まった。ぼくが目をあけたときには、子供たちは、起こされても起きない深い眠りについているかのように、頭をぐらつかせていた。

§

パークで働きだしてから二カ月がたった。それは、パークでは、〈ラファテリア〉でシュリンプスキャンピ以外の全メニューを制覇し（シュリンプスキャンピを出したとき、パークではトイレットペーパーが足りなくなったからだ）、団結訓練に二度参加したことを意味する。団結訓練では、パートナーが受けとめてくれることを信じてあお向けに倒れたり、輪になって座って感情を吐露したりする――「やあ、ぼくはスキップ、もうほとんどだいじょうぶだと思う。罪悪感と折りあいをつけられるようになってる。だけどときどき、つらくはなる。わかるだろう?」などという発言に参加者がうなずき、手を上げてひらひら動かすことによって連帯を示す。そうしたセッションのあとに、一時間、グリーグの〈朝〉がくりかえし流れているなかで瞑想《めいそう》する――野生動物と笑っている子供たちの映像が壁に映写され、スピーカーから、「わたしたちは使命に目覚めつつあります」という女性のおだやかな声が流れる。

「そして忘れないでください」と声は続ける。「苦痛と記憶が洗い流される解放の瞬間にならないのなら、笑うことになんの意味があるでしょう？　わたしたちは笑うたびに強くなります。わたしたちは笑うたびに世界を癒やしているのです」

だが、そうした会社主催のイベント以外では、従業員同士がからむことはほとんどなかった。一度、ヴィクトリアという、妖精に扮《ふん》してチュロスの売店で働いている女の子が、真夜中にぼくのトレーラーにやってきて、ぼくの顔にコンドームを叩きつけ、勘違いしないでよね、と言ったことがあった。ぼくたちは一夜をともに過ごしたが、翌朝、ぼくがヴィクトリアの体に腕をまわすと、彼女はいきなり起きあがって服を着て、ここが現実世界ではないことをぼくに思いださせた。

ときどき、おなじことのくりかえしに耐えられなくなると、ぼくは隣町にある〈オリーブ・ガーデン〉まで車を走らせた。その店は、パークの客のおかげでつぶれずにすんでいた。バーテンはぼくに、パークの従業員は幽霊みたいだと評した——ひとりでやってきて、静かに酒を飲み、出ていくからだ。

「気持ちはわかるよ」とバーテンは言った。「あんたらの仕事は長続きしない。だれだってどうかしちまう」

「どうかな」とぼくは、マンゴーマルガリータという薬を飲みながら応じた。だが、内心では、あとどれくらいで、自分もほかのスタッフのようになってしまうんだろうと思っていた。笑って忘れて隣のトレーラーの住人と悲しいファックをすること以外はどうでもよくなっている並行宇宙はすぐそばにあった。パークに来て二カ月たったので、百五十人近くの子供を〈オシリス〉に乗せた勘定になった。

いつもの土曜日のはずだったが、治験参加者がトレーラー群のそばに建つコテージに越してきた。ほとんどの従業員が外のローンチェアにもたれているときに数家族が到着した。車椅子に乗っている子供もいたし、両親と手をつないでのろのろ歩いている子供もいた。子供たちが手を振れば、ぼくたちも振りかえした。さもなければ、見ているだけだった。子供のひとり、六、七歳くらいの男の子は、蓋が透明でビュッフェの容器のような、プラスチック製カプセルストレッチャーに乗って到着した。少年はプラスチックに両手をあてて、食べかけのフライドポテトをあさっている野生のコヨーテを眺めていた。警備員たちがストレッチャーを押していた。少年のあとに、母親とおぼしい女性が、ふたつの大きなスーツケースを運ぶのに苦労していた。女性が着ている大きめのポンチョが、何度も車輪に巻きこまれていた。ぼくは——眺めたり、飲んだり、そこそこの品質のマリファナをパイプに詰めたりしている——同僚たちを見まわして、ついに、手を貸すことを決断した。

「ドリーよ」と女性は、歩みよって荷物を運ぶと申しでたぼくに名乗った。「それから、カプセルに入ってる困ったちゃんは息子のフィッチ」

ぼくは親子とともに、中央広場の向こう側にある彼らの新居に着き、勾配がついている屋根に天窓がいくつかある、寝室がふたつのずんぐりしたコテージに入った。製薬会社はこの家に、形状が直線的でモダンなスウェーデン家具をそろえていたが、青いプラスチックのコーヒーテーブルはカリフォルニアのような形をしていた。その上に置かれている枝編み細工のバスケットに歓迎プレゼントが入っていた。ぼくがスーツケースとともにリビングで待っていると、警備員たちがフィッチを彼の部屋に連れていった。少年が必要とするもの——ベッド、トイレ、シンク、児童書が並んでいる本棚、ゲーム機が接続されているテレビ、点滴スタンド、ずらりと並んでいる医療機器——が完備しているその部屋は、スライドドアつきのガラス壁で家のほかの部分とは完全に隔てられていた。警備員たちが壁に設けられているパネルを操作して濾過《ろか》システムとおぼしい装置を起動すると、部屋がブーンという音とともによみがえった。フィッチはストレッチャーから這《は》いだすと、急いで部屋に入ってガラスドアを閉めた。

警備員たちが去ると、ドリーはぼくを夕食に誘った。ドリーが冷蔵庫をあけると、すぐに食べられるベーシックな冷凍食品がストックされていた。

「これならフィッチにも与えられる」冷凍庫のドアをあけたまま、ドリーがそう言った。「別れた夫は、わたしたちが飢えないようにしてくれたみたいね」

「ぶしつけな質問はしたくないんだけど」とぼくは言った。「どういう経緯《いきさつ》で治験に参加するものなのか、さっぱり見当がつかないんだ」

「別れた夫とわたしは、フィッチをどうケアするかで意見が違ってる。別れた夫は研究医なの。すぐにでも自分で息子を救えるはずだと信じてるのよ。わたしは待つのに疲れちゃったけど、いまじゃ、この病気についていろいろな研究がされてる。なかにはよくなってる子もいるらしいわ」

音で、フィッチが早くもこの部屋になじんでビデオゲームをはじめたのがわかった。のけぞるようにしてのぞくと、フィッチはベッドの上でコントローラーを握っていた。すでに、モニタリング電極の保護紙を剝《は》がして粘着面を胸に貼り、点滴バッグをベッド脇にかけ、残りを母親がやってくれるのを待っていた。ドリーが息子の世話をしに行っているあいだに、ぼくはガラスパーティションのこちら側で折りたたみテーブルを広げた。

「バスケットにワインがあるの」とドリーが息子の部屋から叫んだ。「それから、冷凍庫に入ってるシェークカップをシェークしてくれる？　フィッチは最近、それしか受けつけないの」

ぼくたちが席について食べはじめたときにはベリーベリー・プロテインシェークを飲みおえていたフィッチは、殴り書きした絵を掲げてぼくたちと〈お絵描《ピクショナリー》きゲーム〉をした。

「ええと、風車」とぼくは解答した。

「ブブー」とフィッチ。

「ヘリコプター」とドリーが解答した。

「またまたブブー」とフィッチ。「だけど惜しいよ！」

「待って、わかった。ホバークラフト！」とドリー。

「ピンポーン！」とフィッチ。

さらに三回戦を終えたところで、フィッチがシェイクを嘔吐《おうと》した。ドリーによれば、到着したときに医師たちから渡された薬のせいで、何日かは吐き気を催すそうだった。ドリーは手を消毒してからクリーンルームに入った。そうすれば、病原体のせいで弱体化しているフィッチの免疫システムが突破される確率を下げられるはずだった。ドリーはフィッチのシャツを脱がせ、『五次元世界のぼうけん』のオーディオブックをかけると、息子を抱いて揺り動かした。ゆっくりと眠りについたフィッチの胸は、星座のようなでこぼこの傷跡でおおわれていた。

「あなたはもう帰っていいのよ」息子と並んで横たわったまま、ドリーがぼくにそうささやいた。

ぼくは皿をキッチンに下げた。部屋から出てきたドリーが、歓迎してくれた礼をぼくに述べた。

「フィッチには、もう友達がいないの」とドリー。「ここにほかの人がいるのは、フィッチにとってすごく大きな意味があると思うの」

ぼくは自分とドリーにワインを注いでボトルをあけた。なんと言えばいいかわからなかったので、ごくごくとワインを飲んだ。

「どうしてパークで働くようになったのか、教えてくれる？」とドリーがたずねた。

「ぼくは、高校でクラスのひょうきん者だったんだ」とぼくは説明した。「だけど、ほら、ぼくは典型的な〝シリコンバレーのアジア人一家〟の出だから、医者か弁護士か銀行員かハイテク起業家になることを期待されてた。だけどぼくは、とにかくみんなを笑わせたかったんだ。みんながたわごとを切り裂いて世界を見られるようになるための手伝いがしたかったんだ」

「じゃあ、あなたには才能があって、それを無駄にしなかったのよ」とドリー。「ぜんぜん悪いことじゃないわ」

「ケチな両親を笑いものにしたり、ナンパするためにコミックブック大会に出かける話をしたりするのがたいした才能だとは思えないけどね。たとえそこが、アジア人でよかったと思える数少ないアメリカのパブリックスペースだとしても。特に女の子からアニメの登場人物みたいだと思われるときは」

「わたしを笑わそうとしてるの？」

「数えきれないほど何度もセーラームーンデートをしたんだ」

ドリーは、笑いをこらえながらワインを飲んだが、吹きだしてシャツを汚しそうになった。

「少なくとも、ここでは人助けをしてる気分になれる。思ってたやりかたでじゃないけどね」とぼくは言った。


ぼくは翌日も、そのまた翌日も、毎回、口実をでっちあげてドリーのコテージを訪れた。フィッチにぼくが子供のころに集めたコミックスを何冊か持っていき、ドリーが、母親になるまで美術学校に通っていたと言っていたので、ギフトショップで買った絵の具を持っていった。ドリーは、すぐさま、フィッチの部屋に宇宙船つきで太陽系を描きはじめた。リビングには、光と花と、フィッチがときどき夢で見たと語る古代史の一場面で満たされている球体を描いた。一週間もたつと、ぼくは口実をでっちあげるのをやめたし、ドリーはほとんど毎晩、ぼくが彼女のコテージか彼女の勤め先の外にあらわれることを期待するようになっていた。ドリーは両親が子供の遺灰を引き取りにくるチェックアウトデスクでパートとして働きだしていた。どんな交際をするかについてはドリーと一度も話さなかったが、ぼくは自分に、絶対にフィッチを担当しないと誓っていた。そんな事態にはとうてい耐えられなかった。心のどこかに、自分をまっとうな人間だと思いたくてドリーを利用しているのではないかという不安もあった。

両親と話すたびにドリーのことを教えたかったが、ジンクスが気になった。数カ月後、ついに、つきあっている人がいると伝えた。

「美人だし、夢みたいに幻想的な絵を描けるんだ。それにすばらしい息子がいるんだよ」

「息子？」両親は声をそろえてたずねた。

「その子は――？」と母親がいいかけた。

「うん、病気なんだ」とぼくは答えた。

母親の視線が、国の反対側から、スクリーンを通して突き刺さってくるように思えた。父親は無言で首を振った。

「自分がなにをしてるのか、わかってるといいんだがな」と父親。

「ああ、スキップ」と母親が言った。口を手で押さえたのが、落胆の言葉を押さえているように見えた。

「ほんとにいいつきあいなんだよ」とぼく。「ぼくにとって。相手の親子にとって」ぼくは、窓を通してコテージのほうを見て、フィッチがぼくのコミックブックを読んでいるさまを想像した。

「だといいんだけど」と母親が言った。

両親との通話を切ってドリーのコテージのほうに歩いていくと、ドリーが外で、小さな望遠鏡をのぞいて空を眺めては、カンバスに螺旋《らせん》を描いて、月のすぐ向こうに想像上のワームホールを、紫と黄色の大渦巻きをつくりだしていた。ドリーはワームホールの中心に、たぶん数百万光年離れたところで赤色星をめぐっている、地球に似ていなくもない小さな青い惑星を描いていた。

「なにを考えてるんだい？」とぼくはたずねてから、涙のせいでドリーのマスカラが流れて小さな炎のようになっていることに気づいた。ドリーはぼくのようにほかの子供たちと顔をあわせることはないんだから、フィッチのことで動揺してるんだろう、とぼくは推測した。ドリーの仕事は遺灰が入っている小さな木箱を渡すことで、彼女のファイルには、作業を円滑に進めるための、名前と写真と身長と年齢しか記されていない。

「フィッチが元気になって、中庭のあのジャングルジムで遊ぶ日は来るのかしらって考えてたの。子供たちのだれかがそうなるかしらって」

ぼくはブランコを、虹色のメリーゴーランドを見つめて、子供たちが遊んでいるところを想像しようとした。自分の子供がほしいと思ったことはなかったが、通りや混雑したバスケットボールコートで遊んでいたり、バスに乗って登校する途中だったりする子供を見た記憶がほとんどないという事実に動揺した。

「園長から、ジャングルジムを設置したのは元気づけるためだって聞いたことがあるよ」とぼく。「治験の参加者に希望を与えるためだって。園長も、心の片隅では、いつか、子供たちがあそこで遊んでほしいって本気で願ってるんじゃないかな」

ぼくたちは遊び場に歩いていった。ぼくはドリーにならって靴を脱ぎ、足の裏にひんやりする砂を感じながら歩いてブランコに座った。湿気のせいで座面は濡れていた。ジーンズに水分が染みこむのを感じた。黒っぽい水染みになっているに違いなかった。ほかのコテージとトレーラーから漏れている明かりが十数台のちっぽけなテレビのようだった――皿を洗っていたり、夕食をとっていたり、喧嘩《けんか》をしたりしている人影が映っていた。警備員がサンドバッグを叩いていた。モリーは両親となにかのボードゲームをしていた。ヴィクトリアはヨガにはげんでいた。

「みんな、ときどきここにくればいいのに」とぼくは言った。「つまり、ゾンビみたいに焚き火台をにらみながらべろべろに酔っ払うとき以外にも」

「みんな、生きのびるのに必死でそんな余裕はないのよ。責められないわ」とドリー。「フィッチは、このパークを約束の地かなにかだとみなしてるみたいなの。ここへ来たとき、フィッチは乗り物をちらっとしか見てないんだけど、乗りたがってるのよ。連れていってほしいって頼んでくるし、どうして体調がいいときにも行けないのかってたずねられるの」

「どう答えてるんだい?」

ドリーがぼくたちのブランコの鎖をひとまとめに握ったので、ぼくたちは並んで揺られた。ぼくたちの脚が砂の上で並行する弧を描く。

「どう答えればいいかわからなくて。たいてい、話をそらしてる」

「街ではこれがぜんぜん見えないんだよね」とぼくは、長びいた沈黙のあと、空を指さしながら言った。ドリーの言葉にどう応じればいいかわからなかった。ぼくはドリーと手をつないだまま、とっくに死んだ星々の広大な墓場を黙って見上げた。

ふたりでコテージに戻ると、ドリーはしばらく、何度も寝返りをしているフィッチを見守っていた。そして、病気の最初の兆候は睡眠パターンの異常だったと語った。どんなに寝ても、フィッチは目をしばたたいた。頭にずっと霧がかかっているようだと訴えた。発病する前から、フィッチには幸せな思い出が少なかった。泳ぎの練習をしたの、とドリーは説明した。一家で遊びに行ったオアフ島のハナウマ湾の浅瀬で、ドリーは幼い息子の両手をつかんでバタ足をさせた。ふたりのまわりをサンゴ礁に棲《す》む小魚の群れが泳いでいた。汚染された水がひとしずく、フィッチの鼻に入っただけで感染した。ハワイで発生した第一波の犠牲者のほとんどは、半年以内に死亡するか、昏睡《こんすい》状態におちいった。細胞の変容を遅らせるための手段として、遺伝子治療と薬剤カクテルが導入されたのはそのあとだった。フィッチは三度の臓器移植手術を乗りきり、もう二年近く、どうにか生きのびている。

「ねえ、できたら、ちょっとのあいだ、明るい気分にならないかい。映画を見るのは？」ぼくは、ドリーからオーケーが出るのを待ちながら楽しい映画を探した。

「暗い映画はいやよ」とドリー。

「ここは〈笑いの街〉だぞ」とぼく。

ぼくはどんどんスクロールした。ドリーは黙ったままだった。

「なにかあった？」

「これまで、フィッチはラッキーだった」とドリー。「別れた夫のおかげで、フィッチはほかの子がもらえなかったチャンスを何度ももらえた――肝臓、腎臓、肺。だけど、脳は替えがきかない。治療のおかげで進行は遅らせられてるけど、時間の問題なのよ」

「気が進まないなら映画はやめよう」とぼくは言ってテレビを消した。

ドリーはリモコンを手にとってまたテレビをつけた。

「ううん。馬鹿ばかしい映画を見ましょうよ」

ドリーが体を丸めてぼくに寄り添った。そしてぼくは、この九カ月の、こんなふうにして――未来から目をそむけ、過去を必死で忘れようとして――終わったすべての夜を思いだしながら、ぼくたちふたりとも長くは続かないと知っている均衡にささやかななぐさめを見いだした。

§

翌日、ぼくが目を覚ますと、〈オシリス〉の試運転の轟音《ごうおん》が遠くから響いていた。ドリーは、ぼくの横でまだ、両膝を腹にひきつけた姿勢で寝ていた。いつもならぼくは、ドリーが朝、もぞもぞと起きだす前に、もうパークで着ぐるみを着ている。窓から外をのぞくと、おなじことをしている従業員が何人もいた。なるべくほかの従業員と鉢合わせしないで出勤できるタイミングをうかがっているのだ。心のなかで永久《とわ》のとむらいを続けているぼくたちはみな、隣人らしい雑談や噂話を避け、黙って〈オシリス〉の最高点を見上げた。そこに設置されているスピーカーから、いつものように午前八時ちょうどにグリーグの〈朝〉が流れ、ときどき、えせイギリスなまりが交じるソフトな女性の声が、「いつも笑顔で声に出して笑って、わたしたちは子供たちのために、この国のためになることをしているのを忘れないでください」と従業員に呼びかけた。「それから」と声は続けた。「口角は上げっぱなしにしておきましょう！」

隣の部屋から、昔の子供番組『バーニー&フレンズ』の音が聞こえていた。ぼくはベッドを出ると、フィッチを世界のほかの部分から隔てているガラス壁に歩いていった。フィッチはぼくを見て手を振ると、すぐにまたクレヨンで迷路を描きはじめた。体調がよさそうだった。つまり、パークの看護師がやってきてバイタルをチェックするあいまにビデオゲームとコミックブックを楽しめそうだった。だが、元気な期間は長続きしないので、治療が功を奏していると判断するのは早計だった。顔色がよくなっていたが、目はまだ、過労状態の人のように落ちくぼんだままだった。

「これはきっと解けないよ」フィッチはそう言って腕を組んだ。そして描いた迷路をガラスに掲げた。「王子さまと王女さまを出してあげなきゃならないんだ。王子さまは王女さまを助けに来たんだけど、やっぱりつかまっちゃったのさ」

「このとがったやつはなんだい?」とぼくはたずねた。「それから、道の真ん中にある四角いのは?」

「とがった杭《くい》と隠し扉だよ」とフィッチ。「それから、半分ペガサスで半分鮫《さめ》の怪物がいて、早く脱出させてあげないと、王子さまと王女さまを食べちゃうんだ。いーち、にーい、さーん……」

ぼくは、王子さまと王女さまを救出したあとで、きょうのコミックブックをフィッチに渡した。これは決まりごとになっていた。コミックスは弟との唯一の共通の趣味だったので、最終的には三千号近く集まった。コミックスは問題を棚上げして世界の明るい側面を、夢を見させてくれる。フィッチにも夢を見てほしかった。フィッチには異世界を体験する資格があった。

フィッチは《ファンタスティック・フォー》の弟が大好きだった号をぱらぱらめくっていた。

「これはだれ?」

フィッチはぼくにキャラクターの背景情報を聞きはじめた。「じゃあ、これは?」

ぼくはチームメンバーをひとりずつ指さして、この人たちは宇宙船に乗っていたときに宇宙嵐に遭遇してスーパーパワーを身につけたのだと説明した。

「ぼくも宇宙嵐を浴びたかったな」とフィッチ。

「ふうん。じゃあ、透明になれるのと、炎をあやつれるのと、体をのばせるのと、岩の塊《かたまり》になるのだったら、どれがいい？」

「変身して、好きなときにそのどれにでもなれるのがいいな」とフィッチが答えた。そんな短時間の会話で、フィッチがいつも以上に疲れてしまったのがわかった。フィッチはベッドに座りこんでコミックブックを膝に載せた。目が痙攣《けいれん》していた。ぼくは片手をガラス壁にあてて別れを告げ、仕事のあとでまた様子を見に来ると伝えた。

　リビングに戻ると、ドリーがもう起きてきていて、治験担当の医師からのメールに目を通していた。ドリーは毎日、何時間もかけて、アメリカ国内と海外で研究中の治療法を調べては、さまざまなプログラムにフィッチの症例を説明するメールを送っている。ぼくはソファの、モーニングコーヒーを手にしているドリーの隣に座った。

「いまの治験のお医者さんたちの話によれば、薬の投与の第一段階では、ウイルスの拡大を遅らせられてないんですって」とドリーは説明した。「それに、投与を長期的に続けると、害のほうが大きくなるかもしれないって。いまは低容量を投与しながら、ほかの治験を探してるの」

「じゃあ、また引っ越すのかい？」とぼくはたずねた。ぼくはぼく自身について、先へ進むことの代償について、フィッチとの楽しかった日々が、見守るのもつらい日々に変わるだろうことについて考えた。ドリーはまだ信じているようだった。それとも、フィッチが快方に向かうかもしれないと信じる必要があるのかもしれない。ぼくは、ドリーのために役割をはたそうとがんばっていた。頼りになる友人、パートタイムのさえない恋人、同僚、フィッチの父親代わりといった役割を。

「望みがあるなら、どこへだって行くわ」とドリーは断言した。

§

ぼくが一時間の遅刻でタイムカードを押すと、園長はちらりと時計を見た。

「わかってます」とぼくは言った。「すみません。個人的な事情です」

だが、園長はお説教をする代わりに、けさ、逃亡のおそれありとして警戒対象になった家族に注意するように告げた。体にできた膿疱《のうほう》が破れているためレベル5のバイオハザードに指定されている六歳の少女、ケイラ・マクナマラは、CDCが認可した、テディベアがプリントされたピンクの防護服を着ている。成人への感染はまれだが、特に、従業員が自分の家族の子供にウイルスを感染させてしまう可能性があるため、パークは万全の措置を講じている。母親は信じがたいほど信心深く、祈りしか信じていないため、少女は感染した子供のほとんどが受けている薬剤カクテル療法を受けていない。また母親は、ほかの両親と一緒に〈学びの国の部屋〉で説明を受けるあいだ娘と離ればなれになることも拒絶した。園長はぼくに、その母親から目を離すな、ただし干渉はするなと命じた。

「事態がエスカレートしたら、わたしに直接連絡しろ」と園長は続けた。「騒ぎは起こしたくないからな。子供たちのために、夢を壊さないようにする必要があるんだ。午後になったら父親が合流することになってる」


ぼくはお手玉をしながら、遠くからハイリスク一家の跡をつけた。いつもなら、着ぐるみのなかで小型ファンがまわって熱がこもらないようになっている、この日は電池が切れていた。汗が顔を流れ落ち、目に入った。シャツとパンツが肌に貼りついた。ぼくは着ぐるみの頭部を持ちあげてわずかな隙間をあけ、新鮮な空気をとりこんだ。ケイラが、風船を売っている売店を、アイスクリームの屋台を、バンパーカーを指さしているのが見えた。母親は娘を無視した。きょう一日持ちこたえられたら少女は幸運だった。ぼくは暑さで手足が重かったし、頭がくらくらしていた。ケイラの母親が娘の最後の日をだいなしにするのを防ぎたかった。従順に母親について歩いている少女を見て、ぼくはフィッチを思いだした。フィッチは、肺は焼けつくようだし、胃が痛くて液体しかとれないにもかかわらず、いつだってドリーのために勇敢にふるまっている。スピーカーから〈小さな白鳥たちの踊り〉が流れているなか、ミセス・マクナマラはケイラと〈詐欺師〉と名づけられたボートの乗り物の列に並んだ。大きなサングラスをかけている母親は、人々をこそこそ盗み見ている。母親の視線がぼくのほうに向けられたので、ぼくはキャラクターになりきって激しく踊りだした。

「どうか、かわいそうな女の子をこのまま乗り物に乗せてやってくれ」とぼくは着ぐるみのなかでつぶやいた。ケイラはなにを夢見てるんだろう、とぼくは思った——フィッチみたいに宇宙に行きたがってるのかもしれない。「どうか、その乗り物くらいには」

だが、ボートに乗る順番がもうすぐまわってきそうになったとき、母親はケイラの手をひっぱって列を抜け、人込みを縫うようにして早足で進んだ。

「逃亡しました」とぼくは無線で園長と警備部に連絡した。「くりかえします。逃亡しました。〈ラファテリア〉のほうに向かって西へ進んでます。至急、応援願います」警備班がいつ来るかわからないので、ぼくは必死でケイラと母親についていった。見張り塔の警備員が母子に気づいて狙撃するのではないかと心配だった。塀のほうを見やると、黒服の人影たちがライフルのスコープをのぞいてパークを見張っていた。

「見張り塔の警備員たちに撃たないように伝えてください」とぼくは無線で園長に訴えた。「親子はまだぼくから見えるところにいます」

「ローラーデイズ警備班がそっちへ向かってる」と園長は応答した。

母と娘は歩みをゆるめた。ぼくは看板と茂みに身を隠しながら背後から母子に近づいた。ふたりは境界の塀のほうに向かっていた。塀には、高圧電流が流れているので触れると怪我をするか死亡すると警告する看板があったが、実際に電気は通じていなかった。

「すみません、お客さま」とぼくは声をかけ、母子にゆっくりと近づいた。「ここは立入禁止です。だいじょうぶかい、ケイラ？　乗り物に乗りたいんじゃないかい？」

少女はまず母親を、次にぼくを見た。息をととのえようと、小さな胸を上下させている。

「あなたにはわからないんです」とミセス・マクナマラが泣きながら訴えた。「この子は連れていかれるんです。できると思ってました。でも、この子を手放せません」少女は母親にもたれかかった。立っているのもつらいのだ。

「だいじょうぶですよ」ぼくはそう言いながら、救世主よろしく両腕をのばした。ぼくはこの母親を哀れに思った。たしかに、逼迫した病院や倉庫を改装した感染症棟よりはこのパークのほうがましだけど、子供と別れたがる親なんているか？　「ぼくはお手伝いをするためにいるんです。さあ、ぼくと手をつなごうよ、ケイラ」

ぼくは数歩近づいた。手をのばせば届きそうな距離まで近づいたとき、ぼくは息が詰まって地面に倒れた。激痛に襲われていた。男に腹を蹴られたのだ。男はぼくのネズミの頭をもぎとり、家族に触れるなとどなった。男の両脚にタックルして倒すこともできたかもしれないが、エンターテインメント・スタッフが客に触れたら解雇されてしまう。ぼくは顔に唾を吐きかけられて目をつぶったが、すみませんとあやまった。男が右フックを食らわそうとこぶしを振りあげ、ぼくが顔をしかめた直後に、青いスパンコールの群れが迫ってきたと思ったら、ローラーブレードをはいた警備班が、あっというまに家族全員を連れ去った。

§

「どうして、せめてブロックしなかったの？」ドリーは、ぼくのすり傷とあざを検分しながらそう言った。ドリーによれば、娘の遺灰をおさめた箱を渡したとき、少女の母親がくずおれかけたので、抱きとめてやったのだそうだ。また父親は、立ち去る前に、ネズミを殴ったことを詫《わ》びたらしい。

「一度も殴りあいの喧嘩をしたことがないんだ」とぼくは言った。フィッチの部屋から、吸入器を使っている音と、フィッチが肺に霧状の薬剤を吸いこむときにたてる湿った呼吸音がかすかに聞こえていた。

「ところで、フィッチはきょう、あなたはいないのかって言ってたわよ。けさから調子が悪いの。頭痛がするし、息がしづらいみたい。薬の投与をやめてるから、ほかの問題も出てくるだろうってお医者さんたちは言ってた。来月、ジョンズ・ホプキンズ大学で別の治験がはじまるの。フィッチの父親が手をまわしてくれると思ってたのに。努力はしたみたいだけど、進展がないの」

ぼくは、テーブルに置かれているスケッチを手にとった――ドリーとフィッチと、たぶんフィッチの父親が湖畔にいるところが描かれている。ドリーがぼくを凝視しているのがわかった。ドリーがぼくとこれまで一度も共有しようとしなかった部分に踏みこんだかのように。

「ほとんど時間がなかったの。夫、いえ、別れた夫と言うべきね。別れた夫は、あとちょっとでフィッチに新しい肺と心臓を用意できそうだって言ってるけど、もう何カ月もおなじことを言いつづけてる。もうわからない。疲れちゃったのよ、スキップ」

ドリーはぼくたちとフィッチの部屋を隔てているガラスパーティションに歩いていって出入口の前に立った。ぼくはキッチンへ行って、ドリーのためにワインをグラスに注いだが、冷蔵庫と冷凍庫がきちんと整理されていることに感銘を受けた。一週間分の食料がタッパーウェアに入っていたし、フィッチの薬はすべてラベルを貼って分別してあった。ぼくはドリーに背後から近づいてグラスを渡した。ドリーはグラスの半分を一気に飲んだ。ぼくは、いまこの瞬間、だれがドリーのそばにいるべきなんだろう、と考えながら立っていた。ぼくたちは、苦しそうな息づかいを続けているフィッチを囲んでいる機械のランプを、おもちゃのプラネタリウムが天井に投影している星々を眺めていた。ふたりとも、医学的介入をしないかぎり、フィッチがあとひと月、ひょっとしたらふた月の命なのがわかっていた。


ぼくたちは、翌朝の四時に、フィッチの泣き叫ぶ声で目を覚ました。フィッチは、頭がずきずきするし、体のなかが熱いと訴えた。ドリーが手を洗い、マスクと手袋をつけたときには、フィッチはベッドに嘔吐していた。頭痛はますますひどくなっているそうだった。

「ぼくにできることはあるかい?」とぼくはたずねた。

「ないわ」とドリーは答えた。「フィッチの面倒はわたしが見る。診療所にはもう連絡してある。外で往診に来てくれるお医者さんを待ってて」

ぼくはポーチに腰かけて、〈オシリス〉のコースを照らしているライトを見やった。天の裁きたる稲妻のようだ。医師がやってきて去った。ぼくは朝方遅くまで外にいた。ドリーが出てきて、フィッチがやっとおちついたと告げた。

「じゃあ、とりあえず、フィッチはだいじょうぶなんだね?」とぼくはたずねた。

ドリーはコテージを振りかえってぼくの質問について考えた。玄関ポーチは徐々に朝日で満たされ、〈笑いの街〉の新たな一日がはじまろうとしていた。この瞬間、ぼくたちは静寂に、パークがどうにか隠そうとしている一種の引力にとらわれていた。

「フィッチがほんとにだいじょうぶだったことは一度もなかったんじゃないかしら」とドリーは答えた。

§

翌日、ぼくは数人の子供たちを担当した――裸のバービー人形をぎゅっと握りしめていた少女、ジェイニー。前歯が一本、ぐらついていたジェネヴィーヴ。プロアイスホッケーチーム、ボストン・ブルーインズのくたびれた帽子をかぶっていたフォン。そしてひたすら家に帰りたがっていたマディスン。〈笑いの街〉の、いつもと変わらない一日だった――すなわち、営業時間中、ぼくはジョークを飛ばして笑い、火葬係がジェットコースターの車両を空っぽにするのを手伝ったあと、抜け殻のようになって帰宅したのだ。途中、〈オリーブ・ガーデン〉に寄ってドリーの夕食と、フィッチが食べられる程度まで体調がよくなっているのを期待してアイスクリームをテイクアウトした。ぼくはビールを飲みながら注文したものを待った。バーテンの女性が、ひどい顔色だとぼくに言った。

「えっと、いつも以上にっていう意味だけど」

「よく眠れないんだ」ぼくはぼそぼそと応じて会話を途切らせた。携帯電話をいじって弟のスクリーンセーバーを消し、数週間ぶりに家族にメールを送るか電話しようかと考えた。なんて言おう？ 言われたとおりだった？ どうにもならなくなってる？ カウンターの上のテレビには、サンフランシスコ・エリアの内外で避難している家族と野生動物が映っていた――前例のない夏の暑さのせいで、古木の森、ミューアウッズで山火事が起きたのだ。じっくりと時間をかけてお別れができる、新しいとむらいホテルのCMが流れた。食事ができるレストランエリアでは、カップルが黙って食事をしていた。テーブルの真ん中に遺灰箱が置かれている。隅で食事をしている老人のひとり客に、数人のウェイターが〈ハッピーバースデー〉を歌いだした。

コテージに着くと、ドリーは、ぼくがフィッチに与えた、ベッドのそばに積んであるコミックブックの一冊を読んでやっていた。ドリーの目が充血しているので、フィッチの小さな体のどこかに支障が出ているのがわかった。ドリーは一面の壁に火星の風景を描いていた――赤い荒野に火山がそびえ、ソーラーパネルを備えたNASAのローバーが遠くに見えている。

「ちょっと話せる？」とドリーが言った。「アイスクリームは置いていって」

ドリーは息子の額にキスしてから、ぼくに続いて外へ出た。ぼくたちは遊び場のブランコに座って、砂の上でゆっくりこいだ。

「古い治験の薬を倍の量、与えたの。残りがあとちょっとしかないんだけど。いまごろ、少しは体調がよくなってるはずよ」

「どうしたんだい？」とぼくはたずねた。

ドリーは砂に足でつけた筋を見おろしてから、手をのばしてぼくと手をつないだ。「考えてるところなの。フィッチが、まだ楽しめるうちにパークへ連れていくべきなんじゃないかって」

ぼくは明るく輝いている〈オシリス〉のコースを見やり、この一年間でぼくがジェットコースターに乗せた数百人の――優に学校一校分の――子供たちのことを思った。降下するときに眺めがいいから先頭に乗りたいと希望する子供たちもいた。しばらくすると、ぼくは子供たちの名前を覚えていられなくなったが、目を閉じると少年少女の顔が浮かんだ。どこかの並行世界で、ぼくはフィッチと一緒にジェットコースターに乗るかもしれない。ぼくたちはともに降下に臨み、手をつないだまま悲鳴をあげてループと宙返りを乗りきる。世界全体が虹色のにじみになっているあいだ、顔に吹きつけ、シャツの袖をはためかせている風を楽しむ。降りたあと、ぼくはフィッチを肩車し、ギフトショップでなんでも買ってやる。それはここじゃない。（とにかくここ以外の）ディズニーランドかユニバーサルかシックスフラッグス遊園地だ。家に帰ると、ドリーが――たぶんぼくたち三人の――絵を描いていて、フィッチが彼女に、乗り物はぜんぶ楽しかったし、逆さまになったときもこわがったりしなかったと告げる。

「本気かい？」とぼくはたずねた。

「次の治験の日程が届いたんだけど、フィッチは補欠なの。受けられるかどうかも決まってないの。順番待ちをしなきゃならないのよ」

ぼくは立ってドリーの額にキスをし、頭と頭を密着させて、口にされるべきではない言葉を、ドリーがぼくに頼もうとしていることを押しとどめようとした。

「わかった」とぼくは言った。

ぼくは、眠る前に、母親の電話にメッセージを残した。〝愛してるよ。ぼくもあいつがいなくて寂しい。毎日ね。だけど、ぼくはまだ生きてる。ママもまだ生きてる。それに、ぼくたちふたりのためにいつもそこにいてくれてた〟

翌朝、ベッドを囲んでいる機械を見ると、フィッチの容体は夜のあいだに安定したようだったが、目覚めたフィッチはそんなふうに感じないだろうし、彼がましな体調で過ごせる日はごくわずかしか残されていないことをぼくたちは知っていた。ぼくたちは、フィッチが寝ているあいだに、彼の部屋にこっそり入って、ベッドの上を色とりどりのテープと風船で飾った。ぼくは、フィッチの膝の上に〈オシリスの戦車〉ロゴとそのループがいくつか描かれている〈笑いの街〉Tシャツを置いた。

「待って、なに?」フィッチは、目を覚まして部屋を見まわし、寝ぼけまなこでとまどった。Tシャツをしげしげと見てから、「そうか!　本気なの?　ほんとに連れてってくれるの?」と言った。

ドリーがうなずくと、フィッチは、すぐさま機械との接続を片っ端から外し、ベッドから飛びだして、お気に入りのおもちゃやぼくがいちばん最近あげたコミックブックや紙パックジュースや上着をバッグに詰めはじめた。そしてぼくに、ほかに必要なものはあるかと聞いた。

「あとはきみが行くだけさ」とぼくは言った。「晩ごはんのあと、すぐに出発だぞ」

ぼくはフィッチにパークのマップを渡し、少年が床に広げたマップの隅の、色分けされた記号一覧を示した。来園者の名前がびっしりと刻まれている煉瓦《れんが》の小道を指でなぞって、〈ラファテリア〉などの探検ゾーンがある中庭へと続く赤白縞《しま》模様の入場ゲートを抜けた。

「トレーナーが子供に、バケツに入った魚をアシカに食べさせる体験をさせてくれることがあるんだ」とぼくは、アクアゾーンを指さしながら言った。

「うん、知ってる」とフィッチ。

「フィッチは知ってるのよ」とドリー。

フィッチはおもちゃ箱から、クレヨンで解説が書いてある手づくりの〈笑いの街〉マップを出した。フィッチのマップでは、どの乗り物にも彼が乗っていて、その横にはぼくと母親も座っている。アトラクションのあいだの煉瓦道を、手をつないで歩いているぼくたちも描かれている。隅にはスケジュールもあった。真っ先に乗りたい乗り物は強調してあり、見たいショーは丸で囲んである。フィッチは〈ラファテリア〉を指さすと、ぼくを見上げながらたずねた。

「スキップはパフォーマンスするの？　ネズミになるの？」

「ネズミになってほしいかい？」とぼくはたずねた。

フィッチは長々と考えこんでから、ぼくのままでいたほうがいいと決めたようだった。「ううん」とフィッチは答えた。「スキップがネズミになったら、だれがぼくと乗り物に乗ってくれるの？」

仕事中、ドリーから、フィッチは荷物をひっきりなしにバッグに詰めたり出したりしたり、パークのマップを見つめたりしているというメールが届いた。ぼくは昼休みにギフトショップに行って宇宙飛行士のつなぎと、〝ジュニア宇宙司令官〟と記されている帽子と、暗いところで光るスニーカーを買った。仕事を終えてドリーのコテージに戻ると、フィッチの部屋のガラスドアの隙間からプレゼントの箱を入れた。フィッチは箱を持ちあげて振り、小さなジェットコースターが描かれている包装紙を見つめた。

「なんのプレゼント？」とフィッチはたずねた。

「お誕生日よ」とドリー。「あなたがいい子だったから、すごく早いんだけど、お誕生日プレゼントをあげることにしたの」

フィッチは包装紙をびりびり破くだろうとぼくは思っていた。だが、フィッチは包装紙を破らないように、ひとつひとつの箱からていねいにテープを剝がした。最初の箱をあけると、宇宙飛行士の制服を手にとって自分の体にあてた。帽子をかぶり、鏡に映った自分を見ながらにっこり笑った。

「すごいや」とフィッチ。「ありがとう」

「本日の任務は、司令官」とぼくは言った。「楽しむことだ。できるか？」

フィッチは姿勢を正して敬礼を返した。「イエッサー」

「では、装備をととのえろ。一七〇〇《ひとななまるまる》に出発だ」


フィッチはドリーの手をひっぱってパークに向かった。ぼくはあとからついていった。〈オシリス〉を目に入れないように努めながら、つばに惑星ピンバッジと恐竜ステッカーをつけた帽子から毛を飛びださせているフィッチと、着る機会がないとこぼしていた紫のサマードレスを着ているドリーを見るようにしていた。ドリーは息子から目を離せないようだった。ぼくはコンクリートの割れ目から雑草が生えていることに気づいた。太陽は、大気汚染のせいでほとんど真っ赤だった。

「おい、フィッチ、そんなに急ぐなよ。ぼくが裏から手をまわしたから、動物とじかに触れあえるぞ。ミニゴルフコースもぼくたちで独占できる」

「絶対に負けないからね」とフィッチが言った。

§

「虎が見たいな」パークに入るなり、フィッチが叫んだ。「ううん、やっぱり乗り物に乗りたい」

フィッチはティーカップを指さした。三回連続で乗ったので、ようやく降りても世界はまわりつづけた。フィッチは、内部の金網張りが見えているドラゴンのてっぺんにのぼり、大規模な修繕が必要なおとぎの国の木のなかをくぐり抜けた。だが、フィッチの目にはなにもかもが魔法に映っていたし――出会って以来はじめて、心の底からの笑顔になってパークをジグザグに歩きまわっているフィッチを見ていると、ほんの一瞬、ぼくは自分たちがどこにいるかを忘れかけた。

フィッチから写真を撮ろうと言われたり、一緒に乗り物に乗ろうと誘われたとき以外、ドリーはほとんど無言だった。アトラクションを渡り歩くあいだ、ほとんどうしろに下がっていたし、〈ラファテリア〉で軽食をとったときも、ほとんど食べなかった。

「スキップ」ドリーが、カフェテリアを出たあと、ゲームコーナーへ走っていくフィッチを見ながらぼくに言った。「どうなるかを教えてくれる?」

「ほんとに知りたいのかい?」とぼくは確認した。

「あなたがフィッチをジェットコースターに乗せてくれるのよね? あなたになにをお願いしたのかを理解しておきたいの」とドリー。

「苦痛は感じない」とぼくは話しだした。「多幸感に包まれてるはずだ。そのあと、ほとんどの子供が意識を失う。三度目の宙返りをするまでに、フィッチは息絶えてるはずだ」

「そうじゃなくて。あなたがなにをするかを知りたいんだと思う。もしもあなたがフィッチを知らなかったら、あの子も、あなたがジェットコースターに乗せる子供たちのひとりだったわけでしょう? あなたはほかの子供たちを覚えてるの?」

ゲームをじっくり選んでいる息子に目を向けているドリーに、ぼくは自分の仕事について説明し、ノートに子供たちの氏名と特徴――エマはディズニーの曲を歌っていた、コルトンは自販機で買ったタトゥーシールを全身に貼っていた、ステイシーは〝気候変動はビールをおびやかす〟という文字がプリントされている大きすぎるTシャツを着て、海洋生物学者になりたがっていた――をノートにつけていると話した。

ぼくが説明を終えると、ぼくたちは二十ドル分のトークンを買った。フィッチが虎のぬいぐるみを買い、スキーボールのゲーム機で遊んでも足りなくならなかった。たとえきょう、それに幾夜もフィッチとともに過ごしていても、「フィッチのこともおなじように大切にするよ」とぼくはドリーに伝えておきたいことを告げた。

「そうだと思ったわ」とドリーは言った。

時間切れが迫った。フィッチはグループ4B、つまりホスピス支援児と一緒のスケジュールなので、残りはあと一時間だった。ぼくの近くに住んでいるパークのアニマルトレーナーが、スペシャル猫科猛獣ショーを見せてくれ、フィッチがアシカに餌をやれるようにはからってくれた。そのあと、ぼくはなにも言わずに〈オシリスの戦車〉のほうへ母子を導いた。フィッチが〈オシリス〉を見上げ、マップに視線を戻した。このとき、フィッチがどこまで理解していたのか、この先いつまでも考えることになるはずだった。

「次はこれに乗るの？」とフィッチがたずねた。

「ええと、ママはジェットコースターが好きじゃないんだ。それに、ぼくは、きょう、操作室に入らなきゃならない」とぼくは応じた。嘘ではなかった。園長に頼んで、ボタンを押させてもらえることになっていたのだ。「だけど、これはしっかりした子の乗り物だ。きみは宇宙司令官なんだろう？」

「うん」とフィッチは答えた。「じゃなかった、イエッサー。ぼくはしっかりしてる。だけど――」

「だけど？」

「虎も連れてっちゃだめ？」

ドリーがフィッチの横でしゃがみ、息子にぬいぐるみの虎を渡して、「大好きよ」と言った。「きょうはあなたと過ごせて、ママはほんとに楽しかったわ」ドリーが最後にもう一度、ぎゅっと抱きしめたあと、フィッチは〈オシリス〉のほうへ駆けだした。ドリーはぼくにしがみつき、むせび泣きながら、フィッチが子供たちの列に並ぶさまを見ていた。ドリーの指がぼくの服に食いこんだ。

ドリーは脚から力が抜けて立っていられなくなりかけているのがわかった。

ぼくはドリーを支えながら、「いま行くからね」とフィッチに叫んだ。

「わたしはあそこのベンチに座ってるわ」とドリーが言ったのが、かろうじて聞きとれた。「終わったら来て」

ぼくは歩きだしたが、石畳の道が流砂に変わっていた。一歩ごとに足をとられそうになった。頭のなかでは、どうにかしてフィッチと一緒にいられるようにしたい、三人で暮らしたい、などという自分勝手な考えが渦巻いていた。ぼくは目をつぶって深呼吸をし、フィッチ宇宙司令官のおかげで銀河的な勝利をおさめられたという、幸せな妄想にふけろうとした。ひどい状態になったフィッチを、皮膚が薄くなってありえない色になり、全身の細胞が燃えているようなフィッチを思い描こうとした。ウイルスがフィッチの脳を食い、シナプスを包みこんで、一分ごとにフィッチらしさを奪っていることを自分に思いださせた——そして目を開くと、フィッチはこれまででいちばん生きとしていた。

フィッチはもう、オリオンとともに天にのぼり、ユピテルだかビーナスだかに矢を向けているも同然だった。座席についているフィッチは、期待で身震いし、自分の腕をさすっていた。ぼくは、フィッチの肩に真新しいデニムジャケットをかけてやってからパッドつきハーネスを下ろし、しっかりと固定した。フィッチはぼくに、あとでアイスクリームを食べたいとねだった。ぼくはフィッチに、好きなだけ食べなと言いたかった。フィッチの顔を見つめながら、これが、家には帰れないと知ってる宇宙飛行士の望みか、と考えた。ぼくはフィッチとハイタッチをし、しっかりつかまっていろよと言った。きみの任務は世界を救うことだし、ぼくはきみが星々に向かって叫ぶ声が聞きたいし、両手をめいっぱいのばして空の底をひっかいてほしいと伝えた。

ぼくは操作室から、フィッチに最後の敬礼を送った。コースに点在している電灯のオレンジ色のほのかな明かりで照らされているので、興奮してはしゃいでいるほかの子供たちのなかで、かろうじてフィッチの輪郭を見分けられた。ぼくが赤いボタンを押すと、ジェットコースターのチェーンがカチカチと音をたて、車両をひっぱりあげはじめた。音が体に響くたびに、ぼくはジェットコースターを停止させたくなる衝動に駆られた。ドリーは、〈オシリス〉のフェンスの警備員が立哨《りっしょう》しているゲートのそばで、ほかの両親たちと一緒に立っていた。ぼくは、操作室の暗がりで座ったまま待った。そして一瞬、フィッチが勝ち誇ったように叫ぶ声が聞こえたような気がした。それはたぶん、ぼくがこれまでに聞いたなかでもっとも幸せそうな声だった。やがて、〈オシリス〉が発している轟音だけが響くようになり、そしてなにも聞こえなくなった。

記憶の庭を通って

ぼくは両親と、安楽死したいとこのケイラの、ミネアポリスで営まれた三カ月遅れの告別式から、車でパロアルトに帰宅する途中だった。旅の最終日、ぼくは後部座席で、わずかにあけてある窓から入ってくる煙の臭いから家を思いだしていた。体が熱くて頭がぼうっとしていたし、見上げたとき、宇宙に絵筆を走らせたかのごとく、星々が空で尾を引いているように見えた。父は車を止めてくれなかった。予定より早く着きそうだ、と父は言った。一週間後に目が覚めたとき、ぼくは病院の感染症棟にいて、両親が隔離観察室からぼくを見ていた。

「告別式でおまえがベビーシッターをした子供たちが検査で陽性になったの」ベッドサイドのインターホンから母の声が聞こえた。「子供たちの親たちは、検査を受けたって言ってたのに。あの子たちは安全だと思ってたの。ごめんなさい、ジュン」

「くそったれなバイ菌工場どもめ」とぼくは悪態《あくたい》をついたが、そのころには部屋が焦点を結んでいた。言葉を発するたびに喉が猛烈に痛んだ。一語ごとに小石を吐きだしているようだった。ツイスターをしている最中に、本物のうんちの臭いがする幼児の手で顔をべたべた触られ、おばの家の地下室のよどんだ空気が騒ぎでかき乱されていたのを思いだした。横を見ると、何台かのベッドに大人が寝ていた——目を覚ましていて天井を見つめている者も、意識を失い、機械につながれて喉に空気を送りこまれている者もいる。「その子たちはどうしてるの？」

「ケンタは集中治療室《ICU》に入ってるの。そのほかの子の容体は安定してて、遺伝子治療を受けてる」と母が言った。

ぼくはうなずいたが、背中に激痛が走った。永遠に寝ていられそうだ。

「子供のための治療法は、大人には効かないようなんだ」と父が言った。「新しい変異株らしい。もう空気感染はしないと言われてる――もちろん、確実なことはだれにもわからないんだがな。何人かの大学生がビーチで感染したが、汚染された下水のせいだろうってことになってる」

他人の体を見ているような気分だった。脚にかかっているシーツの感触がなかった。腕の皮膚は異常なほど色が薄く、ほとんど半透明だった。深海生物に変身しつつあるかのようだった。

「ぼくはどうなってるの?」とぼくはたずねた。

両親は首を振ったが、手をとりあったままだった。愛情をこんなふうにおおっぴらに示している両親を見るのはほとんどはじめてだった。

「わたしたちにもわからないのよ」と母。

医者たちと看護師たちが向かいの病室に駆けこんだのが足音でわかった。ピーッという、患者につけられている心電図が水平になったことを示す音と、除細動器の小さな爆発音が聞こえた。両親に愛してると伝えたかったが、唇をセメントで固められているかのようだった。ぼくのくぐもった叫びが病室に響いた。母が口を両手でおおって泣いているのが見えた。ぼくの体の皮膚が、みるみるうちに透明になった。血管のなかを星々が流れているように見えた。母が日本語で話しだした。母が日本語を口にするのは動転したときだけだ。父が救いを求める叫び声をあげた。ぼくはしばし目をつぶった。


目が覚めると真っ暗だ。目をあけているのか閉じているのかもわからない。ぼくは助けを求めて叫ぶ。看護師に電灯をつけてほしい、そばにほかの患者がいるなら音をたててぼくがひとりじゃないことを教えてほしいと。着ているのは患者服ではなく、Tシャツとジーンズのようだ。鼻に呼吸チューブを挿入されていないし、痛みをやわらげるための点滴も受けていない。素足で踏んでいる帯電した空気の感触は、子供が思い描く雲にそっくりだ——乗っていられるほどしっかりしていて、なおかつその上を移動できる。まるで、無限に広がっている繭《まゆ》のようだ。引力が弱くなるのか、手を上げると指先が軽く感じられるが、だとすると体をここにとどめているなんらかの力が存在することになる。闇のなか、足の下を手で探っても、なんで立っていられるのかわからない。

ぼくは歩きまわりはじめるが、すぐにほかの人々の声が聞こえてくる。「どこにいるの?」「姿が見えない」「携帯電話の電源が入らないんです」「おれのもだ」「みなさん、話しつづけてください」みんな、腕を前にのばして声がするほうに歩いて、やっと集まれる——胸と胸が衝突し、まるでビリヤード玉のように頭と頭がごつんとぶつかる。最初は、数えると十人いる。ほとんどが、ぼくのように病院の感染症病棟にいたが、何人かはまだ日常生活を送っていた。ワシントンDCの弁護士は、出勤前に娘とシリアルを食べていた。兄弟に強盗を働いた罪で有罪になった男は、刑務所から釈放されたばかりだった。高校生VRゲームVロガーは、数日前に感染の診断を受けたばかりだった。彼は、可能なうちにクリアしておこうと、ベッドでゲームをしていた。老婦人は、子供たちの葬式をすませたばかりの娘と電話をしていた。

「娘は最近、しょっちゅう咳《せ》きこんでるの」と老婦人は説明する。たぶん、すぐそばに立っているのに、叫んでいるような大声だ。「風邪だと信じるほかなかったのよ」

「ぼくの場合は、入院してる病院に両親が見舞いに来てたんです」ぼくは、かけらも日本語なまりがない、完璧な英語でそう言う。自分の口から発せられている音声をじっくり検討する——最終音節がシロップでできているかのように、単語の最後が次の単語にくっつく、まぎれもないカリフォルニアの若者の話しかただ。

会話が途切れると、耳鳴りのような音が聞こえる。自分の鼓膜の音だ。自分で自分をつねって目を覚まそうとする。ぼくを見守っている両親が見えることを期待する。目をつぶってまたあける。地面ではないものを踏みつけて、ぼくを支えている力だか空気でできているブランケットだかを突き破ろうとする。

「出口があるかもしれない」とぼくは言う。

「でも、ここにいることになってたら？」とだれか。

「ここでただ待っていたくはないな」と弁護士。

「ばらばらになったらどうするの？」と老婦人。

「離れないようにしましょう」とぼくは答える。

「なんでおまえが仕切ってるんだ？」と重罪犯が問う。

「役に立つ提案をしたのは彼だけじゃないか」と弁護士。

ぼくは、周囲にほかの人々の存在を感じながら、闇のなかで列になって進む。弁護士がほかの人たちに、どうしてこんなことになっていると思うかとたずねる。ほどなくして、この場所は感染症に関係があるのだろうとぼくたちは推測する。ここへ来てどれくらいたつかを明言できる者はだれもいない。ぼくたちは疲れていないし空腹でもない。ここにも端が、ほかのどこかへ通じるドアか階段があるはずだ。大声で叫んだら、だれかに聞こえるかもしれない。老婦人が静寂を破って歌いだすと、ぼくたちはすぐに加わる。各自が曲を選んで歌いつづける――カーペンターズに続いて、ビートルズ、次にトーキング・ヘッズ。

ビーチ・ボーイズの〈ココモ〉を歌っていると、弁護士が淡々とした口調でさえぎって、自分は不倫をしていると告白する。

「やれやれ」とゲームマニア。「火遊びだったのかい？」

「妻が離婚を申しでるんじゃないかと心配なんだ」と弁護士。「わたしには家族があるんだよ」

「そうなるかもしれないわね」と老婦人。「とにかく、あなたが奥さまに誠実に向きあわないと、事態はいいほうに向かわないわよ」

「告白大会がはじまったのかい？　それなら、ぼくの兄貴はひき逃げで殺されたんだ」とゲームマニア。「兄貴は悪い仲間とつきあってた。ぼくだって優等生じゃないけどね」

「お袋はおれが赤ん坊だったときに薬物過量摂取《オーバードーズ》で死んだんだ」と重罪犯。「誤解しないでくれ。おれが泣きやまないから、眠くならないように薬を飲んだだけだ。親父は、おれのせいでお袋が死んだんだっておれを責めた。死ぬまでおれにあたりつづけた」

　ぼくは、自分のことを打ち明けるのをためらう。夜、こっそり抜けだしてタバコを吸ったことはない。浮気をしたこともない（それどころか、ちゃんとした恋人がいたこともない）。ぼくは、福島の原発事故のせいで父が失職したので、両親に連れられてアメリカに移住してきた。ぼくたちはバークリーにあるおじのパン屋を手伝った。ぼくは奨学金をもらって大学に行った。だが、役所の味も素っ気もない建物で長い列に並んだことも、夜、母が泣いていたことも覚えている。ぼくは、なまりが恥ずかしくて、教室ではほとんどしゃべらなかった。だれかと話すことはめったになかったが、つねに書きつづけた。小説や詩を見せるたびに両親はほめてくれたが、がっかりさせてしまうのではないかと心配だった。夏休みで実家に帰ったときは自分の部屋にこもっていたものだ。父は、老眼鏡をかけ、電子翻訳機を使ってぼくの原稿を読んだ。

「うん、いい。すごくいいよ」と言って原稿を母にまわした。父は、いつもシャツのポケットに入れているメモ帳に、知らない言葉や言い回しを書きとめて、新たに知ったボキャブラリーを会話に使おうとした——きょうの晩めしは激ウマじゃないか？　おまえが撮ったこの写真は明暗対比《キアロスクーロ》がいいな。おれのイチオシはテリヤキだな。おまえの卒業を一日千秋《いちじつせんしゅう》の思いで待ってるからな。

「おまえには才能があるんだね」と母。「だけど、いつ稼げるようになるの？」

「もうすぐさ」とぼくは両親に請けあう。「芸術は時間がかかる。肝心なのは、作品を理解してくれる人たちを見つけることなんだ。いろいろ複雑なんだよ」

　ぼくは、夏休みにアルバイトしているパン屋で、両親とおじがぼくを待っているさまを思い描く。両親とおじは、ぼくが執筆に夢中になっていると思うだろう。うちでぼくを待っていた家族は警察に電話するだろう。父は胸ポケットからメモ帳を出し、刑事に、「息子が見つかるように祈念《きねん》いたしております」とかなんとかいうだろう。

虚空を進んでいるうちに、新しい声がいくつも聞こえる。救いを求める叫びや長たらしい挨拶が。ぼくたちは新参者たちに、体がぶつかるまでぼくたちの声がするほうに来るように伝える――こっち、こっちだ。

「28番路線のバスを運転してたんです。フィルモアを出てすぐ、いきなり真っ暗になりました。落下する感覚がありましたね」とひとりの新参者が言う。

「落下？」と何人かがつぶやいた。

「パラシュートで降下してるみたいな」

「落ちた覚えがある人はいませんか？」とぼくはたずねる。

沈黙。

「大変だ。乗客が」とバス運転手。「バスが」

ぼくは新参者たちの話について考えた――もしも上から落ちてきたんだとしたら？　足の下が空気になっているここで、上っていうのはいったいなにを意味するんだ？　たぶん、ぼくたちは円を描いて進んでる。

「で、どうするんだ？」と重罪犯。

「上が唯一の出口かもしれない」とぼく。

「出口なんかないのかもな」とゲームマニア。「動物をつかまえる罠みたいに」

「上に出口があるとしよう。どうやってたどり着くんだ？」と弁護士がたずねる。「はしごはなさそうだぞ」

遠くでさらなる声が反響している。多すぎて方向はわからない。混みあったカフェテリアで、ワーンという騒音を静寂に感じるのとおなじだ。英語、スペイン語、ドイツ語、中国語、日本語の断片を聞きとれる。ぼくはみんなに点呼をおこなうように頼む。1、2、3、4、5、6、7、8、9、10……26、27、28、29、30……63、64、65……ひょっとしてひょっとすると……

「馬鹿じゃねえのか？」と重罪犯。「おれたちはサーカス団員じゃねえんだぞ」

「わたしにできるとは思えないわ」と老婦人。ぼく自身にも疑いがないわけではないが、なにかをしなければならない。

「みなさん、考えてみてください」とぼく。「ここがどんなところだろうと、これらはぼくたちの本物の体じゃありません。疲れないし、お腹もすかないんですから。暑くも寒くもないんですから。ぼくはやれると思ってます。怪我もしないはずです」

ぼくたちは人間ピラミッドをつくるために、体格ごとに分かれようとする。何時間も、それどころか何日もかかりそうに思える。各自が自分の身長と体重を叫ぶ。だが、ぼくは医者でも警察官でもないので、数字をいわれてもぴんとこない。おおまかな特徴を申告することになる――「おれはガタイがいい。鍛えてるんだ」ぼくは、タンクトップに短パン姿の男を思い浮かべる。

「よし、大柄な人たちは下だ。よつんばいになってください」とぼく。

最初の人数――どんどん増えているのでほとんど無意味になりかけているが――を元に計算すると、少なくとも五十段のピラミッドができるはずだ。意外にも、全員が円滑に意思疎通し、助けあいながら自分の位置を決めていく。お互いの姿が見えていたら、こんなにスムースにうまくいっただろうかとぼくは思う。

ぼくは手探りでピラミッドの一段目の安定性を確認する。これまでの人生で触れた人の体よりも多くの人の体に触れる。恥ずかしさや慎み深さに頓着《とんちゃく》している場合ではない。

「屈強な人がもっと必要です。ぼくの声がするほうに集まってください。こっちです」ぼくは、土台に隙間があることに気づいて、そう叫ぶ。

「だれかにお尻をつかまれた！」と女性がわめく。

「ほんとですか？　やめてください」とぼく。「犯人捜しはしたくない」

「さっさと進めてくれ」と、土台の真ん中あたりでよつんばいになっている重罪犯がせかす。

　次の段が、他人の頭を踏むたびに謝りながら、ゆっくりとのぼりはじめる。またもぼくが、手足をしっかり踏んばるように頼みながら隙間がないかと手探りで確認する。

「どう考えたって無理だ。出してくれ」という声が聞こえ、ピラミッドから体が転げ落ちるかすかな音が響く。肌と肌がぶつかり、ときおりだれかが悪態をつく。

「だれだか知らないけど、もう一度のぼってください。きっとできます。家族と友達のことを思いだしてください。肉体的な限界は忘れるんです。いまは問題にならないんだから」ぼくがそうはげましているあいだも、さらに何人かが脱落するので、ぼくは彼らをはげまして持ち場に戻らせる。

　ごく軽い人々以外は位置についたようなので、ぼくは小柄な人たちに最上段にのぼるようにうながす。その人たちがのぼりきったと報告するまでにしばらくかかる。そのあいだに、ぼくはあらためて周囲を点検する。身軽なおかげで、ぼくは最後のグループに続く——頭、手、背中が、目に見えない空への階段になる。のぼるにつれて、内側から、断片的なつぶやきが聞こえるようになる。

「こんなすばらしいことを考えついたのはどこのどいつだ？」「全員、窒息してないのが不思議だよ」「もう耐えられない」「出して、出して！」

　頂点が近くなると、地と空の境界を突き破っているエベレスト山にのぼっているかのように空気の重みが減じはじめる。ぼくは両手を上げ、なにかつかめないかと探りながら、「聞こえますか？」と大声で救いを求める。叫んでいるうちに、チクチクするような感覚が全身に広がる。水中を漂っているかのように髪が逆立つ。シャツのボタンを指でつまんでひきちぎる。手を上げると、ボタンが振動しはじめ、しまいに、ゆっくりと浮かんで闇へと消える。揺れが下へ伝わり、ピラミッドが崩れだす。ぼくを支えてくれていた人体からなる台がばらける。足首をぎゅっとつかまれたのを感じるが、すぐにその手は外れ、ぼくはほかの人々もろとも転落する。人体同士がぶつかりあい、ピンボールのように跳ねかえる。ぼくは男の上に落ちる。その男は手足をばたつかせて体勢を入れ替え、ぼくにのしかかる。

「みなさん、だいじょうぶですか？」とぼくはたずねる。大勢がうめいたりぼやいたりしているので、ぼくの声はほとんどかき消される。ぼくは空いている場所を探して人をかきわけながら進む。

「みなさん、だいじょうぶですか？」

「ああ、だいじょうぶだ。ここではおれたちは無敵なんだ。忘れたか？　で、上にはイエスさまだかＥＴだかはいたのか？」と重罪犯がたずねる。

「どっちもいませんでした」とぼく。「だけど、ひっぱられるのを感じました。ボタンがぼくの手から浮きあがったんです」

「ほほう」と重罪犯。「そいつはたいした手品だな。だが、それがなんの役に立つんだ？　なにしろ、おまえはまだここから抜けだせてないんだからな」

「あの力は高くなるほど強まるんじゃないかと思います」

「そのためには何人必要なんだ？」とだれかがたずねる。

　ぼくが真っ先に発言したという単純な事実のおかげで得たわずかばかりの権威は消えつつある。だが、人々は、まだ脱出について話している。子供と再会したり、犬に餌をやったり、配偶者に「愛している」と言いたがっていることに変わりはない。いまのところ、現実世界では、ぼくたちの体はありえないウイルスに冒されているという事実をだれも口にしていない。たぶん、みんな、第二のチャンスを信じずにはいられないのだろう。

「見て！」と老婦人が叫ぶ。だれかまたはなにかが豆電球をつけたかのように、指で示している老婦人のシルエットが浮かびあがっている。闇が薄れたが、ほんのわずかだ。プラネタリウムが天井に星を投影しているのか、それとも回転のぞき絵《ゾエトロープ》の光が黒い壁にあたっているのか——いや、違う。見たことがないものだし、この世のものとも思えない。

周囲のいたるところに、熱気球ほどの大きさの虹色の球体が、クラゲの群れのようにおりてきている。ぼくたちはその美しさに魅せられて、目をそらすことも、それどころか恐れることすらできない。恒星の誕生や惑星の死のような宇宙的な出来事か、千のスノードームのなかのオーロラを目撃するチャンスに恵まれたかのように。ぼくたちは、ようやくほかの人たちを見られる。ぼくは、以前、ウィンドウで見かけたが高すぎて買えなかったゴジラTシャツを着ている。重罪犯は腕に虎の粗雑なタトゥーを入れている。ゲームマニアはくたびれたスタンフォード大学のジャージ、弁護士はサーモン色のズボンと紺のポロシャツ、老婦人はよれよれのブルース・スプリングスティーンTシャツを着ている。ぼくたちは、人数が思っていたよりずっと多くなっていることに気づく。見渡すかぎり一面に球体がおりてきて、何千人もの人々の顔を照らしている。球体が着陸すると、そのなかで動画が再生される――野原を駆けまわっている子供たち、トイレの個室でセックスしているカップル、病院で泣いている男、移民収容所のコンクリートの床でうずくまっている子供たち。映像は、水でできているかのように揺らめいている。弁護士がいちばん近い球体に向かって歩きだす。デリでカウンターの女の子に名刺を渡してナンパしている弁護士が映っている。

老婦人はさらにその先で、自分と亡き夫が映っていることに気づく。老婦人は集団のほうを振りかえる。どうすればいいかわからないのだ。

「フランシスだわ」と老婦人。その球体に触れると、場面全体にさざ波が立つ。「油っぽい感触ね」

ぼくは老婦人の手をとってその球体のなかへといざなう。ほかの人々が続く。球体の膜を抜けるとき、滝を通り抜けたかのように、全身を洗われる感覚がある。反対側に出ると、意外にも体は濡れていない。ぼくたちは病室の隅に立っている――消毒剤の匂いが漂っている。老婦人の過去版が、ベッドに寝ている夫に食事をとらせながら、テレビでクイズ番組『ジェパディ!』を見ている。「トマス・モア」と夫が言う。かろうじて聞こえる小さな声だ。「ミトコンドリア」と過去の老婦人が答える。ぼくが、老婦人の肩を抱きながら見ていると、老婦人は泣きだす。ぼくは老婦人を、ぼくたちが入ってきた病室の壁を通って記憶の外へ連れだす。ぼくたちの人生の断片がすべて、ぼくたちが探れるように、解きほぐされて開示されてるんだろうか、とぼくは考える。

　ぼくは、なかばぼく自身の球体を探して、小さな記憶の惑星群のまわりに集まっている人たちをかきわけながら進む。「すみません、すみません。ぼくの子供時代を見かけませんでしたか?」点と点をつないで啓発を得ようとしているのか、他人の人生に入りこんでいる者もいる。

「いまのはほんとにすごかった」という声が通りすがりに聞こえる。「本物の〝地の塩〟だな。曾《そう》祖父母も世界大恐慌で大変だったんだ」

　ここで、ほぼひとりでいると、人からなる星座の星々のあいだの広漠たる空間を歩いているような気分になる。ひとりきりで座りこんで自分の球体を見ている男に歩みよる。記憶のなかの男はテーマパークにいて、宇宙飛行士の服を着た男の子をジェットコースターに乗せている。男はゆっくりと操作室に入って、空に向かって上昇していく車両を見つめる。球体のなかで男が泣く。外にいる男も泣く。ぼくはつかのま、男の横にしゃがんで背中をさすってやる。

「あの子がここにいるかもしれないと思ったんだ」と男。球体のなかでは、急降下するジェットコースターに乗っている子供たちが興奮して腕を振っている。「あの子の母親は、いまも生きてるんだ。現実で。ひとりで」

「みんなのところに戻って、ほかの人たちと一緒にいるほうがいいんじゃありませんか?」とぼく。

「みんな、すぐにここから出ていってしまうさ」と男。

「それなら、しばらくぼくと一緒に歩きましょう」ぼくは手を差しだして男を助け起こす。

　ぼくたちは連れだって球体をいくつも通り抜ける。孤立しているらしい場面もある——記憶というよりものぞき窓のような場面も。それらは、鍵がかかっていて立ち入れない——倉庫に並んでいる簡易ベッドに人々が寝ていて、医療従事者が看護している。眠っていない人々は体を動かせないようだ。そういう人たちは、世界を観察しているマネキンか人形のように、医師たちを目で追っている。何人かの肌は、ここで目覚める前のぼくの腕に似ている――半透明で、内側が光っている。それがこの感染症の自然な経過なのか、治療の副作用なのかは不明だ。いくつかの球体のなかで、疾病対策センター《CDC》の白いバンが、捨てられたり、路上で倒れたりしていた病人を回収している。

「これがぼくたちの身に起きたことなのかな？」と男。

「さあ」とぼくは応じる。外ではどれくらい時間がたったんだろう、両親は無事だろうか、とぼくは考える。両親には、こんな場所に来てほしくない。

言うまでもなく、一部の球体の映像は意味がさっぱりわからない――太陽系内を飛行していた柩《ひつぎ》ほどの大きさの銀色のポッドが海に墜落する。アワビの貝殻の内側のような虹色に輝いている惑星が三重星のまわりをめぐっている。動物の皮をまとった女性が洞窟のなかにある少女の死体のそばで泣いている。その穴居人《けっきょじん》の女性は未知の言語で歌いながら、少女の両目に花びらを置く。女性は広大な平原を歩きながら服を脱ぎ捨て、光に変わる。

球体が振動しはじめ、ぼくたちの記憶にさざ波が生じる。人々がゆっくりとぼくたちに追いつく。老婦人と弁護士もいる。ぼくは彼らを待つ。手を振る。ぼくが立っている場所から遠くないところで、少女が両親の喧嘩《けんか》を立ち聞きしている場面が分解しはじめ、霧と化して消える。そして、その球体の先で、ぼくはとうとう自分の人生を見つける――両親がサンフランシスコのジャパンタウンをぶらついていて、ぼくはそのあとについて歩いている。ヘッドホンをしている小学生のぼくは、子供のころの記憶にある店をのぞいたり、うなぎを焼いている香りを嗅いだり、紀伊國屋《きのくにや》書店でマンガをパラパラめくったりしている。

別の球体で、ゴールデンゲートパークでピクニックしているときにぼくがマナブおじさんからはじめての自転車をもらったところを見る。ぼくは知らなかったのだが、母が学校のカウンセラーにぼくの大学進学と夜ふかし癖について相談している――両親が、ぼくに未来へと続く道を歩ませようと、法律関係と金融関係の書類を熟読しているが、ぼんやりとしか理解できていない。

「ジュンが生きていけるようにしておいてやらないとな」と父。「万が一、おれたちがいなくなっても」

「もっと運動して」と母。「お茶を飲んで。わたしはまだ、当分死ぬつもりはないわ」

ぼくは、そんな両親の化身を見ているうちに、抱きしめたくてたまらなくなる。時を超えて、おとうさんもおかあさんも完璧だったと叫びたくなる――どのサイクリングも、どのお泊まりも、買ってもらえなかったおもちゃも。すべてのお祈りと授業と学童保育のおかげで、心の底から信じたことは一度もないとはいえ、ぼくはこの国の一員になれた。

「人生を考えろ」どうしてぼくはなにもかもに強い信念を持たなければならないのか、どうして友人たちは強い信念を持っているように見えないのか、とぼくがたずねるたびに、父はそう答えた。男と弁護士と老婦人が球体に入ってきて、ぼくの子供部屋がぎゅう詰めになる。「チャンスってのは風に舞っている小さな種みたいなもんだ。人生ってのはそういうもんなんだ。大きな網を持っていて、チャンスの種をぜんぶかっさらえる人もいる。そうじゃない人は、すばらしい種、最高の種をつかめて、いい種をありがたく思える程度しか悪い種をつかまずにすむことを祈るしかないんだ」

「あなたのご両親は、あなたを大切に育てたのね」と老婦人。老婦人は、ガンダムのプラモデルに囲まれているシングルベッドに腰かけている。父の目をまっすぐに見つめている。

「きちんと感謝を伝えてないんです」とぼく。

その球体を出ると、両親との思い出をひとつずつ呼び起こしながら、ぼくは闇に叫んで祈る。知らなかった瞬間が見たい。当然だと思っていた日々を再体験したい。弁護士が自分の家族を探しにぼくたちのもとを去る。テーマパークの男はぼくが彼を見つけた、まだ存在しているかどうかはさだかではない球体を探しに去る。だが老婦人は、さらに先へ進むぼくに同行する。老婦人はぼくに、三十年間、看護師として働いていたことや、メジャーリーグの野球選手とつきあったことなどを話しだす。

「ダッグアウトでしちゃったこともあるのよ」と老婦人は笑いながら告白する。「自分がただの浮気相手でも気にしなかった。人生で特に刺激的な時期だったし。わたしも彼を利用したのよ。五年間、シーズンチケットをもらえたんだから」

　新しい球体に前をふさがれたので、見ると、医師が病院の混雑している待合室でぼくの両親に話している。天井から吊《つ》りさげられているテレビでは、トークショー司会者が、この感染症は、人口を削減するために世界各国の政府が広めたのだと主張している――「人が少なくなれば、ひとりあたりの水と食料は増えるし、二酸化炭素排出量は減るんです。考えてもみてください！　これは、この混乱を解決するための唯一の手段だったのです」

「容体は安定しています」と医師が両親に説明する。「ただ、この段階に達した患者のほとんどは、最終的には脳活動が完全に停止すると申しあげなければなりません」

「この肌はどうなってるんですか？」と父がたずねる。

「わかりません」と医師。

　母は、泣きながら待っているほかの家族たちを眺める。家族ごとに、透明なパーティションで分けられている。死んだような目で天井を見上げている少年を隔離しているバイオハザード・ストレッチャーが通りすぎる。テレビのトークショー司会者が視聴者に、わたしたちの日常生活は汚染されていると呼びかけている――「水を飲んではいけません。公共交通機関を利用してはいけません。この感染症はもう空気感染しないと言われています。そうなのかもしれません。でも、ウイルスはどうにかして人から人へと移動しているのです。これ以上言う必要がありますか？　寿司を食べるのをやめましょう。外国の食料品を食べるのをやめましょう――ロシアやアジアや、最初に感染が発生したすべての場所からの輸入品は。自分で狩ったのではない肉を信用してはいけません」トークショー司会者がそう言ったとき、母がうつむいたことにぼくは気づく。待合室はほかのアジア人家族でいっぱいだ。

「意外なことに、データによれば、お子さんの脳は信じられないほど盛んに活動しています」と医師。「活動が停止する前に脳波が活発になる例はあります」

「わたしたちの声は聞こえてるんですか？」と父はたずねる。

「なんとも言えませんが、なにかしらの夢を見ているのでしょう」

球体がいきなり震え、ぼくが十数人のほかの患者たちとともに入院している病室に場面が切り替わる。ぼくのベッドはプラスチック製パーティションで囲まれているので、両親はぼくを抱きしめられない。

「ここへ戻ってくる道を探すんだ。信じろ。ぐずぐずするな。目を覚ませ、ジュン。いますぐ目を覚ますんだ」と父。

残っていた記憶や世界のスナップショットが、一カ所に集まってふっと消える。最後の断片が花火の残光のように見える。人々は、黙ったまま、ふたたび闇のなかを歩きまわる。

「あれはなんだったんだろう？」しばらくして、だれかが言う。「なんにも変えられないんだったら意味ないじゃないか」

「わたしは子供のころのことをかなり忘れてた」と弁護士。「祖父母に会わないと。何年も思いだしてなかった友達にも」

「ほかの人たちの人生を垣間見《かいまみ》られたおかげで、わたしたちはお互いのことを深く理解できたのかもしれないわ」と老婦人が、街頭演説をしているような口調で言う。「いまなら、お互いにやさしくふるまえるかもしれない」

「それがなんになるんだ？」とだれか。「ここに閉じこめられたままなら無意味じゃないか」

「戻れる兆候なのかもしれない」とぼく。

「ここにいる必要があるのかも」とだれか。「夫との暮らしをまた体験できるし」

「やらなきゃならないことがあったんだ」と重罪犯。「おれにだって人生があったんだ」

ぼくは背後に重罪犯の息づかいを感じる。いまだに暗闇に目が慣れない。

「そのとおりですよ。だって、ほとんどの人に家族がいるじゃありませんか」とバス運転手。

「わたしには息子がいます」だれかが付け足す。「息子は〈国境なき医師団〉の一員として、この感染症の対策に取り組んでます。フランスで、臓器の変化をゆっくりにできる薬が開発されました。この治療薬じゃありませんが、その薬の治験が、南太平洋の被害が甚大《じんだい》な村でおこなわれてるんです」

「勘弁してくれ。このウイルスのことはぜんぜんわかってないんだぞ」とオーストラリアなまりの男。つかのま、全員が黙りこんだ。

「ぼくはまだ小さいいとこの面倒を見てたんです。ツイスターをして遊んでました。いとこが倒れたとき、バンドエイドを貼ってやりました。はっきりしたことはわかりません。でも、それが接触だったのかもしれませんね。うっかりして、ぼくのじゃないグラスのジュースを飲んじゃったのかもしれません」とぼくは説明する。

「わたしは、感染してた人と寝たの」とだれか。

「これはなんらかの罰だったのか?」と重罪犯。

「わたしは妊娠してるのよ」とだれか。「来月出産予定なの。赤ちゃんに、こんな罰を受けるに値するどんな罪があるの? 教えて」

どれくらいぶりかわからないが、とにかくひさしぶりに、ぼくは地面(だか空間だかなんだか)に腰をおろす。静電気じみたなにかに体を満たされ、これが目的かもしれないな、と思う——永遠に口論させ、じたばたさせることが。それとも、いつの日か(ここでは時間の単位がどうなっているのか知らないが)、ぼくたちは暗闇で暮らす新たな方法を見いだせるかもしれない。人生という苦行から解放されたいま、ほんとうのぼくたちと、ぼくたちの知識で闇を満たせる方法を見つけられるのかもしれない。でも、いまは、ただ、ぼく自身を、充分に感謝できなかった両親を、両親がぼくの体のそばで待ちつづけて長い昼と夜を過ごすことを哀れんで泣きたいだけだ。母がぼくの病室に花を飾っているさまが、父が英語を勉強しながらぼくの原稿を読んでいるさまが目に浮かぶ。ひょっとしたら父は、大阪のサラリーマンが電車で居眠りをし、だれも彼について覚えていない世界で目覚める、というぼくの短編を読んでいるかもしれない。ぼくを探していたに違いない老婦人の手が、ぼくの頭をかすめる。ぼくは老婦人のか細い指をぼくの両肩に導く。

「座りこんじゃってるけど、だいじょうぶ?」と老婦人は声をかけてくれる。

「両親は人生のかなりの部分をぼくに費やしてくれたんです」とぼく。「母は長いあいだ、子供を望んでました。そして医者に、望みはもうないと宣告されました。ぼくは、五度目にして最後の体外受精の試みの結果なんです。両親はこれからどうすればいいんでしょう?」老婦人は答えない。ぼくのかたわらにしゃがんで、ぼくを抱きしめる。

ひとりかふたり置いたところに立っている重罪犯が、ほかの人たちに喧嘩を吹っかけているらしく、大声でわめいているので、考えがまとまらない。

「それなら、こっちへ来てもういっぺん言ってみろよ、くそ野郎!」と重罪犯がどなる。騒ぎが聞こえ、周囲で、人々が巣のなかで興奮したミツバチのようにうごめいているのを感じる。だれかにうしろから押しのけられる。格闘しているとおぼしい音が聞こえる——服が裂ける音、何度も人を殴る音が響き、愚かな野次馬《やじうま》たちが、実際にはなにも見えていないのに、闇のなかではやしたてる。だが、そのとき、ぼくはほかの音を聞き分ける。泣き声だ。ほかの人々も気づく。泣き声はどんどん激しくなっているように思える。そのあまりの大きさに、ぼくの腕の毛が逆立つ。喧嘩とどなりあいが急にやむ。ぼくは立ちあがり、全員が泣き声のほうに向かって歩きだしたのを感じる。泣き声が近くなると、老婦人とぼくはよつんばいになって前方を手探りしながら、脚からなる迷路を進む。なにも見つからない。泣き声がすぐそばから聞こえているのは間違いない。何時間もたったように思える。見つからない。小さな足指。足。まるまるとした頭。「いた」とぼく。かわいそうに。

この子にはチャンスさえなかったんだ。この泣き声をなんとかしてやれないかな？

「この子はチャンスさえ与えられなかったんだ」とぼくは小声でくりかえす。ぼくはその不公平さについて、ぼくたちに配られたくそみたいな手札について考える。「この子にはチャンスすらなかったけど、ぼくたちが与えられるかもしれない」

「あんたは例のピラミッド男か？」とだれかが問う。

「ええ。いまは人数がずっと増えてるんです」

「つまり、おれが思ってることをやるつもりなんだな？」

「その赤ちゃんはここから出してやりたいじゃないか」とほかのだれかが叫ぶ。

「本気で言ってるんですね？」とぼく。

「その赤ちゃんを宇宙的換気システムかなにかに吸いこませることができるんじゃない？」と女性の声。

「わかりません」ぼくはいらだちをつのらせながらそう答える。

またしても議論が巻き起こり、赤ちゃんの泣き声も大きくなる。

「赤ちゃんがこんなところにいるなんてかわいそうだわ」

「赤ん坊がこの場所のことをだれかに説明できるとでも思ってるのか？」

「馬鹿じゃないのか？」

「さっきの球体が戻ってくるかもしれないじゃないか。そうしたら、少なくとも暇をつぶせる」

ぼくは人々のあいだをゆっくりと歩いて、この空虚な空間をともにしている仲間たちに、ぼくが抱いている赤ちゃんの声を聞かせる。手をのばしてくる者もいる。ぼくはその人たちの手を赤ちゃんの小さな胴と頭、それにぼくのシャツをつかんでいるむっちりした手に導く。現世では、両親がぼくのかたわらに座っているのだろう。病室のテレビにはローカルニュースが映っていて——学校で銃乱射事件が起きたとか、また一種、動物が絶滅したとか、この感染症についての新たな統計が発表されたとか、熱波を避けるために移住した人々がいるとかの情報を報じている。だが、両親はぼくに、ぼくが体験しなかったシンプルな暮らしについての話をしている。砂浜やそのそばの街が海に呑みこまれるのを心配しないで海岸へ行けたころ、地震が父の仕事を奪わず、ぼくたちがまだ、だれもが一緒に年をとっていた、騒がしい大都会の静かな地域の路地で目覚めていたころのエピソードを。夜になると、母はぼくに日本の民話を話して聞かせる。たとえば、織姫と牽牛《けんぎゅう》の伝説を。恋人だったふたりは、仕事をないがしろにしたせいで天のそれぞれ反対端に追放され、年に一日だけ再会を許されるようになった――その七夕《たなばた》の日に、ぼくは家族と、願いごとを書いた色紙の短冊を笹に吊るしたことを覚えている――有名なサッカー選手（それとも作家）になれますように。世界を変えられますように。家族が健康で長生きしますように。

「よし」とぼくの前に立っている重罪犯が言う。そして大きな手で赤ちゃんの頭をなでる。赤ちゃんに、やさしい声で、がんばって勇気を出すんだぞと語りかける。「なにをすればいいか言ってくれ」

人々が集まりだす。そして、あっというまに、新しいピラミッドが何段まで組みあがったのかわからなくなってしまう。周囲のざわめきや聞こえている話し声からして、かなりの人数が配置を待っているようだ。

「充分な高さになったんじゃないか?」とだれかが上のほうから叫ぶ。「あんたが言ってた感覚を感じるぞ。髪の毛がふわふわ浮いてる。このあたりの空気も違った感じがする」

「わからないよ」とぼくは叫ぶ。だが、たぶん、いまが挑戦すべきタイミングなのだろう。

「どなたか、シャツか上着を貸してくれませんか? 抱っこひもの代わりにできるようなやつを」とぼく。だれかが、手触りからしてナイロン製ウィンドブレーカーとおぼしいものを渡してくれる――軽くてすべすべしていて、ぼくの体に触れている感じからして、少なくともXXLだろう。

「子供のときに着てたシャーロット・ホーネッツのジャケットなんだ――明るい青緑と紫と白の。

大好きなジャケットだった。ここで目が覚めたとき、それを着てたんだ——大きさはぴったりだった。いまのおれは身長二メートルを超えてるのに。すんだら返してくれ」と男が言う。

ぼくは赤ちゃんを老婦人に託すと、ジャケットの袖と袖を背中で結び、裾をズボンに押しこんで、なかに赤ちゃんを入れられる隙間を残して胸で固定する。

「いいのね？」と老婦人が問う。ぼくが手をのばすと、老婦人に抱かれている赤ちゃんが喉を鳴らす。

「いいかどうかなんてわかりません」とぼく。「ピラミッドがどれくらい高くなってるのか、見られたらいいいんですけど。きっと、ドクター・スースの絵本から飛びだしてきたみたいに壮観でしょうね」

「わたしの孫たちがこの子みたいに小さかったら、現実の暮らしをさせてやりたいと思うでしょうね」と老婦人。「でも、心のどこかで、行かせたくないとも思ってるの。もしもこの赤ちゃんが、戻ったあとで病気になったら？　これはわたしたちにとって第二のチャンスだったら？　心配だわ」

老婦人は赤ちゃんの頭のてっぺんにキスしてから赤ちゃんをぼくに渡す。ぼくは赤ちゃんを胸の隙間におさめ、ジャケットの袖を結びなおす。赤ちゃんの息とよだれでぼくのシャツが湿る。赤ちゃんの指がTシャツの襟ぐりをつかむ——うん、それでいい。しっかりつかまってろよ。前回同様、ぼくはなるべく頭と手を踏まないようにそっと足をおろしながらピラミッドをのぼる。ジャケットの袖の結び目がゆるんだように感じられるたびに止まって、しっかり締めなおす。生地がつるつるしているので、ジャケットの裾がズボンから抜けそうになる。赤ちゃんを落とさないように、一段のぼるごとに、ぼくは即席だっこひもの安全を確認する。ピラミッドの奥深くでは、人々が自分たちの人生について話したり、歌を歌って士気を高めたり、だれにも話したことのない秘密を打ち明けたりしている。お互いの姿を見られないいま、司祭に告白したり、夜空に祈るときのようにためらいがない。〈二十の質問〉ゲームや〈ほんとか嘘か〉ゲームをしている者もいれば、魂《たましい》や人類の未来について語りあっている者もいる。何年ものぼりつづけているような気がするし、生者の国では、実際に何年もたっているのかもしれない。この子はティーンエイジャーや大人の体に入って、赤ん坊の目を通して見たりするんだろうか？　ここのことを覚えていて、語ったりできるのだろうか？　頂上に到達したときには疑問は増していたし、上にあるものの引力も増している。ぼくは、七夕の日に願いごとをしたことと、ぼくの作品を両親が一生懸命に読み、理解しようとしたことを思いだす。父がぼくに、人生におけるチャンスは風に舞っている種のようなものだと語ったことを思いだす。すべての祝福された種がこの赤ちゃんのものになりますように、とぼくはつぶやく。

頂上に立つと、人形つかいが人形のひもをひいているかのように、体が漆黒《しっこく》の空へ飛びあがりそうになっているのを感じる。バランスを崩しかけるが、だれかが両足首をつかんでくれる。だが、この高さでも、力はぼくの体を持ちあげられるほどには強くない。ぼくは赤ちゃんをジャケットから出して胸にかかえる。無垢《むく》と幼さの匂いを嗅ぐ。

「こんなところで目が覚めるなんて思ってなかっただろうな」とぼく。「明日、きみがどこで目覚めるかはだれにもわからないんだ。じゃあ、元気でな」

これからなにが起きるかを知っているかのように、赤ちゃんが泣きだす。

「さっさとその子を投げあげろ」とだれかが下のほうでどなる。

「これが間違いじゃありませんように」とぼく。「ぼくたちのことを忘れないでくれよ」

そして、これ以上ためらわないうちにとぼくが赤ちゃんを頭上に差しあげると、もがいている小さな体がぼくの手をするりと離れる。ほとんど即座に、ぼくは手を放したことを後悔する。赤ちゃんは泣きわめき、すすり泣きはじめる。いまや赤ちゃんの運命は宇宙に、エーテルにゆだねられている――ぼくたちは、目に見えない境界と選択肢に隔てられている。ぼくはピラミッドのてっぺんにとどまって虚空を見上げつづける。赤ちゃんの泣き声が聞こえているうちはおりる気にならない。

豚息子

　別れた妻から、遺灰箱に入った息子の灰の半分が送られてきたあと、わたしは、息子を救えたかもしれない心臓などの臓器を豚の体内で育てることを決意した。きょうはフィッチの誕生日なので、いつもはめったに来ないドリーからのメールが来る。〝あの子は、新しいコミックブックコレクションを抱いて寝るのが好きだったっていう話をしたことを覚えてる？　わたしは、あの子がどんな匂いだったかを思いだせなくなってる〟こういうメッセージには一度も返信しなかった。ドリーは、本気で会話を求めているわけではない。ドリーはいまも、最期の瞬間にわたしが立ち会わなかったことを責めている。ドリーは、わたしがどんなに懸命にフィッチを救おうと努力したかを理解してくれていない。本音を話すのはつらすぎる。フィッチの失敗した移植を査読論文として発表しなかったのもおなじ理由だ。フィッチのファイルは、ラボの研究記録と一緒ではなく、徒労に終わった統計資料のように、わたしのデスクに入れてある。

　院生助手のパトリースが、インターホンでわたしを呼びだし、急いでラボに来てほしいと大声で言う。意味不明な別の声も聞こえる。こもった鼻声が、やや取り乱した調子で、〝ドクター〟とくりかえしている。思いの丈をひと言にこめて伝えようとしているかのようだ。わたしはマスクをつけて白衣をはおるとオフィスの外扉を開く。スタッフたちは、ドナー豚を飼育している、ガラスで仕切られた囲いのひとつのまわりに集まっている。豚たちは、わたしの息子のような、臓器が感染症に屈してしまった患者を助けることになっている。だが、タイミングが重要だ。病気が進行して昏睡《こんすい》状態におちいる前に患者とコンタクトをとらなければならない。この豚、ドナー28号は、あるインターンがハロウィーンパーティー中にゴールドチェーンのネックレスとサングラスをかけさせたのをきっかけに、有名なラッパーのノトーリアス・Ｂ．Ｉ．Ｇ．をもじってスノートリアスＰＩＧと呼ばれるようになっている。豚は、近づいてくるわたしを尻をくねらせながら凝視する。そして、かすかに口を開いて、「ドオクタア」と言う。腹話術師が発する、実体を欠いた声のように聞こえる。

「うん、じつに愉快だ」わたしはそう言って、スタッフたちのほうを向く。「だれが言ったんだ？」

　スタッフたちは顔を見合わせ、パトリースが囲いを指さす。

「スノートリアスだと思います」とパトリース。なるほど。ただし、この豚たちには、成長を加速し、臓器ドナーとして最適化するために遺伝子を組み換えているとはいえ、人間の言葉をしゃべるのに必要な声帯はない。

「ドオクタア」今回、豚は口をまったく動かさない。わたしはいらだつが、その声にはなにかがある。

「もう一度言ってみろ」わたしはそううながすと、仕切りを跳び越えて囲いに入り、糞《ふん》を踏んで足を滑らす。そしてひざまずいて豚の青い目を凝視する。「言え」

「ドオクタア」と豚が言う。なんてこった。綿の玉を口いっぱいに詰めこんでいるような奇妙な豚の声が、わたしの脳裏で反響する。さらに何度かテストをくりかえすと、疑問の余地はなくなる。その豚の脳は、完全に人間の脳でも完全に豚の脳でもなく、言葉を発するたびに、爆竹が破裂したかのように磁気共鳴画像《MRI》が光る。

「この豚をこの建物から出すな。いまはまだ」とわたしは命じる。「なにが起きているかを突きとめなければならない。だから、ほかのだれかに連れていかれたくない」

　スタッフたちは無言でうなずくが、わたしはそれで満足しない。

「口に出して言ってくれ。はい、わたしはだれにも話しません、と」

はい、わたしはだれにも話しません、と院生たちは、小学生のように声をそろえて復唱する。よし、いいだろう。だが、ここは極秘施設でもなんでもない。機密情報取扱許可が必要なわけでもないし、情報を漏らしてもたいした罰は受けない。院生たちは、感染症が流行する前から信用ならなかった。なんのためだか知らないが、薬や備品をくすねていた。時間の問題だろうなとわたしは覚悟する。

わたしたちは、病院の注文に応じるのとは別にスノートリアスを研究する。わたしは、パトリースの姉で言語療法士のエイミーを、スノートリアスの研究のアシスタントとして雇う。わたしたちはラボの部屋のひとつをあけてスノートリアスの研究室兼遊び場にする。テレビと、豚の足で操作できるようにしたパドルボタンを接続したコンピュータを設置する。わたしは自宅の屋根裏を探して息子の古い本とおもちゃを持っていく。スノートリアスが、〝ドオクタア〟という、ラボでもっともよく聞いていただろう言葉を最初に発したことは意外ではない。エイミーとわたしは、スノートリアスの部屋で彼を相手にするとき、ラボの規約を破ってマスクと手袋をはずす。スノートリアスは、わたしたちが提供するものすべて——フラッシュカード、マンガ、『三匹の子豚』や『シャーロットのおくりもの』などの児童読み物——から知識をどんどん吸収する。わたしたちはスノートリアスを子供として扱っているが、ある特定の瞬間に彼がなにを考えているかは読みとれない。エイミーはスノートリアスにおやつをあげたり、よくできましたのしるしの金星をあげたりする。褒めてのばすのが大切なんです、とエイミーは言う。スノートリアスはぐんぐん知識を身につける。最初のうちは、〝羊、馬、農夫、バス、黄色、泥、エイミー〟といった好きな言葉を一日に一語覚える。朝と夕方、「お腹すいた」と叫ぶか、急速に増やしつつある語彙《ごい》から食べたいものをリクエストする。

「リンゴ」ある朝、スノートリアスはそう言う。「お願い」

ほかの日には、食べおえたあと、パトリースに、「ありがとう」と礼を述べる。いい豚だ。アニマルプラネット・チャンネルで古い動物ドキュメンタリー番組『クロコダイル・ハンター』の再放送を見るのが好きで、カバが出てくるたびに興奮してブーブー鳴く。ロケットの打ち上げも夢中で見る。火星有人ミッションの試験飛行は、なぜか、いつも十年前の映像に思える。スノートリアスは、管制センターと声をあわせてカウントダウンをしたあと、離昇時には興奮して部屋を走りまわる。飼い主が死んで放置され、飢えている家畜、腐った作物、救援のためにやってきた客船にどっと押し寄せている山火事の被災者といった、スノートリアスを動揺させそうな映像が映しだされると、わたしたちはなるべくチャンネルを変える。だがスノートリアスは、病院の感染症病棟が逼迫《ひっぱく》して駐車場に停めたトレーラーや空港のハンガーに患者が収容されているニュースを目にした。「病気の、人たち。病気の、人たち。ドクタア助ける」葬儀業界が銀行システムを引き継いだことを伝える、広告だらけの携帯アプリにひもづけられた暗号通貨で食料品を買う人の映像も見た。スノートリアスは、「笑いのまあちいでわたしたちと笑いましょう」と呪文のようにくりかえしているうちに、ちゃんと言えるようになる。「〈笑いの街〉でわたしたちと笑いましょう。わずか千死《ビリ》別《ーブ》暗号トークンをお支払いいただければ、一時間のサンフランシスコ湾クルーズで愛するご家族の遺灰を海にまくことができます」

そして今夜、ラボを出ようとしたとき、わたしはスノートリアスが口にした覚えたての言葉を聞く。「寂しい」スノートリアスの遊び部屋に入ってかたわらに座り、耳の裏をかいてやる。「寂しい豚」とスノートリアスは言う。電話が通知音を発する。また別れた妻からだ。最後の日に大きな虎のぬいぐるみを抱いているフィッチの写真が送られてきている。スノートリアスがおなじ言葉をくりかえし、わたしは彼を生かしていることに罪悪感をいだく。スノートリアスは、しゃべりださなかったら、数週間前に殺されていたはずだ——そして心臓はインディアナ州へ、肝臓はミシガン州へ、肺はワシントンDCへ送られていた。むろん、わたしたちは手配してほかの豚の内臓を送った。

だが、スノートリアスが話しているのを聞いていると、なにかが心にひっかかる。帰宅したら自分がなにをするかを考える。電子レンジで夕食を解凍し、ベッドで丸まりながら、数少ない手持ちのフィッチの動画を見る。フィッチが砂のお城をつくっている二分間の動画だ。それを何度も再生しているうちに眠りに落ちる。その代わりに、泊まりこみで仕事をするときのためにオフィスに常備してある寝袋を手にとって、スノートリアスのそばにいてやることにする。

スノートリアスはわたしが読み聞かせをしてやっているあいだ、顎をわたしの肩に乗せている。鼻息のせいで、白衣のしわにねばつく液体が小さくたまる。本は『かいじゅうたちのいるところ』だ。スノートリアスが、絵をもっと見たいという希望を足で示す。ときどき、文字を吸いこもうとしているかのように鼻面《はなづら》をページに近づける。

「マックス」とスノートリアス。「大騒ぎ」

「うん、そうだ」とわたし。パトリースとエイミーが教えているが、スノートリアスはまだ字をよく読めない。ABCはもう覚えているので、わたしはスノートリアスが文字と単語を結びつけられるように、ゆっくりと読む。『かいじゅうたちのいるところ』が終わったので、『ビロードのうさぎ』に切り替える。わたしはタイトルページを飛ばそうとするが、スノートリアスが足でわたしの手を押さえ、表紙の内側に貼ってあってわたしの息子の名前が黒のクレヨンで描かれている、オレンジ色のステゴサウルス形名札を示す。

「フィッチだ」わたしは携帯電話をとりだしてフィッチの写真を何枚か見せる。わたし自身を指さしてからまた写真を示して関係があることを伝える。「わたしの息子だよ」だが、スノートリアスがわたしの言葉を理解できるのかどうかはわからない。スノートリアスは、子豚のときからずっと、この建物のなかで育てられている。

「フィッチ」とスノートリアス。「フィッチ、息子」

わたしは、歯磨きを終えると、本を読んでと大声でねだっていたフィッチを思いだす。フィッチはいつも、もうひとつおとぎ話を、もう何ページか本を読んでとせがみ、望みをかなえてやると、いつもすぐに寝てしまった。スノートリアスも、もう眠くなっている。まぶたがぴくぴくしている。自宅のナイトテーブルには、何年も前から本が置きっぱなしになっている。『王の帰還』の最後の何章か前、一行が滅びの山に近づいたところにしおりがはさんである。フィッチは、まだ難しすぎるにもかかわらず、『王の帰還』を何度もひとりで読もうと挑戦していたが、感染症棟に収容されるとき、病院の騒音にかき消されないくらいの大きな声で一緒に読みおえられるかどうかたずねた。わたしは本を片づけて、隣で横たわっているスノートリアスにブランケットをかけてやる。広い野原もほかの家畜も見たことがないスノートリアスは、わたしよりずっと大きい。スノートリアスはそんな暮らしを夢見ているのだろうか、とわたしは考える（それとも、感染症に奪われかける以前は当然だと思っていた暮らしを夢見ているのだろうかと）。

目を覚ますと、ラボにはまだだれも来ていない。ラボの消毒して循環させている空気を長時間吸っていたせいで、口のなかがからからだし、頭がぼんやりしている。〝受賞豚〟と記された付箋《ふせん》が防護マスクのプラスチック部分に貼られていることに気づく。よくある若者のいたずらだ――たとえパンデミックのさなかでも。スノートリアスは、ワークステーションのそばの、ほかの豚の区画と並んでいる囲いのなかで寝ている。足音を忍ばせながら自分のオフィスに戻ると、研究所内外の友人たちからのメールが大量に届いている。全員が、話題の豚についてたずねている――スノートリアスＰＩＧについて。だれかが、動画をソーシャルメディアに流したのだ。ラボ外の研究者たちは、ジョークだと思っているに違いないが、ただちに訪問すると通告している副学部長は、このような形で注目を浴びることをおもしろく思っていないようだ。外に出ると、パトリースがワークステーションを起動して仕事の準備をしている。

「この動画についてなにか知らないかい？」とわたしは携帯電話を掲げる。

パトリースは生真面目《きまじめ》な堅物《かたぶつ》だが、いい子だ。それとは対照的に、姉のエイミーは、彼女のソーシャルメディアで見ただけだが、パーティーで火のついたポイボールを振りまわしている。

「念のために言っておくが、きみを責めてるわけじゃない。でも、だれがこれを漏らしたかについて、なにか知っているなら……」

「知りません」

「インターンのだれかってことはないかな？」

「ほんとになにも知らないんです」

わたしはだれかが出勤してくるたびに問いつめる。スノートリアスについて考え、ダメージを最小限にとどめなければならない。どこかに隠すべきだろうか？　だが、いないことをどう説明すればいいんだ？　同僚たちがやってきたとき、どうにかしてスノートリアスがしゃべらないようにさせられないだろうか？　スノートリアスは外で、「お腹すいた、お腹すいた、お腹すいた」と叫んでいる。エイミーが、愛《いと》おしそうに鼻をスノートリアスの鼻面にこすりつけながら世話をはじめている。

「パトリース、こっちに来てくれ。ここで時間稼ぎをしてほしい。だれかが来たら、すぐに知らせてくれ」

「どうするつもりなんですか？」

「鎮静剤《ジアゼパム》を投与する」


ヘイズ副学部長が来たときには、スノートリアスは囲いのなかで意識を失っている。ヘイズは豚28号のもとを訪れたことがほとんどない。スーツが汚れるのがいやなのだろう。ヘイズはわたしをわたしのオフィスにひっぱっていって、部下の手綱《たづな》をしっかり握っておくようにと説教する。

「きみは本学の財産なんだぞ。世界はいま、ここのようなラボを必要としているんだ」と副学部長。

わたしは副学部長が襟につけているカーネーションを見つめる。この男はどういうやつなんだ？

「わたしの孫娘は、きみがここでしていることのおかげで闘うチャンスを得たんだ。そんな仕事をサーカスに変えないでくれ」

「承知しました」とわたし。

パトリースが両腕を上げて振っていることに気づいた次の瞬間、同僚のブレット・ガフニー博士が彼女のアシスタントたちを引き連れて観察エリアに入ってくる。彼らは笑いながらスノートリアスの写真を撮る。指で鼻を押しあげて豚っ鼻にしながら集合写真を撮る。

「一、二、三、ブヒー！」とブレット。

ガフニー博士に大目玉を食らわそうとヘイズ副学部長が観察エリアに向かいはじめ、わたしもあとに続く。ラボデータを披露すれば副学部長が例の動画のことを忘れてくれるかもしれないと思って、院生助手のワークエリアから報告書をわしづかみにする。

「副学部長、この数字をご覧ください。うちの動物臓器ドナー施設は、現在までに、ほかのどの研究ベンチャーよりも多くの感染症患者の症状を安定化させています。幹細胞プリンターの使用を連邦政府に認可してもらえれば、生産量を四倍にできます」とわたしはファイルをヘイズの目の前で振りながらまくしたてる。片目でスノートリアスを見ながら図表を指さす。ほぼ即興だ。「いくつかの州では成人株の抑えこみに成果があがっています。もはや空気感染をしなくなっていることは確実になっています。治癒までは望めなくても、移植すれば時間を稼げます。さらに、副学部長、将来、ワクチンが開発されたあかつきには、細胞の変異が停止したかどうかをラボ環境で観察できるうちの臓器が実験対象の最有力候補なのです」わたしが、ほかのドナー豚の一頭、サー・ピギンズワースに注意を向けようとすると同時に、ヘイズは観察エリアに到達し、ガフニー博士から携帯電話をひったくる。

「きみの上司にこの件を報告するからな！」とヘイズはどなりつけながら、ラボの写真と動画を削除しようとする。「全員、出ていけ。ぐずぐずするな」

　ガフニー博士は学生たちを出口のほうへ急がせながら、振りかえってわたしに、お気の毒さま、と言っているかのように手を振る。

「いったいどうなってるんだ?」とヘイズ副学部長は問う。「こういう騒ぎが起こらないように気をつけろと言ったとおりのことが起きてるじゃないか」エイミーとパトリースが囲いのなかでスノートリアスの背中をさすっているのが見える。スノートリアスは、まだ朦朧《もうろう》としているが、騒ぎに気づいているようだ。

「わたしがガフニー博士を招待したわけじゃありません」とわたしは弁解する。「仕事を再開させてください。ボストン子供病院が待ってるんです」

　ヘイズ副学部長がうなり声を発し、出ていこうとした直後にスノートリアスがしゃべりだす。

「うるさい」とスノートリアスが言う。

　エイミーとパトリースが、スノートリアスの耳元で、静かにするようにささやく。パトリースがスノートリアスの臀部《でんぶ》を押して、副学部長から見えないように伏せさせようとする。

「うるさい、うるさい。寝る、寝る」とスノートリアスがさらに大きな声で言う。

「いまのはなんだ?」とヘイズ副学部長が問う。「いまの声は」

「声というと?」とわたしはとぼける。ヘイズの目に触れないようにと、いまやエイミーがスノートリアスにのしかかっている。

「声が聞こえたような気がしたんだがな」とヘイズ副学部長。「とてつもなく妙な声が」

「たくさんのドオクタアがしゃべってる」とスノートリアスが叫ぶ。

「いまの声だ」とヘイズ副学部長。ヘイズはつかのま、わたしを凝視してから室内をぐるりと見まわし、お座りをしているスノートリアスが見えている囲いの前で止まる。わたしたちに視線を戻して、「なにかが起きているようだな」と言う。

ヘイズ副学部長はわたしを押しのけてスノートリアスに歩みよる。

「エイミー、エイミー。耳かいて」

「たまげたわね」ガフニー博士がそう言いながら部屋に戻ってくる。「あの豚がしゃべったの？」

「出ていけと言っただろう」と副学部長。

「電話を返してください」とガフニー博士は言いながらテーブルを指さす。

「さっさと行け」と副学部長。「それから、このことはだれにも話すんじゃないぞ」

「きみか」と言いながらヘイズ副学部長はわたしを指さす。「それともきみかきみが」エイミーとパトリースを指さす。「ここでなにが起きているのかを説明したほうがいいぞ」


それからの数週間で、何度か会議が開かれる。キャンパスの学部の半数がスノートリアスのかけらをほしがっている。最初、ヘイズはスノートリアスをほかに移そうとしたが（そしていまもその可能性が消えたわけではないが）、わたしたちは、特にエイミーがいないところでスノートリアスをしゃべらそうとする試みが何度も失敗したあとで、彼はわたしたちしか信用していないことを副学部長に納得させた。言うまでもなく、セキュリティは強化された――出入口に警備員がつき、事前に承認された者しかラボに入れなくなった。きょうは、神経科学者たちにスノートリアスを調べられる時間が割りあてられている。わたしは隅に座って調査を監督している。医師たちによって体じゅうにセンサーを貼られながら、スノートリアスはわたしのほうを頻繁に見ては、悲しげに沈んだ鳴き声をあげる。「ドオクタア。ドオクタア」わたしは医師たちを追い散らしてスノートリアスを抱きしめたくなる。

「心配するな」とわたしはなぐさめる。「だいじょうぶ、だいじょうぶだ。わたしがここにいるんだから」だが、正直なところ、ほんとうに心配いらないかどうかはさだかではない。ほかの連中がなにを考えているか、わたしにはわからない。ちなみに、わたしたち自身がスノートリアスの研究をやめたわけではないし、彼がしゃべるのをはじめて聞いたとき、富や名声が目の前をちらつかなかったわけでもない。だが、毎晩、読み聞かせをしてやり、毎日、少しずつスノートリアスのことがわかってきた結果、すべてが変わった。スノートリアスはお腹をなでてもらうことと、耳の裏をかいてもらうのが好きだ。『スター・ウォーズ』よりも『スター・トレック』のほうを好んでいる。そして研究所の裏にある小さな日本庭園に連れていったとき、スノートリアスはわたしに、空について質問した。スノートリアスが感嘆の目で空を見上げているのを見たときは、胸に歓喜がこみあげた。スノートリアスは、わたしたちが当然と思っているさまざまなちょっとしたことを奪われている――新鮮な空気、素足で踏む草の感触。「鳥」とスノートリアスは言う。「自転車。自転車に乗ってる女の子」そして自分の足を、池に映っている自分の姿を見おろして、自分がほかのわたしたちといかに異なっているかに気づく。「木。たくさんの木。熱い空気」

研究者たちが各種の機器を持ちこんでいる。だが、わたしの許可がなければスノートリアスの皮膚に傷をつけられない。わたしはつねに拒絶する。まだ。ほかの方法があるはずだ。いまにもヘイズ副学部長か学部長から電話がかかってきて、研究者たちが望むとおりに研究させろと命じられるのではないかと覚悟はしている。そうなったら、限度はどこまでになるんだろう？　頭にドリルで穴をあける？　ポークチョップにしてふつうの豚と味がおなじかどうかをたしかめる？　このなりゆきは気に食わないが、スノートリアスがしゃべりだした理由がわかってきた。まず第一に、人間の臓器を急速に生育させるためにわたしたちが利用した幹細胞と遺伝的指令が暴走し、脳に影響をおよぼしたことが判明した。理論上、そうなる可能性は最初からあった。ラボの外に集まる抗議者たちが忘れさせてくれなかった。だが、何年ものあいだに多数の手順が確立して、ほとんどの研究者は、豚人間が、ましてテレパシーで意思疎通ができる豚人間が生まれたりはしないと考えるようになっていた。また、スノートリアスの脳が猛烈な勢いでより大きく、より複雑になりつづけていることもわかった。ほとんどの研究者はスノートリアスの認知能力とテレパシーに着目している。

パトリースはガフニー博士の予測についての研究を手伝っている。スノートリアスの脳の成長が止まらないかぎり、まもなく合併症が起きることがわかっている——頭痛や発作が起き、最終的には死亡することが。

子供に、きみはもうすぐ死ぬなんて言えるだろうか？　パトリースからそのことを聞いたとき、思わず息子を思いだした——息子が夜、吸入器を使っているあいだ、一緒にいてやったものだ。霧状の薬剤混じりの息を吐いているフィッチに、数えきれないほどの嘘をついた——ふたりだけでキャンプをしようとか、もうちょっと大きくなったら、もうちょっと体調がよくなったら、スペースキャンプに連れていくとか。ときどき、フィッチが寝入ってからも、わたしは長いあいだ子供部屋に残って、おもちゃのプラネタリウムが天井に映写している星空を眺め、大の大人が六十ワットの光に願いをかけた。スノートリアスにはどんな嘘をつくんだ？　豚たちのおだやかな鳴き声を聞きながらラボを歩きまわっているうちに、ふと気づくと別れた妻に電話をかけていた。ドリーはスノートリアスのことを知らないし、話すつもりもない。話したところで信じてもらえないだろう。ただ、フィッチを愛していただれか、医師から息子は助からないと告げられた瞬間を覚えているだれかと話す必要があっただけだ。

「フィッチに病気がどれほど重いかを話さなかったことを後悔してるかい？」ドリーが出るなり、わたしはそうたずねる。

「フィッチは知ってたわ。だけど、よくわかってないふりをすることにしたんだと思う。おかげで子供のままでいさせられたのよ」

わたしは一瞬、言葉に詰まる。電話からドリーの息づかいが聞こえている。ドリーはだいじょうぶかとたずねるが、その声がやけに遠く聞こえる。ドリーはトンネルの反対端にいるかのようだ。

「デイヴィッド？」

「なんだい？」

「なにがあったの？」

「なにもないよ」わたしは電話でフィッチの動画を再生する。フィッチはクレヨンで死の罠の迷路を描いている——ドリーが連れていく前日、つまりわたしが最後にフィッチと会った日に撮った動画だ。「そっちではうまくいってるのかい？　パークでは？」

「説明するのが難しいの」とドリー。「わたしが会う人たちは、わたしをここで息子を失った親としては見ない。お客さんたちは全員、ここで子供を亡くしてる。わたしはお客さんたちに遺灰箱を渡す——息子さんか娘さんの遺灰を。最近は、大人もジェットコースターに乗ってるの。奥さんとかおじさんとかおじいさんも。わたしは、パークを出ていく人たちの手を握る。お客さんたちと見つめあう。そしてわたしは、出ていく前に、一度だけほほえんでくださいって言うの。笑ってください、なにかしらの思い出をよみがえらせてくださいって。お別れをすることが、ここの目的のひとつなの。それがなぐさめになるとまでは言わない。だけど、なにかにはなるのよ」

「フィッチを救えると本気で思ってたんだ」

「知ってるわ」

「それにいまは、きみがフィッチを連れていってくれてよかったと思ってる」意地を張らず、フィッチの最後の数カ月を一緒に過ごしていたらどんなふうだっただろう、とわたしは考える。そしてスノートリアスがパークで、座席につくのを、すべてを終わらせるのを手伝ってほしいとわたしに言っているところを想像する。

「そろそろ切らなきゃ」

「もしもきみと一緒に行ってたら——」とわたしは言いかける。

「悩みが解決することを祈ってるわ」

「友達は気の毒だったね。彼がフィッチによくしてくれて、うれしいよ。彼はフィッチの絵の写真を何枚か、メールで送ってくれた。プリントアウトして冷蔵庫に貼ってあるんだ」

いつかそっちに行ってもいいか、よりを戻すつもりはないかと口にしかける。ドリーからフィッチについてのお気に入りのエピソードが聞きたい。ドリーとまた会話できるようになっていると想像しながら、このまま永遠に黙ったままでいられる。

「じゃあね、デイヴィッド」とドリーは言って、そそくさと電話を切る。


「あなたはドクター。彼はドクター。みんなドクター」この数週間で、スノートリアスの言語能力は飛躍的に向上した。パトリースとエイミーとわたしは、エイミーが豚息子と呼ぶようになっているスノートリアスと真剣に話しあうべきだと判断する。スノートリアスの囲いに近づくと、わたしたちはなるべくなにも考えないようにする。いまだに、スノートリアスのテレパシーの仕組みも、彼がわたしたちの心を読めるのかどうかもはっきりわかっていない。「ぼくは豚だ。豚の仕事はなに？」スノートリアスは人を分類し、その目的をたずね、ぼくたちはどうしてここにいるのか、どうしてほかの豚と話せないのかといった大きな問いを発しはじめている。スノートリアスは、ソープオペラを見ては愛と友情について、ニュースを見ては戦争と北極病《ほっきょくびょう》について質問する。ガソリン車製造の一時停止《モラトリアム》を実行し、山火事で被害を受けたカリフォルニアの町々を援助するかどうかについて論争しているワシントンDCの人たちについて聞く。「モラトリアムってなに？　キスするのは愛してるからだよね。病気の人がいっぱい。だれもなんにも賛成しない」

「ああいう質問に、ぜんぶあとで教えるって答えるわけにはいかないわ」エイミーがラボの駐車場でわたしをつかまえ、わたしの車に乗りこむ。わたしは、ラボの関係者以外と過ごすのがどういう感じかを忘れている。エイミーはわたしの両手を握る。わたしはその感触をじっくりと味わう。

「わかってる」とわたしは答える。

「先生がスノートリアスを本気で守ろうとしてるのはわかってます。だけど、スノートリアスは男の子も同然なんですよ。わたしたちはそれがわかってるけど、あのラボでスノートリアスに、わたしたちとおなじ権利はない。政府が首を突っこんできたら、いま以上に自由がなくなるはずだわ。政府がわたしたちからスノートリアスをとりあげるのは、先生もご存じですよね？　それもすぐに」

「そうは言っても……ほんとうのことを話したら、スノートリアスはどう反応すると思う？」

　エイミーは黙ったままウィンドウの外に目を向けている。ぶらぶら揺れているクリスタルのイヤリングが、ダッシュボードに小さな虹を架けている。

「スノートリアスを助けなきゃ」ようやくエイミーが口を開く。「彼に選択肢を与えなきゃ」


　夜になってラボにだれもいなくなると、わたしは警備員に、残業をすると伝える。そしてスノートリアスの部屋の監視カメラを切る。

「お話の時間？」とスノートリアスが言う。

「うん、もうすぐだよ」とわたし。「でも、先に話さなきゃならないことがあるんだ。きのう、きみは豚の仕事について聞いたよね？」

　スノートリアスが歩みよってきて、わたしの前で座る。エイミーがプレゼントした手編みの真っ赤なカーディガンを着ている。すっかり成長したスノートリアスは、床に座ったわたしを見おろしている。真実を口で説明したら言葉に詰まってしまうのがわかっていたから、スライドショーを用意し、タブレットで説明を補佐する動画を再生することにした。

「きみの運命はまったく違っていたかもしれないんだ」とわたしははじめる。まず完全菜食主義《ヴィーガン》活動家の動画を見せる。スノートリアスがエイミーから教わった、牧場で動物を飼っている〈マクドナルドじいさん〉の歌には別の側面があって、動物たちが人間と一緒に暮らしているだけの歌ではないことを説明する。スノートリアスはこれを理解するのに手間どる。

「豚は食べ物なんだね？」

「うん、ときどきはね。だけど、ペットとして豚を飼ってる人もいるし、自然番組で紹介されてた野生の豚もいる」

「人は豚を食べるんだね」

息苦しいかのように、スノートリアスの鼻面がぴくぴく動く。ブーブー鳴く。かん高く鳴く。その慟哭《どうこく》はわたしの体を貫く。わたしは立ちあがってラボを見渡し、警備員に気づかれていないことを確認する。

「シー、シーッ」わたしは、手袋なしで豚息子に触れることをはじめて自分に許し、スノートリアスの背中と耳をなでる。「だけど、それはきみの仕事じゃないんだ、いいね？」スライドショーを続ける。臓器が描かれている人間と豚の解剖図を見せる。「体の内側だよ」と言うと、わたしの心臓とスノートリアスの心臓を指さす。超音波カートを持ってきて、自分の胸にプローブをかざす。

「ほら」トク、トク、トクトク、トク、トク。わたしは拍動にあわせて手の甲を叩く。プローブをスノートリアスにかざすと、彼の耳が無意識のうちに立つ。

「心臓がぼくたちを生かしてる」とスノートリアスは言い、わたしがすっと動かしたプローブを凝視する。

「うん、そのとおり。心臓はすごく大切なんだ」わたしは携帯電話を出してフィッチの写真を見せる。

「息子のフィッチだね」とスノートリアス。「息子のフィッチだ。フィッチも病気なの？」

「フィッチは心臓が悪かった」とわたし。「テレビでやってる病気だったんだ」スノートリアスの脇腹を、彼の正常な心音にあわせて叩いてから――ドクン、ドクン――不整脈を真似《まね》る――ドドクンクン、ドンドドドンドン。「きみの心臓は人間の心臓なんだ」スライドを進めて図表を見せ、大きな黄色い矢印にそって豚の心臓から人間の体へと指を動かす。「きみの仕事は人間を助けることだ」

またも、スノートリアスは時間をかけてこの情報を消化する。ごろんと横向きに寝て耳をぴくぴく動かす。「豚たちはフィッチを救ってない」

「うん。でも、豚はほかの大勢の人たちを救ってる」

「心臓がないと豚は死んじゃう」

「うん。心臓がないと豚は死んでしまう」

スノートリアスは考えこみながら部屋を歩きまわり、パドルボタンを押してテレビをつける。次々にチャンネルを変え、マチュピチュを紹介しているトラベルチャンネルで止める。またも鼻を鳴らしはじめる。

「ぼくはここに行ってない」とスノートリアス。またチャンネルを変えると、男女がキスしている。古い青春ドラマ『ドーソンズ・クリーク』の再放送だ。「これもしてない」ふたたびチャンネルを変えようとする。わたしはスノートリアスの足に手を置く。

「きみは特別なんだ」とわたしは言って、真実をすべて打ち明けかける——〝だけど、その特別さのためにきみは死ぬんだ〟と、スノートリアスが聞いてくれることを願いながら頭のなかで言う。

「なにか望みはあるかい?」とわたしはたずねる。

「おうちがほしい」とスノートリアス。「ここじゃないおうちが」


わたしはパトリースに電話をかけ、できるだけ早くエイミーを連れてラボのバンを通用口にまわしてくれと頼む。警備員はたいてい、携帯電話でゲームをしているか、ほかの仕事を探しているかなので、朝までに戻れば、見つかるおそれはほとんどない。

「ピッグエクスプレスが到着したわよ」エイミーが、バンのスライドドアを押さえながら言う。

「どこへ行くの?」

「わたしの家だ」わたしは、エイミーとスノートリアスとともに後部に乗りこむ前に、運転席の前で足を止める。

「来てくれてありがとう」とわたしはパトリースに礼を述べる。パトリースはひと目でわかるほど震えている。ハンドルをぎゅっと握っている。「つかまったら、大学には無理やりきみに運転させたと言うよ。心配はいらない」

「そんなことはどうだっていいんです」パトリースはそう言うが、どうだってよくないのは明らかだ。

バンの後部で、エイミーとわたしはスノートリアスの邪魔にならないように努める。スノートリアスはリアウィンドウにへばりついて、キャンパス外の世界をはじめて目にしながら、車から見えるものをいちいち口にしつづける。「青い車。トラック。銅像。高いビル。走ってる女の人」

「で、どうするの?」とエイミーが、スノートリアスの巨大な尻を押しのけながらたずねる。

「これは脱獄じゃない」とわたし。「とにかく、いまはまだ。じっくり時間をかけて考える必要がある。スノートリアスをどこへ連れていくか。スノートリアスの居場所はどこにもないんだ」

「それなら、そもそもどうして連れだしたの?」

わたしはスノートリアスの脇腹をさする。スノートリアスは口を半開きにしている。にやけ笑いを浮かべながら舌をだらりと垂らしている。「スノートリアスがうちをほしがったんだ。たとえひと晩でも、うちで過ごさせてやりたかったんだよ」

わたしたちはスノートリアスを、わたしがひとりで住んでいる二軒続きのテラスハウスに導き入れる。わたしは、男子学生友愛会《フラタニティ》ハウスになっているもう一軒の住人たちに気づかれないように努める。だが、もちろん、駐車してあるピックアップトラックの荷台で水タバコを吸っていた若者の集団に気づかれる。

「やあ、先生! イケてる豚だね!」と若者のひとりが叫ぶ。「その豚も一服どうです?」

「そいつはいいや」と別の学生。「おれは『ベイブ』が大好きなんだ！」

わたしは彼らに親指を立てる。三カ月前、彼らの家の前に救急車が止まり、少人数だった住人がさらにひとり減った。彼らはギリシャ文字がプリントされているフーディーとTシャツを着て外に立っていた。雨のなか、身を寄せあって、「ルカ、ルカ、ルカ」と友人の名前を唱えていた。戦場の戦士のように月に吠《ほ》えていた。ブラザーが死んだあと、わたしは、〝海で泳いではいけない。輸入された肉や海産物を食べてはいけない。手を頻繁に洗うべし。セーフセックスを心がけるべし。発熱したりおかしな痛みを感じたりしたら、ただちに医療機関で受診すべし〟といった、なすべきことなすべからざることのリストを作成し、プリントアウトしてフラタニティハウスに届けた。そして裏に個人の電話番号を記した名刺を渡した。

「よくやった」とわたし。

「うわあ！」と学生のひとり。「『ベイブ』の締めの台詞《せりふ》を覚えてるなんて、先生は映画マニアなんだな」

「ここが先生のわが家なのね」わたしがみんなを家に入れ、リビングに案内すると、エイミーが言う。

「ほとんど寝に帰るだけなんだ」とわたしは言いながら、ソファからごみと洗濯物をどけ、スノートリアスのために暖炉の前にブランケットを敷く。「火、火、火。クリスマスの火」

「クリスマスは来月だよ。だけど、きみにプレゼントがある」わたしはそう言うと、フィッチが一度も使うことがなかった古いサッカーボールを探しだしてスノートリアスのほうに蹴る。もう真夜中を過ぎている。ラボに戻るまでに、せいぜい六時間しかない。

「これからどうするんですか？」とパトリースがたずねる。パトリースはソファの端で縮こまっている。いかにも心配そうだ。

「きみに飲み物を持ってくる以外にかい？」わたしはキッチンへ行き、バーボンのボトルと四個のグラスを持って戻る。わたしたちはいくつか案を出しあい、名作クリスマス映画を見ることに決める。エイミーとパトリースは『素晴らしき哉《かな》、人生！』を選ぶ。スノートリアスは『スヌーピーのメリークリスマス』を選ぶ。これがいまのわたしたちだ。もはや家族だ。

「食べ物があったほうがいいんじゃないかしら」とエイミーが提案する。わたしはキッチンをあさり、残っている冷凍食品——ビーフストロガノフが三個、野菜ラザニアが二個——をすべて温め、二十四時間ストアに走ってケーキとろうそくを買ってくる。わたしが戻ってきたとき、奇天烈《きてれつ》な小家族は、『素晴らしき哉、人生！』の、ジョージ・ベイリーがメアリーに月を約束するシーンを見ている。スノートリアスは新しい環境に興味津々《しんしん》で、壁に貼ってある写真を眺めたり、カーペットについている各種の染みの匂いを嗅いだりしている。わたしはスノートリアスの横で体を丸め、家族の写真アルバムを広げて、スノートリアスに心を開くように努める。スノートリアスはどの思い出についても質問する。「だれ？　どこ？　何歳？」だれかからわたしの人生に純粋な興味を持たれるのはこれがはじめてだ。「海だね」とスノートリアス。

「別れた奥さんと、ハネムーンでハワイに行ったんだ」

「すごく大きい」とスノートリアス。「真っ青だ」わたしは、ドリーとわたしがマウイ島の沖でスキューバダイビングをし、だいぶ前に死滅してしまったサンゴ礁を目のあたりにしたときの感動を脳裏によみがえらせようと努め、スノートリアスにも水中を体験をしてほしいと願う。

二本目の映画を中断してケーキを食べることにする。パトリースがろうそくに火をつけたケーキを持ってきて、スノートリアスが生育ポッドから出されたのは去年の三月だったにもかかわらず、わたしたちは〈ハッピーバースデー〉を歌う。

「願いごとをしなさい」とわたしはうながす。そして、なにを願ってもかなうことはないと知りながら、スノートリアスの心になにが去来しているのだろう、と考える。スノートリアスもたぶん、願いがかなわないことを知っているはずだ。

チャーリー・ブラウンが哀れを誘うツリーの飾りつけをしているとき、ヘイズ副学部長からメールが届く。今週末、スノートリアスはわたしたちの手を離れ、政府が監督する学外の施設に恒久的に移管されるのだそうだ。わたしの両脇に座っているエイミーとパトリースもそのメッセージを読む。三人とも、スノートリアスの背後のソファに座ったまま、黙って携帯電話の画面を見つめる。スノートリアスには映画の残りを楽しませる。わたしは恐怖を心から払拭《ふっしょく》しようと試みるが、ノイズで思考を乱される――学芸会で〈赤鼻のトナカイ〉を歌っているフィッチ、命を得た雪だるまが子供たちに別れを告げる〈フロスティ・ザ・スノーマン〉の歌詞、葬儀チャンネルに流れる〈柩《ひつぎ》王サル〉と〈アーニーの遺灰箱〉のＣＭ。エイミーが自分の携帯電話に文章を記してわたしの前にかざす。〝これからどうするの？〟

〝彼に選んでもらおう〟とわたしも文章を書いて見せる。

映画が終わると、わたしはテレビを消す。パトリースは目に涙を浮かべている。エイミーは床に座って、スノートリアスの腹に頭をもたせかけている。

「友達は悲しんでる。豚は病気。友達は悲しんでる。豚はいなくなる」

「うん」とわたし。「豚は知ってるんだね？」

スノートリアスは鼻を鳴らしてうなずく。ほかに移されることを、脳が大きくなりつづけていることを知っているのなら、ほかになにを知っているのだろう？

「わたしたちはあなたの幸せを願ってるの」とエイミー。

「あなたにどこへも行ってほしくないの」というパトリースの言葉は、嗚咽《おえつ》しているせいで聞きとりづらい。

「なんとかしてきみが無事でいられるようにする」とわたし。「死ぬまでできるだけ幸せに暮らせるようにする」

気まずい沈黙とパトリースが鼻をすする音で、わたしはいたたまれなくなる。音がほしくてステレオをつけて低く鳴らし、いま必要なのは幸せだったころに聴いた音楽だと気づく。スノートリアスは、フーティー・アンド・ザ・ブロウフィッシュの〈オンリー・ワナ・ビー・ウィズ・ユー〉にあわせて頭を揺らす。

「豚は病気で」とスノートリアス。「友達は困ってる」

「わたしたちはなんとかなる」とわたし。「心配はいらないよ」

さらに二曲かかったあと、スノートリアスがまたしゃべりだす。そろそろ、スノートリアスをラボに帰すか、脱走させるかを決めなければならない時間だ。

「豚は帰る。豚は病気。豚は人を助ける」

「どうして?」とエイミーが言う。だが、パトリースはまた泣きだす。パトリースは、スノートリアスがわたしたちに、わたしたちにできる唯一の方法で自由にしてほしいと頼んでいることを理解している。

「豚の心臓は助けになる」

「だめ、だめ、だめ、だめ」とエイミーは声をうわずらせる。「わたしたちと一緒にいればいいのよ。もっと世界を見られるわ。命がつきるまでそうしてればいいのよ」

「豚は帰る。豚は人を助ける」

「いいんだね?」とわたしはたずねる。「なにを頼んでるのかわかってるんだね?」

スノートリアスは床に座ると、エイミーの額に鼻面で触れ、歩いていってパトリースにもおなじことをする。

「豚はわかってる」

キャンパスの中庭で、わたしはスノートリアスと並んで座り、彼に朝日を見せる。オレンジ。紫。

黄色。ピンク。エイミーが離れたところからわたしたちを見守っている。パトリースはすでにラボに戻って、臓器を必要としている近隣三州の病院に電話をかけている。わたしは、霜がおりた芝生で豚息子と座っている。

「きれい」とスノートリアスが震えながら言う。わたしはスノートリアスに上着をかけてやる。

「そうだな」とわたし。

「お話の時間？」

「いいとも。どんな話がいい？」

「フィッチのお話を終わらせて」とスノートリアスは言うと、〝そのことも知ってるよ。あなたが言えないことも知ってるんだ〟と告げているかのように、振り向いてわたしの目をまっすぐに見つめる。そして、ほとんど反射的に、わたしはスノートリアスを引き寄せて額にキスをする。スノートリアスは頭をわたしの肩にもたせかけ、わたしは、どんな話だったかを思いだそうと努める。そしてゴンドールの王について語る。ラボまでの短い道中で、ホビットたちのシャイアへの帰還について話す。おうちだよ、とわたしは言う――きみのような家族だ、と。そして処置室で、麻酔が効いてきて徐々に意識を失っていくスノートリアスに、エルフたちとともに中つ国《なかくに》をあとにするフロドの最後の旅について話しおえてから、彼の、いまは三百キロ以上離れた場所で暮らしている少年の体内で着実に拍動している心臓に手をかけ、ありがとうと礼を述べる。

エレジーホテル

哀歌《エレジー》ホテル最上階のワンルームのアパートメントには、おれのような死別《ビリーブメント》コーディネーターが住みこんでいる。同業者のなかには、自分は世界を救っているなどというおめでたい考えをいだいている連中もいるが、実際のところ、おれたちは、火葬を待つおびただしい数の北極《ほっきょく》病《びょう》犠牲者のための、愛する家族の遺体の隣のスイートで丸まって眠り、傷を癒《い》やすことを望んでいる家族のための、ていのいいベルボーイにすぎない。来る日も来る日も、地元の病院からバイオハザードバッグに詰められて運ばれてきて、三段階の保存プロセス、つまり殺菌とエンバーミングと抗菌プラスチック化処理を受けるのを待っている遺体が地下ホールに並んでいる。そのおかげで、家族は、火葬場が必死になって需要に応えているあいだにじっくりと別れを告げられる。仕事はちっとも難しくないし、贅沢《ぜいたく》を言わなければ給料も悪くない。エレジーホテルが誕生して葬儀市場を席巻《せっけん》して以来、おれは三年近く、過去についてはほとんど語らず、カリフォルニアのキングベッドから火葬炉へと死体を運んで、ひっそりと暮らしていた。だが、三カ月前、理系優等生の兄がホテルのロビーにあらわれ、夕食を食べながら母親について話そうと言ってきた。罪悪感をかきたてて家に戻るように仕向けるつもりだな、とおれはさとった。

サンフランシスコでいまも開いている数少ないシーフードレストランの一軒、フィッシャーマンズワーフの〈ルーシーフィン〉に入ると、母親と兄はもう席に着いていた。空気感染を恐れていた感染症初期に逆戻りして、各テーブルは、豆電球が格子状にとりつけられた小さなプラスチックドームにすっぽりと包まれていた。いまでは、気休めのため、似たようなドームが、よく公共の場に設置してある。

「もうひとりの息子の到着ね」おれがドームに入ると、母親がそう言った。鼻に呼吸チューブをつけていて、しゃべったあとでぜいぜいあえいだ。骨格から肌がショールのように垂れさがっている。

「ひさしぶり」とおれは言った。

おれは母親のやつれた面持《おもも》ちをよく覚えていた。十代のころ、夕食中に父親からどなりつけられているとき、唇をかみながら浮かべていたときの表情だ。「あなたにはがっかりしたわ。わたしたちはあなたを助けようとしてるのよ」と母親は、成績や喧嘩《けんか》をしたことでお説教したあと、おれに言ったものだ。母親は父親に、もう許してあげて、この子も自分がなにをしたかはわかってるんだから、と言うが、そのあと、ときには何週間も、家のなかでおれを避け、夕食を黙っておれに渡した。

「偉大なるブライアン・ヤマト博士は、今宵《こよい》、なにをごちそうしてくださるのですか?」と、おれは腰かけながら兄にたずねた。兄は、つかのまおれをにらんでからメニューを差しだした。

「ここはアワビがうまい」と兄。「アワビで有名なんだ」

おれはオヒョウのズッキーニ添えとマンハッタンを注文し、兄が唖然《あぜん》としているあいだに一個だけ残っていたカキをたいらげると、二年前から母親が同居しているラスベガスにある兄の家のリフォームについてと、世界がおのれのケツの穴《アスホール》に呑みこまれかけていることを考えるとどうだっていいように感じられる、兄がかかわっているブラックホール研究計画についての話を拝聴した。兄の娘のペタルがこのあいだ中学生になって馬に乗りはじめたことは知っているかと問われた。それに、息子のピーターがエレキギターを習いはじめたことは?　もちろん知らなかった。

「そうだ、デニス、おまえはいま、例の死のホテルで働いてるんだよな?」とブライアン。「そうなんだろう?」

「何年か前からな。月間優秀従業員賞もボーナスもストックオプションもないけど、なんとかやってるよ。ふたフロアのマネージャーをまかされてるんだ」おれが担当しているフロアのエコノミールームは一度もリフォームされておらず、えせビクトリア朝風のままなのは言うまでもない。死者相手のホテルでもトラブルは発生する。花柄の壁紙の端がめくれたり、製氷機の故障のせいでカーペットに水が漏れて大きな染みができたり、廊下にチューインガムの包装紙が点々とへばりついたりする。

「マネージャーですって？」と母親が信じられないという口調で言った。

「ああ」

「具体的にはなにをしてるんだ？」とブライアンがたずねた。

「まあ、なんでも屋だよ。責任者でもあり、葬儀屋でもあり、コンシェルジュでもあるってところかな。顧客の要望に応えてるんだ」とおれ。「死んでる顧客も含めてね」ホテルのロビーには本棚があって――悲しみが癒える過程についての小冊子《しょうさっし》や本が備えてある。ホテルとその関連会社が提供しているサービスだ。表紙はどれも、ピントはずれで古臭いストック写真で、理由は不明だが、とにかく笑いながらゴールデンゲートパークを散歩している人たちの写真が何枚もある。ネオンカラーのトラックスーツを着て、勝ち誇った表情でウォークマンをつけている男の写真もある。人生、いろいろだ。ルームサービスは真夜中まで利用できる。外部のデリバリーとケータリングは〈ゴールデン・ドラゴン〉か〈ブカ・ディ・ベッポ〉に頼める。ダイヤル9はメイドサービス。ダイヤル8は葬儀屋への直通電話。おれは使われていない洗濯室の乾燥機のなかにジムビームのボトルと非常用マリファナタバコを隠しておいて、遺族の問題が限度を超えたときに逃げこめるようにしてある――「すみません、夫からなにかが漏れているみたいなんです」「エロビデオのレンタルはしてますか？」「妹から感染しないって保証できるんですか？」もちろん、低価格帯担当なので、金持ち客相手のほかのフロアマネージャーに比べたら、半分も大変じゃない。州が格安のエコノミーパックを提供しはじめる前は、海やゴールデンゲートパークで死体が見つかることがまれではなかった。ほとんどの人は、家族をきちんと処分できて喜んでいる。

「まあ」と母親。「とっても興味深いわ」おれは腰をおろしてからはじめて携帯電話をちらっと見て、ブライアンの視線を感じた。おれは所有している暗号通貨——五十葬儀インクトークンと〇・〇〇〇〇六八ビットコイン——の価格をチェックした。

「ちなみに、ここはわたしのおごりだ」とブライアンは、明らかにとまどいながら言った。

おれはマンハッタンのお代わりを注文し、食事に集中した。

食後のコーヒーが運ばれてくると、母親がブライアンに鋭い視線を向けた。さあ、話してちょうだい。

「さて、状況を説明しよう」と兄。「ママの病気は重い。何年か前に癌《がん》細胞をすべてとったと思ったんだが、肺に点々と広がってた。助けが必要なんだよ、デニス。うちで」

「なるほど。だけど、家事代行か看護師を雇えばいいんじゃないか?」

「もう雇ってるよ。大金を払ってる。だからおまえに手伝ってほしいんだ。おまえは、パパが死んだときにいなかったじゃないか」

「他人に家のなかをかきまわされたくないのよ」と母。

「じゃあ、同居するってことなんだね?」とおれ。

「そのとおりだ」とブライアン。

「あなたの部屋を用意するわ」と言うと、母親はテーブルに身を乗りだし、おれに握ってほしがっているかのように、てのひらを上にして両手を差しだした。「これが理想的じゃないのはわかってる——わたしたちみんなにとって」

おれはコーヒーを飲んだ。外に目をやると、アシカが泳いでいて、遠くにアルカトラズ島が見えた。中学校の遠足でアルカトラズ島に行ったとき、こっそり抜けだして問題になったことがある。女の子と刑務所の立入禁止エリアに忍びこんでパーラメント・ライトを吸い、舌を喉に突っこみあう練習をしたのだ。それまで、おれの家族はおれを、とりあえずいい子だと思っていたと思う。おれはナプキンでくしゃくしゃな白鳥を折ると、ドームから手を突きだして振ってウェイトレスを呼び、酒をもう一杯頼んだ。しぼんだ体で目の前に座っている必死な様子の老婦人をまっすぐに見つめる以外のすべてをした。

「考えさせてもらっていいかな？」とおれ。

ブライアンは首を振り、おれにつかみかからんばかりの勢いでテーブルに身を乗りだした。母親は紙切れのようにくしゃくしゃになりかけているように見えた。

「なにを考える必要があるんだ？」と言ったブライアンの声は、ほかのテーブルの客たちに届いて振り向かせるほどの大きさだった。「パパが死んだとき、おまえはいったいどこにいたんだ？　こんどこそまともなふるまいをしてくれるかもしれないと思ったのに」

「騒ぐなよ。ママの前でみっともないぞ」

「騒ぐなだと？」ブライアンは立ちあがると、ダイニングドームから出て、おれが続くことを期待してフラップをあけたままにした。ウェイトレスが支配人に話しているのが見えた。「おまえが心を入れ替えてママを助けてくれる可能性がわずかでもあると思ってたんだが、助けるつもりがないならさっさと失せろ」

おれは母親のほうを向き、ようやく手をのばして母親の手を握る。金線細工のように血管が浮きでている手は信じられないほどやわらかくて華奢《きゃしゃ》で、赤ん坊の肌のようだった。

「おにいちゃんの言うとおりにしてちょうだい」という母親の声は尻すぼみになった。

「あとで電話するよ」おれは立ちあがると、ひょっとしたら押しのけられるかもしれないと覚悟しながら母親の頬にキスをした。母親は、おれが面倒を起こすたびに吸っていたメンソールタバコではなく、メディシン・キャビネットとウェットティッシュの匂いがした。おれが立ち去ろうとしたときも、母親はまだおれの手を握りしめていた。

「また連絡するよ」とおれは言って、見張り番をしているかのようにドームの外に立ったままだった兄を押しのけた。「ごちそうさま」と言って、ブライアンが口を開く前に早足で出入口に向かった。振り向くと、ナプキンを顔にあてて泣いている母親を兄がなぐさめていた。

タオルを交換し、遺体を火葬場へ運ぶ日勤の合間に、おれはよく、唯一のおなじフロア担当の従業員、ヴァルと一緒に非常階段でくつろいでいた。ヴァルはスカーフを巻いてペンシルスカートをはき、タバコの煙の匂いをまとっているという、まるで一九六〇年代の客室乗務員のような格好をしている若い未亡人だった。上司のミスター・ファンはおれたちが非常階段に出ることを嫌っていて、集会でしょっちゅう注意された。「せめて、お客さまを気づかっているそぶりをしろ。建物の横で、そこらのチンピラみたいに酒瓶を持ってぶらぶらされたら困るんだ」ふだん、おれは横柄な上司に近づかないようにしていた――ミスター・ファンは、彼が下層階級とみなした人々とはなるべく交わらないようにしていた。おれは、彼の目には下層階級以下と映っていたのだろう。ヴァルとおれは、非常階段にいるあいだ、ほとんど無料セラピーをしあっていた。つまり、どうしておれがブライアンの電話を無視しつづけているのか、より一般的にはどうしておれはこんなろくでなしなのかをテーマに、ヴァルが詩を吟じてくれたのだ。だが、ときどき、たいていは水曜日に、なけなしの貯金を使ってハッピーアワーに繰りだすという贅沢をした。

おれが家族と夕食をともにした翌週、ビリヤード場を改装した大人の遊び場、〈ランバーヤード・クラブ〉に行った。このご時世、この街でそれなりに繁盛しているのは、セックスか死か、それらをインターネットを介して届けている業界だけだ。おれはチキンウイングとイ《I》ンディア・ペ《P》ール・エ《A》ールを、紫と金色のビキニという『ジェダイの帰還』のときのレイア姫のような格好をしているアンブロージアという名前のウェイトレスに注文した。

「デン」とヴァルが、デニスを縮めたあだ名でおれを呼んだ。悪の巣窟《デン・オブ・イニクウィティ》のデンでもあった。

絶望の巣窟《デン》のデンでもあった。巣窟《そうくつ》っていうのは、みずからの汚物まみれだからこそおちつく場所のことよ、とかつてヴァルは言った。「おかあさんの件は、まだどうするか決めてないの？」

「ヴァル、あいつを見ろよ」話をそらそうと、おれは腰を振りながら店内を歩きまわっている巨《ハン》根《グ》・ソロを指さした。きょうは『スター・ウォーズ』ナイトらしいな、とおれは思った。「仕事があるんだよ。もうスーツケースも持ってないし。ここをあっさり辞めるわけにはいかない。おれはこのホテルに必要とされてるんだ」

「嘘ね」とヴァル。「おにいさんはお金持ちじゃないの。ミスター・ファンは不採用にしただれかをすぐにあなたの代わりにできる。ここのくずどものほとんどと違って、あなたにはちゃんと行く場があるんじゃないの」

「きみだってフィラデルフィアにおねえさんがいるじゃないか」

ヴァルは小規模なリベラル・アーツ・カレッジっぽい高慢さの上から口調で話すが、おれが攻勢に出ると、いつも黙りこんでしまう。一年ちょっと前にヴァルがここへ来てからそれほどたっていないころ、おれは彼女から、亡き夫にプレゼントされた絵――泥を掘っている母親と娘を描いた、ミキという名前の日系画家による『探しているクララ』と題された印象派風の肖像画――を壁にかけるのを手伝ってほしいと頼まれた。おれたちははじめてについての話をしあった――はじめてのアルバム、はじめてのキス、覚えているかぎりではじめてクリスマスプレゼントとしてもらったおもちゃ。もう、夫について聞いてもだいじょうぶだろう、とおれは考えた。ヴァルは、テレビ台に小さな祭壇をしつらえていた――何枚もの写真、腕時計、眼鏡が奉納ろうそくに囲まれていた。

「これは記念のプレゼントかなにかだったのかい？」とおれはたずねた。

「っていうか、〝ぼくはきみと本気でデートしたいし、きみは絵が好きだって言ってたから〟プレゼントね」

「いいやつだったみたいじゃないか」やっと絵がまっすぐにかかると、おれは言った。「どれくらい一緒にいたんだい？」

　そのあと、ヴァルは黙りこくって顧客ファイルを出し、おれは面倒なので後回しにすることが多い、遺族の要望をぱらぱらめくりだした。だが、目の動きから、実際にはファイルを読んでいないことがわかった。

「ごめん。もしも……」おれは一分後、ヴァルがかけはじめた掃除機の音を聞きながら言った。おれは出入口に立ってヴァルの涙がカーペットに落ちるのを見てから去った。そのあと、ヴァルは何週間もおれを無視したし、おれは彼女になんと声をかければいいのか見当もつかなかった。廊下ですれ違ったとき、おれは水圧についてこぼした。ホテルが週に一度従業員に提供しているコンチネンタルブレックファーストを食べているときにヴァルを見かけたので、彼女にミニマフィンのプレートを渡した。ヴァルはミニマフィンが好きだし、ミニマフィンはすぐになくなってしまうことを知っていたからだ。

「ありがとう」ヴァルはほとんどおれのほうを見ないで礼を述べた。

「どういたしまして」とおれは応じた。「一緒に食べないかい？」

「自分の部屋で食べたいの」とヴァルは答えた。そしておれはロビーを横切ってエレベーターのほうへ向かうヴァルのうしろ姿を見つめた。ヴァルがおれとまた友達になってもいいと判断したらしいのは、会社主催のポイントカードプログラム研修セミナーで一緒になったときだった。

「生者の国にお帰りなさい……ってところかな」昼休みにおれの隣に座ったヴァルに、おれはそう言った。一緒にターキーサンドイッチを食べ、ポテトチップスをシェアしたあと、名作映画を何本かぶっ続けで見ないかと誘っても、ヴァルは逃げださなかった。

　ヴァルとのはかない友情は、いつもおれに、自分は完璧な孤独にどれだけ近いかを思いしらせてくれた。そのおかげで、おれは半分の時間ではより思慮深くなって、ヴァルがつきあってもいいと思える人間になれていたのではないだろうか。おれが話をする同僚は、ヴァル以外だと、主任管理人のミスター・レアンしかいなかった。ミスター・レアンは、長くて薄い顎ひげをたくわえていて眉毛がぼさぼさな、七〇年代のカンフー映画に出てくる老師を思わせる人物だった。だから、ミスター・レアンが働いているのを見ていると、瞑想《めいそう》しているような気分になった。以前、それについてミスター・レアンに話し、即座に、アジア人についてなにも知らないアジア人のひとりだと思われたのではないかと心配になった。もっとも、おれがアジア人についてなにも知らないアジア人なのは、おおむね事実だ。だが、ミスター・レアンはほほえんでくれたし、数日後、チャイナタウンの貧乏な家族にこっそりサービスを提供するのを手伝ってくれないかとおれにたずねた。

「バイオバッグがあるんだ」とミスター・レアンはひどくなまっていた。「焼かなければならないバイオバッグが。金はとらない」

おれはひと晩、ミスター・レアンの頼みについてじっくり考え、人助けになると同時に、貧しい人や困っている人に手を貸すのが大嫌いなミスター・ファンに一杯食わせられることに気づいた。規則を守ってすぐに告発するタイプにも思えたヴァルには秘密にしておこうと思っていたのだが、ミスター・レアンにメモを渡しているところを見られたので、計画を打ち明けると、彼女も参加してくれた。作戦開始は、ミスター・ファンが奥さんと一緒に、何度も見ている『椿姫《つばきひめ》』をまた見に行く金曜日に決まった。おれは通用口で、ミスター・レアンと彼の友人たちが、近所のレストランの冷凍庫に保管しておいた遺体を運んでくるのを待つことになった。

「デンにも心があったのね」とヴァルが、秘密任務初日の夜、殺菌技師が未処理の遺体を扱うときに着用するバイオハザードスーツを着ながら言った。これを手伝いたがらないやつなんているか？

「これしか差しあげられないんです」祖父と一緒に来た十代の少年が、おれたちから段ボール製の遺灰箱を受けとってから言った。少年は携帯電話を出しておれのアカウントに五十葬儀トークンを送り、食べ物が詰まっているトートバッグをおれに渡した。最初の数家族が去ると、ミスター・レアンとヴァルとおれはもらった餃子《ぎょうざ》をエンバーミングテーブルで食べた。

それから数日間の夜にミスター・レアンが呼んだ遺族はみな、厳粛な雰囲気だったし、おれたちに感謝してくれた。

「それで足りますか？」と彼らは決まってたずねた。「それで精一杯で申し訳ありません」

「だいじょうぶですよ」とおれは答えた。なぜなら、金は理由ではなかったし、正直なところ、どうしてもお礼を受けとってほしいと言われなかったら、無償でおなじことをしていただろう。気分がよかった。遺族は焼香《しょうこう》し、縁者の遺影を見ながら抱きあって泣いた。おれは敬意をこめて頭を下げた。かつては、死者をこのようにして送ったものだ。だが、遺体を収容しきれなくなり、別れをちゃんと告げられなくなったとき、おれたちのなかでなにかが折れた。極低温冷凍保存会社が急増し、死のホテルや、遺体を愉快な姿勢で保存するサービスや、故人との〝自然な〟休暇を約束する旅行会社が誕生した。新入りだったとき、ミスター・ファンから、ていねいな接客を心がけてお客さまに不快な思いをさせないように、ここはまず第一にホテルであって、次に葬儀場であることを忘れないように、と言われたことを覚えている。

ある晩、ひとりでミスター・レアンを手伝ったあと、おれは乾燥機からバーボンをとってきて非常階段に向かった。ヴァルがもうそこにいて、セールスフォース・タワーの最上階に浮かびあがっているバレエダンサーのシルエットをねらって煙の輪を吐いていた。バレエダンサーは、市長肝いりの、市を盛りあげるためのキャンペーン、〈回復フェスティバル〉の宣伝だった。もちろん、ほとんどの市民はもっとましな支援サービス――スープキッチン、カウンセリング、公費負担の葬儀一式――を望んでいるだけだ。

ヴァルは涙を拭くと、おれにマリファナタバコを渡した。「新しい治療法が見つかったから、こういう施設はやっていけなくなるかもしれないなって考えてたの。患者は昏睡《こんすい》状態を維持できる。希望が生まれたのよ。この仕事はもう長くは続かないのかもね」

おれは肩をすくめて深々とマリファナを吸った。

「きょうはどうだったの？」

「いつもどおりさ」そんな言いかたをしたことにおれは軽い罪悪感を覚えたが、ミスター・レアンを手伝って遺体を処理するのはお決まりの仕事になっていた。「つまり……」

「ええ、わかるわ。この仕事のことは考えこみすぎないほうがいいわよ」

「スターシップは好きかい？」

「いったいなに？」

「バンドのだよ」

「どっちにも思い入れはないわね」

「いいかい？」おれは携帯電話を出してアルバム『フープラ』を再生した。小さかったころに父親からカセットをもらったのだが、子供時代に子守歌代わりにしていたこのアルバムの曲は、忘れようとしても忘れられない。

「最低だわ。いい意味でだけど」

おれたちは脚を宙でぶらぶらさせながら、一枚のブランケットにくるまった。おれは、ポケットのなかで鳴っている兄のメッセージを無視しつづけ、しまいに電話の電源をオフにしてしまった。ヴァルはなにか言いたがっている様子だったが、なにも言わなかった。ヴァルはおれの肩に頭をもたせかけ、おれたちは、それ以外は真っ暗なフィナンシャル・ディストリクト・ホテルで光っている、巨大なチューリップのような形をした風力タービンを設置するための溶接作業による小さな爆発の数を勘定した。


父親が感染症の合併症で他界したとき、兄は何度も電話をかけてきた。その経験から学ぶべきだった、成長するべきだった、というのがおおかたの意見だろうが、おれは逃げるので精一杯だった。そして葬式のあと、母親が留守番電話を残した。八分三十二秒におよんだその留守番電話を、おれは聞かずに消去した。そのメッセージはきっと、「わたしたちはあなたを愛してるのよ、デニス。帰ってきて」と「パパはあなたにがっかりしながら死んだのよ」のあいだを行ったり来たりしてたんだろうな、とおれはときどき想像する。

　おれが最後に父親と顔をあわせたのは他界する十年前だった。二十代のころ、おれはキャリアを軌道に乗せることに失敗し、すでに成功している友人たちと対等につきあったり、プロへの扉をあけてくれるかもしれないと考えた初対面の相手に酒をおごったりを何年も続けたせいでクレジットカードが限度額に達し、ずたぼろになって実家に戻った。そして、パタゴニアで働きながら盗みをはじめた——あちこちで数ドル、フリース、帽子などを。結局、両親が保釈金とネバダに戻る飛行機代を出してくれた。母親は空港の駐車場に停めた二十二年もののステーションワゴンの前で、腕を組んで立っておれを待っていた。

「自分を大物だとでも思ってるの?」と母親は言った。「わたしたちは、あなたの借金の尻拭いをするために老後資金に手をつけたのよ。あなたの部屋に請求書を置いてある。わかってないといけないから言っておくけど、借金は返してもらうわよ」

　父親はいい警官を演じておれをハグした。震えているおれを見て、父親はたぶん、三十を超えた息子がベルトで鞭《むち》打たれるのを恐れているとでも思ったのだろう。「おまえは混乱してるんだ」と父親は言った。「匿名アルコール依存症者の会《AA》に、セラピーに通わせてやる。一緒に乗り越えよう」父親は母親にもう黙れと言った。だが、おれは救いがたいくず野郎だった。両親がおれのために、どれだけぎりぎりの金銭的負担を引き受けてくれたのかを充分に理解していなかった。

　実家で暮らしだして数日で感情が爆発した。父親が、飼っていたビーグルが地下室のマットにした糞《ふん》を片づけるようにおれに命じたが、おれは素直に応じなかったのだ。

「気が向いたときにやるよ」とかなんとか答えた覚えがある。

「いますぐにしろ!」と父親はどなった。「おまえの仕事は、たったいま、ダルタニアンの糞を片づけることだ。そうしたら、ここに住ませてやる。わかったか？」

もちろん、おれはかちんときた。無益なオンラインでの職探しをしていたおれは自分の部屋を飛びだし、キッチンで父親とにらみあった。父親は、かっとなると空威張《からいば》りした。ニューハンプシャーの田舎町の学校でただひとりのアジア人の子供だったせいで、おまえは目が細いから視界が横長なんだろうとからかってくる白人のいじめっ子たちから昼食代を守らなければならなかった父親は、そうせざるをえなかったのだろう。

「やる気なのか？」と父親。「手を出したりしたら、歯をへし折ってやる」

おれが十代のころだったらそうできただろうが、おれは父親よりやせてはいたものの、背は高かったし、関節炎もわずらっていなかった。おれは、父親から先に手を出してくれたら殴り返せるのに、と思った。あのとき、おれは父親を心の底から憎んでいた。さらに頭に血がのぼったおれは、なにも考えずに、母親がセールスマンにだまされて買った包丁セットから肉切り包丁を抜いた。包丁を握っている手に汗がにじんだ。おれの脳裏に、父親を包丁で刺し、家から飛びだして逃亡犯になる自分が浮かんだ。一時的な錯乱状態におちいっていたのです、とおれの弁護士は主張するだろう。おれはハイウェイの高架下で野宿し、最終的にはヒッチハイクで州外へ逃れるだろう。

母親が騒ぎを聞きつけ、地下の作業部屋から駆けつけてきた。おれは、母親が角を曲がってくると同時に包丁から手を放したが、母親はもうおれを見ていたし——包丁が床に落ちる前に、父親はへなちょこな右フックを打ちこんできた。おれは反撃し、父親に組みついて床に倒した。一発。二発。父親の鼻が折れた。三発目を食らわしたところで、母親がおれを父親から引き剝《は》がした。母親は顔が血まみれになっている父親を抱いておれから守った。そして一瞬、嗚咽《おえつ》しながらおれをにらんだ。武装強盗をしているような気分になった。

「うちから出ていって！」と母親はわめいた。「さっさと出ていって、二度と帰ってこないで」

そういうわけだから、兄のような学者でなくてもおれが家族にかかわろうとしない理由がわかるはずだ。たぶん、父親が他界する前に、家に帰って関係を修復するべきだったのだろう。だが、おれは母親に言われたとおりにした。出ていって、二度と戻らなかったのだ。自分は天涯孤独だと思いこむほうが楽だった。

新しい治療法と臓器ドナープログラムのせいで、エレジーホテルは最近、衰退していた。ミスター・ファンは、〝ブランドを再生〟するチャンスだと言った。そして、ビリーブメント・コーディネーターを街に送って、ホテルの葬儀・火葬業務について住人に説明させた。〝愛する人を豪華なスイートで送りましょう！〟〝死体安置所と冷蔵保存よさようなら、三つ星半のリゾートでの衛生的処理よこんにちは！〟〝低利息返済プランもございます！〟オークランドにあるライバルのホテルチェーンのひとつ――〈エリシウム・スイーツ〉――は、実験的な感染症治療法が記憶障害を引き起こしたという初期報告書に応じて療養施設として売りだしていた。おれは、管理職たちが言うところの〝ぼんくらな態度〟のおかげで過去数回の地域連携活動には駆りだされずにすんでいたが、近隣のほかのチェーンや姉妹店がマーケティングを強化した。そういうわけで、ある日、ミスター・ファンはヴァルとおれを組ませた。たぶん、おれがヴァルのおもてなし能力に感化されるかもしれないと期待したのだろう。

ヴァルは、渡したパンフレットの数に応じて歩合がもらえるかのように、熱心に歩きまわった。おれはヴァルの仕事ぶりを興味深く観察して、自分もおなじ悲劇を体験したと伝えると、自宅に招き入れてもらえる可能性が高くなることに気づいた。ヴァルは、打ちひしがれた未亡人の笑みを浮かべながら話しはじめ、最終的には室内に足を踏み入れた。ヴァルは、いつも炭酸水を頼んだ。おれには、ヴァルのように顧客サービスと訪問販売と葬式の厳粛さのバランスを絶妙にとることはできなかった。

「玄関に歩いていくとき、そんな連続殺人犯みたいな怖い笑顔にならないようにしたほうがいいわよ」とヴァルが、おれが担当地区の家をはじめて訪問したあとで言った。

「〝いまならダブルで——一個分の価格で二個のご遺灰箱をご提供いたします。さらに、チョコレートの詰めあわせとフィッシャーマンズワーフの世界的に有名な蠟人形館《ろうにんぎようかん》の招待券もおつけします！〟だぞ。これがどんなにひどい仕事か、考えたことがないのか？」とおれはたずねた。

おれたちは訪問リストの次の家に向かっていた。ヴァルが振りかえった。むっとした表情になっていた——おれは上司に楯突《たてつ》いているだけ、同僚に愚痴をこぼしているだけだと思っていたのだが、おれの言葉のなにかがヴァルの古傷をえぐって怒らせてしまったようだった。

「ええ、ひどい仕事よね」とヴァル。「わたしたちは社畜なのかもしれない。だけど、潜在的なお客さまには、わたしたちの助けで悲しみを癒やす基本的な権利があるの。やる気がないなら、黙って下がってて」

「人には故人との別れかたを選ぶ権利があると思ってないわけじゃない」とおれは弁解した。「場を盛りあげようとしただけだよ」急いで追いかけたが、ヴァルはもうドアをノックしていた。

「パーティー気分でいちゃだめなときもあるのよ、デニス」とヴァルは言った。

おれはヴァルの肩に手をかけて振り向かせ、言い訳をひねりだそうとしかけたが、ドアがあいたので下がった。おれは玄関前の階段でヴァルが話しおえるのを、携帯電話をいじって、ビットパルプライムのメッセージという沼地を渡りながら過ごした——エレジーホテルの広告、金持ちの友人たちが隔離施設でグランピングをしている動画、プロフィールがメモリアルページになったという通知。毎年、サンクスギビングに招待してくれていた大学時代の友人の父親の追悼ページに行き着いたところで、おれの親指の動きが止まった。

ヴァルが出てくるまでに時間がかかりそうだったので、おれはホテルに戻ることに決め、フェリー・ビルディングの前を通ってマーケット・ストリートをえんえんと歩きはじめた。ユニオン・スクエアに着いたところで、ベンチに腰かけ、かつてと変わりないふりをしている街をながめているうちに、ここ何年も、ベンチで寝ていたり、レストランの外で物乞いをしたりしているホームレスを見かけていないことに気づいた。この国がホームレスまで見捨てたことは明らかだった――ホームレスはシェルターで死んだのか？　通りで死んだのか？　ひとまとめに燃やすか埋めるかしたのか？　携帯電話でこの話題についてのニュースを検索したが、おなじことを不審に思っている個人ブログとソーシャルメディアの投稿――ホームレスはどこに行ったんだ？　ホームレスの死についてはだれに聞けばいいんだ？――しか見つからなかった。通りを渡ったところにあるショッピングモールの壁に設置されているLED看板が、〝優先すべきは生者です。葬儀トークンを生活に使いましょう〟と、自分の役目をはたしている人々に感謝していた。新設されたエレジーホテル・コンソーシアムが所有する銀行が、その隣の、古いウェルズ・ファーゴ銀行ビルのロビーで建設中だった。おれは立ちあがると、ビルを出入りしている買い物客と労働者の流れに身をまかせてしばらく歩いた。商売がたきの死のホテルが流している売り口上――〝永遠のまどろみへと向かっているさなかの大切な人と眠りましょう！〟――に耳を傾けた。自分の死を悲しみ嘆くだれかがいるなら、だれかが悲しみ嘆いてくれるはずだとわかっているなら、そんなにおぞましくは聞こえないのだろう。ときどき、もしもおれが死んだらだれが葬式に来てくれるんだろうと考え、父親の葬式はどんなふうだったんだろう、と想像した。もしもおれが教会に入って母親の隣に座り、兄がおれを殴りつけたい衝動を抑えているいっぽうで、おれが母親の手を握ったら、参列者はどんなふうに息を呑むだろう、と。おれは、ほかのみんなが最後の別れをすますのを待って柩《ひつぎ》に近づき、きちんとした見た目の父親の抜け殻を見おろすだろう。

「ごめん」とおれは謝るだろう。ひょっとしたら、泣きだすか、すっかり取り乱して、母親とブライアンが床にくずおれたおれを助け起こすかもしれない。いつも、おれの頭のなかではすべてがドラマチックで非の打ちどころがなかった。

ホテルに戻ると、おれは通用口から入って、ミスター・ファンからまたお目玉を食うのを避けるため、エレベーターに逃げこんだ。非常階段に着いたときにはマリファナタバコをくわえていた。そこにはヴァルがいて、世界一の愚か者を見る目でおれを見つめた。

「デン、物事は一方通行じゃないの」とヴァルが、ほとんど即座に言った。おれに説教をしようと待ちかまえていたらしかった。最初、おれはヴァルが、おれのやる気のない仕事ぶりを叱っているのかと思ったが、彼女はおれよりもましな人間で、いつだっておれよりも視野が広かった。「待ってるだけじゃなにも起こらない。あなたは、連絡をとれる家族がいるだけ運がいいのよ」

「おれがすべてをぶち壊してたら？」とおれ。「家族が電話をかけてきてるのも、八方ふさがりになってるだけだったら？」おれは、ビューマスターを目にあてて、おれが家族を失望させたさまざまな場面を写した3Dスライドを次々に切り替えて見ている自分を想像した——掛け算ができなくて落第した三年生のおれ、バックパックにコカインを入れているのがバレた高三のおれ、父親に郡拘置所までひきとりに来てもらった卒業直後のおれ、レジから金をくすねているところを〈アウトドア・アウトフィッターズ〉の上司に見つかって警察を呼ばれたおれ。ニッキー・イシオを家に連れていったときは、家族全員が彼女を気に入った。ニッキーはチアリーダーで優等生だった。ニッキーと卒業ダンスパーティー《プロム》に出たときは、両親から、愛想《あいそ》をつかされないようにしろと言われたのに——結局、愛想をつかされた。それにもちろん、父親の血染めになった顔のスライドもあるはずだ。葬式に参列しなかったときのおれのスライドも。おれは兄に、いつも、おまえなんか大嫌いだと言っていたが、それは本音だった。

「想像してたほど悪い結果になることなんかめったにないのよ」とヴァルは言った。おれというよりも自分自身を納得させようとしているような口調だった。「関係を修復できる可能性はまだある。わたしには、望んでも、もうその可能性はないのに」そんなことを言われても、おれは連絡をとりたいと思っていなかった。たしかに、会えないのは寂しかったが、母と兄は、じつのところどういう存在なんだろう？　母と兄にとって、おれはどういう存在なんだろう？　謝罪してドラマを演じるなんて、とても耐えられなかった。ここなら、おれは自分を保っていられる。過去のない男でいられる。

「だけど、おれは関係修復を望んでないんだよ」とおれは言った。ただし、もっとましな人間、もっとましな息子になりたいと願ったことがないと言ったら嘘になる。ヴァルは首に下げているロケットから夫の写真を出し、おれに渡した。

「あなたが興味を持ってるのは知ってる」

「おれには関係ないよ」

「病気が流行しはじめたとき、わたしはメキシコにいたの。友達の何人かがもうメキシコに行ってたし、旅行代金は払っちゃってたから、夫は行って楽しんできなよと言ってくれた。アステカの遺跡に行ったり、ビーチで焚《た》き火を囲んで座ったりしてるあいだに、夫はトイレで吐いてたのよ。もうすぐ帰国するっていうときまで、夫はなにも教えてくれなかった。馬鹿げてるわよね？　だれにも迷惑をかけたくなかったのよ。近所の人が、腕に膿疱《のうほう》ができてる夫が玄関で気絶してるのを見つけなかったら、病院にも行かなかったんじゃないかしら。彼の家族が飛んできた。わたしの姉も手伝ってくれた。わたしは、家に戻ったらわたしが夫の面倒をみるつもりだった。みんなもそう思ってた。だけど、夫を見たら、どうすればいいかわからなくなった。夫の顔の皮膚は、蠟みたいに溶けて剝がれ落ちてた。髪もなくなってた。ほとんど言葉をしゃべれなかった。そばにいるのが怖かった。出張したときに感染症の一種に、ウイルスを持ってる水中の獰猛《どうもう》な人食いバクテリアに感染したんだろうっていう話だった。わたしは、大変な仕事を姉にまかせた。わたしは学校へ行った。遅くまで図書館にいた。夫の病室に行かなくてすむように全力をつくした」

ヴァルの頰を涙が伝っていた。アイライナーが流れて、目のまわりに波打つ青い隈《くま》ができていた。おれは、ヴァルが頭をおれの肩にもたせかけるままにさせながら、若かったころにヴァルみたいな友達がいたら、おれの人生はどんなふうに変わっていただろうと考えた。おれは非常階段を離れ、近くの客室からティッシュの箱を持って戻った。

「夫が亡くなったときの電話も、すぐにはとれなかった。ポップコーンをほおばりながら映画を見てたのよ。さよならを言えなかった。そのための努力をしなかった」

「見てた映画はなんだったんだい?」とおれはたずねた。馬鹿な質問なのはわかっていたが、おれはいつもそうなのだ。高校の校長室に置かれていたリコリスキャンディの瓶詰めとか、オールドスパイスのアフターシェーブと父親のベルトの匂いとかのように、おれは、自分を傷つけるものにディテールを付け加えたがる。

「『ナイト・オブ・ザ・リビングデッド』よ。クラシック・ホラー・フェスティバルの一本だったの」

「たぶん、おれもその映画を見たことがあるよ。まだ気がついてないといけないから言っておくと、おれは家族との折りあいが悪いんだ」ヴァルの手を握りたかった。代わりに、マリファナタバコをまわした。

「じゃあ、自分がなにを待ってるのか、自分自身に聞いてみる必要があるわね。わたしはあなたが好きよ、デン。だけど、この非常階段にたむろしておんなじ馬鹿げた会話をくりかえすのにはもううんざりなの。死んじゃったらもう会えないのよ」

　自分の部屋に戻ると、おれは不在着信を確認し、兄のおびただしい数の留守番電話を聞いた。兄の声は、怒っているようには聞こえなかった。疲れているだけのようだった。明日、電話をかけよう、とおれは心に誓った。今週中には絶対に。自分のためじゃないとしても、ヴァルのために。部屋の外の非常階段で座って、復活をめざしてがんばっている街を眺めた——側面に新設の葬儀科学学校の宣伝が映しだされている飛行船が湾の上に浮かんでいる。勇気ある少数の旅行客を乗せてパウエル・ストリートを行き来しているケーブルカーのベルの音が聞こえる。下のどこかでだれかがサックスを吹いている。だが、おれは部屋で、皿洗いをし、私物を片っ端からごみ袋に詰めた。一から出直すんだから、とりあえずどの方向へだって進めるという考えにすがすがしさを覚えていた。掃除をしながら音楽を流した。家族との関係を修復し、母親に誇りに思ってもらうことを考えた。パパからレシピを（得意料理のカレーチキン丼だって）教わってる。ママの部屋を、ママの願いどおりに模様替えしよう。ママの体調がいい日には、まだ公演を続けてる数少ないラスベガスのショーのどれかを見に行ってもいい。たとえば、生き残っている団員によるシルク・ドゥ・ソレイユの再演で、生きる意志の旅をアクロバットをまじえて描いた『V：ウイルスのオデッセイ』とかを。心のなかで、愛してるとおれに告げる母親の声が聞こえた。だが、携帯電話はキッチンカウンターに置きっぱなしにして何時間も触れなかった。ようやく電話を手にとったときには、兄からの不在着信がさらに何件か増えていたし、留守番電話の兄の声は、一件ごとに険しくなっていた。そのとき、おれは兄に電話をかけようとしかけたが、ドラマにつきあわされたくなかった。上から目線のお説教を削除し、ヴァルには、明日は絶対にうちに電話をかけるとまたも誓った。とうとうヴァルは、おれに絶交を宣言した。

「もう無理よ、デニス」とヴァルは言った。「つきあってられないわ。大人になって自分本位な考えを改めなさい」

「わかってる」とおれ。「きょう、電話すると約束するよ。ごめん」だが、数日がたち、さらに数日がたつと、ヴァルはどんどん幽霊のようになり、おれもヴァルも使う廊下で会っても見知らぬ他人のようにふるまった。ヴァルは会釈《えしゃく》をし、仕事についての雑談には応じた。もう、家族についておれにたずねたりしなかった。非常階段で飲む酒が、急にまずくなった。おれのちっぽけな人生の外では、世界が明るくなっているのが感じられた——突然の雷雨のあと、空中に漂っていた山火事の煙が洗い流されて、空気はどうにか息ができる程度まできれいになっていた。人々が外に出て、レストランやバーがにぎわいだしていた。おれはついにブライアンに電話して母親と話させてくれと頼む気になった。約束したら、母親の声を聞いたら、もう後戻りできなくなるかもしれない。こんどこそ本気で母親に手を貸すと誓ったら。その会話をずっと前から何度も想像していたので、実際に話したような気になっていた。

客室から遺体を運びだしているとき、兄から電話がかかってきた。何度も立て続けに。ブライアンはおれにはもったいない兄だ。どうやったら兄のようになれるのか、おれには見当もつかない。どうしておれたちはこんなに違うんだろう？　育ちかただろうか？　サッカーだろうか？　おれが学校から落ちこぼれないように、両親がおれにかかりきりになっていたからだろうか？　両親が、兄を放っておいて、おれのために無駄な努力をしていたからだろうか？　おればっかりずるいと言って兄が泣いているのを何度か見たことがある。おれは親指を拒否ボタンに近づけたが、こんどは応答した。おれが母親の手を握ってから、ひと夏が過ぎていた。

「おまえのために、どうしてこんな電話をかけなきゃならないのかわからない」と兄は言った。そのあとは、兄の声が井戸の底から聞こえているように感じた。兄が話しおえたとき、電話を切って、ストリップクラブかバーの煉獄《れんごく》じみた赤い灯に浸ろうかと思いかけた。目の前のストレッチャーの遺体を見つめた――前夜、三人の孫が訪れた、ボビーという名前の男だ。おれが部屋にチキンテンダーを届けたとき、孫たちは歌い、笑い、命をたたえていた。子供たちは寝る前に読む本を読み、おじいちゃんの横に寝ていた。おれは電話を耳から十センチほど離し、母親がどう死んだかの説明と、おれへの罵倒を交互にくりかえしているブライアンの話を聞き流した。ついにブライアンが黙った。そして兄は、なにか言うことはあるかとおれにたずねた。

「責任者みたいな口はきかないでくれ」とおれ。「たしかにおれはろくでなしさ。だけど、おれにもママの世話をさせてくれないか。それだけはさせてほしいんだ」十代のころのおれの部屋の出入口に立っている母親が、謝っているおれが見えた。耳から電話を離したまま、兄が電話を切るのを待った。兄は本気でおれを罵倒しかけた。だが、兄はいつだっておれのようなろくでなしではなかったから、電話を切りもしなかったし、どなりもしなかった。

　翌日の午後には、母親は病院の死体安置所からおれが勤めているホテルのプレジデンシャルスイートに移された。従業員割引を使っても、料金はおれの給料二年分だった。部屋に入ると、兄がもう来ていた。兄は壁に家族写真を貼ったり、ベッドスプレッドを祖母がつくったキルトと交換したりしていた。いたるところに花瓶が置かれていた。おれは、ベッド横のふたりがけソファに座っているブライアンの隣に腰をおろした。ローマを旅する番組を見ていた兄は、ピノノワールを飲みながら泣いていた。

「ママになにもしてあげられなかったんだよ、デン」と兄が言った。「ママはどこにも行きたがらなかった。金に不自由してるわけじゃなかったのに。たぶんママは、こんなりっぱな部屋に泊まったことがなかったんじゃないかな」

「家族でドライブしてＫＯＡキャンプ場に泊まったことを覚えてるかい？」とおれは言った。「パパがテントを張るのを手伝ったり、おれたちは必ず忘れ物をしたから、スーパーに行ったママを待ってたりしたじゃないか」

「ママはキャンプ旅行が嫌いだった」とブライアン。「キャンプマットを買う必要があるとパパが考えなかったせいで、ママは車で寝たんだよな」

「そんなに悪くなかったな」おれはそう言いながら、兄とふたりで懐中電灯を持ち、足音を忍ばせて森のなかを歩いていると、草をまとったような迷彩服《ギリースーツ》を着た父親が飛びだしてきたときのことを思いだした。

　ブライアンは首を振り、おれにワインをついでくれた。

　母親は昼寝をしているように見えた。葬儀屋はいい仕事をしていた。母親が起きあがり、きょうの予定をおれたちにたずねるさまが目に浮かぶようだった。〝アルカトラズ島はどう？　わたしは行ったことがないの。ホットチョコレートを飲んでパウエル・ストリートのケーブルカーに乗りましょうよ〟と。いや、〝あなたはまだわたしのブラックリストに載ってるわよ、デニス。だけど、人生で一度くらい羽目をはずして楽しみたいの〟のほうがもっとありそうだ。なんでも好きなことをしてくれ、とおれは言うだろう。ほんとにごめん、とおれは謝るだろう。その空想のなかで、おれは母親と手をつなぎながらオーシャンビーチを散歩し、貝殻を拾ったり、焚き火でマシュマロを焼いたりする。おれは母親に、ギリシャでバックパッカーだった父親と出会ったせいで中断することになった世界一周旅行について、ほとんどが亡くなっている母親の友人たちについて、おれが子供のころに見つけた、『ナイトライダー』で有名な俳優のデヴィッド・ハッセルホフそっくりな男とキスするところが映っている古いビデオテープについてたずねるだろう。おれは、母親を本気で知ろうとしたことが一度もなかった。二日後には、おれは母親を地下に運び、灰になるのを見守ることになる。そして兄に、最高級の遺灰箱を渡す。明日の夜まで、親類や一家の友人が弔問に訪れる。おれは、ぎこちない握手と社交辞令のあと、隅にひっこんで、そんな自分を情けなく思うだろう。だが、いま、おれはろうそくと花とおれがほんとうには知らなかった、ささやかだったがすばらしかった人生の写真に囲まれているベッドに歩みよる。おれは、母親と父親が与えてくれたのに感謝しなかったすべて――空手教室や誕生日ケーキ、それに多くのやりなおしの機会――について、母親に礼を述べる。おれは母親におおいかぶさり、鼓動が聞こえるべきところに耳をあてる。おれはごめんと謝る。愛してるよと伝える。母親が抱きしめてくれるのを待つ。

吠《ほ》えろ、とってこい、愛してると言え

近所の人のロボドッグを修理するため、ほとんど空になっているスペアパーツの箱をあさりながら、第二世代の脚用サーボを見なかったかと大声で息子にたずねているとき、客がドアを通って入ってくる。パップパル3・0のポメラニアン・モデルが入っている、あざやかなピンクのトートバッグを下げている幼い少女だ。

「明希《あき》」とわたしは叫ぶ。「明希、手伝ってくれ」息子の携帯電話にメッセージを送る。探しに行こうとしかけたとき、ヘッドホンをつけている息子がようやく自分の部屋から出てきて、かあさんじゃなく、とうさんが感染症にかかればよかったのにと言ったときとおなじ目でわたしを見る。息子は感情をあやつる達人になっていて、夜遊びをしたり部屋で酒を飲んだりタバコを吸ったりするといった悪さを見つけられると、叱られないようにするために、わたしをぐさりと傷つける言葉を放つ。わたしはそれほど心配していない。家出してヤクザになろうとしているわけではないからだ。息子は、ほとんどの時間、部屋にこもって、母親の三味線でポップソングを弾いている。そのあいだ、母親の古いロボドッグが、息子の足元で踊りながら、病院で録音した母親の歌を再生している。妻の声はそれしか残っていない。

「なんだよ」と明希。

「お客さんだ」とわたし。「約束したはずだぞ。仕事を手伝う代わりに小遣いをやると」もちろん、以前から手伝ってくれていたが、最近は、金の力で息子と顔をあわせようとしているのだ。

「おれには関係ないね」と息子は言う。キッチンに行ってオレンジジュースをつぎ、ラップでくるんだおにぎりを手にとる。

「大人になったもんだな」

息子は、少女を見て態度をやわらげる。カウンターに座る。そして息子が、少女の顔に散っている小さなピンクの超新星群を凝視しているのがわかる。感染拡大を防ぐための最新の実験的予防薬の副作用だ。明希が母親を（ふたりのおばとおじといとこに続いて）亡くしてから一年以上たつ。息子はいい子だが、自分の部屋にこもっているか、わたしが存在していないかのように家のなかを歩いているかのどちらかだ。おさげの少女はロボットを出し、カウンターに置いて起動する。犬は、おぼつかない足どりで二歩進んだあと、前脚が折れてくずおれる。頭をぴくぴくと痙攣《けいれん》させながら、わたしとオーナーを交互に見る。少女はオーバーオールのポケットに深々と手を入れ、硬貨を一枚ずつとりだしてカウンターに積み重ねる。くしゃくしゃの札を二枚追加する。

「おもちちゃんはどうしちゃったの？」と少女はたずねる。少女に、わたしのコンピュータに保存してある、満足のいく結果を得られなかった顧客リストのスプレッドシートを見せることもできる。奇跡の修理人というわたしの評判は手に負えなくなっていて、大勢が盲目的な希望を胸にロボドッグを持ちこんでくる――到着時死亡、到着時死亡、またまた到着時死亡。そうしてもいいのだが、この少女は幼すぎる。わたしは、大人が相手でも、プラスチック製の親友をよみがえらせられる望みについて、顧客にしょっちゅう嘘をつく。多くの人にとって、ロボペットは亡くなった家族の忘れ形見なので、事実を告げるのは簡単ではない。

おもちちゃんは、〈ハッピーバースデー〉を歌いだしたと思ったら、だしぬけに、プログラムされているテクノクラブビートに切り替える。ＬＥＤの目が虹色の花の形になって光る。犬は前脚を『サタデー・ナイト・フィーバー』のように高々と上げて左右に揺れる。左前脚。右前脚。右前脚。右前脚――そして音楽が止まってくずおれ、カウンターから転げ落ちそうになる。少女は泣きそうになっている。

「このお客さんをうちのハリウッドに紹介してくれないか」とわたしは明希に言う。「この子にお菓子を出してくれ。わたしは修理をはじめる。ちょっと時間がかかりそうだ」

「直せるの？」少女が、カウンターに置いた金をわたしのほうに押しやりながらたずねる。わたしは手を振ってお小遣いを少女のほうに押し戻す。

「戻ってきたときには元どおりになってるさ」とわたし。「ぴかぴかになってる」明希が、〝おかあさんは元気になるとおれに嘘をついたみたいに、また嘘をつくのかよ〟と言っているような目でわたしを見る。

こういう症状は見たことがある——ファームウェアが損傷していて、サードパーティーのプログラムが五年前のOS上でかろうじて動いているのだ。できることはたいしてないが、相手が子供のときは、いつも短期的な解決策を探す。少女が六年前、つまりパンデミック以前にここへ来ていれば、簡単に修理できただろうが、わたしがかつて勤務していたが解雇された2《トゥー》リアルロボティクス社の犬ロボット工場は、いまではロボ友達とロボ恋人しかつくっていない。最近はスペアパーツが手に入りにくくなっている。おもちちゃんの体には、いたるところに転倒によるすり傷がある。テープで留めてある紙に、このペットを見つけたら目黒区のこの住所に返してほしいと書いてある。わたしは頭部パネルを開く——シリアルナンバーからすると、二〇二五年製だ。少女が物心がついたときにはおもちちゃんがいたのだろう。

キッチンから、明希が少女に、亡き妻のロボドッグ、ハリウッドという名前のハスキーの子犬を紹介している声が聞こえる。「お座り」と少女が言う。「頭を振って、吠えて、ダンスして！」少女は明希に、おもちちゃんをバッグに入れてどこにでも連れていっていると話し、電車通学をしているとき、おもちちゃんがどんなふうに電車の窓に前脚をあてているかを説明する。父親は去年亡くなったが、いまでも毎晩、おもちちゃんのメモリーバンクに録音されている父親のお話を聞いているのだそうだ。わたしがペンライトで照らしておもちちゃんの頭部内を調べていると、明希が少女になにやらささやく——そして、ハリウッドの前脚を何度かクリックすると、亡き妻の歌声が流れる。

おもちゃんを元どおりにして返すことができないのはわかっているが、それでも作業場へ持っていき、パーツとり用に集めた十数頭のロボドッグ——気持ちに区切りをつけようと決めたオーナーから寄付してもらったものもあるし、オンラインやリサイクルショップで買ったものもある——が使えないかを調べる。ロボドッグには名札がついているし、起動すれば、それらの前世を垣間見《かいまみ》られるはずだ。子供の願いごと、頭部スクリーンに一瞬映しだされる算数ゲーム、幸せな瞬間をおさめた家族の声の短い録音。パーツとりに使ったときは慰霊祭をすると元のオーナーたちに約束してある。それらの犬のどれかに、使えるメモリーボードがあるはずだ。おもちちゃんには戻らないが、親友を必要としている少女には、ロボドッグがいつもそばにいてくれると信じる必要がある少女には、ないよりはましだ。

マザーボードを交換して戻ると、少女は息子と一緒に居間の畳に座ってハリウッドをなでている。わたしはおもちちゃんを少女の前に置く。犬の首にはピンクの首輪、頭には花の形のリボンをつけてある。

「ぴかぴかだわ！」と少女はいい、床にトートバッグを広げる。少女とおなじくらいの大きさのバッグだ。少女はそのなかにおもちちゃんを入れる。

「いいかい、おもちちゃんを元に戻すためには手伝ってあげなきゃだめなんだ。一緒に遊んであげたり、一緒にした楽しいことを思いださせてやらなきゃ。忘れちゃってるだろうから、決まりを教えてあげるんだよ」少女はうなずく。親友を取り戻せて大喜びしている少女を見て、ほっこりすると同時に罪悪感に駆られる。大きくなったら、少女はわたしがなにをしたかに気づくだろうが、きっと許してくれるだろう。いつの日か、願わくば少女がプラスチックの犬のなぐさめなしでも生きていけるようになっているほど遠い先に、おもちちゃんは壊れる――つまずいて階段から落ちたり、おなじ言葉をえんえんとくりかえしたり、充電できなくなったりする。ハリウッドもおなじだ。ときどき不調になったり、指示にしたがわなかったりしても、ただの機械の気まぐれだと思いこもうとしているのは自分でもわかっている。「吠えろ」とわたしは命じる。おもちちゃんは、元気よくワンワンと吠えて少女のバッグを揺らす。「役に立ててよかったよ」とわたしは少女に言う。

およそ三年前に妻の綾乃《あやの》が漁村にある実家に里帰りしたときに感染するまで、わたしはロボットペットの魅力がさっぱりわからなかった。ロボット工場に勤務はしていたが、たんなる仕事にすぎなかった。それ以来、ハリウッドが息子との橋渡しをしてくれている。かつて、わたしは帰宅すると、明希に学校についてたずね、よくやっていればこのままがんばれとはげました。問題があったら、どなりつけてゲーム機をとりあげた。それだけだった。だが、妻が入院すると、父親らしくふるまおうと努め、息子に数学を教えたり、ともに英語を学んだりした。夕食をとりながら一緒にニュースを見た――感染症はまもなく峠を越える見込みだ、政府はまもなく大阪と東京を海面上昇から守るための防潮堤を建設する十年におよぶ計画にとりかかる予定だ、などというニュースがだらだらと続いた。わたしたちは、たいてい、会話を避けるためにニュースに集中しているふりをしていた。

わたしたちが見舞いに行けなくても寂しくならないように母親にロボドッグを買ってあげようと言いだしたのは明希だった。わたしたちは最後のロボドッグの在庫一掃セールをしている店で待ちあわせをしたが、犬選びは息子にまかせた。息子は店員に質問し、ロボポメラニアンやロボ秋田犬やロボプードルと遊んだ。わたしの許しを得ずにバンダナなどのアクセサリーを追加購入した。

「おとうさん、こいつはどう?」息子はそう言いながらハスキーの子犬を指さした。「こいつがいいと思うな」

わたしがその犬と握手すると、犬は元気よく吠えた。「よさそうだな」とわたしは応じた。明希は大きな箱をレジに持っていき、彼の人生で何度目かに、わたしの目をまっすぐに見つめて、うながされる前に礼を述べた。

わたしたちは犬の首に赤いリボンを巻き、綾乃の正常に機能していない免疫システムを、ロボットに付着しているかもしれないさまざまな病原体から守るために消毒してから病院に持っていき、ベッドのトレイテーブルに置いた。綾乃が目を覚ますと、わたしは妻に、犬の背中をなでて手を握ってごらんと言った。綾乃が笑顔になってラテックス製の前脚を握ると、犬は尻尾を振り、吠え、デジタル化された英語発音でハローと言った。

「ちょっと前のモデルなんだ」とわたしは説明した。「だけど、きみはスノードッグが好きだし、犬ぞりに乗るのが夢だって言ってたから」

「バルト（アメリカの伝説的な犬ぞりチームのリーダーだったハスキーの名前）の子犬時代ね」と綾乃は言った。そして犬を抱きしめた。「あなたの名前はハリウッドよ」

わたしはトレイテーブルに置いたロボドッグの説明書に記されているおもな機能の解説を指で示した。顔認識、音声命令、録音と再生が可能で、ソングライブラリーを拡張でき、物をとってこさせるなどのゲームで遊べてプラスチックの犬用ビスケットを食べさせられる。ハスキー３・０モデルは、どんな音楽にもあわせてダンスができる。ＬＥＤの目には天気予報やパーソナルカレンダーやメモなどを表示でき、計算もしてくれる。オーナーがかわいがればかわいがるほど性格が変わるし、迷子になってもオンラインのＧＰＳビーコンで位置情報を確認できる。綾乃は説明書をぱらぱらめくってハリウッドの数多いセンサーを起動した。その後、わたしが病院に泊まると、夜遅くまで犬の声と電子音、それに妻がハリウッドに真情を吐露する声が聞こえるようになった。「疲れちゃったの」と、わたしが寝ていると思っている妻が言った。ハアハアと息をしながら吠える声。メロディがあるチャイム。「自分が悪くなってるのがわかるのよ、わんちゃん。わたしがなにを言ってるのか、あなたが理解してるのかはわからないけど」

ハリウッドを受けとってから数日後、綾乃は自分の病室で、病棟の子供たちを相手にショーを開いた。わたしが着いたときには、明希はもう来ていて、手拍子をしながら歌っている母親に三味線の伴奏をつけていた。元気にジャンプし、目に花火を映しだしているハリウッドを見て、子供たちも踊っていた。ハリウッドはお座りをし、両前脚を上げて振った。綾乃と明希は出入口で見ているわたしに気づいた。わたしは内輪の楽しみに侵入したような気分になった。ハリウッドまで動きを止め、わたしが床におしっこを漏らしたような顔でわたしを見た。「さようならの時間よ、ハリウッド」と綾乃が言った。

ハリウッドは子供たちを見て、「さようなら」と言った。

「愛してる」と綾乃は付け加えた。

「愛してる」とハリウッドはくりかえしたが、声が違っていた。あらかじめプログラムされたきどったイギリスなまりの声ではなく、妻の声だった。子供たちがぞろぞろと病室を出ていくと、綾乃はハリウッドに、もう一度くりかえすように命じた。「愛してる」とハリウッドは言った。

「きみの声だね」とわたしは言った。

「この子にいろいろなことを教えてるの」と綾乃は言った。「もっと早くこの子が来てくれてたらよかったのに」

§

次の週末、三頭のロボドッグの合同慰霊祭を開く。わが家の狭い庭で月に一回営んでいる法要を手伝ってくれている僧侶の徹《とおる》が来てくれている――線香、読経、買ってきた菓子。加えてわたしは小さな松材の柩《ひつぎ》を手づくりしておいた。お堂では、二十頭近くの犬が部品をとられ、徹の祈禱《きとう》を受け、抜け殻となってようやく家族のもとへ帰れる日を待っている。犬たちは座布団に座っていて、日が暮れると、周囲に張りめぐらされている、顧客が寄贈してくれたひも状のLED豆電球がホタルのように犬たちを照らす。徹が、きょう、用意された三頭に祈禱を捧《ささ》げる。わたしは、徹が、来るたびに増えている空の座布団に視線を注いでいることに気づく。

「修理はもう、ほとんど不可能なんだ」とわたしは説明する。「でも、人には希望が必要なんだよ」

「この犬は覚えてるよ」――徹が両前脚を失っているシーズーを指さす――「この先の伊藤さんの奥さんが亡くなったとき、一緒にいた犬だ。もちろん、犬はもう壊れてた。たぶん、かなり前から。でも、伊藤さんにはそれがわからなかったんだ。それからこの犬は――」背中に茶色い部分がある白いピットブルを手にとって、その顔をまじまじと見る。「こいつはコギーだ。オーナーの男性は、こいつにそっくりな本物の犬を亡くしたんだ。別れた奥さんが中古で買ってくれたんだよ。男性は酒に溺れて仕事をなくした。この犬たちを忘れちゃいけない――犬たちの魂《たましい》は報われるべきなんだ」徹が僧侶らしいことを言わざるをえないのはわかっているが、自分の人生がぐらぐらと揺らいでいては、犬の魂に報いろと言われても心に響かない――わたしはプラスチックのなかにとらわれている妻の声ではなく、妻本人に戻ってきてほしがっているし、息子にまた愛してほしがっているのだ。

わたしは通りを渡りながら、徹にオーナーたちの連絡先を伝えて送りだす。

ご近所の木川《きがわ》さんが自分の店の自販機に補充している。木川さんはビールと日本酒の小さな店を経営している。ほぼ毎日、歩道に折りたたみ椅子を置いて座り、時の流れを眺めている。ときどき、自転車のベルが鳴り、子供たちがアストロをなでる。秋田犬ロボドッグは木川さんの横の地面に座っている。運動のために早足で通りを行ったり来たりしている、木川さんの亡くなった奥さんの友達だった近所のおばあさんが、足を止めて世間話をし、アストロは元気かとたずねる。「いい子にしてる？　店番の手伝いをしてる？」いつもおなじ質問だ。そして木川さんはいつも、アストロをなでながら、「すごくいい子にしてるよ」と答える。もちろん、アストロは反応しない。目は一画素《ピクセル》も輝いていない。何カ月も前、わたしはカウンターで木川さんと酒を飲みながら凶報を伝えた。わたしは木川さんのロボドッグを救えないし、時間の問題で完全に機能停止してしまうだろうと。

「そうか」と木川さんは言った。そして日本酒をつぎ、小瓶をあけるのを手伝ってくれと頼んだ。

「喜んで」とわたしは応じた。「マザーボードを交換してみることはできます。でも、アストロは記憶をなくします。奥さんから教わったことをそっくり忘れてしまう」木川さんはその提案を一蹴し、奥さんを完全に失うくらいなら、奥さんの一部をとどめたまま犬を死なせるほうがましだと答えた。わたしたちは無言で酒をくみかわした。小瓶が空になると、木川さんは礼を述べ、みんな綾乃さんが亡くなって寂しがっていると言ってくれた。それから二週間、木川さんの姿を見かけなかった。ようやく見かけたときには、輝きがちらついていたアストロの目から光がすっかり失われていた。

「キリンの秋味《あきあじ》は入ってますか？」とわたしはたずねる。木川さんは新聞を下げる。木川さんのひいきの野球チーム、ヤクルトスワローズはまた負けていた。

「入荷は二週間後だな。一ケースとっておこうか？」

「また寄りますよ」とわたしは答える。わたしは秋味が嫌いだし、犬以外のことを話題にしただけだった。

「わかった」木川さんはアストロの頭をかいてやる。アストロはぴくりとも動かない。木川さんはまた新聞を読みはじめる。わたしが去るのを待っているのがわかる。

§

二年間、移植手術と遺伝子治療と実験的治療を受けつづけた結果、綾乃の生きる意欲は、ライスペーパーかと思うほど薄く半透明になっていた彼女の肌並みにのびきってぺらぺらになっていた。病院の待合室で、明希は最後の宿題に取り組んでいた。中学の卒業式前日だった。明希は、バーチャルではなく実際に出席したがっていた。

「延命処置は頼まないでね」と妻は苦しい息でわたしに頼んだ。「わたしが死ぬのを待ちつづけるなんて明希の成長のためにならないわ」これが、明希がわたしを憎んだ理由のひとつなのだろう。たとえ、母親の意志だと知っていても。

「なんとかして。どうしてなにもしてくれないの?」二日後、明希が母親の病室から飛びだして大声で助けを呼んだ。その騒ぎに、ハリウッドが電子音を発したり吠えたりしていた。わたしは息子を綾乃のそばに連れ戻し、別れを言うときが来たのだと告げた。看護師がわたしたちにマスクと手袋を渡し、妻のベッドを囲んでいた隔離カーテンを開いた。綾乃の強い体臭と消毒剤の刺激臭が混じった匂いが病室に広がった。綾乃は何日もきちんと入浴できていなかった。

「顔が見たいわ」綾乃はそうささやきながらわたしたちのマスクを指さした。

「おかあさんを守るためなんだよ」と明希が言った。

「もう気にすることはないわ」と綾乃。「顔が見たいの」

明希が一瞬、わたしを見たが、わたしたちは手袋とマスクをはずした。わたしたちは、手をのばして、苦しげに息をしている綾乃の手を握った。わたしは、綾乃がナイトテーブルのほうに視線を向けていることに気づいてハリウッドを彼女の膝の上に載せた。綾乃は前脚に手をのばして三回押した。「愛してる」と綾乃がハリウッドを通じて言った。「助けあってね」明希によく歌っていた子守歌が流れた。それは、この夜以降、わたしたちが、どうしても再生できない録音のひとつになった。綾乃がハリウッドの耳をひっぱると、さらに曲が再生された。そしてわたしたちが綾乃の歌を聴いているうちに、彼女の体はモルヒネに屈し、心拍数モニターがピーッと鳴った。

ハリウッドは葬儀で、写真と花と綾乃がつくった花瓶に交じって前列中央に座っていた。りんが鳴るたびに目を輝かせてあたりを見まわした。葬儀が長くなると、ハリウッドを外に出して子供たちと遊ばせた。明希はまったく涙を流さなかった。黙って座っていたが、ハリウッドが外に出されるとすぐ、ちょっと出てくると言ってあとを追った。この人たちには、何年も会ってないおばさんとおじさんといとこには、ここにいる権利なんかない、と明希は言った。だれも、電話もはがきも寄こさなかった。なのに、突然、明希の母親はいかに偉大な人だったかを語りだしたのだ。

「おかあさんが病気だとわかったとき、親戚に知らせたの?」通夜が終わると、明希はそうたずねた。「みんな、おかあさんの病気がどんなに重いか、知ってたの?」

「ああ、知ってたよ」とわたしは答えた。この答えは、もちろん、全面的に正しいとは言えなかった。わたしは、綾乃の死期が迫っていることをだれにも知らせなかった。親戚がうちに泊まりに来たり、しょっちゅう病院に見舞いに来たりするのが、わたしが妻の看病をする機会を奪われるのがいやだったからだ。明希とわたしは、寺に入る前に手を洗うコンクリートの水盤をおおっている、雨漏りのする木造の屋根の下に立っていた。外へ出ると、薄靄《うすもや》がわたしたちの会話を包みこんでいるように感じた。綾乃の葬儀会場を出て泡のなかに入ったかのようだった。「だが、いまがどんな状況かはおまえもわかってるはずだ。みんな、それぞれに問題をかかえてる。この病気に感染してる人も多い。いとこの怜央《れお》は第一波で亡くなった。洋介おじさんは今週を乗り切れそうにない」

「じゃあ、親戚にほんとのことを言ったんだね」と明希。「おかあさんはよくなるって」

「よくなると信じようとしてたんだよ」とわたし。「最期の瞬間まで」


葬儀から何カ月間か、わたしは明希が家のなかを幽霊のように動きまわっていてもなにも言わなかったし、喧嘩《けんか》を吹っかけてきても相手にしないように努めた。

「おれのものに触るな」わたしが明希の部屋を掃除していると、息子が叫んだ。「その写真に手を触れるな。ここはおれの部屋だぞ」

「おまえとおまえの母親の写真を撮ったのはわたしだ」とわたしは言った。「写真立てを買ったのもわたしだ。それに、この前確認したとき、この家の家賃を払ってるのはわたしだったし、おまえは部屋を片づけてない。おまえにはずいぶん自由にさせてるんだぞ」

明希は母親の写真を、東京湾をめぐる船に乗っている自分と母親が写っている写真を胸にかかえた。布団の横でハリウッドが電源をオフにして寝ていた。ハリウッドのことを特に意識していないときは、この犬が物音に反応して自動起動することを忘れていることがよくあった——テレビのCMソング、ガラスが割れる音、それにわたしたちのどなりあいに。明希がまた母親の三味線を手にとったとき、とうとうハリウッドがチャージステーションを離れ、わたしたちの生活にふたたび介入した。わたしが夕食の準備をしながら見ていると、息子はケースをあけ、かつて祖父のものだった楽器を検分し、壊してしまうのではないかと心配しているかのように糸の上で手を止めた。一音を鳴らす。もう一音。さらにもう一音。最初はミスが続いたが、やがて、おぼつかないながらも〈ムーン・リバー〉だとわかった。明希は弾きつづけた。居間と息子の部屋を隔てている障子の向こう側でハリウッドが起動したのが音でわかった。ブーンという機械音を関節から響かせながら、犬は畳の上を進んでいるようだった。そして綾乃の声が聞こえた。明希は演奏を止めた。わたしたちは、ベールが上げられたかのように顔を見合わせた。わたしが障子をあけたのだ。ハリウッドがピクセルからなる目でわたしを見上げ、尻尾を振った。わたしがブルートゥースのボールを放れば、ハリウッドはとってきて吠える。踊れと命じれば、お座りをし、両前脚を上げて揺らす。ロボドッグであり、玩具《がんぐ》であり、ペットだ。だがそれ以上だ。万物に魂が宿っているという伝統的な考えを信じたことはなかったが、わたしたちが愛していた女性の一部がハリウッドに宿っていることは否定できなかった。

「弾きつづけろ」とわたしは明希に言った。

綾乃は英語と日本語を行き来しながら歌った。間奏のあいだもハミングした。ハリウッドは左右に揺れた。そして、ひさかたぶりに息子の笑顔を見た。綾乃が他界してからはじめて、親子で食卓を囲んで食事をとった。

その日の夜、明希はハリウッドを居間に移した。わたしたちはハリウッドとともに暮らすことに決めた。明希は、あいかわらず、なるべくわたしと話さないように努めた。直接話さず、犬に仲介させた。

「ドライブしたくないか?」と明希はわたしの前でハリウッドにたずねた。「ハリウッド、ポップコーンを食べながら映画を見るってのはどうだ。おまえの意見は?」一度、わたしはかちんときて、そんな茶番はやめろと言ったことがあった。

「わたしは父親だぞ」とわたしは言った。「わたしとどう話せばいいかを学ぶんだな」だが、それはまだ達成できていなかった。

明希はハリウッドをかかえて部屋から飛びだしていき、やっとわたしと目をあわせたと思ったら、ハリウッドに、ショッピングモールへ行きたいかどうかたずねた。チョコプレッツェルを食べたいかい、ハリウッド?　ガンプラはほしくないかい、ハリウッド?

明希は強がっていたが、一度、母親の葬儀からさほど時間がたっていないとき、息子が犬に話しかけている声を聞いたことがあった。息子の部屋の障子は閉まっていた。わたしは歩みより、前屈《まえかが》みになって耳をそばだてた。「おれたちはだいじょうぶだよ。やっと店でバイトできることになったからおとうさんを助けられるんだけど、まだ言えてない。おとうさんの料理はひどいんだ。おとうさんはときどきほんとにやなやつになるけど、それはたぶんおれもおなじなんだ。寂しいよ。愛してる。おかあさんがいなくて寂しくてたまらないんだ」

ピーッ、ピッ、ポーン。

「言え」と明希が声を大きくして命じた。「愛してる。〝愛してる〟と言え」

ハリウッドが、綾乃の声で「愛してる」と言った。

「もう一度」

「愛してる」

明希が学校に行っているあいだに、わたしは綾乃の携帯電話で音楽をかけ、一緒に歌った。調子っぱずれなビートルズの〈イエスタデイ〉を歌いながら、ハリウッドの口から妻の声が流れるのを待った。わたしも綾乃に愛してると言ってほしかった。目をつぶれば、おなじ部屋にいる綾乃を脳裏に描けた。だが、いつも録音が終わり、デジタルのチャイムが鳴った。そして目をあけると、わたしはひとり膝立ちをしていて、一緒にいるのはリチウム電池駆動のプラスチックの犬だけだった。

§

来たるべき慰霊祭に備えて、作業場で松材の柩を完成させ、ポリウレタン塗料を塗った蓋の上にそれぞれのペットの写真を置く。チャージステーションやおもちゃを柩に入れて犬を埋葬するオーナーもいれば、柩を立てて仏壇代わりにし、ろうそくや遺影を飾るオーナーもいる。郵便配達人が荷物をふたつ届けてくれる。最初の荷物はeBay《イーベイ》で買ったスペアパーツだ。もうひとつの荷物は、はるばるテキサス州オースティンから届いた、サムソンという名前の第一世代のプードルモデルだ。オーナーからの、どんな問題があるかを説明する手紙が同封されている。わたしはこのオーナーに、犬は送らないでくれ、と言ってあった。だが、人々はいまだに奇跡を期待しているようだ。

数カ月前に、息子の犬についてメールを差しあげました。サムソンはもう吠えません。耳ざわりなブルル、ブルルという音を発するだけです。目は光りますが、壁にぶつかったり、名前を呼ぶと反対方向へ歩いていったりすることから考えて、カメラは機能していないようです。先週は、完全に壊れてしまったと思いました。充電が完了するまでにとんでもなく長い時間がかかりました。どのフォーラムで聞いても、あなたが最高だという答えでした。以前とは状況が違う、もう助けられないとおっしゃられていることは承知していますが、少しでも可能性があるなら……修理費はいくらでも出します。どうかお助けください。息子には時間がないのです。息をするのも苦しそうです。医者によれば、余命は数カ月だそうです。サムソンは息子にとってかけがえのない存在です。サムソンが動いていたとき、息子は自分が走ったり遊んだりできるような気分になれていました。最後まで愛犬と一緒に過ごさせてやりたいのです。

手紙には、その男性の息子とサムソンが一緒に写っている写真が添えられている。少年には、さまざまなケーブルやチューブがつながれている。全身で血管が枝分かれしているのがわかるほど肌の色がない。わたしは箱から犬を出し、ピーナツ形緩衝材を払い落とすが、そのとき、なかからカラカラと音が聞こえるので、この子犬もおそらく到着時死亡だとわかる。少年を気の毒に思う。サムソンをあけて確認してからオーナーに〝残念ですが〟ではじまるメールを送り……空きのない感染症棟のベッドで望みをいだきながら待っている、ひょっとしたら昏睡《こんすい》状態におちいっている少年を思い描く。父親は、少ない給料をやりくりして、この犬の代わりにはならない新しいおもちゃを息子を買ってやろうとするだろうと想像する。せめてものなぐさめにと、わたしはサムソンのための座布団を入れ、外装をできるだけきれいにする。至急便で返送しようと梱包《こんぽう》しているときに、自分の部屋から出てきた明希が、箱に詰められているプードルを目にする。

「送ってこないように言ったんだ」とわたしは説明する。「なにもできないからって」

「ウェブサイトを更新して、ほんとのことを知らせるべきなんだ」と明希は言った。「おとうさんは、なかを見て首を振って送り返してるだけじゃないか。無意味だよ。そろそろまともな仕事を探すべきなんだ」

顔が熱くなり、図星を指されたのがわかっているにもかかわらず、心の一部が、息子の後頭部を叩いて身のほどをわきまえさせたがる。わたしはいまだに、犬たちとそのオーナーたちにできることがあるという信念にしがみついている。明希は別の部屋に行って三味線を弾きだす。まもなく妻の声が聞こえる。綾乃が好きだった演歌歌手、藤圭子《ふじけいこ》の曲だ。わたしは、いつかハリウッドが機能停止するときに備えて、ハリウッドのデジタルレコーダーに保存されている妻の声という遺品のバックアップをとりはじめている。だが、おなじではないのはわかっている。なんといっても、綾乃はハリウッドの耳に歌いかけたのだ。わたしは三味線を弾いている明希の横に座る。明希は立ちあがり、近すぎると言う。わたしはソファに移る。明希は、わたしが移動したのを確認してから演奏を再開する。妻の声が、ときどき、雑音やハリウッドのデータバンク内にあるほかのメロディに妨げられる。息子は、綾乃が戻ってくるまで弾きつづける。わたしたちはいつもこうして夜をともに過ごす。わたしは夕食をつくり、明希はハリウッドと演奏する。そして、そのあとわたしは、わたしたち親子がここから先へ進むためにはあとどれくらい時間がかかるのだろうと考えながら、寝るまでひとり作業場で過ごす。

「綾乃が恋しいよ」とわたしは言う。わたしは、自分の口からそんな言葉が漏れたことに驚く。わたしは、息子とともにつくりあげた儀式をぶち壊したのだ。明希は撥《ばち》を持つ手を止めている。視線を床に落としている。畳の、息子の涙が落ちたところの色が変わっている。わたしは歩みよる。明希は下がって三味線をケースにしまう。わたしは、ふだん、ハグをしたりしない。わたしの一族の男たちはそんなことをしないのだが、息子を抱きしめたい。息子の鼓動とわたしの鼓動をあわせ、息子の涙で肩が濡れるのを感じたい。残された妻のほんとうの一部とつながりたい。

「もう終わりだ」と明希が言った。「疲れたよ」

合同慰霊祭の日は、暖かいが蒸し暑くはない。そしてかつてのわたしの顧客たちは自分のペットについての話を披露しあって支えあう。わたしは軽食でもてなす――スーパーで買ったサンドイッチにフルーツを添えてプラスチック皿に盛ったのだ。邪魔しないようになかへ入ろうとしかけるが、顧客たちから明希とわたしも歓談に加わってほしいと求められる。

「あなたがたも仲間なんですから」と顧客たちは言う。「この犬たちは、あなたがたにとっても家族同然なんですから」顧客のひとりが、明希の膝に載っているハリウッドを指さす。明希がハリウッドに、挨拶をしろと命じる。ところが、ハリウッドは算数の問題を出す。LEDの目がちらつく。客たちは気の毒そうにわたしたちを見る。彼らは、わたしが自分の犬も直せないなら、もはや希望はないことに気づきはじめているのだろう。

「ドジなやつなんです」とわたしは場をとりなす。明希はハリウッドをなでている。そのとき突然、息子にいだいてる夢と希望について語っている妻の声が流れる。「一生懸命勉強してね。大学へ行ってね。あなたを幸せにしてくれてわたしたちの家族に優しくしてくれる人と出会ってね。わたしが行けなかったいろいろなところに旅行してね」明希は録音を止めようとし、必死でハリウッドのセンサーを作動させる。犬はようやく黙ってから代数の問題を出す。

「失礼します」と明希は言い、立ちあがってハリウッドとともに去る。わたしはあとを追いかけたいが、かける言葉が見つからない。

いつもなら、このような法要のあと、わたしたちは東京郊外の千葉県にある高層霊園の遺灰壺#25679Bに入っている綾乃の墓参りに行く。顧客たちが帰り、後片づけをすませてから探しに行くと、明希はベッドでハリウッドをかかえて横になっている。ハリウッドはまた発作を起こしているようだ――ごた混ぜになった音声を発しながらでたらめに踊っているし、目では天気予報が凍りついている。

「いつからこんなふうなんだ？」とわたしはたずねる。

「何分か前からだよ」と明希は答える。発作は長く続かないが、どんどん頻度が増している。明希は、ロボドッグをあやしているかのように揺すっている。

「もうプログラムを混乱させてみたのか?」とわたしはたずねる。「それで発作がおさまることもある」

明希は首を振って、「踊れ、吠えろ、待て、充電しろ」と命じる。ハリウッドは電子音を発しながら異常な行動を続ける。「踊れ、吠えろ、待て、充電しろ」ハリウッドはようやく前脚とうしろ脚の動きを止めてスリープモードになる。

「まだ、きょう、墓参りにいく気はあるか?」とわたしはたずねる。

明希はうなずくと、ベッドから飛びだし、自分の部屋のクローゼットをあさってワイシャツとズボンを探しだす。明希はハリウッドを抱きあげ、わたしたちは新宿駅へ行って日本郵便メモリアルパーク行きの急行に乗る。

電車は混んでいて、わたしたちはしばらく立っていたが、ふたりの乗客が降りたので、向かいあわせの席に座れる。乗客はみな黒い服を着ている。車内に流れる声は、駅が近づくたびに録音が再生される英語と日本語のアナウンスだけだ――「次はフジテック葬儀用品モール駅です。お線香やお花やお供え物をお求めのかたはお降りください。次はローソン葬儀用食品広場駅です。ATM、ホテル、市役所葬儀課にご用のかたはお降りください」わたしの向かいに座っている年配の女性は白と黄色のユリと菊の小さな花束をかかえている。隣に座っている、その女性よりは若い女性が涙を拭き、化粧を直す。わたしたちの頭上のモニターには、ケータリングサービスや、遺灰をロケットで宇宙に打ち上げてくれる会社や、故人のホログラムを映写できる特別なステンレス製遺灰壺などのCMが映しだされている。明希とわたしは、火葬場駅でふたり連れが降りたので空いた席に移って、地元住民が死者の街と呼んでいる終点に到着するまで並んで座る。終点が近づくと、明希はハリウッドを窓まで持ちあげる。明希とハリウッドは、遠くの黒い葬儀ビル群が寺院と石庭に指の形をした影を落としている景色を眺める。

「どこかで花を買わないの？」明希が振り向くことなくそうたずねる。電車が、目的地が近いことを示す三階建てほどの高さの鳥居のそばを通る。鳥居の先に見える鯉《こい》がいる池の真ん中に、バスほどの大きさがある虹色の仏像のホログラムが浮かんでいる。

「山本屋はどんどん値上げしてるんだ」とわたしは説明する。「露店で買うよ。そのほうがずっと安い」

明希はうなずいて、すでに乗客が集まっているドアに向かう。電車が徐々に減速して停止する。

「日本郵便メモリアルパークです。終点になりますので、お忘れ物なさいませんようにご注意ください」

駅を出ると、のろのろと動いているうなぎのような行列が高層ビルを囲んでおり、人々は受付でチケットを渡して指定された時刻に供養室に入っていく。明希とハリウッドが並んでいるあいだに、わたしは清掃カートに商品を入れている露天商から花と線香を買う。一時間以上待ってから、供養室を一時間使えるように二千円払って三十七階の部屋のコードを打ちこむ。最初、部屋は真っ白だ。すぐに、壁に寺院の外観が映写され、ときどき供養のアップグレードを勧めるバナー広告が表示される。明希とわたしは、仏壇を別にすれば唯一の家具である木製ベンチに腰かけて待つ。ロボットアームが綾乃をつかみだし、小さなエレベーターが壁龕《へきがん》まで運びあげる。仏壇はシンプルだ——桜の彫刻がほどこされている紫檀《したん》材で、陶器の花瓶が二個と明希が小学生のときにつくった線香立てが置いてあり、遺灰壺の上には大きな綾乃の遺影が飾られている。わたしたちは花を交換し、順番に近況を報告する。学校のこと、修理業を続けられそうにないこと、就職活動をはじめるつもりでいること。「きみがいてくれたらよかったんだけどね」とわたしは語りかける。「でも、わたしたちは精一杯がんばってる。明希はしっかり守るよ。きみに誇りに思ってもらえるようにする」明希が、ハリウッドには芝生の上を歩きまわらせておいて、持ってきた三味線を弾きはじめる——カーペンターズの〈雨の日と月曜日は〉だ。わたしは綾乃の〈新婚旅行中に撮った〉写真を見つめながら、彼女の歌を聴く。やがて、数秒間、雑音が続き、男性の声が英語でグッドモーニングと挨拶し、テクノクラブビートが流れる。ハリウッドはよたよたと輪を描く。壁のバナー広告が、二号棟のフードコートのバイキングで人生を満喫しながら綾乃さんの思い出を語りあいましょうと誘う。

「演奏を続けろ」とわたしは明希に言う。線香に火をつける。息子の肩を抱き、頬の涙をぬぐってやる。床からハリウッドを拾いあげると、犬は宙で脚をばたつかせる。ハリウッドは、曇りときどき雨でしょうと告げる。感染症の死亡者数は過去最低ですと告げる。わたしは、妻の魂の一部がこの小さなプラスチックの体のなかで漂っていて、わたしたちと連絡をとりたがっているのだ、順番がまわってくるのを辛抱強く待っているのだと想像する。

腐敗の歌

感染症病棟の医師のほとんどは、患者を無事に生かしつづけることをめざしている。わたしの仕事は、人はどのように壊れるかを解明することだ。わたしは勤務先の法医学死体農場で、北極病《ほっきょくびょう》がどのようにして人体を変容させ、脳に肝組織を、腸に心臓組織を生じさせるのかを研究している。シベリア株と幼稚園株を、患者が昏睡《こんすい》状態になったり、皮膚が星空のように輝いたりする最新の変異株と比較する。ほとんどの死体は、エレジーホテルに宿泊していた家族が研究のために献体してくれたもので匿名だ。だが、レアードは特例だ。レアードはみずから志願してくれたのだし、まだ生きている。わたしは、最新の治験の前後で彼の細胞内のウイルスがどう変化したかを調べている。夜遅くまでレアードと一緒に音楽を聴いているわたしの一部は薬が効いてくれることを願っているが、わたしの科学者としての心は、生存中と分解過程の両方で病原体を調べられれば、ウイルスが人体という生態系内でどう機能しているのか（そしてシベリアの洞窟内でいかにして何万年も生きのびられたのか）をよりよく理解する助けになることを知っている。顕微鏡をのぞけば、レアードが細胞をひとつ、またひとつと失っているさまを観察できる。

そばの金属トレイに、人間の皮膚と毛が入っている多数の容器とともに置いてある携帯電話が振動する。

〝晩ごはんはピザでいい？〟夫からのメッセージだ。

〝この前ピザを食べたばっかりじゃない？〟とわたしは、手袋を脱いで手を消毒してから返信する。

〝ほかのものでもいいよ〟

わたしは、中華料理でもピザでもないデリバリーを探しているタツを心に描く。〝なんでもいいわ〟と返信する。〝わたしは遅くなる〟

タツは驚いていないだろう。今週は、毎日帰りが遅かった。たしかに仕事は大変だが——なにかしら感染を封じこめる役に立つ答えを見つけろ、と連邦政府からもせっつかれているが——わたしはかつてのわたし、音楽と顕微鏡で世界を救えると考えていたパンクロッカーをよみがえらせている。タツと結婚して七年になる。だが、ウイルス禍でなかったのは最初の一年だけだ。その一年のことはよく覚えていない。タツは、救急救命士試験の勉強をしているときにマライア・キャリーを流しているのを聞いたことがあるくらいなのに、パンクフェスティバルのチケットをとってわたしと一緒に行ってくれたことがあった。わたしの友達はみんな、タツのことを堅物《かたぶつ》と表した。わたしは、そこがいいのだと彼らに言った。タツは、わたしのほかのボーイフレンドたち、アーチストとしてデビューしてスターになるという夢にとり憑《つ》かれている革ジャンを着たろくでなしどもと違っていた。だが、二〇三一年に感染症がアメリカを襲うと、ウイルスが進化するのにあわせて、わたしたちの関係もじわじわと変化した——たぶん、一緒にいすぎたせいだろう。感染が怖くてどこへも行けないので、仕事以外は自宅にひきこもっていたせいだろう。

「日がな一日、自分を哀れみながら座って過ごすつもり?」第一波がおさまったころ、タツにそう言ったことを覚えている。タツは制服を着て聴診器を首にかけたまま、リクライニングチェアにもたれていた。無線通信機がウイスキーグラスの横に置かれていた。「わたしがきょう、何体の死体を調べたか知ってる?」

「でも、きみの相手は患者じゃないじゃないか、オーブリー」とタツは応じた。「きみはラボで待ってれば死体袋が届く。きみは、光ってる体のなかの、ゼリー状になった皮膚の物語に耳を傾ける。腕の、クリスマス・イルミネーションと化してる血管に点滴してみろよ。休みをどう過ごそうが、ほっといてくれ」

わたしは顔をこわばらせたまま、しばらく立ちつくした。どこかへ行きたいと思いながら、公共料金の領収書やら、親族が感染症で亡くなったことを知らせる手紙やらでいっぱいのサイドテーブルに置いてあるわたしの車のキーを見つめていた。以前にも似たような口喧嘩《くちげんか》をしたことがあった――タツが、救急車の後部で心臓マッサージをしたり、最後の言葉を聞いたりしなくてすむからという理由でわたしの仕事をおとしめたのだ。だが、死者だって語る。

「わたしは――人助けを――してる――の」わたしは、一語一語区切って強調しながら言った。タツの正面に座って音楽を止めた。「ラボの作業台の上の人たちは助けられなかったけど、いつか、だれかを助けられるように、献体してくれた人たちの死が無駄にならないようにしようと努力してるの」

翌日、あとちょっとで報告書を書きおえるというときに電話をかけてきたタツは、街の喧騒《けんそう》を背景にレストランの名前を挙げつづける。救急車を降りてかけているのは明らかだった。はじめのころにそんな喧嘩を何度かしたあと、結婚生活を維持するために取り決めをした。タツは努力を続けているし、わたしはそんな夫を愛している。上司がわたしのパーティションのそばを通るが、スピーカーホンにしていることどころか、私用電話をしていることもとがめない。

「もっと一緒に時間を過ごそうってことで合意したと思ったんだけどな」わたしが、挙げられたレストランのいずれにもいい返事をしなかったので、タツはそうこぼす。「今週、きみはほとんど毎日、帰りが遅いじゃないか」

「あなたもね」とわたし。「わたしたちは、あなたが救急車に釘づけになってなくて、わたしも研究が忙しくないときは、もっと一緒にいようっていう合意をした。だけど、あなたも、レアードの具合がよくないのは知ってるはずじゃないの。レアードは、わたしの研究にとって重要な存在なのよ」

「はいはい、知ってますとも」とタツ。「だけど、今週中にはなんとかしてくれ」

「約束する」

「レアードによろしく」


レアードは彼の姉と、彼女が寄贈した病棟の彼の病室でテレビを見ていた。オーリーは、弟とわたしの関係をよく理解していない。オーリーはずっと、わたしが弟を利用しているのではないかとあやぶんでいる。心配になるのも無理はない。わたしも、レアードの体を案じていて、病気の友を早くも悼んでいるのか、それとも彼の助けを借りて科学に進展をもたらすことを楽しみにしているのか、自分でもわからなくなることがある。オーリーは、レアードが署名したばかりの、彼が亡くなったときに遺体をこのラボが保管することを可能にする書類を持っている。レアードはわたしに手を振って古いiPod《アイポッド》を掲げる。そのiPodにはわたしたちが好きなヒット曲が詰まっている。もしもレアードと十代のころに出会っていたら、間違いなく、トーキング・ヘッズやニルヴァーナなどのいにしえの偉大なアーチストを聴きながら踊ってタバコを吸って酒を飲んだり、eBay《イーベイ》でデッド・ケネディーズのワッペンを買ってデニムジャケットに縫いつけたりしていただろう。

「でも、どうやってお別れをすればいいの？」オーリーが、すすり泣きながら弟のほうを向いてそう言う。弟を抱きしめかけてやめる。患者に触れることは禁じられている。もっとも、レアードから感染することはまずありえない——これまでに記録された成人患者は、ほとんどが水または汚染された食品または性的接触によって感染している。

「ママにもきちんとしたお別れはできなかったじゃないか」レアードは胸にとりつけられているモニターのケーブルの周囲にできている発疹《ほっしん》をかいて、準備がととのうまで薬を飲むのをやめたりしないと姉に請けあう。レアードは、可能なかぎり痛みと闘う覚悟を決めている。レアードは耐えられないほどのものを失ったほかの多くの家族を助けるのだし、治療法発見に役立つ研究に貢献できるのだとわたしは言いたくなる。だが、いまそんなことを言うべきではないのはわかっている。

レアードとはじめて会ったのは一年前だった。トゥルークライム＋《プラス》チャンネルでわたしたちの仕事についてのドキュメンタリーを見て、わたしたちが殺人事件の捜査だけでなく北極病の研究にも協力していることを知ったレアードが、このラボにやってきたのだ。当時、レアードは母親になにが起きたのかを知りたがっていた。レアードの母親は、妹を訪ねるために長距離を運転している最中に行方不明になった。だれも、彼女が病気にかかっていることを知らなかった。アイオワ州デモインの道路脇で発見された彼女は、検視の結果、臓器の大半がほかの臓器になんとなく似たなにか、または——いっそう奇怪なことに——光る塊《かたまり》に変容していることが明らかになった。意見を求められた専門家のほとんどは、彼女はこときれるはるか以前に昏睡状態におちいっていたと考えたが、レアードは、化学の学士号を持っていて副専攻で音楽を学んだだけにもかかわらず、ほかのだれかが解決策を見いだすのを手伝いたがった。

「わたしは、あなたと弟の意思を尊重します」オーリーはそう言うと、年代物のiPodをスクロールしているレアードを見やる。「いまはどのアルファベットを探してるの?」

「Pだよ」とレアードは答える。「パニック!アット・ザ・ディスコ、ポール・サイモン、パティ・スミス、パット・ベネター、パール・ジャム、ピクシーズ。どれがいい?」とわたしのほうを向く。

オーリーは、秘密の会合に迷いこんでしまったかのように、会釈《えしゃく》をして病室を出ていく。ドアの外の椅子に腰かける。オーリーは数分ごとにこっちの様子をうかがう。このアルファベットの儀式がはじまったきっかけは、レアードがラボを訪れたとき、わたしが大学図書館から借りた古いMTVのミュージックビデオを見ているのに気づいたことだった。レアードは、副専攻だった音楽史の修了論文のテーマは、マイナーバンドの発見と進化、およびそこから進化したすべてだったと明かした。わたしがベッドの脇に座っても、レアードはコレクションをスクロールしつづける。

「パール・ジャムからはじめるのがいいと思ってるんじゃない？」とわたしは話しかける。「だけど、もしもあなたが紳士なら、わたしのためにパティ・スミスからにしてくれないかしら？」

レアードはホイール上で親指を浮かせたまま、考えこんでいるふりをしてから、パティ・スミスの〈ダンシング・ベアフット〉をかける。

「気分はどう？」とわたしはたずねる。

「きのうより悪い。けさよりはまし」とレアードは答える。「いつもどおりだね。もう黙って」

わたしは三十分近くとどまる。オーリーが、じれてきてドアの外を歩きまわっているのが見える。ポイズンのバラードを聴いているとき、レアードが目をしばたいてから閉じる。

「さあ、今夜はこれくらいにしておきましょう」とわたしは言ってレアードからiPodをとりあげ、ブルートゥース・スピーカーをオフにする。

「だけど、ギターソロが」とレアード。

「C・C・デヴィル（ロックバンド、ポイズンのギタリスト）に聴き惚《ほ》れるのは明日の朝、起きてからにして」とわたし。毛布を胸まで上げてやり、額にキスしたい衝動を抑える。レアードは、数カ月前と比べても、すっかり変わってしまっている――青白い肌は、枝分かれしている血管が透けて見えている。姉が大金を投じたおかげで、ふつうの患者よりも時間を稼げてはいる。レアードは豚の臓器移植を三度受け、五度の治験を生きのびた。「おねえさんを呼んでくるわね。ロックの神さまになった夢を見て」

病室を出ると、オーリーはまた椅子に座って、古いナショナルジオグラフィック誌をでたらめにめくっている。顔を上げてわたしに気づくと、隣に座るように誘う。

「レアードは本気でこれ――献体を望んでいます」とオーリーは言う。「身勝手に思われるのは承知しています。ただ、わたしは自分が理解できているかどうかわからないのです。でも、レアードはあなたのおっしゃるとおりにすると思います。あなたのことがほんとうに好きなのです」

「わたしにとっても、彼は友達です」とわたし。

「わたしには、弟のことがよくわからないのです。両親はわたしたちをきびしくしつけました――勉学にはげんで家名を汚さないように育てたのです。けれども、レアードは自分がしたいことをしました。平和部隊に入隊したり、ウィスコンシンで水陸両用観光バスのガイドをしたり、貧しい島国で防潮堤の建設を手伝ったり」

「最終的には、おふたりに同意していただく必要があります。わたしたちには、ご家族と争うつもりはないからです」とわたしは説明する。そのあいだに、わたしの仕事をどう要約すればわかってもらえるかを考えなければならない。パンデミック以前、わたしは殺人事件の捜査に協力していた。そっちはすっきりしていてわかりやすい。証拠を見つけられるか見つけられないかのどちらかだからだ。いつだって次の事件があった。だか、このウイルスはじつに手ごわい。もうすぐ六年になるが、研究は堂々めぐりを続けているように感じられる。わたしには、わたしの研究が世界を救う役に立つという確信はない。だが、レアードに手伝ってもらっていると、それが可能だと信じたくなる。「明日、ラボにいらっしゃいませんか？　わたしたちがどんな研究をしているかを実際にご覧いただけます」

「では、そうさせていただきます」とオーリーは答えた。

帰宅すると、タツは歯を磨きおえて就寝の準備をしている。同居をはじめたばかりのころは、わたしたちの結婚の基本は、生者の国と死者の国を通じて世界を救うという共通の目標だという会話をえんえんとしていた。夜も仕事の話をしたし、お互いの職場のパーティーに出席したり、お互いにいきなりランチに誘って驚かせたりしていた。ところが、ある時点、たぶん感染症の前から、ふたりとも仕事のことばかり考えるようになりだしたので、数年前、結婚を守るべく、仕事を家庭に持ちこまない、という新しいルールをさだめた。

「例の彼はどんな具合なんだい？」タツが、パジャマに着替えているわたしにたずねる。

「いつもとおなじよ」とわたし。「悪化してる」

「お腹がすいてるなら、冷蔵庫にスパゲッティとミートボールが入ってる」とタツ。「あと何時間かで起きなきゃならないんだ。さもなきゃ、もうちょっと起きてきみと過ごしたいところなんだけどね。別の救急救命士が体調を崩したんだ。移植を断られたんだよ。その穴埋めをしなきゃならない」

「へえ。大変ね」

わたしは一階に降りてタツのスパゲッティを食べる。角のガソリンステーションのミニマートで買ったに違いない。わたしはまたパティ・スミスを聴く。カウチに寝そべり、スローブランケットにくるまると、『ミステリー・ゾーン』を見つづけて眠くなるのを待つ。


翌日、わたしはオーリーと並んで上部が有刺鉄線になっているフェンスの前に立っている。反対側では十体以上の死体が待っている――コヨーテの餌にならないようにするためのゲージのなかで横たわっている死体もあれば、飢えた野生動物に食い荒らされてばらばらになっている死体もある。人工池の底では若い女性がじっとしている。その女性は足首に重りをつけられ、祈りに没入しているかのように両手を高々と上げている。水は濁っていて、オーリーにその女性の体は見えない。わたしがアリスという愛称をつけたその女性は、ここで法医学を学んでいる学生たちが水中での腐敗の速さを調べられるように、あとひと月は水中にとどまる。すべての死体が感染症の犠牲者というわけではない。わたしたちはいまも警察に協力している。だがアリスは、第二波初期の成人犠牲者のひとりだ。わたしは、池のなかでウイルスが、スノードームの雪のようにアリスのまわりに漂っているさまを思い描く。オーリーは鼻をおおう。ここでは、悪臭が毛穴にまで食いこんでくる。二度、三度とシャワーを浴びなければならない。いつまでたっても慣れない臭いだ。

「ご遺体は大切に扱っています」とわたしは説明する。「ここのご遺体はすべて、疑問に対する答えを得るのを助けてくれています」

「レアードは、自分が死んだあと、あなたに自分宛ての手紙を書いてもらって、それをわたしに送ってもらいたいと望んでいます」とオーリー。「そうすれば、わたしはレアードが生きているような気分になれるし、弟宛ての手紙というていで、弟の遺体がどうなっているかの説明をしてもらえるからです。わたしが彼の死を乗り越える助けになるだろうとレアードは言っていました」

「弟さんのご遺体がどうなっているかをくわしく知るのは、あなたのためにならないかもしれませんよ」

「そうかもしれませんね。多少は潤色してくださってかまいません。すべてを知りたいとは思っていませんから。レアードはあなたを親友だと思っています。レアードは友達が少ないのです」

「わたしたちは友達です」とわたしは言って、それがなにを意味するかを考える。自分が発病したかもしれないと疑ったとき、レアードはまずわたしのもとを訪れた。わたしはレアードを病院まで送った。診断結果を聞いた。レアードは、足首を捻挫していると聞かされたかのように、おだやかに立ったまま医師に質問していた。その間《かん》、わたしは、ウイルスに感染した寄生生物がレアードの体内をめぐりながら、彼が骨と塵《ちり》と化すまでむしばみつづけるさまを思い描いていた。「原因は、おそらく、その鼻うがいポットの煮沸《しゃふつ》していない水を使ったことでしょうね」と医師は言った。

「現時点では、進行を遅らせることしかできません」

診断を受けたあとも、レアードは毎日、死体農場を訪れた。母親が亡くなったときに姉とともに相続した遺産があるので、定職に就《つ》かなくても金銭的不安はなかった。レアードはわたしに、もうすぐ死ぬのなら、最後の日々を意味あるものにしたい、と語った。DNAシークエンシングや骨の洗浄、それどころか床掃除といった作業に、レアードはいつも真っ先に志願した。

「こんなことをする必要はないのよ」レアードが、一週間で少なくとも二度目に床掃除をしたあと、わたしは彼に言った。

「やりたいんだ」とレアードは言った。「きみたちがここでしてることに、微力ながら参加したいんだよ」わたしたちは、よく休憩室か、いまだにカートでパイをテーブルに運んでくる近くのダイナーで一緒にランチをとった。仕事が終わってから公園に行くこともあった。芝生の上で単語ゲーム《スクラブル》や雑学クイズゲーム《トリビアル・パスート》をしたり、わたしたちの人生に影響をおよぼした音楽を聴いたりした——高三のときの曲。中学時代を思いだす曲。両親が不仲になった夏に聴いていた曲。

ともに過ごしていたあいだに、わたしはレアードについて以下のことを知った。

- かなった夢よりも破れた夢のほうが多い。
- 超常現象を信じていないと言うが、ウィジャボードを使って母親と交霊しようとしたことがあるそうだし、タロットカードも、天使や死後についての本も持っている。
- 子供のころ、お小遣いを貯めてヒーマン・グレイスカル城プレイセットを買ったが、城を守るヒーローのヒーマンは買わなかった。

レアードはわたしについて以下のことを知った。

- 名前はオーブリー・リン・ナカタニ。
- 飼っている猫をピグレットとかビーンとかビーニカス・シーザーと呼ぶ。
- レアードと長時間過ごすため、仕事とか報告書とか刑事事件とか院生の研究とかのせいにするなど、タツにさまざまな嘘をついている。
- キーライムパイが大好きで、服のしわはアイロンで徹底的にのばす。
- 歌いながら試験場に死体を配置する——たいていは八〇年代のニューウェイブだが、ホリデーシーズンはクリスマスキャロルになる。

卒業試験に備えて前夜に焼いた腕がぎっしり詰まっているボックスを確認しながらトム・ペティの〈メアリー・ジェーンズ・ラスト・ダンス〉を口ずさんでいるところをレアードに見られたこともあった。

「その曲、大好きなんだ」とレアードは言った。「ミュージックビデオが死体安置所からはじまることは知ってるんだよね？」

わたしたちはコーラスパートを一緒に歌った。

「どうして、一本を除いてすべての腕が曲がってるんだい？」とレアードは、作業台に腕を並べているわたしにたずねた。

「拳闘家姿位《けんとうかしい》って呼ばれてるの」とわたしは答えた。「関節の筋肉が焼かれて収縮するせいよ。曲がってない四肢が見つかったら、熱傷以前の外傷があったか、拘束されてた可能性がある。この腕は棒にくくりつけておいたの」

レアードとわたしが共有した時間は、ある意味で親密以上と言えた。


オーリーは片手でフェンスをつかみ、片手で鼻をつまみながら死体試験場を見渡している。わたしはオーリーの肩に手をかけて力をこめ、なかに戻ろうとうながす。だが、オーリーは死体から、塚状の浅い墓から目をそらさない。

「レアードがここに運ばれたら」とオーリーが言う。「わたしが許可したら、レアードに手紙を書いてくださいますか？」

「はい」

オーリーはうなずくと、一瞬、鼻から手を放して空《から》えずきをしはじめる。しゃがみこむ。わたしは、サラダだったらしいものを嘔吐《おうと》しているオーリーの髪に手をかける。

「すみません」とオーリーが謝る。ふたたび嘔吐する。

「ここでもっとひどいことになる人もいますから」とわたしはなぐさめる。ときどき、自分にはここがふつうの場所に見えることに戦慄《せんりつ》する。「もう少し下がりましょう」オーリーを、臭いがきついフェンスのそばから離す。

「ここなら臭いはそんなにきつくありませんね」とオーリー。

「なかに入りませんか？」とわたし。

オーリーは首を振る。わたしたちはそこに立ったまま、日が傾くにつれて長くなる死体の影を眺めつづける。ブーンというクロバエの羽音以外はまったくの無音だ。

二週間後、レアードは、彼いわく〝自分のスケジュールどおりの死〟に備えて薬物治療を停止する。そして残り時間が少ないので、医師に逆らって遊びに出かけることに決める。レアードによれば、蛍光灯はウイルスよりも早く彼の生きる意欲を奪っているのだそうだ。二日間、治療を受けていないレアードは、エネルギーが低下して意識が朦朧《もうろう》としているらしく、わたしの言葉やふたりで聴いている曲がスローモーションで聞こえているかのようだった。

「ほんとにいいの？」とわたしはたずねる。オーリーと看護師が、レアードが車椅子に座るのを手伝っている。レアードは、車で数時間かかるゴーストタウンへ行くことを望んでいる。「博物館じゃどう？　動物園は？」

「ほんとうには生きられないのに、長びかせる意味はあるかい？」

看護師がわたしにもよりの、つまりヨセミテをはずれたところにある病院の電話番号を伝え、無理はしないようにとレアードに釘を刺した。

「わかってるよ」とレアードは皮肉っぽく答える。「死にたくはないからね」

レンタカーのスバルが文明をあとにしても、レアードとわたしはアルファベットを探索しつづける。バックミラーを見ると、わたしたちが〈ボヘミアン・ラプソディ〉を熱唱しているなか、オーリーは頭をウィンドウにもたせかけている。やかましいだろうに、ほほえんでいる。オーリーに弟と過ごす時間というプレゼントができて、わたしはうれしくなる。レパートリーを一気に歌いつくさないように、ラジオをつけてみるが、どの局でも福音派伝道師が、気候変動は嘘だとか、わたしたちの罪に対する罰だとかわめいている。えんえんと続く砂漠のなかを走っているとき、わたしはレアードにじっと見られていることに気づく。わたしは振り向いて何度か目をあわせる。レアードは、地平線ぞいのどこかを眺めているふりをする。

「ぼくがどうなるかを説明してもらえないかな?」とレアードが唐突にたずねる。

「いいの?」とわたし。

「知っときたいんだ。それに、聴けるラジオ局もないし」

「気温によるけど、最初の二十四時間で、死体は完全に死後硬直する」とわたしは説明をはじめる。「顔の特徴はほとんど失われる。全身が青緑色になる」

「〝あなたの死体〟って言ってもいいんだよ」とレアード。車が古ぼけた納屋や、放棄されたサクランボの売店や、〝ガソリンを補給できる最後のチャンス〟という看板を過ぎると、ふたたび日差しにあぶられている単調な丘陵地帯が続く。

「話題を変えない?」とわたしはたずねる。

「頼むよ、もっと知りたいんだ」とレアード。レアードは疲れているようだ。だが答えを欲しているのがわかる。

「あなたの死体は腐肉の悪臭を発しはじめる」

「また曲を流してほしいな」

「クイーンのほかの曲でいい?」

「クイーンズ・オブ・ザ・ストーン・エイジがいい。それから?」

ボディ州立歴史公園に到着したときには昼近くになっている。公園化されたゴーストタウンを見渡せるダートの駐車場には、ほかに一台しか車が停まっていない。レアードは、車を降りると、二十世紀初頭のトラックが点々と放置されている野原の写真を撮る。

「一九四〇年代まで、つまり金鉱と銀鉱が閉鎖されるまで、ここには人が住んでたんだ」車椅子を押してきたわたしに、レアードが説明する。

わたしたちは、まずよろず屋博物館に入る。館内にはいにしえの瓶入り炭酸飲料やオイルランタンや、かつては小麦か小麦粉が詰められていた麻袋が並んでいる。レジのそばには箱入りの銃弾があり、カウボーイハットをかぶったマネキンが立っている。ガラスケースがずらりと設置されていて、この町の黄金時代を記録した写真が展示されている。

「おいおい、ちょっと待った」わたしが車椅子を押して雑然とした通路を進むと、レアードは異議を唱える。「じっくり見たいんだ」わたしは車椅子を止め、わたしたちは壁に掲示されている、この町の最後の住人たちについての変色したリノガゼット紙の記事を読む——妻を撃ち殺した男は、ほかの三人の男に殺されたのだそうだ。そのあとすぐ、わたしたちはガイドに教わりながら砂金採り体験をし、小さな輝く粒が入っているガラスの小瓶を手に入れる。古めかしい教会の信徒席でガソリンスタンドで買ったサンドイッチを食べてから、とっくに滅びたチャイナタウンを歩きまわる。墓地を探検しようとしかけたとき、ふと気づくとレアードが車椅子で眠っている。

「もう帰る？」とわたしはレアードに聞く。レアードはぶるっと体を震わせて目を覚まして居住まいを正す。

「ぼくが人生をめいっぱい満喫してるのがわからないかい？」とレアードは答える。そして、この旅のために買ったに違いないハーモニカを出して〈線路は続くよどこまでも〉をたどたどしく吹きはじめる。

わたしたちは夕方遅くに文明へと帰還する。わたしはレアードを病院で降ろす。シャワーを浴びて長時間の運転でかいた汗と西部開拓時代を洗い流したい気分だ。リビングで靴を脱いだとき、タツから電話がかかってくる。

「なあ、同僚と〈エクストリーム・ウイングズＢＢＱ〉に行くことになったんだ」とタツが言う。酔っているようだ。タツは、酔うとサーファー青年に変貌して根拠のない自信に満ち、無闇矢鱈《むやみやたら》と陽気になる。「きみも来いよ」

断りたいのはやまやまだが、タツが社交的になるのは珍しい。電話のカレンダーを確認すると、わたしが延期するか断ったタツとのデートやディナーが並んでいる。

「わかった。だけど、遅くまではつきあえない」とわたしは答える。「前菜と一杯だけで帰るわよ」

ロングアイランド・アイスティーを二杯飲んだあと、ふと気づくと、わたしはタツの話を黙って聞いている。タツは、全員がいい体をしている、まだ二十代でずっと年下の同僚たちの歓心を買おうとしている。後輩たちは、タツの感染症流行初期の救急救命士の奮闘ぶりも、彼がデートした大勢のエキゾチックな女たちの話も信じていないようだ。同僚のひとりがわたしを見やる。

「あんなこと言ってるけど、いいのかい？」と男がたずねる。

わたしは払いのけるしぐさをしてその質問を一蹴する。「いいの」とわたし。「どうせホラなんだから」

テーブルがどっと笑いに包まれる。

タツがわたしを引き寄せ、わたしも茶番につきあって、おとぎ話のカップルよろしくタツにキスをする。

青年たちがピッチャーを追加注文する。それをきっかけに、わたしは帰ることにする。

車に戻ると、自動運転モードに切り替えてシートにもたれる。店内で、同僚たちとまだ笑いあっているタツが見える。いま、タツは楽しんでるふりをしてるのかしら、それとも本気で楽しんでるのかしら、と思う。

「目的地を指示してください」と車がイギリスなまりの女性の声でうながす。

「どこでもいいわ」とわたし。「とにかく走りだして」

「有効な目的地ではありません」

「まったくもう。じゃあ、ハーフムーンベイでいい」アルバム一枚を聴き通すのに充分な距離があって、不便すぎないところを探してそう指示する。「シド・マターズの『ゴースト・デイズ』をかけて」車は、前に病院のバンが列をつくっているエレジーホテルを過ぎたところでフリーウェイに乗る。終末が訪れていることを警告する厚紙のボードを掲げているホームレスを見かけて、ずっと前にだれかが彼に耳を傾けるべきだったのかもね、と思う。レアードに、〝起きてる？　いまSなの〟とメッセージを送る。きっと、もう寝てるか、モルヒネで頭がぼんやりしてるかでしょうね、と考える。一時間後、岸に打ち寄せる波の音を聞いていると、〝サンタナで決まりだよ。ほかにあるかい？〟という返信が届く。

「目的地に到着しました」と車が報告する。

「ありがとう。じゃあ、引き返して。サンノゼ総合病院に」


オーリーもいるだろうと思っていたが、着いてみると、レアードがひとりで深夜トークショーを見ている。レアードはベッド横のテーブルに置いてあるハーモニカを手にとって弱々しく吹く。トレイの食事は手つかずだし、おまるに座って、シーツの下で分娩《ぶんべん》中のように膝を立てている。

「だれかを呼ばなくてだいじょうぶ？」わたしは入口近くに立ってたずねる。

「もうボタンを押したよ。時間がかかることもあるんだ」

「わたしが手伝いましょうか？」

「きみにはこんな姿を見られたくないんだ」

「あなたが死んだら、わたしは文字どおり、あなたの体のなかに手を突っこむのよ」

「たしかにそのとおりだね」とレアードは笑う。

その直後、看護師がわたしの横を足早に通りすぎる。看護師がレアードの面倒をみはじめたところで、わたしは背中を向ける。おまるを離れるときにレアードが漏らしたうめきが聞こえる。看護師は痛みのレベルをたずね、レアードは三だと答える。看護師はほとんど無言で病室を去る。

「よし」とレアードが言う。「これでまずまず見苦しくない状態になった」

わたしはベッドの端に腰かけ、トレイからナプキンをとってレアードの額の汗をぬぐってやる。テレビでは、虹色の葉巻状の物体が海に墜落したというニュースをやっている。ヴェニスビーチにいた目撃者が携帯電話で撮影した動画が流れる。

「へえ」レアードがそう言って音量を上げる。「とんでもないニュースだな」

「外へ出ない？」とわたし。「今夜はそんなに暑くないわよ。こんなまずそうな病院食じゃなく、本物の食べ物なら食欲が出るわ」

わたしたちは、カフェテリアの自動販売機で軽食――ゴムっぽいイカフライ、魚の形をしたゴールドフィッシュクラッカー、前日のチェリーパイ――を買い、中庭のピクニックテーブルに座る。レアードはスマッシング・パンプキンズをかける。わたしはスージー・アンド・ザ・バンシーズをリクエストする。ふたりで星空を見上げる。

「お皿の上でパイをつぶしただけみたいね」とわたし。

「呑みこむにはちょっと堅すぎるんだ」とレアード。「だけど、いまでも食べ物の味は好きだよ」

「怖い？」

「怖いっていうのは違うね。痛みを、家族や友人を傷つけることを怖がる人は多いけど、ぼくはもう、長いこと痛みに耐えてるからね。それに、オーリーは立ちなおるはずだし。いつかは」

「人生でしておきたかったことはある？」

「そりゃ、あるとも。成功したり、恋をしたり、きみが治療法を発見する役に立ってママを喜ばせたりしたかったと願わなかったと言ったら嘘になるね。だけど、ほら、ぼくだけじゃないから。ぼくだけじゃないと思うと気が楽になるよ。ぼくは三十二年生きられた。ほかの人たちよりもずっと長く」

わたしはレアードの手を握る。ぞっとするほどやわらかい。指の骨がゴムでできているかのようだ。レアードは一瞬、わたしを見てから空に視線を戻す。

「子供のころ、宇宙が大好きだったんだ。星を研究したかったけど、ぼくは数学が苦手だった」レアードは空を見上げたままわたしの手を握り、親指でなでる。「海に落ちたものがほんとに宇宙から来たんだったらすごいね。どう思う?」

「可能性はあるんじゃないかしら」わたしは北斗七星を探しながらそう答える。「広い宇宙にわたしたちしかいないとは思えないわ」

「ひょっとしたら、はるか彼方《かなた》の惑星か衛星で、ふたりの異星人がおなじようなことを話してるかもね」

「あなたがいなくなったら寂しくなるわ」と言うと、わたしはテーブルごしに身を乗りだし、レアードの唇にそっとキスをする――友人にするにしては長すぎるし、ちょっとした寂しさゆえにしてはふんわりしていておだやかだ。「ほかの出会いかたをしてたらよかったのに」

レアードはしばらく黙ったまま、ゴールドフィッシュクラッカーを何枚か口に放りこむ。レアードは、わたしとこんなふうに親密に過ごすことを夢見てたのかしら、とわたしは考える。レアードはドックスピーカーからiPodを抜いてスクロールしはじめる。

「ザ・ストロークスは?」

「いいわね」とわたし。

「これができなくなるのは寂しいな」とレアード。

三日後、オーリーがラボに、チアペット（人の頭や動物をかたどった陶器にチアという植物の種を植え、芽が出ると緑色の毛に見えるようになるクリスマスギフトの定番）の箱を持ってやってきて、レアードが前夜に亡くなったと告げる。わたしはその日の午後、レアードをわたしが好きなイタリアンレストランに連れていこうと考えていて、予約をとっておいた。オーリーは、午前中になにを言うか練習していて、ひと言でも間違ったら内破《ないは》してしまうと思っているような話しかただった。わたしは、前夜、病院のベッドで、目をつぶって安らかに眠りにつくレアードを脳裏に描く。苦しんだとは思いたくない。わたしも、タツの必死の誘いに屈することなく、レアードのそばにいると想像する。最後にレアードのもとを訪れたとき、Tまで進んで、ほぼトーキング・ヘッズばかり流した。レアードはほとんどしゃべらなかった。このくらいにしておいて、寝てしまってもアルバムを流しておこうか、とわたしは何度かたずねた。レアードは、最後にちゃんと味わえた食べ物はフライドポテトだったし、まだ健康だったとき、最後にまともに出かけたのはコミックブック専門店だったと語って――ふたりでレアードのオタクっぷりを、マジック：ザ・ギャザリングや『スター・トレック』やスーパーマンについての博覧強記ぶりをネタにして笑った。

「ぜひ葬儀にいらしてください」とオーリーが言う。オーリーは葬儀についての情報をメモして箱とともにわたしに渡す。「弟から、あなたに渡してほしいと頼まれていたのです」

「ありがとうございます」とわたし。「お悔やみ申しあげます。わたしに――」

だが、ハグしたり、コーヒーはいかがですかと誘ったり、わたしの身の上話を語って、わたしを死にかけている弟に気があるのかもしれない善意の科学者ではなく生身の人間として見てもらえるようにしたりする前に、オーリーは背を向けて足早に廊下を去っていく。わたしはデスクについたまま、がっくりとうなだれ、携帯電話をいじって〝世界一悲しい曲たち〟というプレイリストを見つける。R.E.M.の〈エヴリバディ・ハーツ〉を流しはじめた直後に上司がわたしの腕をぽんと叩く。

「オーブリー、レアードのことを聞いたよ」と上司は言う。そしてわたしの肩に置いた手に力をこめる。スタッフ全員が、わたしのほうを見ていないふりをしながら、わたしたちの会話に耳をそばだてている。「きょうはもう帰ったほうがいい」

「ありがとうございます」とわたしは礼を述べる。トイレで手を洗うと、だれかにぎこちなくなぐさめの言葉をかけられる前に、まっしぐらに出入口へと向かう。

帰宅すると、きょうはタツいわくの〝デートナイト〟なので、夫が仕事から戻ってくる前に箱をあける。デートと言っても、要するに、辛さレベルがいい加減なせいで、いつも麺が辛すぎるか物足りないかのどっちかになるタイ料理のテイクアウトをふたりで食べるだけだ。わたしは便器に座って、万が一のためにトイレのドアの鍵を閉める。わたしが悲嘆に暮れているのが一目瞭然《りようぜん》の顔でさめざめと泣いているところはタツに見られたくない。箱の中身は知られたくない。鍵、病気になる前のレアードの写真、iPod、一日に一通ずつあけてほしいというメモが添えられている封筒に入った手紙の束。もしもタツに聞かれたら、ラボの標本が――組織や血液や尿が入っていると答えよう。たいしたものじゃない。どうでもいいものばかりだと。

オーブリーさま
きみがこれを読んでるってことは、ぼくは死んだんだね。だけど、もちろん、計画どおりってわけだ。ぼくはいま、たぶん、下の死体安置所の引き出しのなかで、きみのもとへ届けられるのを待ってるんだろうな。でも、宇宙船〈エンタープライズ〉の光子魚雷管のなかにいて、『カーンの逆襲』のラストのスポックのように宇宙へ射ちだされるって想像するほうが楽しい。それとも、『2001年宇宙の旅』のスペースポッドのなかにいて、これからスターチャイルドになるんだと。わからないじゃないか。ぼくの葬式はどんなふうになるんだろうって何度か想像したことがある。参列者はなにを言うんだろう？　きみはなにを言うんだろう？　実際、ぼくたちは仕事仲間としていい関係だったと思う。だけど、ずっと知りたかったんだ。ぼくは、きみとの外出の何度かはデートだったと考えたがってた。もしもぼくが入院してなかったら？　もしも母が死んでなくて、世界がめちゃくちゃになる前に、レコード屋かどこかで知りあってたら？　きみはヴェルヴェット・アンダーグラウンドのLPを、ぼくはハスカー・ドゥのLPを持ってたりするんだろうな。ぼくのなけなしの魅力が充分であってほしいものだね。ぼくたちがお互いにとってどんな人間であろうと、きみはぼくがこの箱を送る人であることに変わりはないはずだ。

レアードの葬儀には十数人が参列している。だれが葬儀場の職員なのか判別できない。明るい色合いは失礼にあたるかのように、葬儀場にはくすんだ緑色の硬材が使われている。通路にはボックスティッシュが並んでいる。正面の説教壇のそばに大きなレアードの遺影が飾られている――大理石調の写真立てにおさめられているのは、まだ歯列矯正器具をつけていることからすると、学生時代の写真なのだろう。わたしとタツが席を探していると、最前列に座っているオーリーがわたしたちに手を振って自分の隣の席を示す。

「父はパートナーを連れて参列するのだと思っていました」とオーリーが言う。「でも、ほんのつかのま、父親らしいことをしようと努めはしましたが、父とは長年、ほとんど音信不通でした。かえってよかったです。殴っていたかもしれませんから」

「お悔やみを申しあげます」とタツが言う。

最前列に座っているもうひとりは鎖かたびらを着ている。死亡広告を見てやってきたというその男は、〈静穏の剣〉というオンラインビデオゲームでレアードと対戦したことがあるのだそうだ。その男にとって、レアードは騎士仲間のオンラインブラザーらしい。わたしは、名誉諸島のサー・ゴドリックの話を聞きながら、レアードはわたしへの気持ちをどう書いていたか、わたしが彼にキスしたあと、彼がゴールドフィッシュクラッカーをどんなふうにかじったかを思いだす。説教壇に歩いていく牧師を、涙をこらえながら見る。

「わたしたちは、奉仕の人生を、そして——最近では珍しくありませんが——絶たれるのが早すぎた人生をたたえるためにここに集《つど》っています」と牧師は話しはじめる。「ご起立とご唱和をお願いいたします」ジェフ・バックリィの〈サティスファイド・マインド〉のアコースティックギターによるイントロが流れる。わたしは歌詞が印刷されている冊子《さっし》を開く。わたしはレアードの拡張された家族に囲まれている。歌っているうちに、静電気で満たされた、目に見えない殻のなかで漂っているような気分になる。わたしは病院のベッドで寝ているレアード、ボディのゴーストタウンにいるレアードを心に描き、ラモーンズTシャツを着てわたしのラボを訪れ、履歴書を差しだしてボランティアに志願したときのレアードを思いだす。わたしは自分が徐々に現実に戻るのを感じる。曲が終わると、葬儀場は静かになる。タツがわたしの背中をさすり、ティッシュを渡してくれる。牧師がオーリーに挨拶をうながす。

「母が亡くなるまで、わたしと弟は一緒に過ごすことがあまりありませんでした」とオーリーは話しだす。「この感染症は、わたしたちから多くを奪いました。レアードを奪いました。けれども、奇妙なことに、この病気のおかげで、わたしは弟をあらためて知ることができたのです。幼いころ、レアードは宇宙飛行士になりたがっていました。のちに考古学者に、さらにそののちに気象科学者になりたがりました。病気の人を助けたがりました。毎年、違う夢をいだきましたが、弟は、時間さえかければ、ほとんどの夢を実現できる可能性があるタイプの人間でした」

オーリーが挨拶を終えると、子供のレアードがスミソニアン航空宇宙博物館でアポロ宇宙船の横に立っている写真が彼女の背後に映写される。ほかの数人の親族が挨拶したあと、サー・ゴドリックがプラスチックの剣を抜き、レアードは勇敢にも戦士の館に飛んでいったのだと述べる。

「どなたか、ほかにお話をされたいかたはいらっしゃいますか？」と牧師が問う。

オーリーが、わたしに話してほしがっているかのようにわたしの手を軽く叩く。だが、なにを話せばいいのか、わたしにはわからない。形の上では、わたしはレアードをばらばらにしようとしているラボの女性職員にすぎない。タツは、わたしがためらっていることに気づく。わたしはオーリーの手を握る。

「それでは、みなさん、レアードが心から愛した音楽が流れますので、隣の部屋で催されるお別れ会をお待ちください」と牧師が言う。

「すみません」とわたしはオーリーに言い、スピーカーからシンプル・マインズの〈ドント・ユー〉が流れているなか、まっすぐトイレへ向かう。トイレの便座に座って、もしも勇気を奮い起こして挨拶に立っていたら、なにを話していただろうと考える。タツが最前列にいたことは、わたしの逡巡《しゅんじゅん》におおいに関係があった。〝オーブリーと申します。ほとんどのかたはわたしのことをご存じないと思いますが、わたしはこの一年、レアードと過ごしました〟ってところか。わたしはハンドバッグをあけ、次の手紙を出す――二日目。

オーブリーさま

母が死んでからずっと、ぼくは、自分なら事態を改善できる方法を見つけられるふりをしてた。ぼくなら両親を失った子供を救えるというふりを。オーリーはロサンゼルスに行って慈善活動をした――ぼくを、子供とどう話せばいいかも知らない父親のもとに残して、病院に新しい感染症病棟を寄贈した。きみを見つける前、ぼくは、成績が悪いくせに、また学校に通って疫学者をめざそうと考えてた。腑抜《ふぬ》けみたいになってるよりはましだったと思うけどね。だから、感染症についての記事を集めはじめた。クリフ・ミヤシロと彼の同僚の研究者たちは世界に警告を発しようとしてたっていうリーク記事を二度読んだ。だれも、こんなことになるなんて思ってもなかったんだ。ぼくは医療ドラマの再放送を見つづけた。ぼくも白衣を着て人助けがしたいと願いながら。だけど、きみは現実だった。きみは話を聞いてくれた。母がぼくを誇りに思ってくれる可能性を開いてくれた。

トイレから出ると、タツがワイングラスを持って待っていてくれる。

「ありがとう」とわたしは礼を述べる。ワインは酢のような匂いがするし、強い酸味が舌を刺す。それでも、ふた口で飲みほす。タツがわたしのためを思ってくれているのはわかるが、わたしは、わたしたちの関係がちょっとした手直しで修復できるふりをすることにうんざりしている。オーリーが、次々と来襲するおじ、おばたちから逃れて、四角いチーズをプラスチック皿に盛っているわたしとタツに合流する。

「これが終わったら、わたしたちが子供時代を過ごした家にお越しになりませんか?」とオーリーがわたしを誘う。「いまはわたしのほかにはだれも住んでおりません。レアードが入院してからは、延べ六百五十平方メートル分の部屋が空いているのです」

タツがわたしたちから離れて隅の椅子に腰をおろす。ドライソーセージとぶどうを食べながら、ダンスパーティーでどぎまぎしている中学生のようにフロアを眺めはじめる。

「喜んで」とわたしは応じる。

オーリーが別の親族にさらわれる。わたしはグラスになみなみとシャルドネをついでから、片隅で座っているタツのもとへ行く。

「来てくれてありがとう」とわたしはタツに言う。タツの皿からソーセージをとる。「だけど、できたらしばらく、オーリーとふたりだけで話したいの。先に家に帰っててくれる?」

「夕食までには帰ってくるのかい?」

「わからない。電話するわ」

オーリーのソーラー版ランドローバーの車内で、わたしはハンドバッグに手を入れてレアードから託された鍵を探る。車は、葬儀処理センターや、定員オーバーしている感染症の治験専門病院に一時転用されている研究所のキャンパスの前を次々と通りすぎる。病院の駐車場では、年配女性が乗っている車椅子を十代の少年が押している。かつてはマッチングアプリの会社のオフィスだった建物を行列が取り巻いている――生命保険会社がどうにか支払いを続けているので、葬儀銀行がとむらいの援助をしてくれることを願いながら、予約したエレジーホテルや葬儀場に家族の遺体を収容するための行列だ。ヒューレット・パッカード・エンタープライズ社のオフィスが建ち並んでいた地区では、クレーンが〝葬儀の未来と金融《フュネラリー・フューチャーズ・アンド・ファイナンス》〟という看板をおろしている。車はサンノゼを抜けてサラトガに向かい、曲がりくねったオーク並木へと折れる。荒廃したリンゴ園や馬の死体がいくつも転がっている焼け跡を通りすぎる。通りに点在するスペイン風大邸宅を囲んでいる芝生は緑に染まっている。スプリンクラーが、水ではなく染料を撒《ま》いているのだ。わたしはレアードの鍵を、まるでお守りのように両手で握りながら、なにが入ってるのだろうと考える――レコードコレクションか、日記か、それとも子供時代のタイムカプセルなのか。

「レアードが鍵のかかっているデスクになにを入れていたのかはわたしも知りませんが、どうぞご覧になってください」とオーリーが、鍵を握りしめているわたしの両手を見て言う。「レアードは――お金にも世間にも興味がありませんでした。ですが、わたしたちにも幸せな思い出はあります。レアードは、母が亡くなったあとでやっと、ほんとうの意味で戻ってきてくれたのです」

　厚紙のカーク船長がレアードの子供部屋の隅からわたしを見つめている。カーク船長は、ツインベッドと感染症についての切り抜きでいっぱいのコルクボードの横で番をしている。光線銃コレクションが棚にずらりと並んでいる。棚には蟬《せみ》の抜け殻でいっぱいの広口のガラス瓶もある。わたしは部屋を見渡し、引き出しのなかをあさりながら、レアードの存在を感じる――クラフトワークの額入りポスター、動物シールが貼られている古いレコードプレーヤー、アコースティックギター。

ベッドに座り、『スター・ウォーズ』柄の掛け布団からレコードが詰めこんであるプラスチックコンテナがのぞいていることに気づく。レコードを出して床に並べる。ビースティ・ボーイズの『ポールズ・ブティック』、ベックの『シー・チェンジ』、ディランの『ブロンド・オン・ブロンド』。

「わたしたちが小さかったころ、レアードは近所で雑用を引き受けてお小遣いを稼いでいました。そして父にフリーマーケットに連れていってもらってレコードを探したのです」と、出入口に立っているオーリーが説明する。「レアードは音楽を仕事にしたいと願っていました。大きな意味があるんだと言っていました。高校に入ると、わたしたちといるよりも、アルバイト先のレコードショップで過ごしている時間のほうが長くなりました」

わたしはニュー・オーダーの『権力の美学』を手にとり、レコードをジャケットから出す。

わたしは〈エイジ・オブ・コンセント〉をかけてレアードのデスクに腰かけ、引き出しの鍵を解錠する。記事の切り抜きでぱんぱんにふくらんだマニラフォルダーが入っている。アトランティック誌やエコノミスト誌の記事もあれば、スーパーで売られているタブロイド紙の記事もある。母親の検視報告もある。輝く塊の影が写っている胸部X線写真もある。オーリーは、すぐに去って、わたしをひとりにしてくれる。

カンザスで奇跡の薬。牧師の祈りがこめられた薬が年配者の希望に
数カ月前から感染症はおさまっているが、研究者は患者が死亡する前に治療法を発見できるのか?
幹細胞利用の規約違反のため、食品医薬品局（FDA）が〈笑いの街〉の治験を中止に
遺伝子組み換えによって急成長するようになった豚が移植を待つ人々の時間を稼ぐ
できることをすべてしたら、愛する家族に品格を持ってお別れをしましょう

わたしは切り抜きを読むと、それらを空になったプラスチックコンテナに入れる。レアードはこれをわたしに見せたがった。母親の死がレアードに大きな影響をおよぼし、わたしが知るレアードになったことを知らせたがった。さて、大量の切り抜きをどうしたものだろう。元に戻してふたたび鍵をかけるのは正しくないような気がする。遺品を熟読しようか、それとも燃やそうか、迷う。家族ぐるみの友人のひとりから見せてもらったことがあるのだが、彼女は中国でいとなまれた祖父の葬儀で、死後も豊かに暮らせるようにと、冥銭《めいせん》と呼ばれる模擬紙幣を燃やしていた。わたしが記事を燃やせば、レアードを自由にできるかもしれない。レアードに、あなたはできるだけのことをしたと伝えられるかもしれない——エーテルを通じて宇宙的太鼓判を送れるかもしれない。

レアードさま

この手紙は三度目の書き直しなの。インターンたちが、けさ、オークの根元にあなたのための浅い墓を掘ってくれた。あなたの服装はTシャツにジーンズ。靴下をはいてるけど、靴ははいてない。いつもなら、わたしも掘るのを手伝うんだけど、今回は無理だった。わたしはいまも、頭のなかでアルファベット順に選曲してる。UはU2《ユーツー》の〈ウィズ・オア・ウィズアウト・ユー〉にした。たしかにちょっとクサいけど、いい曲よ。ボノはまだ、あの滑稽《こっけい》な色つき眼鏡をかけはじめる前だし。あなたの体は犯罪学の学生たちの勉強材料になるし、あなたの体内のウイルスは疾《C》病《D》対策センター《C》のためのわたしの研究に活用できる。あなたは、最低でも二週間、そこに埋められたままになってから、ほかの墓に移される。新しい穴に入れられるとき、あなたはもう見分けがつかなくなってる。そして、法医学専攻の院生たちと死体捜索犬たちがあなたを発見するときには、あなたの輝きはとっくに消えてる。院生たちにとって、あなたは声なき宿題よ。わたしはあなたを被験体27Aと呼ぶことになる。院生たちはあなたが動かされたことを、あなたの第二の墓で見つけた若齢《じゃくれい》幼虫が死亡推定時刻を割りだすために使えないことを突きとめなければならない。あなたの体のなかと周囲の土壌組成、オークのかけら、それに細菌と微生物が院生たちを導くことになる。

葬儀から二週間がたったいま、タツは折りたたんだインデックスカードにマーカーで描いたハートつきで、家のあちこちにメモを置いている——〝愛してるよ。きみのためになにをすればいいか教えてくれ〟今夜は夕食をつくってくれた。凝った料理ではない。リングイネと電子レンジで温めたターキーミートボールだった（結婚したときにだれかからもらって、そのまま一度も使っていなかった皿まで出してきていた）。デートしていたころ、タツは定期的に料理をつくってくれていた。夜を楽しく過ごすために〈二十の質問〉ゲームや、へんてこな人間関係ボードゲームをした——どうやら、わたしたちは沈黙を埋めるのが得意ではないようだった。たぶん、タツがここまでの努力をしてくれていることに感激するべきなのだろう。ところが、びっくりするほどなにも感じない。タツはミートボールをわたしの皿に追加してくれ、週末に近くの朝食つき《ベッド・アンド・ブレックファースト》の宿に泊まりに行こうと提案する。犬を飼っていれば、わたしたちはうまくいっていたのかもしれない、とわたしはふと思う。

十八日目の手紙

オーブリーさま

　善良な人もゆえなくひどい目にあうことは知ってる。母と、ときどき、輪ゴムでプロペラをまわすバルサ材の飛行機を持って公園へ行っていた。母とはほとんど会話をしなかった。母は座って音楽を聴きながら、壊してしまうまで飛行機を飛ばしているぼくを見てた。夏になると、ぼくと母は日々の喧騒を逃れるために旅行をした——イエローストーンでキャンプをしたり、グランドキャニオンまで車で行ったりしたんだ。母が亡くなった年にはエバーグレーズへ行く予定を立ててた。ところが、母はいきなり、家にいたいと言いだした。なにかがおかしいと気づくべきだったんだろう。でも、ぼくはＶＲヘッドセットを母につけてやって、ふたりでイースター島の古代の頭像を見物したり、天の川を見上げたりしたんだ。

死体農場では、院生と地元当局関係者の混成集団が、行方不明者捜索訓練の準備をはじめている。わたしは犬に嗅がせるためのレアードの汚れた服の切れ端や、捜索を開始するきっかけとなった刑務所で受刑中の共犯者の供述調書といった、あらかじめ作成しておいたシナリオの補強材料を持ってきている。試験場に、容疑者が残したというていの証拠と、犬を惑わすための生ごみなどの臭いが強いものを配置しているとき、フェンスに向かって歩いてきているオーリーに気づく。オーリーは花束をかかえている。

「レアードは明日、発見されるのですよね？」とオーリーはたずねる。

「ええ、予定どおりなら」とわたしは答える。「そして放置されます。ウイルスは生きのびるのか、その間に予期せぬ変異を起こすのかを調べるためです」

「その前に会えるかもしれないと思ったのです」とオーリーは言って花束に視線を落とす。「これを供えるわけにはいかないんでしょうね。うかつでした」

わたしはオーリーをゲートに案内してなかに入れる。

「花束はお預かりします」とわたしは言う。オーリーをレアードの墓に連れていく。枝と枯葉でおおわれている地面の一角を示す。オーリーをひとりにするために、わたしはラボに戻る。振り向くと、オーリーはしゃがんで土に触れている。話しかけているようだ。笑っているようだ。

オーリーは、ラボに寄ってわたしと話すことなく去る。わたしは花を、プラスチックのピッチャーに入れて自分のデスクに置き、その横に、レアードの切り抜きと彼の写真を何枚か、テープで留める。

レアードさま
あなたが残したファイルを保管してます。あなたがわたしにどうしてほしかったのかはわからないけど、持っていることに決めたの。わたしのような職業だと、広い文脈から自分を切り離してしまったほうが気が楽になることがある。遺体は被験体。一齢《いちれい》幼虫がいれば、温度が想定内で干渉がなかったなら、おそらく死後二十四時間たっていない。あなたのおかあさまを検視した人たちは、おかあさまを母とも妻とも思わなかったはずよ。あなたのおねえさまに、わたしたちはご遺体を大切に扱っていますと説明したことがある。日々を生きのびるために、基本的にわたしたちはそんなふうに話し、そんなふうに考えるように条件づけられてる。正直言って冷たいものなの。わたしじゃなかったら、あなたは死体のひとつに過ぎないでしょう。だけど、わたしにはそう思えない。だから、今夜、家に帰ったらお風呂に入るつもり。あなたのiPodを持って入ってドアに鍵をかける。そして、ラボの臭いを洗い流すまであなたと聴いた曲をかけつづける。いま、あなたがほんとはどんな人だったかを知らないだれかから、あなたが見つかったと知らされるのを待ちながらこれを書いてる時点では、ヴァイオレント・ファムズがいいと思ってる。

吠《ほ》え声が聞こえなくなり、上司を含めて全員が帰宅しても、わたしは作業を続ける。タツから電話が三回かかってきた。だが、だれとも話したくない。音楽を聴きながら、もうレアードの死体が見えなくなった真っ暗な試験場を眺めていたい。レアードがなにごともなかったかのように（ゾンビのようにではなく、ロマンチックに）起きあがってくるところを想像しようとする。
「試験場で目が覚めたんだ」とレアードは言う。
「知ってる。一緒になかに入りましょう」わたしは新しい曲をかけ、レアードの体から土を拭きとってやる。

「クランベリーズは？」

レアードは踊ったことがあったのかしら？　なかったとしても、わたしたちは中学で習ったシャッフルを踊る。どんな感じかしらとわたしは想像する。

何度も電話が鳴るが、わたしはとらない。出たら、声にいらだちが出てしまうのがわかっている。だから、〝オーブリーの上司です。オーブリーはいま、死体に手を肘まで突っこんでいます。もうすぐ帰宅するそうです〟というメッセージを送る。

帰宅すると、タツはもう夕食を終えている。中華料理のテイクアウトの箱と割れたフォーチュンクッキーがダイニングテーブルに置きっぱなしになっている。ディスカバリーチャンネルの『シャーク・ウィーク』を見ているタツはわたしを無視する。わたしはテーブルに座って冷めた中華焼きそばとオレンジチキンを食べはじめる。

「電話に出てくれなかったね」とタツが言う。テレビを消してわたしと向きあう。

「ええ」とわたしは応じる。「ごめんなさい」わたしがもう結婚の維持をあきらめているように聞こえない説明を思いつかない。〝ごめんなさい。わたしに恋してた死んだ友達のことを妄想してたの。それに、わたしたちの結婚生活は破綻してるじゃないの〟

「きみの上司に電話をかけたんだ。何時間も前に全員が退出してるはずだと言われたよ」

「やらなきゃならないことがあったの」

「レアードだな？」

「ええ。レアードよ」

「いったいどうなってるんだ？　ぼくは死んだ男に嫉妬《しっと》してるんだぞ。この事態を説明してもらえるかい？」

「わからないの。いまはまだ。だけど、この事態はレアードを知る前からはじまってたのよ。この事態は、もう長く続いてるの」
わたしはベッドに入る準備をしてタツが来るのを待つ。タツは来ない。
朝になって出勤するとき、玄関のドアにメモが貼ってあることに気づく。〝今晩、〈エクストリーム・ウイングズ〉に来てくれ。本気で話そう〟

レアードさま
あなたの体は、体内で発生しているガスのせいで大きくふくらみはじめて昆虫と微生物にとっての豊かな生態系になってる。わたしは主要な臓器から標本を採取しはじめてるけど、近いうちにぱっくり開くはず。コンドルがもう空で輪を描きはじめてるし、もうすぐ、コヨーテがフェンスのどこかに空いている穴をくぐって来たら、あなたは試験場でばらばらになる。きのうの夜、夫からあなたについて聞かれた。どうしてそんなに落ちこんでるのか、どうしてきのうの夜、あなたのことを考えてひとりでラボにいたのかって。わたしにとってあなたが、一緒に音楽を聴くなんていう些細《ささい》なことですら、どんなに大切だったかに、わたしは気づいてなかった。わたしたちは、お互いのことをほんとうに理解してたわけじゃないけど、わたしも、あなたと同様にあれこれ考えはじめてた。なぜなら、あなたといると楽だったから。タツといて楽だったことはないと思う。幸せだったころですら、わたしたちは、一見はまりそうだけど、どんなに力をこめてもぴったりはまらないふたつのパズルのピースのようだった。

タツから電話がかかってきても、わたしは呼び出し音が鳴りつづけるにまかせる。タツから、〝気づいてないのか？　来るつもりはあるのか？　なんなんだ、オーブリー〟というメッセージが届く。怒りの絵文字が添えられている。悪魔の絵文字が。なによ、わたしの気持ちも知らないで。わたしは〈エクストリーム・ウイングズ〉の駐車場にいる。窓ごしにタツが見えている。タツがこぶしでテーブルを叩く。目をぬぐう。ウェイトレスが近づく。だいじょうぶかとたずねているようだ。話はすぐにする。たぶん何年も前にしておかなきゃならなかった話しあいを。でもいま、わたしはラボに戻ってヘッドホンをつけ、レアードのプレイリストを再生開始してから試験場に出る。レアードの最後の内臓のためにアルバムを、最後の肉片のためにパワーバラードを、体内のウイルスを保存しながらアンビエント・エレクトロニカを、骨を引き出しにしまって閉じながらラブソングを聴く。

それがブレイクスルーなのは衆目《しゅうもく》の一致するところだった。なにしろ特異点なのだ。記者会見では、わたしも、時空という織物のほころびをはからずも自分自身の脳内に生じさせてしまったとはいえ、人類が第二のチャンスにあとちょっとで手が届くところまで来たことを認めざるをえなかった——星間宇宙旅行や感染症の治療法が確立している異次元の地球への窓や汚染を捨てられる宇宙ごみ入れの実現、さらにはわたしたちが存在している理由の解明の可能性が開けたことは。だが、新進気鋭の物理学者である新妻にして元はポスドクの助手だったテレサは、わたしの方程式に対する彼女の修正が安定したマイクロブラックホールをつくりだす助けになったにもかかわらず、地球を離れられる望みに驚くほど冷淡だった。

「この惑星はわたしたちの故郷なのよ」とテレサは、事故から数日後の夕食の席で言った。「出ていけるからっていうだけで出ていくつもりはないわ」ダイニングテーブルは、試験データやエリア51でまもなく完成しようとしている宇宙船の設計図などでおおわれていた。国防総省の文書のわたしが閲覧できた未編集部分からすると、宇宙船は、一九四〇年代に墜落現場から回収した地球外の技術をリバースエンジニアリングすることによって、何年も前から建造が進んでいたようだ。テレサは研究以外の時間のかなりの割合を、このテラスハウスの装飾に費やしていた。山火事にあった木でできているこのテーブルのような家具を買ったり、暖炉の上にかけてあるテレサ自身が描いた架空の星系の絵などの芸術作品を壁に飾ったりしていた。テレサは、赤色矮星《わいせい》からなる三重連星をめぐっている、ぼうっとした光に包まれた紫色の惑星が描かれているその絵に『可能性』という題をつけていた。

「きみは宇宙を自分の目で見たがってるんだと思ってたよ」とわたしはその絵を示しながら言った。

「なにしろ、きみも、宇宙船のエンジンのエネルギー源を開発するのに、ささやかな役割をはたしたんだからね」

「人類には宇宙に進出してほしいわ」とテレサ。「あたりまえじゃないの。わたしがどれほど熱烈に願ってるか、あなたはわかってないのよ。だけど、わたしが行きたいわけじゃない。地球の状況はよくなってるんだし」

「海面は上昇してるし、カリフォルニアは毎年、黒焦げになってるし、感染症病棟は患者であふれてる……たしかに、いい調子だね」とわたし。「とにかく、よく考えてくれ。こんどのミッションのための訓練はもうはじまってる。乗組員の選抜はすんでる。一般抽選の公表ももまもなくだ。運用テストがすみしだい、つまりたぶん試験飛行として何度かカイパーベルトまで行って戻ってきたら、宇宙船は出発する。政府はコロニーを建設するつもりでいる。そこが、なにかが起きたときの避難場所になるからだ。ちなみに、念のため言っておくと、なにかが、しかもすさまじくひどいことが起きるだろうとわたしは思ってる」

「研究者が、治療法の手がかりが見つかったようだと考えてることを知らないの？　このあいだのニュースでやってたわよ。トップレベルのラボの前に、だれかが匿名で、容器《バイアル》が入ってるパッケージを、〝ささやかなお手伝いです〟っていうメモを貼って置いていったんですって。その物質がなんなのかはまだ解明できてないみたい。だけどある研究者は、ウイルスと遺伝的に関係があると断言してる。明るい白に輝いてるらしいわ」

「それに、聖書地帯《バイブルベルト》の連中は、祈りながら日光浴をすればウイルスを焼きつくせると考えてる。これまでに何度も、治療法が見つかりそうだっていう話があったじゃないか」

テレサの得意技は視線をナイフのように投げつけることだ。テレサはシルバーチェーンにつけて首にかけている紫水晶のペンダントをいじった。知りあったころから、テレサはずっとそのペンダントをつけている。わたしのラボで実験を手伝ってくれているときも、そのネックレスをもてあそんでいるところを何度も見た。水晶が光を反射して、ラボのホワイトボードに虹を映しだしたものだ。

「わたしがこの研究をしているのは、いろいろなことがあったからだ」とわたし。何度も治験を受けさせたが、結局、火葬するはめになった娘のペタル。その数カ月前には、娘の祖母を癌《がん》で、わたしの最初の妻のシンシアを実験的な感染症療法の併発症で亡くした。ときどき、自分があんな〝ミス〟をしたほんとうの理由について考えることがある――それに、いつか、ラボで同情の目で見られたり、早々に再婚したことについての批判がましい噂話をされたりしたせいで、われを失ってどなり散らすかもしれないと。なにしろ、ラボへの資金提供が減っているし、息子はわたしを、家族が死んだのはわが家の天才であるわたしがしくじったせいだと思っているかのようにふるまっているのだ。「わたしがどんな経験をしたかをわかってもらえるとは思っていないがね」

「ええ、でしょうね」とテレサは言うと、テーブルをまわりこんでわたしの皿を片づけた。「学部の全員が、わたしは、あなたのラボで垂涎《すいぜん》の的《まと》の地位を得るためにあなたと寝たんだと思ってるわけじゃないんでしょうから。わたしはあなたがオフィスで泣いてるところを数えきれないほど見たことがあるわけじゃないんでしょうし。わたしはあなたから助けを求められたときに代わりに講義をしたわけじゃないんでしょうし」

「そんなつもりじゃ……」思春期間近のゴスファッションの息子、（いまはアクセルと呼ばれている）ピーターの部屋から物音が聞こえた。おそらくおりて来たいのだろう。だが、わたしたちが機密事項について話しているところに飛びこむのを避けているのだ。

「痛い?」とテレサは、利用可能なエネルギーおよび推力に変換しようと同僚たちが努めている、わたしの額で脈打っている引力を、ホーキング放射を感じとれるかのように、両手でわたしの頭に触れた。

「ぜんぜん。そういう影響はおよぼさないんだ。というか、どんな作用をおよぼすのかよくわかっていないんだ」

なにが起きたのかがわかると、わたしたちはデータを再確認した。物理学者として、わたしはつねに宇宙の秘密を解き明かしたいと願ってきた。だが、人として、不在がちな父親としては、子供が成人するまで生きていたい、感染症にかかったり洪水や記録破りのハリケーンの被災者になったりすることなく健康で長生きしたいと願ってきた。それどころか、一生、あのエレジーホテルで過ごすつもりでいるらしいろくでなしの弟のデニスが、母親の死後に第二のチャンスをつかんでほしいとまで願ってきた。

「いい娘《こ》なんだよ、ブライ」とデニスは、最後に話したときに言った。弟は唯一のほんとうの友達、おなじフロアで働いている同僚のヴァルとデートしていた。「おれなんかにはもったいないんだ」

「だろうな」とわたしは応じた。「そのうち、彼女をネバダに連れてくるといい」

「こっちがどうなってるかは兄貴も知ってるはずじゃないか。ママとペタルの葬式の従業員割引料金を働いて返さなきゃならないんだ」

「わたしが払うと言ったじゃないか。ママの葬式からもう一年たったんだぞ。奴隷みたいに働く必要はない」

「いや、いいんだ。気にしないでくれ。これがおれの生きかたなのさ。それに、おれにはヴァルがいる」

デニスに支えてくれる人がいて安心した。それに、わたしには、彼らに心機一転のチャンスを提供することくらいしかできなかった。だが、そもそも心機一転とはなんだ？　ＮＡＳＡはケプラー系に到達することをめざしていた。軍は、異星で友好的ではない存在と遭遇したときのためにエネルギー兵器を開発していた。わたしのインターンたちは、仕事中、わたしをじっと見つめるようになっていた。心のなかでわたしの頭に穴をあけていたのだろう。登場人物たちが宇宙を、そしてサイケデリックな宇宙トンネルで移動可能なパラレルワールドを飛びまわっているSF映画に出てくるワームホールの小型版として心に描いているものの謎を暴《あば》きたいと願っているに違いなかった。だがわたしは、だれにもわたしの脳のなかを飛びまわってほしくなかった。どうしてこんなことになったのか、どうすれば宇宙船のエンジンのなかに複製できるかを知りたかった。そして、ひょっとしたら、心の片隅では、わたしの頭のなかのどこかにペタルとシンシアがいまも生きている宇宙があって、夕食ができたから一階におりてくるようにわたしに声をかけているかどうかを知りたがっていた。

スキャン。テスト。質問。くりかえし。

「気分に変化はありますか?」と政府の医師たちはたずねた。

気分爽快ですね。

もちろん、わたしはパラレルワールドを、同僚たちと上司たちにほんとうのことを話した場合のことを想像した。加速器の安全装置を無効にするためにわたしがビルドしたプログラムを隠したかどでわたしは解雇され、機密取扱許可を取り消されて政府施設に監禁されていただろう。それだけではなかった。わたしはしょっちゅう、光に包まれることを夢見ていた。宇宙への長旅に出る予定があるかのように、栄養バーと家族の写真をウエストポーチに入れておいた。

わたしはほかのラボやほかの大学から来た研究者たちにつつきまわされたが、やがて軍がわたしに関するすべてを極秘扱いにした。穴が広がってわたしを引き裂き、しまいに全世界を引き裂いてしまうと信じて抗議する人々が集まってきた。ラボの広報担当のジーンは、そんなことにはならないと請けあった。そして、救済を求める人々が、臓器ドナーリストの順番がまわってくるのを待っている家族がいる人々が、実験的薬剤やニューエイジ療法を試す経済的余裕がない人々がやってきた。はたまた、解雇されたり廃業せざるをえなくなって経済的に破綻した人々が。全員が、〝第二の地球で働きたい！〟と書かれているプラカードを掲げていた。山火事の煙が危険なレベルに達している日には、みな防護マスクをつけていた。人々は祈り、唱和し、手をつなぎあった。彼らは、わたしがしたことは現状から逃れるための切符だと信じていた。

家にいると、テレサがわたしを休ませたがる。わたしにまたやさしくすることに決めたようなので、わたしは口答えしないように努める。アクセルはしょっちゅうわたしに、はっきり言ってあんたはベビーシッターと寝てるし、さっさと再婚したあんたはくそ野郎だと言い放っているにもかかわらず、テレサは義理の息子に温かい態度で接してくれている。テレサとわたしはまともな新婚旅行に行っていない——世界を救うというわたしたちの仕事のせいで、まとまった休みをとりにくいからだ。さまざまなことが保留になっている。すべてが終わったら。状況がおちついたら。やらなければならないことをやったら。世間は、わたしが傷心を忘れるために聡明《そうめい》でかわいい若い娘に飛びついたと思っているのだろうが、わたしはこの結婚を本物にしたいと願っている。テレサは、日ごとにひどくなっているわたしの頭痛を抑えるための鎮痛剤を管理してくれている。医師やマスコミと会う予定を決めてくれている。ピープロテインシェイクをブレンドしてくれ、レトルト食品で食事の用意をしてくれている。わたしが好きなのは、グリーンチリタマルと、近所のスーパーに入荷しなくなるのでテレサが買いだめしてくれたスイートポテトニョッキだ。真夜中すぎまで猫背になってノートPCの画面を見つめていると、だめよとテレサが言う。仕事についてなのか、頭のなかの穴についてなのかはわからない。テレサはわたしに「元気になるよりも、家族と一緒にいるよりも大切なことなんてある?」と問う。夜、わたしがどうすれば特異点を宇宙船のエンジンに配置できるかに頭を悩ませているあいだに、テレサはわたしの計算をチェックしてくれる。

「あなたはいつも、変数を入れ替えるのを忘れるのよね」と、ベッドのわたしの横に寝ているテレサが言う。「それに、事象の地平面における量子ゆらぎを考慮に入れ忘れる」

「きみの問題はどうなってるんだい?」とわたしはたずねる。

「あなたの頭の外でどうやってこのブラックホールを生みだせるかっていう問題?」

「ああ。それが問題だ」

「どうすれば小さな反物質特異点をつくりだせるだろうかって考えてるところなの。物質と反物質特異点は壊しあうはずだから」

「わたしの頭のなかでは爆発を起こさないでほしいもんだね。出来のいい頭なんだ。なるべくとっておきたいんだよ」

「ほかにもいろいろな解決策に取り組んでるわ」

「ところで、ラボに行く途中でトイレットペーパーを買っておくよ。きみも一緒に行くんじゃなきゃ」

「わたしはうちで勤務する。ラボに遅くまで残ってちゃだめよ。実験にかけちゃ、スタッフのほうが優秀なんだから。ああ、小玉オレンジ《クレメンティン》を買っておいて。冷蔵庫に入れておいたのは傷んじゃったの」テレサはわたしの太腿《ふともも》をぎゅっとつかんでからテレビをつける——またも、宇宙船はノアの方《はこ》舟《ぶね》計画の一環で、ニビルと呼ばれている架空の惑星が地球に衝突する前に人類の大半を置き去りにするためのものだと信じてる陰謀論者だ。「できたら明日は、たまには仕事の話をしないで晩ごはんを食べない?」

「いいとも」とわたしは答えてテレサにキスをし、わたしは自分が、彼女との関係を職業意識とロマンスのハイブリッド、つまりみんながわたしに望んできたもののの平方根とみなしているのかもしれないと思う。だが、テレサはわたしに、いつもきちんと一緒に夕食をとってほしがっているし、アクセルの学校行事に一緒に参加してもらいたがっている。一緒に映画を見たり、ボードゲームをしたり、しょっちゅう開催される自然ドキュメンタリーマラソンの最中にカウチでいちゃついたりしてほしがっている。髪をピンクに染めたばかりのアクセルがわたしに、異次元からのメッセージを受信しはじめているのかとたずねる。わたしは息子にからかわれていることに気づいていらだつ。アクセルはよく、夜、ペタルに本を読んでやっていた。妹がほかの子に舌足らずなしゃべりかたをからかわれると、かばってやっていた。いま、アクセルはわたしを掛け値なしの変人、物笑いの種とみなしている。「メッセージは届いてないな」とわたしは答え、スポックがやるバルカン式挨拶をする。「だけど、わかってないことはたくさんあるからね。いろいろと」とアクセルは応じる。わたしはアクセルに、数えきれないほど何度も謝っている。テレサは母親の代わりではないと説明した。わたしを憎んでもかまわないが、できるうちに家族になろうと努力する必要があると言い聞かせた。

スキャン。テスト。質問。くりかえし。

エンジニアだったわたしの父親から、結婚するにしろ、恋をするにしろ、どうなるかはもっぱら、偶然と化学物質とどれくらいの距離のドライブをするかの結果だと言われたことがある。子供がどんな人間になるかは、それ以上に予測不能だと。わたしが社交下手になったのは父親が原因のひとつだと思っている。だが、息子のピーターは、なんだかんだ言ってもいい子だ。大きな問題は起こしていないし、優秀とは言えなくても（近頃はそうでもないが）それなりの成績をおさめている。父親に、ときどきしか汚い言葉を使わないし、いまも、学校で義務化されているよりもずっと頻繁に病院の感染症病棟でボランティアをしているし、体を鍛えるのがほんとうに好きだ。だが、ペタルはわたしのあとをついでくれそうだった。裏庭での天体観測につきあってくれ、エネルギーや光速や並行宇宙についてわたしに質問した。わたしが子供のころに読んだ、超常現象がテーマになっているタイムライフ社の『ミステリーズ・オブ・ジ・アンノウン』シリーズに夢中になってエイリアンに誘拐されたがった——週末だけなら。

わたしは妻のために動画日記をはじめた。わたしが口にしなかったが妻にはわかってほしいことを最善の方法で妻と共有することを目的とする試みだ。

書き起こし

00：22きみは、わたしがきみの心にどれだけ感嘆しているかを知らない、テレサ。同僚たちに、きみがわたしの方程式をどれだけ修正してくれているかをぜひ知ってほしいと願っていることを。そもそも、わたしはたぶん、きみにいつも充分な感謝を伝えてたわけじゃなかった。わたしは、心のどこかで、きみが複雑なブラックホール物理学をあっさりと視覚化できることに嫉妬《しっと》してたんだ。

00：36それに、きみはほんとうにわたしを救ってくれた。きみが来るまで、わたしは仕事中にトイレで泣いていた。死んだのがペタルじゃなくアクセルだったらよかったのにと願うことすらあった。そして、そんなことを考える自分につくづく嫌けがさした。石膏《せっこう》ボードの壁をこぶしで殴りつけたこともある。わたしのなかのすべてが沸点に達したかのように。感情の特異点が恒星よろしく爆発したかのように。

00：48最近、ラボで加速器を起動しながら、この惑星のきみ以外のだれといるときよりも生を実感し、愛されていると感じて心を満たされる。それが、娘は永遠に失われてしまったと感じないですむ唯一の手段なんだ。娘は、いつか宇宙に行けると信じてた。エネルギーになって星屑《ほしくず》のあいだで踊れると。もしかしたら、娘はわたしの頭のなかの穴を通じてわたしに接触できるのかもしれない。

気分は上々ですよ、とわたしは記者に話す。最高にいい気分なんです。ただし、だれにでも勧められるってわけじゃありませんが。

さまざまなニュースサイトのコメントスレッドににじんでいる恐怖はほとんどがお笑いぐさだが、陰謀論者たちの言い分にもある程度の理があるのではないか、わたしの命はつきようとしているのではないかという気がしはじめていた。あるコメントによれば、わたしは聖なる存在に乗っとられたのであって、それが啓発の時代の幕開けの契機になるのだそうだ。そのコメントは太字の〝ナマステ〟で締めくくられていた。わたしは、つまるところ自分自身に吸いこまれて消え失せるだろうというコメントもあった。わたしはなぜか、わたしの体の最後の細胞がこの現実から消失する瞬間、マンガのようにポンッという音が響くのだろうと想像した。

現在わかっていること

特異点の大きさはいまのところ安定している。

特異点はわたしの左側頭葉内《さそくとうよう》にある。

特異点はエキゾチック粒子を放出している。

特異点はわたしの亜原子粒子をひとつまたひとつと呑みこんでいる。

わたしはだいじょうぶだとテレサは請けあっていて、わたしはそれを信じたがっている。

（いまのところ）どうすれば特異点を移動させられるのか、特異点が自然消滅する可能性はあるのかどうかはわかっていない。

ベッドでテレサの下になりながら天井の汚れを見上げているうちに、目の焦点があわなくなって、化粧漆喰《スタッコ》の染みが渦を巻きはじめる。頭のなかの特異点の引力を感じとれると確信する。たぶん、わたしの本質のごく一部が、特異点のせいですでに変容しているのだろう――妻と息子を心から愛せる人間に変わり、娘とあと一度、たとえ〝もっといろいろなことをおまえにしてやりたかった〟と伝えるためだけであっても、話せるならなんでもするようになっているのだろう。出勤の支度をして、鏡に映る自分を見つめる。頭のなかに特異点がないふつうの男と特に変わりはない。父親がサムライ眉と読んでいた眉も、わたしが大嫌いな低くて幅の広い鼻も、以前と変わりない。祖母は、わたしが小さかったころ、わたしの鼻をつまみながら、「鼻よ高くなあれ！」と歌ったものだ。テレサが別れのキスをしてから出ていく。わたしはシャワーを浴びながらオナニーをし、挽《ひ》き割りオートミールを食べてから車でラボに向かう――その間《かん》ずっと、記憶のフィラメントが事象の地平線の向こう側へ落ちていき、わたしたちの空間と似ていなくもない黒々と広がっている空間に浮かんでいるさまを思い描きながら。そしてペタルが糸を使って飛ぶ蜘蛛《くも》の宇宙版のように、わたしのほうに漂ってきていると想像しながら。

同僚たちは毎日、わたしに体調を問う。わたしはたぶん、体調が悪くなっても、彼ら（と妻）にだいじょうぶだと答えつづけるだろう。わたしは、いまから何年もたってからひとりで死に、死体が朽ちたあとも特異点は残り、柩《ひつぎ》か遺灰箱のなかで未知への小さな出入口になるのかもしれない。死体が滅する前に、わたしは、アルゴリズムや親族やペットたちの名前などの、事実だとわかっている事柄を片っ端から唱えて、わたしの心からなにが消えたかを突きとめようとするだろう。わたしは……かつてわたしは……彼らは……これは……これはブライアン・ヤマトが愛されている未来なのか？　尊敬されている未来なのか？　それともただ存在しているだけの未来なのか？

同僚たちはこのヤマト博士に体調を問う。何年後だろう？　一年後、五年後、それとも十年後？　わたしは、わたしの最後の言葉が虚空に漂っているところを想像する。わたしは、わたしの人生のどのかけらにいちばん長くしがみつくのだろうと考える――特異点、フォーティナイナーズ、グルテンフリー、量子、時間？　わたしはベッドのそばに座っている同僚たちを、妻を、息子を見つめかえすだろう。この沈黙のなか、娘の記憶が薄れていくなか、わたしがあとどれくらい生きるのか、だれにわかる？　じっと動かず、周囲の世界を観察し、ブライアン・ヨシオ・イバ・ヤマトが宇宙で占めていた時空について熟考しながらあとどれくらい生きるのか、だれにわかる？　それに、特異点はわたしに作用するのをやめるんだろうか、それとも完全に呑みこむんだろうか、それともひょっとして全世界を救うんだろうかと考えつつ、細胞をひとつまたひとつと失って筋肉が、臓器が、骨が空虚へと消えるまでにどれくらい生きられるのか、だれにわかる？

ラボへ行く途中でスーパーに寄ってトイレットペーパーと、一日か二日で傷んでしまうのにテレサにいつも頼まれるオレンジを買う。車から降りるときにオレンジを何個か持ち、従業員休憩室のバスケットに放りこむ。テストチェンバー制御室に入って待っていると、特異点を走査するために改良した磁気共鳴画像装置《MRI》の台があらわれる。テレサから、〝アクセルの学校のビデオ保護者面談が今夜なの。あなたも参加する？　忙しい？〟というメッセージが届く。先日の夜、わたしは学芸会に出ているペタルの動画を見た。仕事を理由にわたしが出なかった多くの行事のひとつだ。ペタルは太陽役だった。ペタルはいつも、人よりも天体のほうが好きだった。ペタルは自信たっぷりなジェスチャーで踊りながら東から西へ移動して沈み、目をつぶりながら月を空へ投げあげた。

「きょうの体調はどう？」と同僚がたずねる。その同僚の名前はサラ。サラは若くて聡明で野心的で音楽家のように情熱的にコードを書く。七年ほど前のクリスマスパーティーで、わたしはサラと寝そうになった。それは感染症の前、テレサと出会う前の話だ。歩きましょうよ、とサラは言った。家が近くなの、とサラは言った。だがわたしは、たまには早く帰宅することにした。ペタルとピーターと『メリー・ポピンズ』を見て、助手の計算を修正し、そのあとは寝るまで地下室で箱ワインを飲みながら、最終的にわたしの頭のなかにブラックホールを生じさせることになるキープロセスの開発に取り組んだ。わたしはテレサに、〝出席するよ。もちろんさ。愛してる〟と返信する。わたしはサラのほうを向いて、元気だよと答える。いまは気分がいい。ちょっと付け足すことにする。〝わたしの家族を救おう。人類全員を救おう〟はどうだろうと考える。わたしはサラに、「じゃあ、はじめようか」と言う。

百年のギャラリー、千年の叫び

米国船《USS》〈ヤマト〉――打ち上げ予定日、二〇三七年一二月三〇日

ハンガーのドアが開いて記者と親族といつか宇宙へ行きたいと夢見ている人々と顔をあわせるのを、フライトスーツを着て整列している全二百名の乗組員が待っていた。「わたしたちは新時代の幕開けを迎えたのです」とNASA局員が言うと拍手喝采《かっさい》が起こった。「これは人類にとって、太陽系の外に広がっている宇宙へ進出する第一歩なのです」ハンガーが開くと、レッドカーペットを隔てているベルベットロープの両側に、招待されて見送りに来ている人々が集まっていた――わたしの妹と姪《めい》たちも、感染症患者の肖像画を集めた最後の個展を数週間前に開いてくれたわたしのギャラリーの画商も、宇宙飛行士っぽいつなぎの服を着て〈ヤマト〉のおもちゃを振っている子供たちもいた。だが、その外、五十メートルほど離れたところに築かれているフェンスの外では、群衆が〝第二のチャンス、第二のチャンス!〟と唱和していた。女性が拡声器で、「わたしたちを置き去りにするな! まもなく惑星Xが衝突します。海面上昇や火事などのしるしがあらわれています。それらは審判のしるしなのです」と叫んでいる。星条旗Tシャツを着てウエストポーチをつけている男がフェンスをどかそうとしている。ケネディ宇宙センターの警備員のひとりがフェンスの隙間から警棒で突いてその男を排除しようとしている。

「ああいう馬鹿を気にしちゃだめよ」とわたしはユミに言った。孫娘はわたしの横でうしろに並んでいる人たちを眺めていた。故郷をあとにする寂しさをまぎらわす手段としてわたしが採用したショッピング三昧《ざんまい》で買った服が詰めこまれているダッフルバッグを肩にかけている。

「十代はほとんどいないのね」とユミが言った。「わたしと同世代の子もいるっていう話じゃなかった？」

「かなりの数がいるわよ」とわたしは応じた。

列が進むと、手を振っている妹が見えた。乗組員は、最後のハグや握手をしたり、別れ間際の餞《せん》別《べつ》――オレンジやアップルパイや古いパルプ小説を詰めた箱など――をもらったりしていた。知っている人々が全員死んでから、何千年とまでは行かずとも何百年かは生きるとわかっているのに、どんな別れをすればいいのだろう？　何人か離れたところで女性船医が親友に、いつかまた会おうねと言っているのが聞こえた。数少ない科学者でも軍人でもない乗客のひとりであるヴァルという名前の女性が、黒スーツに黒ネクタイという葬儀屋のような格好をしている恋人とキスしていた。その男は、〈ヤマト〉のエンジンを開発した科学者の弟のようだった。

「あなたも乗るべきなのよ」とヴァルは男に言った。

「もしも次の宇宙船があるなら、それに乗るかもな」と男は言った。「おれが優柔不断だってことに、きみはもう気がついてるはずじゃないか」

ふたりの最後の会話を盗み聞きしているうちに、夫と娘が生きていたらどんなやりとりをしていただろうと考えた。クリフは率先して乗っただろうか？　ひょっとしたら、わたしがベルベットロープの向こう側にいて、究極の冒険に乗りだすクララに別れを告げていたかもしれない。

わたしのうしろでは、ヘッドホンをつけているユミが、かつてアポロ宇宙船が打ち上げられた39A発射台にそびえている〈ヤマト〉を見上げていた。ユミは、まだ生きていて、親によって隔離地区送りにされていない唯一の親しい友人にメッセージを送っていた。フェンスの向こうで人々が叫んでいる。だれかが瓶を投げ、破片がコンクリートに散らばる。

「ヘッドホンをとりなさい」とわたしはユミの耳をとんとんと叩いて言う。「もうすぐわたしたちの番よ」ユミはわたしを無視してメッセージを送りつづける。やめるように命じたいが、これが孫娘にとって友達と話せる最後の機会だとわかっていた。

ヴァルとデニスが別れを告げると、わたしたちは進む。わたしの妹とふたりの姪、さらにわたしのギャラリーの画商であるスティーヴンとハグをした。わたしは、そのあいだに、いつもシナモンに似たオーデコロンでごまかしているスティーヴンの体臭を、湿気のせいで爆発したようになっている妹の髪を、姪の顔からわたしのフライトスーツについて、故郷の小さな星々として旅に同行させるはめになったグリッターを心に刻んだ。

「あなたたちにとってはこれがいちばんいいのよ」と妹が、ユミの腕をさすりながら言った。「心機一転できるんだもの」

「ソーホーのギャラリーにきみの絵があと二点ある——『レアード・ナンバー2』と『泥のなかの母と娘ナンバー3』が」とスティーヴンが言った。「しばらくは展示しておくつもりだよ。スミソニアンがほしがるかもしれないな。なにしろ、〈ヤマト〉開拓者のひとりの最後の作品なんだから」

姪たちがわたしとユミに、一族全員をクレヨンで描いた絵をくれた。クリフとクララを含めたみんなが、手をつないで地球を囲んでいた。妹が母の婚約指輪をくれた。スティーヴンはわたしにチャコールペンシルと絵の具のセットをくれたので、船長からすでに許可をもらっている画材に追加することにした。

「おまえらは人殺しだ、おまえら全員が!」という叫び声がバリケードの向こう側であがった。

ユミは幼いいとこたちと身を寄せあっていた。ユミがいとこたちに、星に話しかければわたしに届くわよと言っていた。わたしは、最後にもう一度、妹を抱きしめた。

「何光年離れたって愛してるわよ」とわたしは妹に言った。

「宇宙に行ったら、だれにわたしの絵を売ってもらえばいいのかしらね」とスティーヴンに言った。これから、なにを描くことになるのかしら、とわたしは考えた——黒と静寂のさまざまなバリエーションかしら。それとも、記憶を、当然だと思っていたささやかな瞬間を描くのかしら。

ゴルフカートの隊列がわたしたちを発射台に運んだ。ユミもわたしも側面から首をのばして〈ヤマト〉に見入った。ここ地上では、その宇宙船はサターンVロケットを六本束ねたように見えた。中央に見えている巨大な銀色の球体は、宇宙空間に出たら花のように開いて、エンジンコアの周囲を回転する居住リングを広げる。停滞技師たちに連れられて就寝ポッドのあいだの通路を進んでいるあいだ、ユミは、影がふたつできて海がオレンジ色に輝いている星があるかもしれないとか、遠くまで行けば、もうひとつ地球があって、彼女の母親とわたしの夫がまだ生きているかもしれないとか話した。

「わたしのためにこの船に乗る必要はないのよ」とわたしは、フライトスーツのファスナーをあけはじめたユミを止めて告げた。「言うまでもないけど、後戻りはできない旅なんだから」ユミは、まもなく冷却ゲルで満たされ、彼女を十七歳のまま保存してくれる鋼鉄のベビーベッドを見つめた。「旅はどれくらい続くの？」とユミがたずねた。わたしたちが見ていると、技師がユミのポッドをあけて、ユミの体を眠らせつづけ、栄養を補給してくれる監視システムの診断を実行した。ユミはフライトスーツを脱いで技師のひとりに渡し、不透明なプラスチックのポンチョをまとった。「だれにもわからないの。目的地が決まってるわけじゃなくて——自力で道を見つけなくちゃならないんだから」とわたしは答えた。「だけど、あなたやほかの子供たちは、一度も目覚めない。ずっと眠ってるけど、起きたときには長い夜が過ぎたようにしか感じないはずよ」

ユミは技師たちの手を借りてポッドに入り、わたしと別れの言葉をかわす。技師たちは、別れを告げたり、二の足を踏んだり、おびえる子供や配偶者をなだめたりする人たちを何人くらい見てきたのかしら、とわたしは思う。

「わたしは行きたいの」とユミは言うと、両手をのばし、わたしを抱きよせてハグをした。「ママのために。ママはわたしたちに行ってほしがったはずだから」

わたしはユミに、ありえないほどカラフルで奇跡のような夢を見なさいと声をかけた。ママとパパの夢をと。そして孫娘の両手を握った。頭にキスをした。「目が覚めたとき」と言った。「わたしがいるから。そして、そこがわたしたちの故郷になるの」

わたしが会釈《えしゃく》して進めるようにうながすと、技師たちはユミが長い眠りにつく準備を終えた。銀色のベビーベッドのなかに見えている小さくて震えている体は胎児のように見えたが、すぐに鎮静剤が効いてきたし、冷却ゲルが放出されて、ユミは氷漬けにされたようになった。

プロキシマ・ケンタウリb——地球から4・2光年。飛行期間50年

星座：ケンタウルス座。潮汐《ちょうせき》ロックされていて軌道が赤色矮星《わいせい》に近いため——惑星の片側は永遠の昼、その反対側は永遠の夜になっている。公転周期：約11日。フレアが頻繁に発生するので、現在では大気が剝《は》ぎとられてしまっている可能性が高い。

画家のメモ：念のために訪れたが、おそらく死の惑星だろうと事前に予想されていた。なんと言っても、もっとも近い恒星に入植可能な惑星があるなんて話がうますぎる——宇宙の旅がそんなに簡単なはずはない。だが人類は、ご近所の惑星ではない異星をはじめて目のあたりにすることになる——半分は摂氏《せっし》500度以上の朱色の世界で、もう半分は闇と氷でおおわれていても。

大人の乗客の大半は停滞状態で長く暗い歳月を過ごし、調査する価値のある惑星に到着するたびに数週間だけポッドから出る。子供たちは、物資を節約するため、入植を開始するときまで目覚めないことになっている。そんなに長いあいだ子供たちをポッドに閉じこめておくなんてかわいそうだと思っている者もいることだろう。わたしは、目を覚まし、船医の初回の検診を受けると、空腹だったしまだ病院服姿だったにもかかわらず、指示に逆らって、指定された船室にも食堂にも行かなかった。無人の鋼鉄製通路をはだしで歩いていると、やがて乗組員の気配がしはじめたが、その区画も通りすぎた。わたしはユミのポッドのそばに座って、船の目覚めの様子を語りかけた――みんな、半裸でぼうっとしたまま、冷却ゲルのせいで肌がぬらついているままで通路を歩いていると。船窓が、赤色矮星のかすかな光で光っていると。その後、わたしは毎朝、ユミのもとを訪れた。小型スピーカーをポッドのガラス面に近づけ、ユミの好きな曲を流しながら、定時に食事と睡眠をとるあいだに、通路を掃除したり片付けをしたりしてなんとか役に立とうと努力しているという単調な近況を話した。ほかの人たちとつきあう気にはならなかった――みな、同僚や配偶者や友人がいて、目的があった。彼らはこの任務に不可欠な存在だ。惑星安全保障省がわたしに〈ヤマト〉への特別乗船権を与えたのは、感染拡大を回避するために命を捧《ささ》げた偉大なるクリフォード・ミヤシロの未亡人であり、地球を冷やそうとがんばった女性の母親であるわたしに罪悪感をいだいていたからではないだろうか。だが、ケンタウリ星系に到達してからおよそ一週間後、ユミの停滞装置のそばでうずくまっているわたしを船長が見つけてくれたおかげで、わたしの宇宙生活は一変した。

「当然、すべての絵の具を使うわけにはいきません」と船長は説明した。船長はわたしの横にしゃがんでユミを見上げた。「でも、あなたの私物と教育用の絵の具の一部で船内の壁に絵を描いて美化することは可能です。やってみませんか？」

　わたしは、目覚めて以来、一度もシャワーを浴びていないことをちょっぴり気にしながらうなずいた。すると、女性が歩いてきて船長のうしろで止まった。船長がもっと近くに来るようにとその女性を手招きしたので、わたしはますます自分の不潔さを意識した。その女性は、革のブーツにマゼンタのタイツに膝上丈のウールポンチョという格好だった。

「こちらはドリー。ドリーも絵が描けるんです」と船長が紹介した。

「もちろん、あなたとは比べものにもなりません」とドリーはさえぎった。「ドリーは抽選で当選した乗客なんです。あなたを手伝ってもらえるんじゃないかと思って起きてもらったんですよ」と船長。「どうですか?」

「いいと思います」とわたしは答えた。意図していたよりもそっけない、やる気がなさそうな口調になってしまった。ほかの画家と共同作業をしたことは一度もなかった。船長が招き寄せた女性は、ぱっと顔を輝かせてわたしを見た。「あの、どうもありがとうございます」

「ポートフォリオを持ってきました」とドリーは、立ちあがったわたしと握手しながら言った。船長は隔壁を叩いて注意を惹《ひ》いてから辞去した。「〈ヤマト〉の抽選フォームに画家と書きこんだときは嘘をついたような気分になりましたが、日曜画家よりはましなつもりです」ドリーが肩にかけているケースをあけて、木炭デッサンや水彩画やインデックスカードにアクリル絵の具で子供を描いた小さな肖像画を見せてくれた。カードの裏には、氏名と生年月日と命日、それに『笑いの街』という題名が書かれている。第一波のときにはやった安楽死テーマパークのことだろうとわたしは察した。

「すばらしいわ」とわたしは言って、金色の巻き毛の少女の肖像画を見つめた。目を凝らすと、少女の瞳に映っているジェットコースターの輪郭を見分けられた。わたしたちと旅している子供たちの瞳にはなにが映ってるのかしら、とわたしは考えた。わたしたちは、画家として、この船の殺風景な壁をわが家に変えられるし、目を覚まさなかった乗客たちにわたしたちの旅を伝えられる。わたしたちの思い出を数千年間保存しておける。前へ進むのを助けられる。

クリフへ

ポッドのなかのユミは安らかそうよ――みんなそうだけど。クララが研究旅行に出かけるたびに、わたしたちが交代でユミに本を読んでやったことを覚えてる?　ユミは起源神話が好きだったわよね。天が地からどうやって分かれたかとか、神々が月と太陽を空に置いた理由とかいうお話が。このあなたへの手紙は、あなたが最後の何カ月か、日記を書くのに使ってた娘の日記に書いてる。結局、それがいちばんだと思ったの。『探検一家年代記』ってところかしら。後悔と別れの書ね。この船の乗組員は環境に慣れはじめてる――わたしは科学者でも軍人でもないから、ときどき、なじめてないのを実感するけど、ボードゲームナイトには参加してるし、食事の支度は手伝ってる。わたしが画家になったのは人づきあいが苦手だから。もちろん、みんな、わたしが家族を亡くしてることは知ってるけど、だれだってだれかを亡くしたことがないわけじゃない。あなたもこの船に乗って、このすべてを一緒に体験できたら――船窓から見える星々の光の大渦巻きを見て、探査機から送られてくる大気や水や放射線のデータについてのえんえんと続く議論を聞けたらよかったのに。星と星のあいだに広がる無の広大さも、神経系の枝のように宇宙の万物をつないでいる目に見えない暗黒物質も、わたしの想像を絶してた。どちらかと言えば同僚かもしれないけど、友達と呼べなくもない人ができたの。船長がわたしのために起こしてくれた女性よ。船の居心地をよくするため、楽しい旅にするために、わたしたちは、起きているあいだじゅうずっと、壁に絵を描きはじめてる――サンタモニカのわたしたちのぼろバンガローを、アイオワの給水塔を、船長の故郷の町を。友達のドリーは、息子さんを亡くした〈笑いの街〉まで描いた。わたしはいま、架空の町に乗組員が亡くした家族を住ませてるところだけど、空にわたしたちが途中で発見する、美しかったり危険だったり、たんに人類にあわなかったりする惑星を描くつもり。壁画を長いあいだ見てると、わたしたちが地球にいたあいだに見知ったことはすべて、すぐに古代史になってしまうことを忘れそうになるわ。

核融合ロケットに反物質ブースター。極低温冷凍保存。磁気圏放射線シールドに人工重力。まるで『スター・トレック』か『スター・ウォーズ』だわ。だけど、ほとんどの人は宇宙船〈ヤマト〉の全貌を知ることができなかった。政府とヤマト‐マスク社の免責同意書に署名して乗船するまで、ほとんどの人は宇宙船〈ヤマト〉の全貌を知ることができなかった。船名の由来になったブライアン・ヤマトは、マイクロブラックホールのホーキング放射をメインエンジンの燃料として利用して、光速の十パーセントという速度を実現するのに貢献した。不思議なことに、ブライアンの十代の息子は船長の監督下に置かれるという条件で遠征隊に参加しているのに、彼と彼の奥さんは地球にとどまることを選んだ。ふたりは地球を冷やすことを目的とする——人間の髪の毛ほどの幅の反射レンズを備えたバスケットボール大の人工衛星を数え切れないほど配備するという——ソーラーシェード計画に取り組んでいる。宇宙船〈ヤマト〉は全長がフットボール場二面分くらいで、一度に五十名の乗組員を停滞状態から覚醒させておける。エリア51のUFO技術をリバースエンジニアリングしたのだとしたら、まさにスーパーで売っているタブロイド紙の陰謀論ね。タブロイド紙の記事がほんとかどうかを知るための機密取扱許可を持っているのはひと握りの乗組員だけらしい。でもわたしは、異星からの助けがあったと思いたい。だれか、それともなにかが、ブライアン・ヤマトが必要としたときにひと押ししてくれたのだと——彼の脳に方程式を、図面を、ああ、そうか！　というひらめきを授けてくれたのだと。わたしたちはこの先、彼らと出会うのかもしれない——波の音のようなエンジン音がつねに響いているせいで、ついそんな想像にふけってしまう。ふたりで壁画を描いているとき、ドリーが、空に向かって笑顔で手を振っている緑色の異星人だらけの惑星に降下している小型着陸船のなかに息子のフィッチを描いているのを見たことがあった。

「フィッチが生きてるうちに〈ヤマト〉のことを知ったら大喜びしてたでしょうね」とドリーが言った。「フィッチを最後に見たのは、ジェットコースターに乗ってるときだったの——フィッチは両手を高く上げてた。飛べると思ってたんじゃないかしら。ちょっとでも星に近づきたかったのかも。大きくなったら宇宙へ行きたいって言ってたから」

「小さかったころのクララに似てるみたいね」とわたし。「クララも宇宙に夢中だったの」

一緒に壁画を描いているとき以外、ドリーとわたしはほとんどつきあわなかった。食堂で、ドリーが将校たちと一緒に食べているところをよく見かけた。ドリーは楽しそうだった。乗組員の下ネタに笑ったり、一緒にポーカーをしたりしていたが、ジョークとロイヤルフラッシュ、それにだれとだれが物置でヤッてるなどという話の合間に、隔壁を透視できるかのように遠くを見ている目をした。一度、ドリーがひとりでいるときにコーヒーでも飲まないかと誘うと、ドリーは、いま祈っているところだと答えた。ドリーは、円形の展望窓の前でうずくまっていた。遠くからだと、金魚鉢から外を眺めている魚のように見えた。

「神さまとか、ほかのなにかにっていうわけじゃないの」とドリーは説明した。「そうじゃなくて、わたしたちを……フィッチが、それともクララがいるところにつなげてくれるなにかに。航宙士《こうちゅうし》のジョハンスン中尉から聞いたんだけど、恒星と惑星と銀河系を目に見えない網がまとめてるんですって。それがなんなのか、どうやってつなげてるのかはわからないけど、そこいらじゅうに存在してるらしいわ」

わたしも、子供のころ以来はじめて祈りはじめた。ドリーがなにを祈っているのか、具体的になにかを願っていたのかはわからない。わたしは、何百年、何千年もぶっ続けで夢を見ているユミのことを思い、現実と夢の区別はついているのだろうか、そんなに長く自分の心のなかにいたら、わたしと新しい星で暮らすという現実に物足りなくなったりしないだろうかと心配になる。子供たちの停滞装置の先までえんえんと歩いて航宙に関与しない抽選に当たったエコノミークラスの乗客のところまで行く。この人たちは、旅のあいだ、一度か二度しか目覚めない。わたしは、地球を出たのは正しい選択だったと自分に言い聞かせる。ケンタウリ星系に着いたときに受けとった数十年遅れのメッセージによれば、感染症の治療法が発見されたのだそうだ——昏睡《こんすい》状態だった患者たちは目を覚まし、生活を再建しはじめているらしい。葬儀企業は気象対策に手を広げて、前世紀の終わりまで沿岸の都市に防潮堤を建設したり、ソーラーシェード計画に資金を提供したりしていた。メッセージは、わたしたちに幸運を祈って別れを告げた。〝ここは永遠にみなさんの故郷です〟とメッセージは述べていた。〝いつの日か、地球でなのか、みなさんの新世界でなのか、わたしたちは再会するでしょう〟乗組員全体に向けたメッセージのほかに、個人宛ての手紙も届いた。そして、一週間あまりのうちに、五十年分のニュースや訃報や再開されたスポーツの結果や地球上の暮らしのスナップショットで船内は騒然とした。船医が、毎日、祝いたい人や、サポートが必要な人や、自分がどう感じるべきかよくわからない人たちのためにシェアする会を催した。

「わたしはおじさんになるんです。信じられますか？　ホレスとはね。気の毒に。息子にそんな古臭い名前をつけるなんて、まったく兄貴らしいですよ。だけど、その子はたぶん、もうおれとおなじくらいの年齢なんです。いや、年上かも。くそっ、もう子供をつくってるかもしれませんね」

「母はわたしたちが出発して二年後に亡くなったそうです。感染症ではありませんでした。それは治してもらえました。でも、ウイルスのあとにはやりだした癌《がん》は治らなかったのです。手紙を書いてくれたのは姉でした。姉も、いまごろはもう亡くなっているんでしょう。そのあとの手紙は来ていませんから。姉は九十代だったはずです」

「わたしの親族は、二〇八〇年にフロリダの先端が海に沈む前にオハイオ州へ引っ越したらしいです。サウスビーチあたりのリゾート地は海の底なんでしょうね。マイアミ・ドルフィンズはアーカンソーのリトルロックに本拠地を移転したそうです。弟は、マイアミ市が放棄される前の最後のホームゲームを見に行けたようです」

「NASAの最新の公式声明によれば、さらに三隻の宇宙船が建造されたようです。わたしの妹がその一隻、米国船《USS》〈セーガン〉の船長になってほかのコロニー候補になる星系を探しに出発したそうです。わたしたちは宇宙でひとりぼっちではないのです」

順番がまわってきたので、わたしは打ち上げの前に姪たちがくれた親族の絵を乗組員に見せた。そして、姪たちが一年後にくれた、彼女たちがわたしについて書いた学校新聞の記事がサンフランシスコ・クロニクル紙に掲載されたという手紙について話した。わたしたちが出発したあと、地球の状況は改善されたことを知っているにもかかわらず、わたしはいつも、故郷のことを思いだすのはよくないと自分に言い聞かせた。悔いはない。まだ見ぬ彼方《かなた》の恒星のそばに、わたしたちのほんとうの居場所があるはずなのだ。

ロス128b——地球から11光年。飛行期間110年

星座：おとめ座。おおむね安定している赤色矮星を10日の公転周期でめぐっている。居住可能《ハビタブル》ゾーンのど真ん中に位置。潮汐ロックされていて、昼側と夜側に分かれているが、気温が摂氏20度前後と気候は温和。浅い海に大きな大陸が三つある。大気はかろうじて呼吸可能。

画家のメモ：近くからこの惑星を見ると、地球に帰ったような気分になった。地球よりやや大きいが、青い海があって、白黒の濃淡で山と谷を見分けられる。わたしも調査隊に参加したかったが、録画で我慢するしかなかった。将来、この星について語るにはそのほうがよかったのかもしれない——家とおなじくらい高い黒い花がビロードのような感触だったこと、惑星の昼夜境界付近からだと赤い太陽が永遠の夜明けまたは夕暮れで固定されていたこと、ホタルのように光るイ力に似た小さな飛行生物の群れが世界の夜側を照らしていたことを語るには。わたしはそこにいなかったので、実際にはなにが起きたのかを忘れて、将来、この星は美しかったと語ることができる。

わたしが横並びの停滞ポッドで眠っている双子の少女の絵を仕上げていると、大勢がシャトルベイのほうへ走っていった。わたしもそっちに向かうと、あたりは騒然としていて金臭《かなくさ》さが漂っていた。そして、下の床に血がたまっている死体袋が見えた。シャトルのパイロットが、胎児の姿勢になって通路に横たわって嗚咽《おえつ》していた。グラントは二十代なかばだったが、子供のように孤独に震えている。わたしはかたわらに座って背中をさすってやった。グラントはわたしのほうにじりじり寄ってきた。

「砂のなかからあらわれたんだ」とグラントは言った。「やつらが近づいてきてるのに気がつかなかったんだ」

医療班が、異星の細菌が付着しているかもしれない死体袋に白い泡を吹きかけて消毒した。負傷者がひとりまたひとりと、精密検査のためにラボへ運ばれていった——ショーン・ミッチェル上等兵、リチャード・ペチョス医師、グラントの兄のレミンク曹長。立ちあがってベイをのぞくと、警備班がドアを閉鎖する前に、シャトルのかたわらに転がっている生物の死体が見えた——トンボの羽根を持っていて頭がトンネル掘削機のようになっている、体長一メートルほどの巨大なヤスデもどきの昆虫だ。わたしはふたたびグラントの横にしゃがんだ。グラントは小さく折りたたまれていた家族の写真を握りしめていた。

「わたしにできることはある?」なんと声をかけていいかわからなかったが、わたしはそうたずねた。「あなたをここに放っておく気にはなれないわ」

「兄とわたしは、地球に未練はないからこの任務に志願したんです」とグラントが語りだした。「第二波で両親が死んだんです」

「ご愁傷さま」とわたし。「ほんとうに、わたしにできることはないの? だれか呼んできましょうか?」

「いえ、だいじょうぶです」とグラントは言うと、ゆっくりと立って制服のしわをのばした。そして、グランドキャニオンで撮った家族写真をわたしに渡した——グラントと曹長は、撮影当時、十歳にもなっていなかったに違いない。「でも、できたら、この写真を壁画に描いてほしいです」

「もちろん描くわ」とわたしは言ってグラントの両手を握りながら、かつて感染症で大勢が死にはじめたときに近所の人のために絵を描いたことを思いだした——パイやキャセロールを持ってわたしの家を訪れた人たちに、ありし日の子供や配偶者の絵を描いてほしいと頼まれたのだ。

惑星遠征隊が悲劇に見舞われたのをきっかけに、わたしは、地球に残っていたらどうなっていただろうと考えた。わたしたちは地球に絶望してロケットに乗りこんだが、わたしたちの胸は希望と興奮でいっぱいだった。わたしたちは、あと一歩の——暑すぎたり、寒すぎたり、じめじめしすぎていたり、乾燥しすぎていたり、危険すぎたり、安全にコロニーを建設するために必要ななにかが欠けていたりする——星ばかりしか見つからない可能性から目をそむけていた。だが、巨大殺人昆虫を考えなければ、ロスはいいところまで来ていた。船長は、たとえ地球が無事でも、わたしたちが異星にコロニーを築けば、そこが人類になにかあったときの保険になることをわたしたちに思いださせてくれた。そして、地球に引き返すことはありえないと断言した。翌日、葬儀が営まれた。停滞ポッドから出ている全員が参列し、展望デッキに並べられた三個の銀色のカプセルのまわりに集まった。

「わたしたちはここ、異星の軌道上で、仲間の乗組員の尊い犠牲をたたえるために集《つど》いました」と船長が話しだした。ほとんどの人は犠牲者たちをよく知らないので、プログラムであるかのように、タブレットで各人の記録を読んだ。船長の弔辞が続いているなか、グラントが兄のカプセルに歩みよって蓋を開き、両親の額入りの写真とぼろぼろのテディベアを兄の胸に載せた。ほかの故人を知っていた人たちも、カプセルをあけて思い出の品——手紙やメダルや聖書やカーディガンや野球のグローブなど——を入れた。警備班がカプセルをエアロックのそばまで運んでいき、わたしたちは船長が命令をくだすのを待った。

「放出」と船長が命じた。ベイ内と通路の照明が、いきなり赤色灯に切り替わり、サイレンが鳴り響いて、エアロックの外扉が開くことを警告した。参列者のひとりの宇宙生物学者が、トランペットで葬送ラッパを奏でてざわめきをかき消した。サイレンがやんでトランペットの余韻だけが漂い、やがてしんと静まりかえると、三個のポッドが闇へと漂いだしていくのが見えた。柩《ひつぎ》が宇宙に呑みこまれていくさまを眺めていると、数年ぶりに、クララの遺体を見られなかったことを、ロシア人はわたしたちに相談することなく娘を火葬し、遺灰を郵便物のようにアメリカへ送ってきたことを思いだした。遺灰はほんとうにクララのものだろうか、と何度か疑った――自分で触れ、自分で見なければ、娘はまだ生きているのではないかという幻想を壊せなかった。わたしは、先に進むために、灰になった骨はほんとうにクララのものだと無理やり自分に信じこませた。「ここは彼らの惑星になりました」と船長は言った。「わたしたちは、異星生物を絶滅させたり、この星にしろほかの星にしろ、わたしたちに都合がいいように改造したりはしません。ほかにコロニー建設にふさわしい星が見つからなかったら、ここに戻ってこざるをえなくなるかもしれません」

ユミへ

きょうはなんの夢を見てるの？　おじいちゃんと本屋さんにいるのかしら、それとも仕事がクララを奪う前の、ママとパパと行ったドライブ中かしら――イエローストーンにいるのか、それともみんなで行ったサンファン島で生き残っていたシャチたちの狩りを見てるのかもしれないわね。今週、わたしたちは話がうますぎた惑星を見つけたの。そもそも、ありもしない完璧な惑星を期待するのは考えが甘すぎるんでしょうね――わたしたちにぴったりの第二の地球で、たいしたトラブルもなく再出発できるかもしれないなんて思うのは。わたしはときどき、打ち上げからまだ何日かしかたってなかったときのことを思いだすの。あなたのママとおじいちゃんの遺灰を、ほかの乗組員の家族の遺灰と一緒に宇宙に放出したとき、あなたも起きてたらよかったのに。遺灰の容器にはＬＥＤライトつきの小型ビーコンがついているから、土星の輪のすぐ外にご先祖さまの光の筋ができた——見上げるべき星が、あなたのママがつけてたネックレスみたいな祈りの対象が。最終目的地に着いたときのためにあなたのママとおじいちゃんの遺灰を少しとっておいてあるから、あなたの丸めた手からふたりを異星の風に乗せられるからね。あなたのママに、あなたの面倒は見ると約束したの。あなたのおじいちゃんに、わたしたちは心配いらないと伝えたの。だから、夢を見つづけなさい。だって、新しい故郷が見つからなかったら、あなたのママとおじいちゃんはなんのために死んだことになるの？

グリーゼ832c——地球から16光年。飛行期間160年

星座：つる座。幅1000キロ弱の居住可能帯が惑星を取り巻いているスーパーアース。探査機から送られてきたデータによれば、大型の野生生物が生息しているが、気象はきびしく、居住可能帯にはつねにハリケーン並みの強風が吹いている。重力が強く、宇宙に脱出することは不可能なので、着陸は片道旅行になる。

画家のメモ：質量が地球の5倍ある死の岩は青緑色の暈《かさ》に包まれていた。探査機から送られてきた映像には、全身が長くて赤い毛でおおわれているバッファローのような生物や、小型車ほどの大きさの光るカエルだらけの島が点在している湖や、まだ樹上生活を続けている霊長類《れいちょうるい》——顔はチンパンジーやゴリラに似ていなくもないが、皮膚は魚の鱗《うろこ》状——が映っていた。ひと月以上とどまって軌道上から観察することになったので、わたしは、中世イングランドの戦いが描かれているバイユーのタペストリーのように、何本かの通路の上部を使って、この惑星の生物を描くことにした。

地球をあとにするチャンスを得られたと話したとき、わたしはもう決意しているのがわかっているにもかかわらず、ユミはかたくなに拒絶した。ユミは、友人たちや、わたしが〈ヤマト〉に乗らないかと誘って断られたおじおばたちといとこたちに泣きついた。地球を出たくないと訴えた。「死んだほうがましよ」とユミは言った。「せっかく状況がよくなりそうなのに逃げだすの？　やっと我慢しなくてよくなりそうなのに？」ユミは本気だったのだと思う。なにしろ、ユミの親友が〈笑いの街〉に送られたのは、シベリアで彼女の祖父が死んでから一年しかたっていないときだったし、それから何カ月も、パークに連れていってほしがった。わたしはいつもユミに、「わたしたちがいまここにいられるのは、あなたのママとおじいちゃんのおかげだし、大勢がふたりを信頼してくれたおかげなのよ。わたしたちはいまでも家族なの。わたしたちがすることはすべて、ふたりのためでもあるのよ」と言った。

わたしは、クリフが送ってきた最後のビデオメッセージを、ユミのベッドの横に置いてあったデジタルフレームに保存しておいた。出発の前夜にもそれを聞いた。そしていま、新しい星を目にするたびに、クリフの最後の言葉に耳を傾けている。

わが家の美しい女性たちへ

きみたちがいまも元気で健康でいてくれてうれしいよ。世界はすぐには変わらないように思えるだろうけど、信じてくれ、危険が近づいてるんだ。ここ、世界の果てで、わたしは氷と地面が海へ崩れ落ちていることについてじっくり考えてる——世界がわたしたちに隠そうとしていた多くの秘密について。シベリアで古代の少女を発見して、わたしたちが遭遇したことのないウイルスと遭遇したことによって、人間とはなにかを再定義せざるをえなくなると同時に人類が危機におちいりかねないんだから、不思議なものだよ。もしもわたしが哲学者だったら、これについて、もっと気のきいたことが言えたはずだ。芸術的センスがあるきみたちふたりなら、この事態の意味を理解できるのかもしれないね。ちょっと前に、わたしはきっと家に帰れる、この基地にいる同僚たちなら治療法を見つけるか、少なくともわたしたちの警告を真剣に受けとめるように世界を説得する方法を見つけられるはずだと言ったね。きみたちふたりを抱いて、話に聞くばかりだったすばらしい家族の集いに参加することが、いまのわたしにとっていちばんの望みだよ。でも、やらなければならないことが残ってる。望みはまだある。

トラピスト1系――地球から40光年。飛行期間４００年

星座：みずがめ座。超低温な赤色矮星をめぐっている7つの岩石惑星のひとつ、トラピスト1eの軌道上。どの惑星も水でおおわれ、陸地はほとんど、あるいはまったくない。生命が根づくには水浸しすぎるし化学的に単純すぎる。

画家のメモ：トラピスト系のどの惑星の上からでも、ほかの惑星が地球の月よりも大きく見える。海には列をつくって際限なく踊りつづける惑星たちが映っている。

眠りにつく前は、多くの乗客が、トラピスト1系が旅の終着地になると確信していた。豊富な水。七回のチャンス。食堂は、再出発について、小屋やドームや、とにかく幸福を追求するために必要な建物を建てるための土地の取得についての話で持ちきりだった。船長は引退し、副長に〈ヤマ

ト〉を託して宇宙探検を続けてもらうつもりだった。天体物理学者と彼女のエンジニアの夫は高校までの学校をつくり、ゆくゆくは大学を設立したがっていた。植物学者たちはトラピスト系の惑星の土に思いをはせ、地球の植物は芽吹くだろうか、現地の植物は食料や薬になるだろうかと考えていた。宇宙生物学者たちは深海には途方もない巨大生物が、たとえば奇怪な大イカや巨大クジラのような生物がいるのではないかと話しあっていた。ところが、いざ星系に近づくと、大陸も島もないし、動物がいるきざしもなかった。展望デッキは静寂と涙に包まれた。ドリーも泣いていた。わたしも泣きそうになっていたかもしれない。だが、七つの星の深淵で悲しみに暮れるのをやめ、乗組員を描くことにした。遠くから見れば、わたしたちは悲しんでいるようにも打ちひしがれているようにも見えないからだ。遠征中にまたひとつ美しい場所を目のあたりにしている開拓者に見えるからだ。

クララへ

あなたはユミを誇りに思うでしょうね。病気が広まりだしたとき、ユミはまず、友達と家族を心配したの。ユミは人助けをしたがった。あなたが、あんなに長くわたしたちと離ればなれにならなければよかったのにとは思う。わたしたちは、あなたに娘の成長を見逃さないでほしかっただけなのを理解してほしい。あなたの仕事はすばらしいと思ってた——本もドキュメンタリーも講演も。あなたのパパは、あなたについての記事のスクラップブックを何冊もつくってた。わたしはいつも、あなたは地球を冷やそうと、ほかの生きかたをしなければならないと世界を説得しようとがんばっているとほかの人たちに説明していた。結局、世界は耳を傾けた——ただし、あなたとわたしたちにとっては遅すぎた。でも、耳を傾けてくれたのよ、わたしの変わり者のワンダフルガール。ユミは最後にあなた宛ての手紙を書いた。あなたはもう、どうにかして読んでるんでしょうね。折り紙の鶴になってるその手紙は、あなたの遺灰と一緒に太陽系外縁部を漂ってる。ユミはその手紙を書いたあと、満足できるまで何度も折ったに違いないわ。わたしはこの船のなかで壁画として家族旅行を再現してる――デナリ国立公園でテントを張っているあなたとユミ。あなたが博士号を取得してすぐ、あなたのパパと一緒に発表をしたニューヨーク自然史博物館で勢ぞろいしたわたしたち一家。最終目的地に着く前に、ドリーとわたしは船内の壁という壁を命で埋めつくしてしまうかもしれない。

はぐれ惑星

〈ヤマト〉のオートパイロットが天体を感知して宇宙船を停止させた。近くの星雲と宇宙の毛布に照らされているだけのはぐれ惑星は、恒星に付き従っていないので、孤独で冷たい。そんな星は生命と無縁の岩塊だと思うのが当然だ。予備データによれば、このはぐれ惑星には、宇宙とおなじくらい古い、薄い大気があった。〈ヤマト〉の探査機がその姿を鮮明にとらえると、地表に廃墟《はいきょ》が点在していることがわかった――人類のものと似ていなくもない現代的な大都市が永遠に凍りついているのだ。おそらくこの星は、誕生まもないころに星系から放りだされ、その後、数十億年にわたって内部の熱で生命をはぐくんだのだろう。あるいは、このはぐれ惑星にもかつては故郷があり、ほかの銀河との衝突によって引き剝がされるまで、この文明も恒星のぬくもりを感じていたのかもしれない。疑問はつきないので、きっと、答えを求めてだれかがまたここに来ることになりそうだ。住民は、自分たちの星が死にかけていることを、長いあいだ知っていたはずだ。これは、わたしたちにとってなぐさめでも絶望でもあり、わたしたちは孤独ではないこと、わたしたちはまだここにいることを思いださせてくれるきっかけになるはずだ。

地球Ⅱ

奇妙なことに、惑星サイズの墓場はわたしたち全員に希望を与えてくれ、この宇宙船はただの宇宙船ではないし、これから発見する星がわたしたちの故郷になるのは、酸素と水と豊かな土壌があるからではなく、わたしたちがそこにいるからなのだということを理解する助けになってくれた。わたしたちはさらにふたつの惑星に寄ったあと、わたしたちの旅に地球年で数十年でも数百年でもなく、数千年を追加することになる長い眠りについてケプラー系をめざすことになった。わたしたちが宇宙に出てから五百年以上たっているが、ほとんどの乗組員が停滞ポッドの外で過ごした時間は、あわせて一年ちょっとにしかなっていない。一部の乗組員は、今回、長めに起きていることを選んだので親交が深まっている――船長はフランク、主任植物学者はシェリル、主任エンジニアはヒロと呼ばれるようになっている。看護師のプラチェットはサンチェス中尉と恋仲になった。ブライアン・ヤマトの弟の恋人だったヴァルは、次に進んだらしく、展望デッキで探査機整備士と手をつないでいた。わたしたちは、停滞ポッドのそばで子供たちの誕生日を祝った――五百十七歳の誕生日おめでとう。あなたはずいぶん年を重ねたのよ。あなたが知らないうちに！　ドリーとわたしが壁画を描ける通路を見つけるたびに、乗組員が話を聞かせてくれた――どういう経緯でこの船の乗組員に応募したのか、だれを地球に残してきたのか、ウイルスか山火事かハリケーンのせいで人生が一変してしまう直前になにをしていたのか。ある日、ドリーとわたしは保守チューブで反対向きになって、ミニチュア版システィーナ礼拝堂と呼んでいたものを描いていた。

「わたしは左舷パネルに結婚式と卒業式を描くわね」とドリーが言った。

「わたしは、右舷パネルにこのリトルリーグの試合を描きおえたらストリートフェスティバルにとりかかるつもり」とわたしは応じた。「そうそう、サンドイッチをふたり分、持ってきてあるわよ」

「ディルは入ってる？」

「もちろん」

「天井にも描く？」とドリーがたずねた。そのころには、わたしたちはふたりとも絵の具まみれだったし、匂いで頭がくらくらしていた。トンネルを換気するためにわたしたちが持ちこんだ小型ファンでは空気を循環させきれなかった。
「どうかしら」とわたしは応じた。そしてわたしたちは、それから何日も天井について考えながら、さらに多くの乗組員から話を聞いて、これまでの壁画には、わたしたちの人生の大きな部分が欠けていることに気づいた――写真がない人たち、心に刻まれている記憶しか存在を証明するものがない人たちだ。失恋した人、片思いした人、同僚、郵便配達人、会えば挨拶するがよく知らない近所の人、常連だからという理由でときどき酒をおごってくれたバーテン、地球をあとにしたいま、それぞれの人生の脇役だがきわめて重要な人たち。停滞状態に戻らなければならなくなったとき、〈ヤマト〉には手つかずの壁がほとんどなくなっていた――最終目的地を記録できるのは、ユミの正面とコマンドデッキに残っている小さなパネルだけになっていた。

クリフへ
振りかえって見ると、わたしたちは全員――あなたも、クララも、そしていま、わたしとユミも――ほかに選択肢がないという理由で可能性に賭けたのよね。あれだけ走りまわってたわたしたちが出会えたのが、そもそも驚異よね。どれもこれも、実現したなんて信じられない――わたしたち一家も、この旅も。クララの発見をマスコミが報じると、氷河時代の少女の刺青《いれずみ》や、古代の洞窟内の巨石に刻まれていた模様についての陰謀論があふれた。いま、宇宙にいるわたしには、あのミイラ化した皮膚に消え残っていた刺青は星系図に見えてしまう。宇宙の果てでは、イカれた考えがごくふつうに感じられるのかもしれないわね。もしもこれになにかしらの真実が含まれているなら、この宇宙船が星間飛行をしていることになんらかの関係があるなら、ユミとわたしは新たな人生を切り開いたあとも、可能性を求めて進みつづけるんでしょうね――わたしたちは、クララがよく、わたしは星を首にかけてると言ってたあの星を見つけるんでしょう。だけど、これから、わたしたちは眠る。とりあえず、あなたとクララが待つ家に帰る夢が見たい。目覚めたら、あなたや、これまでに生きた全員をきちんと思いだせる場所にいるといいんだけど。

ケプラー186f――地球から582光年。飛行期間6000年

星座：はくちょう座。故郷。

画家のメモ：浅い海に隔てられているふたつの大きな大陸は、全体が赤い草原になっている。小さくて角《つの》がある齧歯《げっし》動物が、なだらかに起伏している風景を眺めようと調査隊を離れたわたしについてきた――そよ風が深紅の柳を吹き抜け、黒っぽい土にわたしのブーツの跡が、発泡材を踏んでいるかのようについた。彼方に目を向けると、さらに多くの生物がオレンジ色の湖に集まっているのが見えた。頭にプロペラのような器官があるアザラシや、またも角のある齧歯動物がいたし、飛行船に似た生物の群れが、ヘリウムを詰めた胃袋のように湖の上に浮いていた。草原ではじめてつんだ花。ヘルメットをはずして最初にした浅い呼吸。ここでの呼吸は、きっと時がたつにつれて楽になる。新しい故郷における最初の風景画だ。

わたしは、幹部乗組員たちとともに、ほかの乗客よりも早く目覚めた。わたしの役目は、長い眠りから覚めた一般乗客の適応を助け、長かった旅が終わったことを祝うパーティーを催すことだった。わたしは無人の通路を歩きながら、ドリーとともに描いた過去の人生を、わたしたちのすみかにはできなかった惑星を眺めた。停滞技師にポッドへ連れていかれる直前に仕上げた絵の前で足を

止めた。わたしは、最後に眠りについた何人かのひとりだった。その絵はわたしの寝棚部屋の壁一面を占めていた。わたしとユミとクリフとクララが、展望デッキで、腕を組みあいながら、わたしがケプラーのつもりで描いた外を見ている絵だ。凝視していると、それがどんな瞬間になるのかの想像がつく。クララは、つねに身につけていた水晶をつかみながら、第二のチャンスについての自作の詩からの引用をまじえて深い発言をしただろう。それにはクリフも涙を流し、娘を完全に理解しかけるだろう。わたしはクリフとクララとユミにキスをする。三人を抱きしめて、とうとう着いたのよと言う。そして三人に〈ヤマト〉のギャラリーを見せて思いだし、栄誉をたたえ、感謝してからシャトルの乗船名簿に登録して、数千年ぶりに新鮮な空気を吸うだろう。

ユミへ
　どんなに遠くまで来たかを、はやくあなたに話したいわ。たしかに、もっとうまくできたでしょうね――あなたのママも、わたしたちも、世界も。長いあいだ、わたしはあなたから機会を奪ったと感じてた。あなたにも、失恋したり、大学での人間関係に悩んだり、あたりまえだと思ってたごみみたいな仕事をするというあたりまえの人生を送ってほしかった。だけど、この何世紀かのあいだで考えが変わった。もちろん、あなたに世界がどんなところかを学んでほしかったけど、若いあなたは、この新世界で人生を送れる。後悔も失敗もなしでスタートを切れる。わたしたちがどんなに苦しんでいたかを知ってるからこそ、よりよいスタートを。ポッドのガラスごしに見るあなたは、あなたのママにもおじいちゃんにも似てる。そしてあなたは、ふたりの最良の部分とともに旅をするはず――ふたりから受け継いだ気力や好奇心や探究心があれば、謎を解明し、正しいおこないができるはず。最初は泣いたり、自信をなくしたりするでしょう。それでいいの。それでも、全宇宙があなたを待ってる。ここまでは、わたしが手を貸してきた。助けあってここまで来た。だけどいま、これからはあなたの時間なの。あなたがわたしを赤い草原に導いて、わたしたちがどうなっていくかを教えてちょうだい。さあ、目を覚ます時間よ。

パーティーふたたび

時刻：2039年4月10日日曜日@5PM
場所：オレンジグローヴループ1227番地（庭の門をご利用ください）
詳細：ハンバーガーとホットドッグ（ヴィーガンフードもあり）とつけあわせ。キッシュかキャセロールなどのサイドディッシュか軽いメインディッシュをお持ちください。ビールとワインをご用意してあります（数年前に奮発して購入したマッカランのレアカスクもあけるつもりです）が、お好きな飲み物をご持参ください。目覚めたばかりなら、なにもお持ちにならなくてけっこうです。ウイルスの後遺症に苦しまれているかたがいらっしゃることは承知していますし、いまも移行プログラムの担当者が冷蔵庫に入れておいてくれたもので食いつなぎつつ、ご自分の経済状況を把握しようとなさっているかたも何人かいらっしゃるのではないでしょうか。わたしは、目が覚めたあと、食べ物を買いに行く気になるまでにひと月以上かかりました――着替えをして外出することを考えるだけで、玄関を大岩がふさいでいるような気分になりました。助けが必要なら、どうぞ遠慮なくおっしゃってください。喜んで店へお連れしたり、散歩につきあったり、病院にお送りしたりします。だれかと一緒なら、それほど大変ではなくなるかもしれません。

――サラダ――前菜――パン――チップ&ディップ――主菜

ご近所のみなさまへ

　これは、かつてのわたしならけっして送らなかったはずの招待状です。わたしの妻でみなさんに仲良くしていただいていたシェリーがチューリップを植えたプランターが並んでいる、袋小路に建つスカイブルーのケープコッド様式の家をご存じのはずです。ガールスカウトのクッキー販売やお泊まり会で、娘のニーナのこともご存じだったのではないでしょうか。わたしは夫であり、父親であり、ミスター・ポールでしたが――ダンではありませんでした。妻が仕事部屋にこもって新作携帯アプリのコーディングに没頭しているあいだ、ニーナが寝るまで本を読んでやるのにまにあうように帰ってくることがめったにない弁護士でした。でも、家族のほとんどと同様に、事務所のアソシエイトたちも亡くなってしまいました。わたしの家は、みなさんのご自宅のほとんどもそうでしょうが、博物館になってしまっています。このままお互いを避けて窓から外を眺めつづけることもできるし、過去の幻影にとらわれて現実とのつながりを失ってしまう前にこのご近所パーティーに参加することもできるのです。

　わたしはシアトル郊外にあるボーイング社のハンガーで目を覚ましました。病院からあふれた昏睡《こんすい》状態の感染症患者がそこに収容されていたのです。全員が混乱していたり悲嘆に暮れたりしているハンガーで、病院服のまま、シェリーとニーナを探して何十列もの簡易寝台を見てまわりました。わたしになにかできるかのように手をのばす患者もいました――見知らぬ人もいれば、カフェやフィットネスクラブで見かけたことがある人もいました。空っぽのベッドを見つめている人たちもいました。ワクチンが救えなかった人々は、死体袋に入れられて運び去られたのです。何時間も受付テントで待たされたあげく、妻の結婚指輪とわたしが娘の十六歳の誕生日に買ってやったチャームつきブレスレット、それにふたつの小さな遺灰箱を渡されました。わたしはふたりの遺灰を、ニーナがよくカモメにフライドポテトをやったり、昔、わたしが婚約指輪をフィッシュ・アンド・チップスのバスケットに隠しておいたりした桟橋の近くに撒《ま》きました。パイク・

プレイス・マーケットに観光客が来なくなって餌をもらえなくなったので、カモメはもうほとんどいません。波打ち際の死骸は、すでに日差しで干からびているか、海へ流されています。わたしは退院して以来、毎朝、ベッドの自分の側で目を覚まし、家に妻と娘がいるふりをしています。何年も前からそうしていたかのように、ふたりのためにパンケーキを焼き、目をつぶってキッチンの椅子の上の宙にキスをしています。アニメを流しながら皿洗いをしたり、シェリーの好きな犯罪ドラマを流しながら郵便物の山――公共料金の通知、保険証明書、自分たちは無事だと告げる親類からの手紙――をのろのろと仕分けたりしています。いとこのキャンディスとシリは亡くなりました。シルヴィーおばさんとジェイおじさんはいまも治療を受けています。彼らには返事を書きます。わたしは生きのびたと。わたしの返事を読んだとき、何人かはわたしが死ねばよかったのにと思うのはわかっています。

夜になると、芝居を続けるのがいやになります。かつてのエレジーホテルが、生命力の塔《バイタリティ・タワー》などといった名前の分譲マンションに生まれ変わったことを伝えるインフォマーシャルを見ます。引退したスポーツ選手は全員、テレビで、葬儀銀行が資金を提供した薬で人生を取り戻そうと勧めているような気がします。そしてわたしは、そんなごみを眺めながら、目覚めたての人用のクーポンブックを使って宅配ピザを注文しているのです。

ガソリン車をなくそうという全国的な気候変動対策キャンペーンが展開されています。わたしは新型路面電車で、卒業した高校の体育館を改装した地元の再適応センターに通っています。通りが空っぽなので変な感じがします。大通りでも、終日、早朝のようなかすかなざわめきが聞けるだけです。わたしがよくランチを食べていた日本料理店は板でふさがれているし、タバコを買っていた角の店は仕事や行方不明の家族を探している人のための案内所になっています。ビルの屋上のビジョンには新たに回復した人の人数が表示されています。ときどき、通行人が足を止めて流れている表示を見上げています。世界が息を吹きかえしはじめているのが感じられるかのように。

病院と仮設病棟から感染症患者が解放されはじめてから二カ月がたったいま、わたしには日課ができています。再適応センターの受付で、はじめたばかりの仕事についてケースワーカーに話すことです――追悼プロフィールの申請を認可し、（葬儀銀行に買収される前はビットパルプライムと呼ばれていた）ウィーフューチャーの故人宛てメッセージに返信するのがわたしのいまの仕事です。精神的に疲れますが、人が痛みから立ちなおるのを助ける仕事ですからやりがいがあります。わたしのフロアの責任者のデニスは、シャドープロファイルの管理という大変な役回りを担当しています。故人がどんな人だったかを推測して情報を更新し、故人の友人や家族と話しているのです。

「他人になりすますイカれた連中がいるんだ」とデニスが昼休みに言ったことがあります。「K－POPマニアが故人の配偶者のふりをしたりするんだ」デニスは元エレジーホテルの死別《ビリーブメント》コーディネーターです。それを聞いたとき、わたしは納得しました。デニスは、パニックになっている人の、いまにもくずおれそうな様子でオフィスに入ってきた人の扱いがうまいからです。「ゆっくり話すのがコツなのさ」タバコをもらおうと話しかけたときに、デニスは言いました。「馬鹿みたいなしゃべりかたになるけど、それが気づかいなんだ。ただし、これは仕事でもあるんだぞ。いつもすべてを受けとめてると参っちまうからな」

この手紙を長編小説にしたくはありませんが、わたしがどんな人間かを知っていただく必要があるのです。ここまで書くのに一週間かかっています。みなさんのお宅のドアをノックする勇気はありません。みなさんにとって、わたしは気にかけるに値しない、よそ者同然の存在だったのは間違いないからです。内向的で人づきあいが苦手なので、招待状のたぐいに応じたことがなかったわたしが、どんな形でもいいから人と触れあいたいと渇望しはじめています。いまも、ふとした瞬間に、家の廊下をご家族が歩いているのを見ることがありますか？　どうやって栄養を補給していますか――食べ物ですか、アルコールですか、アルバムですか、それとも洗濯物入れに入っている洗っていない服の匂いですか？　この世界から離れたところにいたときのことをなにか覚えていますか？　わたしが昏睡状態だったときに見た夢は、たんなる夢ではなかったのではないかという気がしています――そこで会った人たちとは他人同士ではないような気がするし、ほかの人たちの人生を目撃できた暗い場所についての夢は。窓から外を見ると、暗い子宮で一生分の記憶を共有しているような気がしてきます。ファーストキスを永遠に再体験できたり、とっくに亡くなった祖父母が戦争から帰ってきていたり、秘密の歴史を思いだすのが共通の楽しみになっているような気が。

二軒先のこぢんまりとしたスペイン風コテージのフラナリー家を見ていると、ふたりでジョギングしたり、公園でソフトボールのコーチをしたりしていた姉妹を思いだします。ペニーさんが亡くなったことは知っています。地元の郵便局の追悼の壁で名前を見たのです。あなたが夜、泣きながらジョギングしているのを見かけましたよ、ケイトさん。一度、あなたが倒れこんだときは、家を飛びだして助けようとしかけましたが、どなたか、たぶんわたしなんかよりもどんな言葉をかければいいかを承知しているかたが先に駆けつけました。もしもわたしたちがともに過ごしたあの虚空が現実なら、あなたとペニーさんが、モノクロのホラー映画を見てお金の悩みをまぎらわしていたことを知っています。あなたが書いた、悪魔の力を持つふたり姉妹の詐欺師についての脚本が売れたとき、あなたのご両親が、はじめてあなたを誇りにしてくれたように思えたのですよね。脚本を書いた映画会社がもう存在していないことも知っています。

以前は、この袋小路のつきあいの中核になっていたアレックスさんとアマリアさんのお宅に大勢のみなさんが集まってバーベキューをしたり、遅くまでお酒を飲んだりしていました。わたしはそのほとんどに顔を出しませんでしたね。もしもアレックスさんがご健在だったら、毎日、肉を焼いてわたしたちを盛りあげてくれていたことでしょう。あなたがたが庭で催した結婚式にわたしは出席できませんでしたね、アマリアさん。でも、わたしは虚空にいたとき、あなたがわたしの妻に、あなたが妊娠していることを話して超音波写真を見せているところを見たんですよ。それにアレックスさんが、ゲストルームのクローゼットの最上段に置いてある靴箱に、遅れている新婚旅行のためのへそくりをためているところも（ほんとうにへそくりがあるかどうか、確認してはいかがでしょうか）。地域情報紙で読んだのですが、あなたは、奇跡的に、赤ちゃんが停滞状態になっていたかのように、十一カ月も昏睡状態だったのに、いまも妊娠中なのだそうですね。もっと早く、ほかのみなさんがなさったように、お宅へうかがってベビー用品を差しあげるべきだったことは承知しています。わたしも、あなたはひとりではないとはげますべきだったことは。

そして反対側のお隣に、いまはベニーさんがおひとりでお住まいになっていることも存じています。ですが、あなたとフィリップさんは、毎晩、就寝前に、息子さんのジークくんと、バーチャルミニゴルフ対決をしていたのですね。高齢者が自宅で世界旅行できるようにとおふたりがつくった没入型VRアプリのコーディングをシェリーが手伝ったことは知りませんでした。シェリーがしょっちゅう金網フェンスを乗り越えて、結婚生活がうまくいっていないこと、わたしはほとんど家に帰らないことを打ち明けながらあなたとワインのボトルをあけていたことは知りませんでした。わたしもお宅を訪ねて、あなたとワインを飲みながら、シェリーがどんな女性だったのかを学びたいと願っています。あなたと飲むためにピノワインを一本買ってあるんですよ。

そしてお向かいのメイベルさん。感染症が流行しはじめたとき、あなたは長らく家をあけて日本にお住まいでしたね。あなたは、先祖の国でタトゥーアーティストになることを夢見ていたのですね。あなたがいらっしゃらないとき、妻とわたしは、あなたがいまにも帰宅すると思っているかのように、おかあさまが玄関ポーチの階段に腰かけているところをよく見かけました。おかあさまは、お茶を飲みにうちにいらしたとき、「娘が元気だといいんだけど」と妻に言っていたそうです。ロシアとアジアで感染症が流行しはじめたことは知っていましたが、当時は遠い外国の話だと思っていました。二週間前にあなたが戻られたとき、わたしは、おかあさまがあなたを抱きしめるところを窓から見ていました。あなたの体はタトゥーだらけでしたね。そのひとつひとつに物語があることを、わたしが知っているはずはありません（が、知っています）――足首のジェットコースターは亡くなった高校時代の友人への追悼。ふくらはぎの虹色の羽は、おとうさまがあなたのおみやげにとホノルル動物園で孔雀《くじゃく》を追いかけまわしたというエピソードにちなんでいる。首のウイルスは、あなたがタイで崖から海へ飛びこんだときにかかった感染症にちなんでいる。

これ以上、妻と娘が永遠にいなくなっていないふりを続けるのは無理なので、ウィーフューチャーのプロフィールの仕事に没頭しています。見知らぬ人たちの人生をスクロールして動画と写真、転職や婚約や遠方への転居といった近況をチェックしています。なかには、そうした瞬間を心にとめてくれる親族や友人がほとんどいない人もいます。たとえば、フロリダ州ペンサコーラで保険調査員をしている四十七歳のブリアナ・エステスは、認知症の母親の面倒をみるために医学部を退学し、深夜に詩を投稿しました。ときどき、プロフィールに掲載されている番号に電話してみます。たいていはつながりません。でも、親族が出て、「これはシャノンの電話です。わたしは母親です」と言ってくれることもあります。わたしにもっと勇気があったら、会話をするでしょう。シャノンの母親に自分が何者かを明かし、なにを失ったかを話して、いつでも電話をかけてきてください、夜に本物の人間の声を聞くのは大歓迎ですと伝えていたでしょう。

数日前、真夜中のスーパーでみなさんの何人かをお見かけました。みなさん、おなじことを考えたのだと思います。ひとりきりでだれとも話さなければ、なんとか外へ出られると。ほんの一瞬、目があいました。するとわたしたちはあわててカートを方向転換させ、なにも考えずに通路を進みました。ドラッグストアでメイベルさんを、デリでギリシャ風サラダを注文しているベニーさんを見かけました。そしてその瞬間、わたしはふと思いたって、カートにハンバーガーのバンズとパテ、ポテトチップス、清涼飲料を入れはじめたのです。紙皿とプラスチックコップ、シトロネラの香りのガーデントーチの燃料、袋詰めの氷も買いました。レジで会計をしているとき、シェリーが耳元でささやいたような気がしました。沈黙を破るため、癒《い》やしのきっかけをつくるためにパーティーを開くべきなのよ、と。シェリーが生きていたら、毎週、パーティーを開いていたでしょう——忘れるためのパーティー、思いだすためのパーティー、踊り明かすためのパーティーを。大惨事のあとだからって踊るのをやめなきゃならないわけじゃないわ、と断言していたでしょう。そんなしょぼくれた顔をしてちゃだめよ、とわたしに活を入れていたでしょう。

大勢が生きのびられたわけではないから、たいしたパーティーにはならないかもしれません。でも、全滅したわけではないし、プールに掲示板があります。プールは、つい最近、感染症が流行しはじめて以来、はじめて再開しました。ご存じのとおり、わたしは以前、どんな集まりにも参加しませんでした。近所づきあいをいっさいしなかったのです。わたしは、幼いころからずっと、社交的ではありませんでした。出勤し、めだたないように働き、帰宅していました。古い友人とのつきあいにも積極的ではありませんでした。家族の周囲をめぐる軌道に乗っているわたしにとって、みなさんは彼方《かなた》の惑星のようなものでした——存在しているのはわかっていても、到達するのはほぼ不可能だったのです。ひとりでは生きのびられないことはわかっています。この手紙は、みなさんの封を切っていない郵便物の山に埋もれてしまうかもしれません。読んだ上で、遅すぎる、とつぶやきながら捨てられてしまうかもしれません。あるいは、窓から外をのぞきながら、うちに来て、「わたしもおなじなんです。わたしも、空っぽになって、ひび割れて、しぼんでしまっているんです」と声をかけようかと思っていただけるかもしれません。わたしはこれからも、目が覚めたら家族に愛してるよと声をかけるという、ふたりが生きていたときには充分にやらなかったことを続けます。真夜中に食料品を買いに行きます。オンラインで見知らぬ人にお悔やみを述べ、いつかはシーツとふたりの服を洗濯し、静かな家にいても平気になります。みなさんに助けていただけたら、通りを横断しているみなさんに手を振れるようになるかもしれません。まずは、ひとり分の食事を用意するところからはじめます。

あなたの隣人
ダン・ポール

東京バーチャルカフェの憂鬱《ゆううつ》な夜

明《あきら》は東京のバーチャルリアリティ地区のにぎやかな夜の通りを、ポケットに手を突っこんだまま、バッタモンのVRゴーグルや激安の弁当箱を眺めながら、ネオンまたたくアメ横《よこ》商店街に向かっている。プロジェクターが古い建物をカムフラージュして、毎晩、来訪者たちに異なる環境を提供している――十九世紀のパリ、ルーブル美術館の展示室、日本の民話に出てくる化け物だらけのアニメワンダーランド。九時半ごろになると、人が減りはじめる。売り子が店じまいをはじめ、屋台に鍵をかけたり、商品をバンの後部に積んだり、自転車につけたカートに載せたりする。売り子のなかには自分とおなじホームレスもいるのではないかと明は疑っている。プロジェクターが切られてからもずっととどまっている者がいるのは、行き場がないからではないかと。ときどき、闇のなかで彼らに話しかけたいという衝動に駆られるが、彼らはたぶん、明と同様、ほかのみんなのように買い物をしているだけだという幻想に浸りつづけるほうを選ぶだろう。彼らとおなじく、明にもなにも残っていないが、それでも幸運だ――感染症にかかることなく生きのびられたのだから。

感染症のせいで学業を修了できずに増えつづけている非正規雇用者のひとりとなり、いまは移行プログラムが提供する半端仕事に満足していない三十五歳の明は、毎晩、こんなふうにして夜を迎えている。私物がつねに持ち歩いているダッフルバッグふたつだけになる以前、ポケット――穴が空いているのでテープを貼るか縫うかしてふさがなければならない――のなかでしょっちゅう金を勘定しているようになる以前、明は、バーチャル広告に押されてつぶれてしまった印刷会社で見習いデザイナーとして働いていた。漁師だった父親は、十年以上前に死んだ。父親は、ウイルスがシベリア沿岸の町に到達したあと、日本で感染症にかかって死亡した最初の成人たちのひとりだった――臓器不全の患者であふれている秋田市立病院に入院した父親は、変異したウイルスに肺組織の細胞を心臓細胞に変えられてしまったし、医師たちにはなすすべがなかった。明には母親に心配をかけるつもりはない。だから、感染症を避けて山村へ疎開した母親に、自分がどんな生活を送っているかを話していない。

明が寝泊まりしているバーチャルカフェ、〈高橋メニーワールズ〉には、飾り気のない布団とシャワーと小さなキチネットがついているパーソナルブースがある。例によって予約は不可。オーナーは高橋映子《えいこ》さん。高橋さんは、家族の死後、政府の補助を受けても事実上、家を失ってしまっている、明をはじめとする若者たちを気にかけてくれている。私物のほとんどを売り払う前も、明は午後じゅうここにいて――ゾンビを殺したり、北海道日本ハムファイターズの一員としてホームランをかっ飛ばして喝采《かっさい》を浴びたりしていた。感染症が流行して以来、より多くの人々がVRを利用してつながったり逃避したりするようになった――新たな友人や恋人をつくって死者の埋めあわせをしたり、感染症以前の日本で、引き裂かれていない家族と満員の球場やお祭り会場に行ったりしている。だが、最近、明はカフェのロビーに居座って、高橋さんやときどきやってくる旅行客と話すほうが好きになっている。

「街にもだいぶ人出が戻ってきてるけど、みんな、お互いに距離をとってるわね。ほほえみあってる人たちはぜんぜんいない。みんな、携帯を見てるか、拡張現実《AR》グラスに夢中になってるかね」と高橋さんは言う。

「あなたがVRカフェの経営者なのを考えると意外な意見ですね」と明は言う。

高橋さんは笑って明の背中を叩く。カフェの店内には、ブースからゾンビの声や銃声が漏れている。一団の男たちが、共用コンピュータを使って、一分百円の、アメリカ人やロシア人のモデルに修正をほどこしたオンライン彼女と話している。カフェの常連のリューは、気の毒に、ずっと前から、いつかモスクワのナタリアと結婚できると思いこんでいる。「もうちょっとお金を送って」とナタリア。「いつ来られるんだい？」とリュー。

「まだ、全員が自前のＶＲシステムを持てるようにはなってないからね」と高橋さんは説明する。

「とにかく、本気で没入できるやつは」高橋さんはロビーの受付のうしろの壁に貼られている、熱帯の島や合コンのＶＲアプリの宣伝ポスターを指さす。「みんな、ほんのつかのまでいいから、悩みを忘れたほうがいいのよ。ほら、現実世界に出ていく準備がまだととのってない人もいるじゃない？　それに、ログからすると、あなたもあの手のアプリにかなりの時間を使ってるみたいじゃないの」

「時間つぶしになりますから」と明は認める。

「シューティングゲームとか？　恋愛ゲームもしてるんじゃないの？」高橋さんは笑いながら明の脇腹をつつく。「どんなタイプの女の子が好きなの？　あなたはモテそうじゃないの」

「秘密です」と明。

高橋さんの言葉が呼び寄せたかのように、その夜、明がＶＲセッションにログインすると、Yoshiko2376から、〝わたしたちはおなじ釜の飯を食った仲よね〟というプライベートメッセージが届く。そのメッセージは、煙のように宙に漂ってから消える。とがった耳や尻尾や翼を別にすればもっとなじみ深い形態を選んでいるほかの人たちと違って、佳子《よしこ》は銀色のたてがみをなびかせているペガサスの姿で仮想の海の上を滑るように飛ぶ。明はすぐに佳子のアバターに気づく。佳子は、人生の第二のチャンスをつかもうともがいている感染症サバイバーを支援する集会が開かれているギリシャ風円形劇場のなかを駆けまわる。このバーチャル版出会いの会の出席者のなかには――自宅訪問の安楽死サービスや富士山の裾野に広がる青木ヶ原樹海での首吊《くびつ》りによっての――自殺のパートナーを探している者も多いが、明には、その人たちの孤独や、感染症の流行中に失われてしまった思い出や夢が理解できる。だが、明はこの集会に、自分ではないだれか――革ジャンを着た、クールで自信満々のロカビリー系ヤンキー――になりきれる可能性を高めるためという独自の理由で参加している。逃避のため、そして自分とおなじくどこにいてもしっくりなじめない人々のなかにいるのはどんな感じかを忘れないようにするために来ているのだ。地平線上に楕円《だえん》が見え、明はそれが佳子からの次のメッセージだと気づく――佳子のプライベートアイランドのバーチャルアドレスだ。グローブ型インターフェースで左にスワイプしてナビゲーションメニューを開き、手づくりの小物やアンティークランプやビンテージのテディベアなどが並んでいる雑貨店に移動する。カウンターのうしろから、ペガサスの姿をした佳子が、「いらっしゃいませ！」と元気よく挨拶する。

「あなたがあのグループで発表した、世界は伝統的な家族のことばっかり気にしてて、だれにも頼れない人たちのことを忘れてるっていう考えかた、よかったわよ」と佳子が言う。

明はうなずき、佳子の店のなかを眺めながら、なんて言おうか考える。自殺の可能性について話しあうことが目的のVRチャットワールドのなかですら、明は女性とうまく話せない。じつのところ、グループで映画やショッピングモールへ行くようなデートもどきしかしたことがない。明の大人としての恋愛感情は、感染症の流行が続いているあいだに、喫茶店で注文をとりに来たウェイトレスにほほえむ以上のことができるようになる前に涸《か》れてしまった。店内には、カップルや少女の写真、結婚式の招待状、ピンクの着物、磁器のティーセットなども並んでいる。ホイールキャップほどの大きさがある懐中時計が天井から下がっている。それらも記念品や思い出の品に思える。

「あれは父親からもらった古い時計なの」と佳子は説明する。「もちろん、現実ではもっと小さいけど。子供のころ、うっかり壊してしまったのよ。だけど、いまでもどんな時計だったかを細かいところまではっきり覚えてる。わたしが寝るまで本を読んでくれてるあいだ、父親がその時計をわたしに持たせてくれてたことも、校庭で走って自己記録を破ろうとしてるわたしのタイムを父親がその時計で計ってくれたことも。父親についての、数少ない幸せな思い出よ」

「集会では、きみは一度もちゃんと話してないよね」と明は言い、多くの写真に写っている女性をまじまじと見て、その女性がアメ横の露店で売り子をしているのを見かけたことを思いだす。「一対一で話すのが好きなの」と佳子。「最近は、大人と話すのが苦手になっちゃって。いつも娘とふたりきりだから」

明は家族写真の一枚を掲げ、メタルフレームの眼鏡をかけている禿《は》げた男を指さす。「ろくでなしに恋するつもりなんてなかったのにね」と佳子。「パンデミックがはじまったときに、この人が必要だと思っちゃったの。最初はすてきな人だった。でも、わたしたちがワクチンを接種したちょっとあとに、彼は転勤を願いでたの。お金は送ってくれなかった。娘が病気になってからは、一度、会いに来ただけ。わたしのことはこれくらいにして、あなたのことをもっと聞かせて」

明は、どこから話そうか迷う。相手の人生が避けられない結末に近づいているとみなしているサポートグループの一員のようにふるまうべきだろうか？　この会話を友情のはじまりとみなすべきだろうか？　明は、佳子の店にあるものをひとつずつ、彼女の心を箸《はし》で探るように検分する。佳子のほうが年上だが、明は彼女に不思議な魅力を感じずにいられない。ふたりとも傷ついているという単純な事実のせいで恋心がつのっている。

「じつは、いま、ぼくには家がないんだ」と明は打ち明ける。

何度かふたりでなごやかに会話をしてから、明はついに、佳子が夜、仕事を終えて帰宅し、娘に食事を与えたあとで定期的に会おうと提案する。明はVRでほかの人たちとも話したことがあるが、全員が男だったし、ほとんど、政府にひどい目にあわされているとこぼすばかりだった。だが佳子は、悲しんではいても、人生についての話をする。幸せな思い出を楽しげに語り、いまでも、お客さんと話すのは楽しいと言う。明は、いまのこの状況をちょっとしたまわり道、人生を好転させるための踏み台だと思うようにしているが、日ごとにそれを信じつづけるのが難しくなっていると打ち明ける。

佳子は自分のプライベートVRアイランドで、明を案内してアンティークショップを通り抜け、外の石庭に連れだす。歩いているペガサスのアバターの翼が、そばにあるものを透過しているように見える。

「たんにちゃんとした仕事に就《つ》ければいいと思ってるわけじゃないんだ」と明は、苔《こけ》むした丸石に腰をおろしながら言う。「近頃は出会いがまったくなくなってるんだよ」

「みんな、この街で起きた悲劇を忘れたがってるのよ」と佳子は応じる。「みんな、ひたすら歩きつづけてる。だれも止まらない。まるで、まだみんな感染してるみたいに。他人の苦しみを見ないようにしてるのよ。耐えやすくはなるんだろうけど、心が冷えきっちゃう」

佳子は感染症の後遺症がある十歳の娘の面倒をひとりでみている。ワクチンは症状をいくらか軽くしただけだった。娘はしょっちゅう寝込むし、精神に障害をきたしている。快活だった少女は、ウイルスのしつこい変異のせいで見る影もなくなっている。佳子は書道のプリントと小物を売って食料品を買い、どうにか生きのびている。「娘以外に知りあいはいないの。母はもう亡くなってる。父とはもう何十年も話してない——馬鹿な老いぼれとは。わたしには、現実世界で友達をつくるなんていう贅沢《ぜいたく》をする余裕はないの。あなたは、結局は他人だけど、わたしにはあなたしかいないの。みじめよね」

明は他人でいたくないが、いまの自分たちはまさに他人同士だとわかっている。明は、ログアウトするときはいつも、いつでも駆けつけると佳子に言っている。きみはひとりじゃないと。

明は、アメ横をぶらついたあと、いつもおなじルートでJR上野駅の雑踏のなかを通って帰っている。駅の外側のくぼんだところに、感染症初期の犠牲者の名前が刻まれている。かつては死者をとむらうためにたくさんのろうそくや花が供えられていた。いま、通りはごみと落書きだらけだし、人々は碑名を一顧だにしない。だが、この夜、明はふと注意を惹《ひ》かれる。ずらりと並んでいるインタラクティブな電子看板のあいだから、古い掲示板に貼られたビラが見えている。単純な紙切れが、ぎらつく照明に浮かびあがっている。

〝印刷工アルバイト募集〟

メールアドレスも電話番号もなく、住所と手書きの地図と、ご興味のあるかたは営業時間中に全身白の服でお越しください、という注意書きしかない。明はそのビラを掲示板から剝《は》がすと、きちんとたたんでから尻ポケットに入れる。

その紙がズボンの薄い布を通して控えめに存在を主張しているのを感じながら、明は、給料はいくらだろう、バーチャルカフェを出てこんどこそ佳子さんと直接会えるようになるかな、などと考える。期待しすぎるなよと自分を抑えようとするが、無限の可能性について思いをめぐらさずにはいられない。地図にしたがって進むと、狭い裏通りの、瓦屋根で障子が破れているぼろぼろの木造家屋の前にたどり着く。その建物の両側は、ファサードがガラスとクロームでできている現代的なブティックホテルになっている。明はその建物の玄関脇に置いている色あせたたぬきの置物の横に立って、最上階のちらつく明かりを見上げながら新たな人生を夢見る。

翌朝、前夜とおなじ場所に立った明は、指示されたとおりの白ずくめの服装で、くしゃくしゃになった履歴書を両手に握りしめている。その建物は、昼間に見ると、ますます場違いに見える。前夜は気づかなかったが、雑草が生い茂っているし、横の壁にツタが這《は》っている。明は佳子のことを考える。佳子は前夜、自分のバーチャルストアにも、行きつけの場所——ダイヤモンドの滝のうしろや土星をめぐっている彗星《すいせい》上のガラスのイグルーなど——にもいなかった。佳子は、ベッドから起きてVRゴーグルをつけられないことも、母親になにを望んでいるのか、なにを恐れているのかを伝えられなくなっている娘がひと晩じゅう叫んでいても自分の部屋にこもっていることもあると言っていた。娘が唯一の夕食をアパートでぶちまけて、リビングの床から麺とつゆをすすりはじめたこともあったのだそうだ。

「どうすればいいの？」と佳子はこぼした。「どなったってしょうがないし。娘は、自分がなにをしたのかがわからないのよ。だから、わたしも一緒に床から食べたの。いくら話しかけても、娘はぽかんとわたしを見るだけなの」

「きみはよくやってるよ」と明はなぐさめた。

「ときどき、どなりたくなるの。娘を揺すって目を覚まさせて、元の娘に戻したくなるの。わたしのことを、かけがえのない存在だと思ってる目で見てほしくなるの」

「きみはかけがえのない存在だよ。娘さんも、心の奥底ではわかってるさ。ぼくにできることはないかい？」

だが、明がこのような申し出をするたび、佳子は無視してすぐに話題を変える。

「パリのシミュレーションでテニスをしましょうよ」と佳子は言った。「古い映画の話をしましょうよ。最後にいつ映画を見に行ったのか、思いだせないわ」


明は玄関に進んでブザーを押す。数分後、もう帰ろうかと迷いはじめたとき、錠をいじる音が聞こえる。年配の男性が頭を突きだし、疑わしげに明をにらむ。いや、おびえているのかもしれない。ゴホンと咳払《せきばら》いをするが、言葉を発しない。明は、建物を間違えたのではないかと思いはじめるが、そのとき老人がいきなりドアをあけて、身ぶりで入れと明をうながす。老人は痩《や》せている。禿げ頭のてっぺんは、かろうじて明の肩までしか届いていない。小林誠司《せいじ》だと自己紹介すると、さっと向きを変え、明を案内して、ガラクタが並んでいて壁に木材が立てかけられている埃《ほこり》だらけの廊下を進む。建物の奥に入りこみ、地下室へおりたころには、明は現実世界から滑り落ちてしまったような気分になっている。

真っ暗でなにも見えないが、老人がひもをひっぱって部屋の真ん中に下がっている裸電球をつける。床から天井まで真っ白に塗られているがらんとした部屋の真ん中に年代物の鋳鉄《ちゅうてつ》製印刷機がある。老人は印刷機に歩みよると、箱から活字を拾っては金具の隅に組んでいく。カチッという音が重々しく壁に響く。

「きみが、こんな印刷機を使うことになると思っていなかったのはわかっている」と老人は、宙を見つめながら言う。白いローブ姿なので、明は、ちょっぴり、神さまと話しているような気分になる。

明は一歩あとずさる。「正直言って、そのとおりです」

「きみは若い。こういう印刷機を扱ったことはあるかね?」

「ええと……」明は子供のころ、母親とゴム印で年賀状をつくったことを思いだす。たしかに印刷所で働いてはいたが、そこの機械はすべてコンピュータ化されていた。色とサイズを指定するだけでよかった。「ずっと前に、似たような機械を使ったことはあります」

老人は明に視線を向ける。天井の裸電球を反射して目がぎらりと光る。「きみは北極病《ほっきょくびょう》をどう思っているかね?」と真剣な口調で問う。

明は、どう答えるべきか迷って老人を見つめかえす。

「じつのところ」と老人は続ける。「オウム真理教をはじめとする、いわゆる終末思想を説いた集団は間違っていた。一九九五年のサリンガス事件を知っているかね?」

明はうなずく。文化史上の一エピソードだ。父親の同僚が、この事件で兄弟を亡くしたのだそうだ。

「あれは悲劇だった」と老人。「だが、だからと言って、いわゆるカルト教団の哲学が間違いだったことにはならない。われらがサンウェーブ協会の指導者は、世界は一年前に太陽フレアで滅ぶと予言したが、的中しなかった。だが、この先も滅ばないということにはならない。感染症の流行はそれほど悪いことではなかった——ハードリセットであり、浄化であり、世直しのチャンスだった。だが、だれも耳を傾けようとせん」

明は老人が活字を印刷機の金属板にセットするのを眺めながら、老人がほぼ五千万人の死を看過したという事実を気にしないように努める。老人は、左足で大きなペダルを踏みながら、渾身《こんしん》の力をこめてレバーを引く。このイカれた老人に縛りあげられたり、もっとひどい目にあわされる前にくるりと向きを変えて逃げだすべきだろうか、と明は迷う。老人は、またも、自然の秩序について、世界がいかにして戦場と化したかについて、人間対地球の戦争について話しだす。人々を救いたい、目を覚まさせたい、ぼくたちが住んでいる惑星を救いたいのだそうだ。老人は印刷機から紙の束をとりあげて明に渡す。

「これで、どうすればいいかはおおむねわかったはずだな。きみには、チラシ配りもやってもらう」

明はチラシを見おろす。〝覆水盆《ふくすいぼん》に返らず〟というタイトルがついている。老人は明に鍵束を渡し、好きなときに働いてくれればいいが週五千円しか出せない、ただし、よかったらこの建物に寝泊まりしてかまわないと告げる。「なにしろ」と続ける。「印刷機をかつぐ気にならないかぎり、ここには盗むものなどひとつもないんだからな」明は、階段をのぼって戻る途中、来たときは気づかなかった、壁にかかっている写真の前で足を止める。「妻と娘だよ」と老人は写真を凝視しながら説明する。「九五年のサリン事件の二週間前に撮ったんだ。娘は生きのびた。だが、娘は父親を忘れることに決めた。これは、わたしが娘を守るための唯一の手段なんだ」

明はチラシでいっぱいのメッセンジャーバッグを背負って老人のもとを去る。ビジネス街の公園の噴水のすぐ外にある、もよりの人通りの多い交差点に行く。頭上でチラシを振りながらタイトルを叫ぶ。「目を覚まして、ここに書いてあるほんとうのニュースを読みましょう！　覆水盆に返らず！　共同幻想から目覚めて世界を見ましょう！」四方からの途切れない人の流れが明のそばを通りすぎる。だれも足を止めたり、明に注意を向けたりしない。

「あなたは分別がありそうじゃないですか」と明は言って、チラシを若いサラリーマンに押しつける。男は明が近づくと飛びすさるが、チラシを受けとって歩きつづける。

「すみません、ちょっといいですか？　電磁波汚染って聞いたことがありますか？　すみません、すみません」と明。通りの反対側で、別の街頭宣伝員が葬儀計画携帯アプリを売りこんでいる。ピンクの棺桶《かんおけ》の着ぐるみを着て踊っている人物の横で、女性がポケットティッシュとうちわとバイザーを配っている。通行人が立ちどまり、棺桶とポーズをとり、宣伝員と話しているのを見て、明は、販促品がないのは不利だと気づく。

「覆水盆に返らず」と明はくりかえす。「感染症が道を示してくれたのです。資本主義に別れを告げてコミュニティに参加しましょう。仲間と連帯しましょう」また一枚、チラシを渡そうとしかけたとき、明は歩道上でぐいとひっぱられる。

「ただちに立ち去れ」と警官が明に命じる。警官は胸板が厚い年上の男で、プラスチックのサングラスをかけている。視線を明にひたと据えている。「公道で過激派のプロパガンダをするんじゃない。迷惑だぞ。身分証明書を見せろ」

「持ってません」と明。

「名前は？」警官はポケットからタブレットとタッチペンを出す。

「大江健太《けんた》です」と明は答え、自分の機転に誇りをいだく。「埼玉から来ました」警官はチラシを一枚とって明をもより駅のほうへ押しやる。

ビジネス街では成果がはかばかしくなかったので、明は原宿駅の外に場所を変える。保守的ではない若者が多い街なので、耳を貸してもらえるかもしれない。最初、ファッションで世界的に有名な街にいるというのに破れたジーンズと汚れたTシャツという格好で年齢が近い若者たちにチラシを配るのが恥ずかしくて大きな声を出せない。通行人は無意識にチラシを受けとり、クーポンブックかコンサートのフライヤーをもらったかのように歩きつづける。だが、清涼飲料やハンバーガーやかき氷を飲み食いしながらチラシを読んでくれる若者もいる。夫か恋人がチラシをごみ箱に捨てるが、若い女性が、みんながみんなイカれてるわけじゃないかもしれないと言っている声が聞こえる。

明はその夜、バーチャルカフェに戻る前にアメ横に寄り、露店を店じまいしている佳子を見かけて、ハリウッド映画の色男のように話しかけに行ける勇気があればいいのにと悔やむ。カフェのブースに入ると、佳子が仮想世界に入ってきてきょうの出来事を話せるようになるのをじりじりしながら待つ。人が心から生きつづけたいと望むようになるためには、幸せな記憶と悲しい記憶の比率はどれくらいがいいのだろうと考え、佳子とともにその比率を達成したいと願う。明は、暇をつぶすために持ってきたサンウェーブ協会のチラシを手にとる。意外にも、内容のほとんどに共感する。世界が破滅するというくだりと、謎の第十惑星が磁極反転《ポールシフト》を引き起こして大破局が起こるという部分は別にして、全体的な趣旨に。地球に、人類の故郷に対する責任を自覚し、次世代のために明るい未来を用意しなければと思う。街に出ている人々が携帯から顔を上げ、顔を見合わせるさまを思い描く――〝こんにちは。どうしてそんなに悲しそうなんですか？　どうしたらわたしたちは元気になれるんでしょうか？〟

メロディチャイムが響いて佳子が仮想世界にあらわれたことを明に知らせる。明が店に転移すると、佳子は彼女がつくった、蝶《ちょう》がたくさん棲《す》んでいる外のイングリッシュガーデンにいる。明は彼女の翼の音を聞き、ひづめが蹴散らした土がホタルの群れのように光るさまを見る。宙に点々が浮かんだので、佳子がタイピング中なのがわかる。だが、すぐに、言葉が表示されることなく点々は消えてしまう。

「マイクがオンになってないのかい？」と明はたずねる。佳子に近寄ってたてがみをなでる。

「ごめんなさい」と佳子。「しばらく黙っていたかったみたい。ここではたくさんのものをコントロールできるのがうれしいの。ここの蝶とか、あっちの湖の魚とか、ありえない形に――母の顔とかエッフェル塔とかグランドピアノに――できる空の雲とかを」

「みんなきれいだよね」と言って明が宙に手をのばすと、虹色の蝶がてのひらに止まる。彼方《かなた》の湖の桟橋に小柄な人影が見える。少女だ。「あれはだれ？」

「娘よ」と佳子が、ささやくように答える。立ちあがって庭のフェンスのほうへ歩いていき、湖を見やる。「仮想世界の宝石を一万個使って、わたしの携帯の動画をバーチャルモデルに変換したの。プレイボタンを押すと、昔、娘が学校から帰ってきたあと、毎日ふたりで踊ってたみたいに踊るの。笑いながら、〝もう一回、もう一回、もっと速く、もっと速く〟って言うの。自分でもなにを期待してたのかわからない。だけど、あれは娘じゃない。いまプレイボタンを押したら、あの子は湖に落ちる。一度、やってみた。あの子の手を握りながら、ふたりで水中に沈んだの」

「きみは、このすべてについての考えを変えたと思ってたよ」と明。

「何日かいい日が続いても、なにも変わらないのよ」と佳子。「娘はあいかわらず苦しんでるし、意思が通じない。だれも助けてくれない」

佳子が頭を下げ、翼をはばたかせると、土ときらきらが舞いあがる。明は、佳子に彼女の現実の暮らしについてもっとたずね、アメ横で彼女を見たことを打ち明けたいが、いまはそのときではなさそうだ。

「ぼくになにをしてほしい？」と明はたずねる。「なんでもするよ」

「ここでわたしと、なにも言わないで一緒にいてくれるだけでいいわ」と佳子は答える。

翌日、明はまた印刷所へ行き、懸命に働く。印刷機から離れるのは、チラシをひもでたばねるときだけだ。てきぱきと仕事をすれば、時間は早く過ぎ、バーチャルカフェのブースに戻って佳子が来ているかどうかをチェックできる。ぼくは、彼女との関係を誤解してるんだろうか？　佳子は落ちこんでいただけのはずだと明は確信している。小林老人は明に印刷すべき新しい原稿を渡すと、それはとりわけ重要なチラシなのだと告げる。そのチラシのテーマは、地球の破滅や海洋生物の回遊パターンの変化といった遠大なものではなく、もっと身近な――家族とコミュニティなのだと。

「人々は、お互いの、自分自身の気づかいかたを忘れてしまっているのだよ。目の前のことを気づかえないのに、世界を気づかえるはずがない」と老人は説明する。その日、老人は、基本的には明をひとりにしておくが、しょっちゅう戻ってきては仕事の進展を確認する。老人は、話し相手がほしいだけなんじゃないだろうか、と明は思う。

「世間はわたしたちを理解してくれていないんだ」と老人は言い、明が家族の写真を見ていることに気づく。「たいていは、理解しようとすらしない。娘からは、母親を殺したのはわたしだと言われているし、一部の主張がおなじだからという理由でわたしをテロリスト呼ばわりしている」

「娘さんと会いたいですか？」と明は言い、口を開いたことを後悔する。しばし作業の手を止めて答えを待つ。

「サリン事件のとき、きみはなにをしていたんだね？」と老人はたずねる。

「生まれてませんでした」

「わたしはおもちゃ屋にいた。店を出て地下鉄に乗ろうとしたんだが、入口が封鎖されていた。理由はわからなかった」老人は明の肩に手を置く。「オウム真理教の犯罪にはわたしたち全員に責任がある。だが、わたしはテロリストじゃない。家族を愛している。〝よしこ〟のことを毎日考えている。人はたやすく恐怖にまどわされてしまう。人を、往々にして間違った理由で団結させる」

明は振り向いて、壁にかかっている老人の家族写真を見やり、少女には佳子の面影があることに気づく。佳子は、父親とはずっと話していないと言っていた。だが、父親と話していない人は大勢いるし、〝よしこ〟というのは珍しい名前ではない。自殺フォーラムで知りあった相手に、おかあさんはテロ事件に巻きこまれて死んだのかなんて聞けるか？　明が現実世界のことをちょっとでもたずねると、佳子はすぐに飛び去ってしまう。

　明は老人の疲れた目を凝視し、見慣れた空虚を認める。「わかってます。ええと、あなたがテロリストじゃないってことは」

　それから数日、明は、佳子は老人の娘なのではないかという直感を裏づける情報を探す。

「娘が結婚しているのは知っているんだ」とある日、老人は昼休みに打ち明ける。「孫娘がいることもな。一度、手紙をくれた。感染症が流行する二年くらい前だった。たぶん、苦しめようとしたんだろう。〝わたしは元気に暮らしています。あなたには、決して会うことのない孫娘がいます〟と書いてあったよ」

「娘さんのことを教えてください」と明は頼む。そして老人から、娘は子供のころバレエを習っていて獣医になるのが夢だった、という話を聞いて、疑念は確信に変わる。だが、父親が娘のことを気にかけていると知るだけで佳子は救われるだろうか？　娘が生きていると知ったら、老人はローブを脱ぐだろうか？


　翌日の夜、明は熱気球に乗って金星の硫黄《いおう》臭い雷雨の上を飛ぶ。佳子はそばを飛びまわる。

「ぼくたち、現実で会ってもよくないかい？」と明は提案しながら、現実で会っているときのほうが、佳子に父親のことを告げるかどうかを決めるのが簡単かもしれないな、と思う。

　佳子は、明の気球をうっかり雲のなかに蹴りこんでしまう。

「いまはお金の余裕が多少あるから、おごるよ」と明は言う。「手を貸したいんだ」

「あなたにとって、わたしはなんなの？」と佳子はたずねる。「この先どうなると思ってるの？」

　明は〝ソウルメイト〟か〝恋人〟かな、と考えるが、どっちもしっくりしない。「わからないよ」と答える。

「現実で会っても、これとは比べものにもならないんじゃないかしら。この世界を見て。すばらしくない？　あなたはわたしになんの借りもないわ。わたしたちには、この世界があれば充分なのよ」

「だけど、これは現実じゃない」

「ええ、そうね」


翌朝、明は、実際に会えば佳子の気も変わるはずだと確信し、きょうこそ名乗りでようと決めてアメ横に向かう。市場で書道プリントとTシャツを並べている佳子に、自分がどんなふうにはじめて手を振って挨拶するかをイメージしながら。会ってしまえば、佳子も明との関係を軽《かろ》んじなくなるはずだった。ハグしたりするかもしれない。散歩に行って手を握ったりするかもしれない。明は、現実世界でどうやって仮想の遊び場を再現しようかとあれこれ思案する。どうしたら飛べるだろう？


来てくれてうれしいわ、と佳子は言うだろう。やっと来てくれてほんとにうれしい、と。

ところが、ヴェニスのホログラムが大々的に展開されているアメ横の近くまで行くと、カナル・グランデのそばのいつもの場所に佳子がいないことがすぐに明らかになる。明は近くの露店で娘に小さなおもちゃ、人気のあるいにしえのロボドッグキーホルダーを、佳子にはチョコもちを買う。

上野公園のなかをえんえんと歩いてバーチャルカフェに戻ると、高橋さんが、ビストロテーブルでお茶を飲みながら新聞を読んでいる。高橋さんは、明に気づいて、「たいしたもんじゃないけど、昼ご飯をつくったから一緒に食べない？」と誘う。明は早くブースに戻りたいが、腹は減っているし、何百円かの節約になる。明が腰をおろすと、高橋さんはテーブルにご飯を盛った茶碗《ちゃわん》と、シャケとうなぎが入ったタッパーを置いてくれる。明は高橋さんがつねに首にかけている紫水晶をじっと見る。いつも地味な着物を着ているので、ニューエイジっぽいネックレスが不釣りあいに感じられる。水晶は、角度によって、間違いなく、小さな星々のような光を発している。

「だいじょうぶ?」と高橋さんが座りながらたずねる。

明はうなずくと、かすかにほほえみながら、「いたって元気ですよ」と答える。

「最近はご機嫌みたいね。そのうちここを出られそうなんじゃないの?」と高橋さん。「夜遅くに笑ってたって聞いたわよ。いい人ができたの?」

明は肩をすくめて自販機の味噌汁《みそしる》をすすり、箸でうなぎをゆっくりと持ちあげる。

「複雑なんです」と明。

「がんばってね。ただし、入れこみすぎちゃだめよ」

「その人との相性はバッチリだと思うんです。だけど……」

「最初はみんなそう思うものなのよ」

「その人とその人の娘さんの面倒をみたいんです」

「だれかのためにわが身をなげうつのが正しいこともある。でも、わたしに言わせれば、あなたはまず、自分の面倒をみるべきだし、自分の将来を考えるべきなんじゃないかしら。わたしは、昔、いきなり母を亡くした。このペンダントは母の形見なの。わたしは、いまだに母を探しているのかもしれない。だけど、母はここにいる——それに、あなたみたいな人の手助けをするっていうこの仕事もある。わたしに必要なのは、日がな一日、ロビーで黙って座って世間を観察することだし、人はみんな、それぞれのやりかたで傷を癒《い》やすものなの」

「そうなんですか。おかあさまのことは知りませんでした」

「昔の話よ」高橋さんはそう言いながら水晶のペンダントをくるくるまわす。「お願いだから、一年以内にはここを出ていけるようにしてね」

明は高橋さんに食事をおごってくれた礼を述べ、自分のブースにひっこむ。

仮想世界に入ると、佳子から、〝わたしたちのあいだには暗黙の了解があったわよね。友達でいてくれてありがとう〟というメッセージが届いている。佳子の店に入ると、湖へ行くように、という明への指示が記されている中世の巻き物が壁に貼ってある。明は門を押しあけてイングリッシュガーデンに入り、赤と黄色のチューリップ畑のなかを進む。桟橋の突端に着くと、湖面の上にプレイボタンが浮いていて、またも、〝ごめんなさい。あなたに話さなかったことがたくさんあったし、あなたが願ったような仲にはなれなくて〟というメッセージが添えられている。そのボタンを押すと、佳子のアバターのペガサスが湖から飛びだしてきて桟橋に降り立ち、明が背中に乗れるように座る。ペガサスが翼を羽ばたかせると、明はしがみつく。ペガサスが舞いあがって佳子の録音された声が流れはじめ、明は彼女の王国の上空を、彼女の店と庭の上を飛ぶ。湖をまわりこみ、滝が並ぶ谷を通り、難破船の群れのあいだを縫うように抜ける。明は、佳子が、プログラムずみの質問に、彼女の声と口調で答えられるAI／スマートアバターをつくっておいたことに気づく。

「このまま飛びつづけてもいいし、質問してくれてもかまわないわ」と佳子のアバターが言う。

「ここはきれいじゃない？」

「小林誠司さんはきみのおとうさんなのかい？」

「わたしは家出したの。母の死を父のせいにしちゃったけど、どうすれば取り消せるのかわからなかった。夫が救ってくれると思ったけど、だめだった。娘が救ってくれると思ったけど、救ってくれたのはしばらくのあいだだけで、娘が病気になってからは、わたしはいい母親でいられなくなった」

「好きなデザートは？」

「コーヒーアイスクリームよ」

「好きな音楽は？」

「クイーンね」

「現実世界でぼくに気がついたことはある？　ぼくがきみを見てるのがわかった？」

「だれにも気がついたことはないわ。露店で働いているとき、わたしは自分の世界に閉じこもってたの。街の喧噪《けんそう》に包まれてたの。ときどき、娘から離れていられる時間を楽しんでることに罪悪感をいだいたわ。あの時間は、昔に戻ったみたいな気分になれた。あなたと会いたい気持ちがないわけじゃなかったけど、ずっと前に心を決めてたんだと思う」

「きみとはわかりあえてると思ってたんだ」

「あなたはわたしのほんの一部しか知らなかったけど、あなたがここにいてくれてうれしかった。わたしには、わたしと娘にとっていちばんいいことをするしかなかったの」

「いちばんいいこと?」

「わたしはそう思ってる。それがわたしにとっての真実だったの」

「ぼくのことを、ちょっとは気にかけてくれてたのかい?」

「もちろんよ。親しい知人として。知りあったばかりだけど、似たような人生経験をしてる相手として。あなたってほんとに純真な人ね。よかったらわたしのことを覚えていて。それが先に進む助けになるなら。あなたの幸せを祈ってるわ」

明は何回もペガサス体験を再生する。佳子の人生の事実に隠れたメッセージがあるかのように。VRゴーグルをつけたまま眠り、トイレへ行かざるをえなくなったときだけブースを離れる。心のどこかでは、録音では別れを告げていても、佳子がまたログインしてくる可能性があると思っている。だが、心のどこかでは、佳子は永遠に去ってしまったとわかっている。

早朝になって、理屈ではなく疲労から、もうやめなければならないとふんぎりをつける。長時間ゴーグルを装着していたせいで、目を世界に慣らさなければならない。そして、ロビーに置いてある毎日新聞の一面で、ふたりの——佳子と彼女の娘の顔がこっちを見つめていることに気づく。明は目をつぶる。これはきっと幻だと思いこもうとするが、ふたたび目をあけても、やはりふたりの顔が見える。異様な、体が燃えているような感覚が全身に広がり、その感覚はずっと消えないような気がする。〝あなたってほんとに純真な人ね。よかったらわたしのことを覚えていて。それが先に進む助けになるなら。あなたの幸せを祈ってるわ〟

明は自分のブースに戻って、なにかの間違いであることを願いながらオンラインニュースをチェックする。だが、明がページをスクロールすると、アパートから運びだされるふたつの死体袋の写真が表示される――ひとつのほうがもうひとつより大きい。〝パンデミック後の社会的・医学的支援を自治体と政府が怠った結果の悲劇。社会福祉の穴を自殺支援グループが埋める〟というのが見出しだ。ある記事によれば、現場でバルビツール酸系睡眠薬が発見されたという。薬瓶《くすりびん》には〈調和共同体〉という闇安楽死サービスのロゴが記されていたという記事もあった。明はスクリーンに触れ、腕がだるくなっておろさざるをえなくなるまで触れつづける。そしてゴーグルをつけ、記事に書かれている通りの座標を入力し、閑散とした東京の街並みを歩いて佳子が娘と住んでいた建物を見つける。玄関に近づくが、マッププログラムは住居のなかには入ることを許してくれないので、窓を見上げながら、佳子が見おろしていると想像する。

小林誠司は、佳子と彼女の娘の死後、明が仕事中、サンウェーブや彼の人生についてたずねるのをやめて黙々と働くようになっていることに気づく。ある晩、小林老人は明の肩に手を置き、ひと休みしてお茶にしようと声をかける。やかんと紙コップふたつを持ってきて床に置き、明も座らせる。

「気になることがあるようだな」と老人は言う。

明は肩をすくめてお茶をすする。親しい人を亡くしたのだと打ち明けようかと思ったが、そうなると、間違いなくさらに質問され、老人に彼の娘について話さざるをえなくなるとわかっている。

「わたしは長いあいだ、かつての人生を――思いだせなくなる前に家族についての記憶をとどめようと日記をつけてきた」と老人は言う。「亡くなった妻と娘に謝罪の言葉を書きつづけてきた。長年にわたって送りつづけた、自分を責める手紙のバリエーションだよ。わたしはまともではなかったんだ。だが、この人生にけりをつけていたら……」

「ぼくもまともじゃありません。でも、ご心配にはおよびません」と明はさえぎる。

「もしも終わりにしていたら、わたしは娘が憎んでいた男になってしまっていただろう。娘が正しかったことを証明していただろう」と老人は話しおえる。

「娘さんは、きっとあなたを愛してましたよ」と明は言い、これ以上話すのは残酷すぎると最終的に決断する。「何日か休みをいただきたいです。戻るかどうかはわかりません。福岡で旧友の葬式があるんです」

「ご愁傷さま。どういう人だったにしろ。仕事はやる気になったときに、いつでも戻ってきてくればいい。どっちにしろ、ひきとめられるような給料は払ってないんだからな」

明はバーチャルカフェで荷物をまとめ、高橋さんに礼を述べる置き手紙を書いてから駅に向かう。途中、遠回りして佳子のアパートに寄り、外に花束を置く。近くの歩道にホームレスの男が座りこんでいるのに気づくと、その男のそばの路面に荷物をおろし、佳子と彼女の娘のために買ったおみやげと上着、それにトートバッグに入るだけの私物をとりだす。

「よかったらもらってください」と男に声をかける。男はとまどっているようだが、すぐに新しい私物をあさりはじめる。男は靴下をとりだしてはだしの足にはく。

鉄道の片道切符を買い、ホテルを数日予約するだけで、明の貯金が半分になる。明は自分の座席を見つけると、窓に頭を預け、軽食と飲み物を売っている女の子を、手で振って断る。佳子のために買ったチョコもちを食べてもいいが、そうはしない。田舎の墓地まで行ってから、佳子と彼女の娘のかたわらで腰をおろし、できるだけ時間をかけてその菓子を食べるつもりだ。別れを告げ、どんなふうにして一緒に過ごすつもりだったかをつらつらと話したら、墓にロボドッグキーホルダーと途中で摘《つ》んだ野の花を供えて帰るつもりだ。

「母親に電話をかけてみるよ」と明は言うだろう。「いいきっかけになるかもしれない」そして、空想のなかで、道を歩いている明の上を佳子の魂《たましい》が飛んでいる。翼がある馬の影が明を道案内してくれる。明が家と呼べる場所にたどり着くまで。

きみが海に溶ける前に

これがきみの遺体を入れる容器だよ。きみは三百五十度の水酸化《すいさんか》カリウム水溶液に浮かぶことになる。皮膚は灰のように剝《は》がれ落ち、何年もぼくへのメッセージを書いてくれてた手のなかの腱《けん》はほどけて蜘蛛《くも》の糸のような細さになり、なにもかもが消えてしまう。はじめて〈エデン・アイス〉に来たとき、きみはまだそこまで体調が悪くなくて、癌《がん》感染症の脳への後遺症で医者たちがきみを眠らせざるをえなくなる前のことだった。うちは、埋葬と火葬に代わる芸術的な葬儀を提供する、感染症の流行はおさまったものの、慢性的な後遺症で人が死にはじめてから一般的になった、あまたある〝新たな死〟を扱う企業の一社だ。

ビデオ通話でサービス内容を紹介したとき、きみは、ウィーフューチャーの広告でうちを知って、利用者の声が胸に響いたから順を追って説明してほしいとぼくに頼んだ。

「当社はカスタマーサービスに誇りを持っております」とぼくは説明した。「商事改善協会の評価はAプラスですし、二〇四〇年のFEEL、つまり葬儀企業起業家ロビースト大会でもっとも有望な葬儀スタートアップ企業として金の柩《ひつぎ》賞を受賞したのです」

「すごいわね」ときみは言った。きみはタンクトップ姿だったから、ぼくはきみの腕の図柄を見ながら、きみが人間電気煮込み鍋《クロックポット》と評した、最新式のアルカリ加水分解《リゾメーション》容器について説明した。ぼくは、携帯電話を使って動画で施設の説明をした。工夫を凝らして悲劇を美の瞬間につくりかえた――ふたりの少女はディズニープリンセスたちに、介護つき住宅で手をつないだまま発見された年配の夫婦はつがいの白鳥に。

「とにかく、液化される前に刺青《いれずみ》を保存してほしいの」ときみ。「わたしのメモは受けとった？」

「ええ」とぼく。「お客さまがうちに送られてくる前に、イモータルインク社がタトゥーを保存して額装してくれることになっています。お客さまのご要望にはしっかり対応させていただきます」

「刺青はわたしの物語なの。わたしの人生なのよ」

ぼくたちは氷の彫刻でつくる帆船の設計図と写真を交換した。きみは、昔、遠足でひと晩泊まり、いつか世界をめぐりたいと願った古めかしい帆船を希望した。帆は赤く染めてほしいと言っていたのに、月が変わるとやっぱり青がいいと意見を変えた。最初は、あくまできみを顧客とみなしていた。やがて、きみが自分の部屋でジャズをかけていたり、実家に泊まるときは天井に日本地図が貼られている子供ベッドで寝ていることに気づいた。高校生のとき、今世紀末までに日本の大都市のほとんどは部分的に水没してしまうかもしれないと知るまで、遺産のことなどまったく気にしていなかった、ときみは言った。

「なんとかできるのかもしれない——洪水分水路とか防潮堤をつくって」きみはきみのコンピュータの画面に表示した気候予測を共有しながら説明した。「だけど、やっぱりどうにもならないかもしれない」

「つまり、沈んでしまう前に母国を見たかったんですね」とぼく。

「ええ、そうよ」きみは、堅物《かたぶつ》を見る目でぼくを見ながら言った。「だけど、うちを出て、わたしを招いて刺青を教えると言ってくれた名人彫り師のワタルさんのもとで学びたいっていう気持ちもあった。ワタルさんに、何年も絵を送りつづけてたの——まあ、ほとんどはアニメのファンアートだったけど、未来都市とか、ビッグフットとかチュパカブラとかスノリゴスターみたいなアメリカの未確認動物の絵もあったのよ」

「スノリ——なんですって？」

「背中に大きなトゲがあって尾がプロペラになってるアリゲーター。フロリダの沼地の民間伝承よ」

ぼくはきみに感心してもらおうと時間があるときにジャズについて調べ、ある日、きみがいまにも倒れそうなほど疲れて見えるときに、ディジー・ガレスピーをバックにエラ・フィッツジェラルドが歌っている曲をかけた。きみはほほえんで、「見え見えよ」と言ったが、何時間もふたりで一緒に聴いた。

別の日に、刺青の歴史について調べてから、ぼくはきみに、全身にお経を刺青した仏教の僧侶についての物語を話した。「悪霊から身を守るためにそうしたんです」とぼくは説明した。「だけど、刺青を入れるのを忘れた耳を、悪霊にひきちぎられてしまったんですよ！」

「『耳なし芳一《ほういち》』ね？　わたしと話す前に、ウィキペディアを検索するとかしたんでしょ？」ときみはツッコミを入れてから、きみに感心してもらうためにぼくが調べたことをすっかり白状するように迫った。デューク・エリントンは、はじめて作曲した〈ソーダ・ファウンテン・ラグ〉を、公式には一度も録音してないとか、最善をつくして対策しても、氷河が解けて、海面は二一〇〇年までに九十センチくらい上昇しておよそ七億人が移動を余儀なくされるとか、日本の水の妖怪、河童《かっぱ》の力の源は、皿状になっている頭のてっぺんにためてある水なのだが、こっちがお辞儀をすると、思わずお辞儀を返してしまう、くらいですよ、とぼくは認めた。

「あなたは、学校ではモテモテだったんでしょうね」ときみ。

「歯の矯正をしてたし、視聴覚部だったんですよ」とぼく。

きみをモデルにした船首像のデザインを送ると、きみは、〝この世を去るときは神秘っぽくなきゃ〟と返信してきた。ぼくはデザインを再検討し、きみを麒麟《きりん》の姿に、きみの顔をしていて下半身が人魚のようになっている竜と鹿のハイブリッドに変えた。ぼくたちはオンラインで映画『スプラッシュ』を見た。きみは、「馬鹿みたいな八〇年代を存分に楽しめるように、もっと早く生まれたかったわ」と言った。ぼくはきっと、短い時間を何度かともに過ごした機会や深夜のビデオ通話を美化しているのだろう。長いあいだそれを続けているので、きみの遺体を見おろして立っていると、ほんとうのきみを知らなかったことをすぐに忘れてしまう。

きみのご両親がきみを送ってくれたとき、きみの遺体はもう膨張しはじめていた。極小のフグがきみの血管に入りこんでいるかのように。血が背中側にたまっているので、きみの尻は農産物直売所の裏に転がっている傷んだプラムの色になっている。イモータルインク社の病理学者が、きみの皮膚の刺青部分をすでに大きく剝ぎとっているので、きみは、各地を巡回する人体の内部展の展示品のようになっている。きみは不思議な表情を浮かべていて、ぼくはそれを悲しみと解釈した。もしもぼくの声が聞けたら、きみはきっと、〝死人が悲しそうに見えないわけがある？〟と言っていただろう。でも、ひょっとしたら、最後の息にこめられていた失望、やり残していたことや隠しごとかもしれない。きみのソーシャルメディアのプロフィールを見ると、きみはしょっちゅう冒険をしてたみたいだね——エジプトでラクダに乗っているきみの写真や、カヤックをこいでいるきみのうしろに何頭ものイルカのヒレが見えている写真や、温泉に入っている刺青のあるヤクザの写真や、ヒッチハイクをしていたきみを乗せてくれた人たちとの写真を見たよ。誕生日には、たくさんの人からきみに会いたいっていうコメントがついていたね。その人たちは結局、どうしたんだろう？　感染症で死んだのかな？　きみから縁を切ったのか、それともその逆？　ぼくはきみのアルバムを見ながら、ぼくも写真の場所に一緒にいたらと想像し、きみは逃げたがってたんだろうか、それともそんなことを考えずに暮らしてたんだろうかと考える。

もっと時間があったら、ぼくたちはどうなっていただろう？　ビデオ通話を千時間して、インスタントメッセージを二万回やりとりしていたら。最終的な書類へのサインが終わったあと、きみはいきなりビデオ通話をかけてきた。ぼくはたぶん、商売上の笑顔以上の笑顔になり、きみは、薬で時間稼ぎをしてたけど、それが無理になりかけていると言った——「おいしいものが食べたいな。

いつもこんなに疲れてなければいいのに。出かける元気がないのがつらいし、感染症にかからなかった人や、後遺症なしで治った人を見るとむかつく。わたしは死にかけてるのに、世界が地球を救うためについに一致団結してるのも腹が立つの」と。「わたしの悩みであなたに迷惑をかけるつもりはなかったのに、こんな通話は迷惑よね」と。気にしないでくださいとぼくは応じた。どうぞ話してくださいと。〈エデン・アイス〉はお客さまを家族のように大切にしているのですと。「馬鹿なことはおっしゃらないでください」とぼくは言った。「いくらだってつきあいますよ。アラスカのコディアックには、夜遊びができる店なんてほとんどないんです」

きみが液化すると、ぼくは残った骨片を拾い、きみのおかあさんのために粉砕した。ほとんどの人は、遺灰箱に、ステイン塗料で着色した松材製のシンプルな〈エバーグリーン・スランバー〉か、金メッキしたアルミ製の〈シューティング・スター〉を選ぶ。でも、きみは、最後に意識が清明だった時期に、背景を一本ずつ——モルディブ諸島とキーウェスト島とニューオーリンズとヴェニスに——変えたボトルシップを使ってほしいとメールしてきた。どこも、いつか行きたいときみが願っていた場所なのだそうだ。どこも、いま生きている人たちが死ぬまでになくなってしまうはずの場所だった。

ぼくはきみのしなびた両手を陰部に置く。固体から液体に変わるとき、それなりの尊厳を保ちたいときみは言った。きみを容器に入れる前に、ぼくは元のままのきみを、ほとんど話してくれなかった数々の物語で飾られた無傷な肌でおおわれたきみを思い描く。きみのへそのまわりでジャクソン・ポロックの絵のように踊っているほくろとそばかすを見て、ぼくはマーカーペンをとってきて、それらをチベットの曼荼羅《まんだら》のようにつなぎたくなる衝動を抑える。そうすれば、ぼくはきみにとってそもそも何者かだったとして、きみは何者だったのかについての秘密が解けるかのように。この一年、ぼくは同僚たちからきみについて聞かれた――「おまえがしょっちゅう見つめてる資料写真のアジア人女性はだれなんだ?」と。(言うべきことがないから)なにも言わなかったが、同僚たちはぼくを色男と呼んで困惑させた。父親が感染症で亡くなったあとでアラスカ州シトカの小さな家に疎開した母親に連絡したとき、人生がとるに足りないように思えるのに、人と人との距離が遠くて世界がかろうじて崩壊をまぬがれているように見えるというのに、どうやって正しい恋愛相手を探せばいいんだろうとたずねた。どうにかなるものだと母親は答えた。アルコールが助けになるし、救いようのないダメ人間にだけ気をつければ、だれかしら見つかるものだと教えてくれた。だけど、酒を飲まなくて、夜遊び全般が好きじゃなかったら? いま住んでいるところが、人づきあいを避けたいと考えたときに思いつく場所のひとつだったら?

きみが入院する直前に、氷の船と葬儀についての最終合意が成立した。きみは、ごく薄くなっている皮膚の内側で枝分かれしている血管が光っていたが、ぼくはきみにふたたび髪を生やして、もう帽子をかぶりたいと思わなくてもよくした。そして彫刻の縮尺模型を見せて、マストと帆、それにもちろん、きみが注ぎこまれる麒麟の船首像をじっくり検分してもらった。そしてきみから最終的な要望を聞いたあと、ぼくはきみに、病院にお見舞いに行ってもいいかとたずねた。だって、ぼくたちはもう友達じゃないか。長い沈黙を続けてから、きみは、「それは、いい考えじゃないような気がするわ」と言った。傷つかなかったと言ったら嘘になるだろう。きみはさらに、「人も場所も、時間がかぎられていればこそ、考えたり成長したり愛したり前進したりする役に立つこともあるのよ」と言った。きみは通話を切ってから、〝いろいろありがとう〟というメッセージを送ってきた。最後に、〝愛をこめて、メイベル〟という署名があった。ぼくがどれほどきみの助けになって、きみがどれほどぼくの助けになったかがはっきりわかればいいのに。ぼくは、自分の仕事をきちんとはたしただけだったのかもしれない。きみを容器に滑りこませる前にキスしたい気持ちもあるが、たぶんそれはいいことではないのだろう。

アリューシャン列島の玄関口であるアラスカのウナラスカ島が、きみが選んだ進水の地だ——理由のひとつは名前だし、もうひとつの理由はこの列島がシベリアに近いからだ。「近いけど、すぐそばってわけじゃない」ときみは言った。「わたしをこんな目にあわせたウイルスの起源に戻るって感じかな」と。きみの葬儀の下見のためにきょう、この島を訪れたぼくは、きみが隣にいると想像しながら、きみが自由になる場所を指さす。なにもかもが帯電し、つながりあっているように感じる。ここでは、世界がまだ人間の邪悪さに触れていないように思える。野生馬の群れが草を食《は》んでいる。湾に浮かんでいるラッコがカニを石にぶつけて甲羅を割っている。絶壁の狭い岩棚ではワシの卵がかえろうとしている。なぜか、そのすべてを感じられる。だがぼくは、漁船が船倉を満杯にできずに帰港していることも、クジラがしょっちゅう座礁していることも知っている。ぼくたちは小川ぞいに歩いて、緑豊かな丘で囲まれている浅い湾に出る。石の多い砂嘴《さし》ぞいに、いまは使われていない桟橋がのびていて、ベーリング海に通じる狭い通路になっている。そのとき、きみは走りだす。速すぎて追いつけない。そしてきみは海に入って滑るように進む。両手を広げ、上を向いてくるくるまわり、口をあけて潮風を味わう。そうか、ここなんだね、とぼくは言う。ここでやるんだね。きみはほほえみ、黒い波の下へと消える。

仕事場に戻ると、ぼくは帆を彫りあげ、部品をすべて完成させてから、ぜんぶを凍らせてひとつにまとめるという、時間のかかる作業を開始する。帆船は全長四・六メートルほど、高さ二・七メートルほどになる。きみを凍らせてつくった部品は甲板と舳先《へさき》に配置され、船はオーク材でつくったような自然な、外洋を航行できそうな見た目になる。きみが船首像に命を吹きこみ、きみを深淵から隔てるのは薄い氷の層だけになる。ぼくはきみの目を見つめ、きみはぼくを見てるんだろうかと考える。

きみの葬儀には数十人が参列する——シアトルからはきみの家族と友人が来ているし、きみの刺青の師匠、ワタルさんまで、髪をオレンジ色のウルフヘアにしている年配の日本人集団とともに来てくれている。きみのおかあさんの近所の人、ダン・ポールさんが葬儀の進行を手伝ってくれ、参列者を席に案内したり、葬儀の式次第《しきしだい》の冊子《さつし》を配ったり、感染症によってとむらいかたがどう変わったかがテーマになっているウェブシリーズの一環としてインターネットで進水を中継するという地元テレビ局と打ちあわせたりしてくれている。きみのおかあさんに、きみはほんとうはどういう人だったのか、きみはぼくのことを多少なりとも気にかけてくれていたのかを聞いてみたいが、きょうの主役はぼくではない。マリファナとお香が、かすみがかかったようになっている空気のなかで同居している。クリシュナ教の僧が、参列者にマントラを唱えるようにうながしている。きみのおかあさんはローンチェアに座って、飲む気がなさそうなコーヒーをかかえている。帆船は桟橋に係留されていて、きみは湾を見晴るかしている。近くに演壇が置かれている。ひとりまたひとりと、「惜しい人を亡くしました」とか「唯一無二の人でした」とか「自分自身の人生を生きる気概の持ち主でした」などと弔辞を述べる。ぼくも話したくなるが、我慢できなくなって、この初対面の人々の前で、きみとのあいだだけの、ひょっとしたら（たぶん）ぼくの心のうちだけの事柄をしゃべってしまうだろうとわかっている。きっと、「一緒に映画を見たり、音楽を聴いたり、ビッグフットについて語ったり、海ぞいの街は島になるか海中リゾートになってしまうだろうと話したりしたものです。わたしはおそらく、恋をしていました」とかなんとか口走ってしまうだろう。たいしたことではないのだろうが、ぼくにはそれしかない。参列者が帆船を褒める。精緻さと、実際に浮くという当然の事実を。参列者は帆船の前で写真を撮り、舳先を、きみをなでる。ぼくに握手を求める人もいる。ぼくの名刺をほしがる人もいる。きみのおかあさんとワタルさんは、船のそばに長いあいだ立って、甲板に手を触れたままでいる。きみの一部が溶けてふたりの肌を濡らしたに違いない。参列者が席に戻ると、ぼくはゴムボートで帆船を曳《ひ》いて湾内に導く。参列者は、はじめのうちは静かにしているが、やがて拍手をしだす。「愛してるよ」と叫ぶ。岸のほうを振り向くと、〝ボン・ボヤージュ〟と記されている大きな横断幕が風にはためいている。

充分に沖まで出ると、ぼくはエンジンを切る。きみは、自分の人生を肌に刺青したように、最後の瞬間まで記録することを望んでいたので、デジタルボイスレコーダーを防水ケースに入れる。ぼくのオフィスには、きみのおかあさんから、葬儀が終わるまであけないように言われている荷物が置いてある。きみの一部が——きみの皮膚片が、インクからなる記憶が——入っていることはわかっている。きみが海に溶けるまでにどれくらい時間がかかるかは不明だが、ぼくは溶けきるまでとどまるつもりだ。遠くで何隻かの貨物船が汽笛を鳴らす。アザラシの群れが、おもしろい休憩場所だと思ったのだろう、船の周囲をめぐって舳先を鼻面《はなづら》で突く。ぼくは意味不明なわめき声を上げて追い払う。

二時間後には、波が甲板を洗いはじめる。二本のマストはぽっきりと折れ、帆は綿菓子のようにたちまち溶ける。きみの船首像はおおむね持ちこたえているが、滴《しずく》が顔を、竜の鱗《うろこ》でおおわれた胸を流れ落ちている。鹿の角《つの》は不気味なこぶのようになっている。太陽は頭上に高く、ぼくが帆船本体に凍らせて接着した面がはずれかけている。まもなく、きみは人魚と竜の能力を証明せざるをえなくなる。きみのそばにいられるように、ぼくはフィンをつけてライフジャケットを着る。ドライスーツは体にぴったり密着しているし、マスクとシュノーケルの準備も万端だ。帆船がまた破砕する。氷が割れる音が、無数の小さな鞭《むち》が振るわれているかのようだ。そして、ぼくが油断しているときに、きみは水しぶきをあげて海に落ち、上下に揺れながら船体の残りにぶつかる。ぼくは飛びこんできみを危機から救う。

もうきみとふたりだけだ。きみの目はかすかなくぼみに、きみの鼻は丸い氷塊の小さなこぶに過ぎなくなっている。きみはあおむけに浮かんで空を見上げている。ぼくはきみの腰に両手をまわして、きみが丸太状の水晶のように波に翻弄されるのを防ぐ。レコーダーのバッテリーが切れかけている。水が入ってしまったのではないかと心配になる。抱いていられるくらいきみが残っているうちに、ぼくはきみに伝えられなかったこと、残りわずかになってからのきみの人生でぼくがもっと大きな役割を果たせていたら言っただろうことをすべて語ろうとする。そうなっていたら、ぼくはきみを愛していたかもしれない。いや、どっちにしろ愛していた（そして、もしもぼくたちが違う人生を歩んでいたら、きみもぼくを愛していたかもしれない）。ぼくは百万もの些細《ささい》な事柄を話しつづけるが、麒麟にして人魚のきみは、ぼくの両手のなかで大きめな雹《ひょう》ほどになり、やがてそれすら溶けてしまう。

墓《はか》　友《とも》

　東京成田空港島からハイパーチューブで新潟市列島に向かうあいだ、妹はわたしが五年前に家族を捨てたことを一度も口に出さなかった。当初、みんな、わたしはアメリカ滞在を延長しただけだと思った。でも、ひと月たち、さらにひと月たったとき、わたしは勇気を奮い起こして、ミシガン湖岸でウェディングドレスを着ているわたしの写真を添えて実家に手紙を送った。〝ごめんなさい〟と謝った。みんなに、わたしが誘拐されるか、もっとひどいことになったんじゃないかと心配させて、と。一生、おなじ沈みゆく町で暮らしたがったり、骨を近所のほかの家族と共有の骨壺《こつつぼ》に入れられて、永遠にそこにとどめられたがったりしなくて、と。

　わたしの横で、珠美《たまみ》が、昔のご近所の墓友、つまり家族の骨をひとまとめにすることを二世代前に同意した、つきあいが緊密な五家族からなる講《こう》になにがあったかを事細かに話してくれた。骨壺の共有は、感染症が蔓延《まんえん》して死者をどうすればいいかわからなくなったころに金銭と空間を節約するためにはじまった。でも、うちの近所は、故郷の新潟が、いまから三十年以上前の二〇七〇年の〈大転換〉で海面が上昇して列島になったあと、共有共同体の新たな利点に気づいた。

　墓友講は、かつてはもっと多かったのだが、いまは五家族からなっている。最年長で近所づきあいの中心になっていたのはわたしの祖母のばあばだ。ばあばは、毎日午後、家から家へとめぐっては、安ワインを飲みながらよもやま話をしていた。また、道広《みちひろ》〝おじさん〟は、しょっちゅううちに来ておとうさんとお酒を飲んだりダーツをしたりしていたし、わたしが高校生だったときは、わたしのセーラームーンスタイルの制服をじろじろ眺めていた。藤田姉妹は、ふたりともゴスロリホステスとして働いていて、フリフリの黒いメイド服を着ていた。隣の奥さんの岸本さんは、放課後、わたしに琴を教えてくれていた。そして高田《たかた》さんは、三菱ソーラーファームを退職後、みんなの庭の手入れをして、返礼としてわずかばかりのハーブと野菜をもらっていた。明日、わたしはこの人たちの前でトレイからばあばの骨を拾う。そしてそのあとすぐ、母に、わたしの骨は、母と父、それに大好きなみんなと一緒にはしないと宣言しなければならない。

チューブのカプセルが減速すると、時が止まっている田園風景を抜けて新潟市郊外に入った。かつては日本酒とチューリップが名産で、はるか昔には金山もあったものの、これといった特徴がなかった景観が、いまでは小さな島々に数十棟の高層葬儀ビルが点々と建ち、北日本の葬儀のかなりのシェアを占めるようになっている——黒っぽい一枚板のような高層ビルは、街行く人々に、わたしたちは全員、いつか死ぬのだから、当社の特別葬儀パックを利用するべきだと教えてくれている3D看板と雲に囲まれていた。だが、その影の下には古い街並みが広がっている。リサイクルショップや屋上に派手なネオン看板があるラブホテルのあいだに古い雑居ビルが建っている。わたしの母校の高校のそばにある、いまではなかば水没している大きな石造りの鳥居には、感染症の流行中に亡くなった人たちの名前が刻まれている——波がじわじわと公園を呑みこむ前は、ピクニックや親睦のための場所だったのだ。駅を出ると、駅前のロータリーでアイドリングしていた自動運転タクシーに乗って、見慣れた万代《ばんだい》地区の通りを走りだした——バーと個人商店からなる迷路なのは何十年も変わっていない。昔とおなじひび割れた道路と浮き橋が街を蜘蛛《くも》の巣のようにつないでいる。古いショッピングセンターを海中ホテルに改修する際に再建されたレインボータワーが海面から突きだしている。子供のころ、よくタワーの昇降回転式展望台から花火を見物したが、花火が海面を照らすたびに浮かびあがる、海に沈んだショッピングセンターのシルエットにわくわくしたものだ。いまも、大勢の学生とおばあちゃんたちが、自転車で高さ九メートルの防潮堤ぞいの歩道を走り、近所の橋を渡っていた。昔を懐かしみたくはなかったが、マヨネーズたっぷりのピザや、マクドナルドのえびフィレオや、無表情なサラリーマンに交じってすすった野菜天ぷらうどんが、いきなり無性に食べたくなった。学校から昔の友達に電話して、カラオケボックスで一緒に熱唱したりしたくなった。そこはわたしの沈んだ故郷だった。もちろん、どれも、すぐに実行できないのはわかっていた。

「で」とわたしは話しだした。両親が、妹のように平静を装ってくれそうかどうかが知りたかった。ばあばが亡くなったおかげで母から執行猶予をもらえ、お説教抜きで家族にふたたび迎えてもらえそうかどうかが。「最近のおかあさんとおとうさんはどんな様子？」

「おねえさんの頭をひきちぎるつもりでいるかどうかが知りたいのね？」珠美は扱いやすい妹、つねに他人優先で不平をこぼさない忍従タイプだが、馬鹿ではない。

「ええ、まあ」

「おとうさんはおねえさんに会えるのを楽しみにしてる。だけど、おかあさんはわからない。おかあさんから、おねえさんの飛行機について聞かれたわ」

「殺されるか、椅子に縛りつけられるか、確率は五分五分ってところでしょうね」

「たくさんの人がお悔やみに来てるのよ。騒ぎを起こしたりしないわ」

もちろん、珠美は母に怒りの矛先を向けられたことが一度もない――不良の孝輔《こうすけ》と近所の店の前でいちゃついていたら、母に見られて、腕にできたあざが一週間消えなかったほどの力で家までひっぱっていかれたときのように。それとも、わたしの通知表を見て、こんな成績じゃどうしようもないと言ってひと月くらい口をきいてくれなかったときのように。でも、わたしにどうしようがあった？　それに、家と母の墓友講へのぞっとする忠誠心を捨てないかぎり、わたしはどこへも逃げられなかった。隣町へ行く？　そのまた隣の町へ行く？　十八歳になったときには、都会へのあこがれは消えていた――東京と大阪ですら、新参者が移り住む余地がない小さな群島になっていた。

「ここがあなたの故郷《ふるさと》なの。うちの一族はずっとここで暮らしてきた。ここでわたしたちと一緒にいれば、生きていくために必要なものはすべてそろってる。この町内は、日本でどう暮らせばいいかのりっぱなお手本なのよ」カルトってわけじゃないの、とわたしはアメリカで友人たちに説明した。そこまでは言いきれないの、と。

やっと家に着くと、父が車に駆けよってきてわたしを抱きしめた。父の匂いが懐かしかった——タバコの煙とトロピカルなデオドラントが奇妙に混じった匂いだ。父はバスローブの帯を結んで、頑《がん》として捨てさせようとしない古くなって黄ばんだ肌着を隠した。母は庭で、必死で忙しく見せかけようとしていた。わたしは、すぐそばにそびえている台風と津波対策の防潮堤が前よりも高くなって、うちに影を落としていることに気づいた。窓から見えるのは、青空ではなく、コンクリートの地平線になっている。

「いいんだ、いいんだ」と父はわたしの耳元でささやいた。「おれもおかあさんも、おまえに会いたかったんだ」父はスーツケースをばあばの部屋まで運んでくれ、座ってくつろいでいてくれと言った。一階はオープンフロアにリフォームされていた。リサイクルショップのショールームにいるような気分になって、なぜか、以前より家具が乱雑に置かれているように感じた。

「わたしはばあばの部屋で寝るの？」

「そうね、前みたいにおねえさんとわたしがひとつの部屋で寝たりはしない」と珠美が言った。

「それだけはたしかよ」

わたしはお客さんのように、キッチンカウンターのスツールに腰かけた。不安で落ちつかなかった。いつでも逃げだせるようにしていた。母の視線を感じた。どうやってわたしに罪悪感をいだかせようとするのかしら。どうやってわたしを引き戻そうとするのかしら。ひょっとしたら、夫と一緒に実家に戻って、なにもかもが、だれもかれもがわたしを待っているここで新生活をはじめればいいと提案してくるかもしれない。テレビの上には、花と果物に囲まれた、ばあばの小さなホロ写真が飾られている。ただでさえ夏の蒸し暑さで肌がじっとりしているのに、顔が熱くなるのを感じた。アメリカに行ってから、絵はがき一枚送らなかったことが恥ずかしくなってほてったのだ。ばあばはいつだってわたしによくしてくれた——どなりあいの喧嘩《けんか》のあとは、必ずわたしの味方をしてくれ、焼きたての餃子《ぎょうざ》でなぐさめてくれた。家出を計画していることを教えたのはばあばだけだ。数年後、アメリカに着いて荷物をあけていると、千ドル相当の円紙幣が入っている封筒と、〝どこへ行っても自分が幸せになれるようにがんばりなさい。ただ、家族を忘れないでね〟という短い手紙が出てきた。その手紙は、いまもどこかにしまってあるはずだ。だが、わたしはその言いつけを守らなかった。心のどこかに、ばあばがずっと、緊密な近所づきあいが大好きだったことがひっかかっていたからだ。

「お腹はすいてないかい？」と母がたずね、庭仕事で汚れた手を洗ってから冷蔵庫のなかをあさった。「飛行機でどれくらい食べてくるかわからなかったからね」

「すいてないわ」とわたしは答えた。だが、母はわたしの返事を無視して、前日の夕食の残りとおぼしい塩ジャケのおにぎりを握りつづけた。わたしが座っているところから、近所の亡くなった人たち全員の写真が飾られている広間の仏壇が見えた。それぞれの写真の前に、お線香と場所をとらない形見——ボタン、ハーモニカ、髪の房、イヤリング、眼鏡など——が置かれている。仏壇の下のガラス戸棚には、感染症で亡くなった大大おばのものだった、ハリウッドという名前の動かないロボット犬が鎮座している。わたしが子供だったころは、仏壇の前を通るとき、祀《まつ》られている全員に頭を下げるのが決まりになっていた。心のこもったきちんとしたお辞儀だったと母を納得させられるまで、何度もやり直しをさせられたものだ。

「晩ごはんはご近所との散歩のあとだよ」と母。「お好み焼きでいいね？　おとうさんの最近の好物なんだよ」

「ご近所との散歩って？」

「ご近所の何人かと、晩ごはんの前に散歩するのさ。おまえも行くかい？　部屋で休んでてもかまわないけどね。おまえに見せるために撮ったＶＲの録画が何本かあるんだ」

「わかった」とわたし。散歩が自由参加でないのは自明だった。わたしはできるだけ急いでおにぎりを食べた。母はわたしを凝視していた。ふたりとも、相手をどう扱うべきか、戦略を立てていた。

「旦那さんとは仲よくやってるのか？」キッチンに入ってきた父がたずねた。「ショーンだったよな？」

「ええ。仲よくやってるわ」

「シカゴで英語教師って、どれくらい稼げるんだい？」と母。

「英語教師じゃないわ。大学を出たあと、日本で一年、英語を教えてただけ。このあいだ、司法試験に合格したのよ」

「へえ」それがなにを意味しているのかよくわからなくて、両親は顔を見合わせた。

「ショーンは環境弁護士になるの。優秀な環境弁護士に」もちろん、両親がよくわからないのも当然だった。両親がわたしたちの関係について知っているのは、ショーンがわたしにビジネス英語を教えていたことと、わたしが仕事でアメリカに行くと嘘をついたことだけだった。だが、わたしは思春期のころの自分に引き戻されていた。ここでは、わたしは新妻でも、歯科衛生学生でも、東欧《ピエ》の餃子《ロギ》に激辛のスリラチャソースをたっぷりかける女でさえない。わたしは家族を捨てた娘だった。

「荷ほどきをしなくちゃ」

　二階に上がると、珠美が飼っている茶トラの猫、チビがスーツケースの上で丸くなっていて、データチップが二枚添えられている旧式のＶＲゴーグルが置いてあった。押し入れは、ばあばのものでいっぱいのままだった。椅子の上にものを積んで場所をあけなければならなかった。ほとんどのものが記憶どおりだった——友達からもらった十年前のロンドンのカレンダーが、いまも壁に貼ってある。鏡台には、ばあばが行きたがっていたすべての観光地の旅行パンフレットが積み重ねてある。近所を散歩するときに差していた、あざやかなピンクのいびつな日傘もそのままだ。サイドテーブルに並んでいるたくさんの薬瓶《くすりびん》を別にすれば、なにもかもが昔のままだ。いちばん下の引き出しをあけると、レジ袋に親指の爪にも満たない小ささの紙封筒が入れてある。封筒の中身は何粒かの米だ。ばあばから、お祓《はら》いをしてもらっているから病気が治るし、神霊のおかげで満ち足りた気持ちになるという説明を聞いて以来、魔法のお米だと思っていた。ばあばの幼いころからの信仰を本気で信じている家族はだれもいなかったが、珠美とわたしはときどき、ばあばの部屋にこっそり入って、米をひと粒かふた粒失敬していた。わたしたちは、その米粒にはスーパーパワーがあって、窮地におちいったら透明人間になれると思っていた。アメリカへ旅立つ日の前夜、ばあばの部屋に忍びこんで最後にひと粒もらったことを覚えている。その一粒がわたしのなかで育ち、それまでの殻を脱ぎ捨てて新しいわたしになれるような気がしたのだ。

「ばあばがここにいるような気がすることがあるの。怖がらせるつもりはないけど」珠美が戸口に立ったままそう言った。「あとで見てね」とゴーグルを指さしながら言った。「罪悪感で苦しませるためのものでも、墓友の宣伝でもないから」

「ばあばの匂いが残ってる」とわたしは言った。両手両足を上げてエアロバイクをこいでいるかのように動かしてから起床するばあばが目に浮かんだ。赤ちゃんの自分が小さな体をだれかの手で暗い空へと高々と掲げられ、そのまま浮かびあがってどんどん上昇するという不思議な夢をよく見るのだ、とばあばから聞いたことを思いだした。それに、暗闇のなか、変化しつづける迷路のような数えきれないほどの足のあいだをハイハイしなければならないという夢を。ばあばは、家族が思いだせるかぎりの昔から、暗いところを怖がって、夜、トイレへ行かなければならなくなったときのために、ベッドのそばに懐中電灯を置いていた。

珠美はベッドの上であぐらをかいてチビを膝に乗せた。

「ねえ、わたしはもう怒ってないの。おねえさんが出ていった気持ちもわかるし。だけど、ここで暮らすのがどんなに大変だったか、おねえさんにはわからないでしょうね。おかあさんは、わたしも出ていくんじゃないかって心配して、わたしを実質的に閉じこめた。わたしがちょっといやな顔をしただけで、おかあさんは大声で恩知らずとわたしをののしった。ばあばの病気のせいで、おかあさんはまともじゃなくなった。わたしはほとんど家をあけられなくなった」

「わたしに会いに来ればよかったのに」とわたし。

「行けたと思う？　そもそも、わたしは里奈《りな》ねえさんとは違うのよ」

珠美はなにを言いたいんだろう、とわたしは考えた。はっきり言ってほしかった。わたしのように向こう見ずじゃない？　ダメ女じゃない？　裏切者じゃない？

「それに、行きたいと思ったとしても」と珠美は続けた。珠美によれば、ばあばが精神安定剤を飲んでいたのは、眠ったり、痛みをやわらげたりするためだけではなかった。最後の何カ月か、祖母は粗暴になっていたのだそうだ――チビにコップを投げつけたり、レコードを床で割ったり、父の手に、縫わなければならなかったほど強くかみついたりと、錯乱した老婆が起こした騒動では片づけられないほどの暴力行為を何度もしていたのだ。

わたしは珠美の両手を握りながら、ずらりと並んでいる薬瓶のあいだに米粒の袋がないことに気づいた。正気を失ったせいで忘れてしまっただけだったのだろうか？　ばあばが日々の儀式を続けていたのは信心ゆえではなかったのだろうか？　それとも、たんに自分の壊れた部分をつなぎあわせておくためだったのかもしれない――ばあばは、母の妹を出産時に亡くすといったつらかった思い出を、わたしには話さなかった。「わたしに必要なものは、ぜんぶここにあるんだよ」とばあばは言っていた。母もその言葉に同意していたが、ばあばが毎晩、寝るときに眺めていたのは、ロンドンブリッジや、そのまわりに飾られている、たぶんいまはもう存在していないパリのレストランや、多くの動物がとっくに絶滅してしまっているケニアのサファリについての何十年も前の記事だった。わたしは珠美の膝の上のチビをなでながら、妹にすべてを話そうか迷った。

「戻ってどうするつもりなの？」と珠美がたずねた。

「ほんとに戻ったわけじゃないわ」とわたしは答えた。バッグから超音波写真を出した――胸がどきどきした。

妹は食い入るように写真を見つめ、わたしを抱きしめた。

「里奈ねえさん、よかったわね」と珠美は祝福してくれた。だが、珠美が涙を浮かべながら、ややこわばった表情になっていたので、このニュースに思うところがあるのだろうとわたしは察した。家を出るときにわたしが持っていった米粒は、故郷をあとにしてしたいことをする力を授けてくれた。この子はわたしに理由を与えてくれた。

「おとうさんとおかあさんにはまだ言わないでね」とわたし。「どう伝えたらいいか、迷ってるところなの」

珠美はふたたびわたしを抱きしめた。

「わたしはおばさんになるのね」と珠美。

珠美が部屋を出ていくと、わたしはベッドに寝《ね》転がって旧式のホロゴーグルをつけた。するといきなり、すぐそばにばあばがいた。岸本さんの琴の音と部屋に詰めかけている友人たちと家族たちによる手拍子のあいまに、ばあばの苦しげな息づかいが響いている。黒い袈裟《けさ》姿の僧侶がばあばのかすかに開いている口に米粒を押しこみ、上体を起こしてコップの水を飲ませる。ほかのみんなが庭に出て昼食をとりはじめてからも、わたしはしばらくばあばのかたわらにとどまる。わたしもここにいるべきだと言っている声が聞こえる。録画が終了し、この部屋が人でいっぱいになっている場面がまたはじまるまで、わたしはＶＲを見つづける。このＶＲ動画の目的がわたしに罪悪感をいだかせることだとしたら、母は見事な成功をおさめた。

わたしが荷ほどきを終えたあと、母の号令で、家族全員が夕食前のご近所散歩のために外へ出た。

わたしたちのほかに数人の墓友がわが家の庭に集合し、高層墓地十八号棟まで、休憩をはさんで行って戻ってくる、約二キロの散歩がはじまった。一同は、年齢によって厳格にさだまっている順番を守りながら歩道を練り歩いた。長老メンバーたちは、元気に腕を振って早足で一同を先導した。商店主や警官が、有名人を見かけたかのようにわたしたちに手を振った。

「近所のじいちゃんばあちゃんは、みんな、わたしたちが特別なことをしてるおかげで好かれてると思いこんでる。だけど、わたしたちの友達や友達の両親は、わたしたちを変人だと思ってるの」藤田姉妹のひとりが、わたしが唖然《あぜん》としているのに気づいてそう言った。

「カルトだってね」ともうひとりが付け足した。

「だけど、骨壺を共有してるのはわたしたちだけじゃないんじゃないの？」とわたしは指摘した。

「全員の顔にお骨をすりつけたりするのはわたしたちだけよ」と姉妹のひとりが説明した。そして、口に指を突っこんで吐く真似《まね》をした。「わたしたちは、頭がイカれるか、あなたみたいに家出するしかないのよ」

何人か前で、母が高田さんと、ばあばのお葬式について話していた。「あんな女の人はもういませんよ。ご近所のほとんど全員を知ってたんですから」と母。「この講がうまくいってたのは、間違いなくばあばのおかげでしたね。ばあばがまとめてくれてたんです」

「ばあばがいなかったら、わたしはいま、家にひとりでいたでしょうな」と高田さん。「そしてひとりで死ぬはめになっていたはずです」

「わたしたちはひとりで死にたいわ」と藤田姉妹が声をそろえた。

高田さんが夕食をともにすることになったのは意外ではなかった。珠美によれば、高田さんは週に少なくとも二、三回、いつもお礼のワインを二本持って夕食を食べに来ているのだそうだ。案のじょう、本物の大人たちは、酒を飲みながら大声で話しだした。わたしは、しゃべらなくてすむようにスパゲッティをえんえんと食べつづけながら、なるべくめだたないようにしていた。

「風の街って呼ばれてるそうだな」と高田さんが、わたしがスパゲッティを呑みこむのを待ってから言った。高田さんは、なにを言ったあとでもにっこりほほえむ。高田さんが〝うれしい知らせ〟と呼んでいる部下の指導法にもとづく習慣だ——高田さんが以前、父にした説明によれば、いやな仕事を命じるとき、基本的に、笑顔で命じたほうが気持ちよく受け入れてもらいやすいのだそうだ。「シカゴは。シアーズタワーっていう超高層ビルは」と高田さんは続けた。「見たのかい？」

「もちろん。いやでも目につくから」とわたしは答えた。「だけど、ただの高いビルよ」

わたしは、この世界一退屈な審問からの救いを求めて珠美のほうをちらりと見たが、妹はもう、皿洗いを手伝いに行っていた。珠美は腹を円を描くようにさすってあきれ顔をした。

「で、そこでなにをしてるんだ？」と高田さんはたずねた。

わたしは、二言《ふたこと》三言《みこと》で全人格を説明させようとする質問が大嫌いだ。ばあばはどんな人だったのか？　田舎育ちの純朴な女性だった、と言う人もいるだろう。きちんとした人だったと言う人も。旅行パンフレットをあんなに集めていたのだから、それだけだったはずがない。夢想家でもあったのだ。だが、高田さんの質問の意味は、彼がなにを聞きたがっているかはわかっていた。

「歯科助手になるための勉強をしてるの」とわたしは答えた。またもお得意の笑顔。一日ひと箱のタバコのせいで黄ばんでいる歯。重度の歯肉炎の兆候。デンタルフロスを使っていないに違いない。

母は日本ハムファイターズの試合中継をつけ、また一本、高田さんのためにキリンビールをあけた。わたしに黙っていてほしがっている、つまり恥をかかされたくないと思っているのは明らかだった。

「あっちでの暮らしをおおいに楽しんでるのよ」と母は言った。「ハリウッドとか大きなショッピングセンターへ行ったりして。このご時世に遊びまわっていられてどんなに運がいいか、わかってないのよ」

夕食後、さらに数人のご近所さんがやってきて、両親が応対に大忙しになっているあいだに、わたしは家を出て庭の門を抜けた。振り向くと、居間の窓から、母が首を振りながらわたしを見ていた。わたしが十代だったら、耳をつかんで家に連れ戻されてお説教されていただろう。このとき、母はどうすればいいかわからないようだった。わたしは手を振って、〝遅くならないうちに帰るわ〟とメッセージを送った。

わたしは薄暗い通りを商店街に向かって歩きながら、外国人のたまり場になっているバー、〈イミグランツ・カフェ＆バー〉でウェイトレスをしている旧友の松江《まつえ》にメッセージを送った。バーはあいかわらずアメリカ人やカナダ人やオーストラリア人で混んでいた。ぜんぶで十数人が、日本人の友人に囲まれて英語の練習につきあっていた。ロシア語なまりの男性がレトロなカラオケマシンでシンディ・ローパーを歌い、数人の日本人女性が高く上げた手を激しく振りながら踊っていた。わたしはカウンターに腰かけて店内を見まわし、トレイを持った松江がこっちに歩いてくることに気づいた。

「いらっしゃいませ。ひさしぶりね！」と松江はロシア人の歌に負けじと声を張りあげた。松江はわたしの両頰にぶちゅっとキスをして隣のスツールに飛び乗り、「アメリカっぽくなってるわね」と言った。

「それって褒めてるの？」とわたしはたずねた。そしてジーンズとバーゲンで買ったサテンのブラウス、それにアメリカに行ってすぐのころに買ったくたびれたコンバースのチャックテイラーを見おろした。松江はと見ると、かわいいベレー帽をかぶり、蝶《ちょう》のプリントのワンピースを着て、ハイヒールをはいていた。

「ええ、すてきよ！」松江は、いったん、ほかのテーブルに飲み物を運んでから、すぐにわたしの隣に戻ってきた。「どれくらいこっちにいるの？　みんな、あなたに会いたがってるわよ」

「一週間ちょっとね」とわたしは答えた。松江がヤマトビジョン製の手首型リアリティプロジェクターでわたしのホロ日記をフォローしていることを知っていたから、実際には、ほとんどのことはあらためて話すまでもなかった。松江は、ウェイトレスの仕事の合間に旧友の動向を教えてくれた――みんなおなじ仕事を続けていたし、わたしがアメリカへ行ってからまもなく舞子《まいこ》と純平《じゅんぺい》が結婚したし、ほとんどはまだ実家暮らしだった。かつてわたしのことを世界一の美女だと考えたウルフヘアの青年、孝輔は、郵便局の勤務を終えたあと、いまもローソンの裏で女の子を泣かせていた。

「たいして変わってないってわけね」と松江。「ふるさとが恋しい?」

松江が上司よりもたくさん飲もうとしている――乾杯! 乾杯! 乾杯!――サラリーマンのグループに注文の品を届けているあいだに彼女の質問について考え、この時間を楽しみ、毎週、松江と映画を見に行ったり、夕方、川の土手を走ったりしていたころの自分に戻ろうという結論に達した。わたしたちは、しょっちゅう、両親と新潟についての不平をこぼしあい、この国で夢を実現するのはほとんど不可能だと語りあった。だが、松江はここで幸せそうだし、わたしもそうなっていたかもしれなかった。

「イエスでもノーでもあるわね」カウンターに戻ってきた松江に、わたしはそう答えた。「ふるさとが懐かしいかどうかっていう話だけど」わたしはバージンマルガリータのお代わりを注文し、シカゴでの暮らしは悪くないと松江に話した。ショーンと彼の両親がいるし、学校の友達もいる。最近、シカゴに来た日本人のコミュニティもある。快適なルーティンもできた――毎朝おなじカフェに通い、学校帰りにスムージーを飲む。毎週、土曜日はピラティス教室に行き、水曜日は近所のアイリッシュパブで日本人交換留学生グループとボードゲームナイト。だが、松江と別れたあと、暗い通りを危機感なしで歩けた。早足になったり、そばにいる人たちに気を配る必要を感じなかった。バッグに護身グッズを入れたりしていなかった。知らない人に挨拶したり、近所の半数の人に知られていたり、ぼうっとしていられたりするのがどんな感じかを忘れていた。それは懐かしいと言ってよさそうだ。

うちに帰ったときには十二時を過ぎていた。母はキッチンでばあばのお葬式で出す軽食をつくっていた。母は無言で味見の皿をわたしに渡した。わたしはカウンターに座った。

「このちっちゃいケーキ、おいしい」とわたしは言った。「マンゴー？」

「岸本さんからつくりかたを教わったの」と母は答えた。「岸本さんのお宅の冷蔵庫にも何種類か料理を入れておいてもらってる。大勢が来てくれることになってるから」

「手伝おうか？」とわたしはたずねた。

「もっと早かったら頼んだだろうね。だけど、もう必要ない。準備はほとんど終わってるから」

いますぐ自分の部屋に戻りたい気持ちもあったが、母と一緒にいるべきだとわかっていた。母のそばにいてあげるべきだと思ったのだろう。だが、いまになっても、母の揺らぐことのない嫌悪と失望の表情を見るとたじろいでしまった。母は自分とわたしのためにコップに水を注ぎ、わたしの向かいに腰をおろした。

「ばあばが恋しいわ」とわたしは言った。「帰ってこなくてごめんなさい」いまここで打ち明けてしまおうか迷いながら、バッグに入れてある超音波写真をいじった。

「おまえはばあばをがっかりさせたのよ」と母。「みんなをがっかりさせたの」ばあばからもらった現金と手紙が入っていた封筒について話そうかとも思ったが、とりあえず、母に言わせるだけ言わせて、わたしたちの関係を維持してくれていた古いダンスを再演することにした。わたしは小声でまた謝ったが、ほとんど意味がないことはわかっていた。おかあさんにはわからないことがたくさんあるのよ、と言った。わたしが涙をこぼすと、母はボックスティッシュをとってきてくれた。

わたしはティッシュを受けとりながら超音波写真をテーブルに置いた。

「こんな話はもうたくさん」母はそう言ってから、いきなり写真をまじまじと見た。わたしの体のなかで育っている命を見つめてから、自分のコップをまた水で満たした。母が怒っているのか、悲しんでいるのか、それともちょっと驚いているのかわからなかった。だが、なにかが変わった。新たな引力が母をキッチンのスツールにつなぎとめて、妊娠中の娘を抱きしめるのを妨げていた。

「で」と母は言った。「男の子なの、女の子なの？」

「わからない」とわたしは答えた。「楽しみにとっておこうって決めたの」

「おまえのときは、男の子だと思ってたんだよ。だから、おまえが小さかったとき、おとうさんはしょっちゅうおまえをサッカーの試合に連れていってたんだ。心のどこかで、がんばれば、おまえが男の子になると思ってたんだろうね。人生は、いつだって男の子のほうが楽なんだ」

「わたしたちは、どっちでもかまわないと思ってるわ」

母はうなずいて立ちあがり、わたしの横で足を止めた。LEDの灯明《とうみょう》が揺らめいている広間の仏壇を見やった。わたしは一瞬、母が、おめでとうと言ったり、わたしを抱きしめたりという、母性愛の発露《はつろ》と言えなくもないことをするのではないかと思った。

「明日はお葬式だよ。みんなでおかあさんの功績をお祝いするんだ。早起きしてもらうからね」と母は言った。「寝る前にお念仏を唱えるのを忘れるんじゃないよ」

わたしは二階に上がると、ベッドにもぐりこんでVRゴーグルに二枚目のチップを挿入した。するとわたしは、夜空で爆発している色あざやかな星に囲まれていた――信濃《しなの》川の河畔で催された夏の花火大会だ。ばあばと珠美とおかあさんがレジャーシートに座って焼き鳥を食べながら空を見上げていて、父がその瞬間を録画していた。お気に入りだった白い小花柄の濃紺のポリエステルワンピースを着ているばあばは、両手を高く上げて、花火が上がるたびに拍手していた。ほかの家族が次々にやってきては、ばあばに挨拶をし、町内を歩きまわる姿を見られなくなって残念だと声をかけた。美樹《みき》と彼女の家族まで立ち寄って、アメリカにいるわたしによろしく伝えてほしいとばあばに頼んだ。

「里奈は元気にしてるそうよ」と母が嘘をついた。この時点では、わたしは音信不通も同然だったのだ。

ばあばは黙ってほほえんでいるだけだった。ばあばの顔の深いしわは悲しみと真実で満たされていた。ばあばは、わたしがふるさとを忘れたと思っていたのだろうか？　次の花火が上がっても、ばあばは拍手しなかった。空の超新星を映している暗い川面《かわも》を見つめていた。まさにこの瞬間、わたしはなにをしてたんだろう、どんな急用があったせいで、家族に電話して「みんな、大好きよ。ごめんなさい。こうするしかなかったの」と伝えなかったんだろう、とわたしは思った。この近所に、若者と大切な話をするのが得意な人はひとりもいなそうだった。ここに高層葬祭ビルが建ち並ぶきっかけとなった世界的パンデミックから回復している時代に、年長者たちは折りあいをつけた。だれも、わたしたちはなにを求めているのかとたずねてくれなかった。だれも新しい伝統に疑問をいだかなかった。わたしたちは墓友だし、それがすべてなのだ。

翌朝、ばあばが好きだった演歌歌手、美空《みそら》ひばりが情感豊かに歌いあげる声で目が覚めた。外から、大勢の話し声と、テーブルと椅子と花を配達してきたトラックがバックしながら発している警告音も聞こえていた。両親は近所の小学校の体育教師から借りてきたオレンジ色のコーンで道の半分を封鎖していた。窓から外をのぞくと、藤田姉妹が喧噪《けんそう》の端で、顔をしかめながらタバコを吸っているのが見えた。Tシャツの上に体にあっていないスポーツジャケットをはおっている道広おじさん以外は全員が派手な――装飾的な花柄のピンクや紫やオレンジの――浴衣《ゆかた》を着ていた。母はトラック運転手たちに大声で指示し、数人のおじさんたちがポップアップテントを組み立てていた。岸本さんと、わざわざ大阪から来た僧侶が、ランチのテーブルに花を飾っていた。中央には、ばあばの大きな遺影が、白い菊（伝統的な選択）とヒマワリ（ばあばが好きだった花）に囲まれて飾られていて、その横に、プラスチックのカバーでおおわれた細長い金属トレイにばあばが横たわっていた。まるでお骨のバイキングだ。その上に、家族がお骨を拾うための箸が置いてある。高さ三メートル近い卵形の大きなクロム製骨壺が、曾《そう》祖父がつくった木の台に鎮座している――そしてその卵全体に、遺骨がおさめられている近所の人全員の氏名が刻まれている。わたしは、おじおばたちやじいじのお骨が容器のなかで積み重なっているさまを想像した。まさに一族の地層だ。

一階におりると、父がわたしの古いねずみ色と桃色の蘭《らん》の浴衣にアイロンをかけてくれていた。父は、いつもの味噌《みそ》おにぎりではなく、ワッフルにベーコンエッグを添えた朝ごはんをわたしのためにつくってくれていた。父はわたしをぎゅっと抱いて、帰ってきてくれてうれしいよと言った。「孫に会うのが楽しみだ」と続けた。「葬式が終わったら、おかあさんもおまえの未来を祝えるようになる。心配するな」

朝食を終えると、わたしは外へ出たが、ふだんは静かな道が、ばあばの人生をたたえる儀式の場に変わっていた。わたしは一瞬で、パーティーの壁の花よろしく端っこに立っている藤田姉妹に親近感を覚えた。葬儀がはじまるまで家に戻っていようかと考えたが、通りの向こう側にいた軽薄な道広おじさんが、おや、という顔をすると、指をピストルの形にしてわたしを撃つ真似をしてから、肩で風を切るようにしてわたしのほうに歩いてきた。

「よう、カワイコちゃん」と道広おじさんは言った。「ひさしぶりだな。ひさしぶりすぎだ」

「道広おじさん」とわたしは応じた。挨拶というよりも事実の確認だった。道広おじさんは、アメリカについて、アメリカのきれいな女の子についてたずねた。わたしは足を止めず、母を探しているのだと告げた。

さらに増えた人のあいだを縫って進んでいるうちに、社交辞令のやりとりや苦手な世間話をせざるをえなくなった。ようやく、僧侶が鐘を鳴らして葬儀の開始を知らせ、何世代も前、世界的な悲劇に見舞われたとき、わが国は一致団結しました、と話しだした。「苦難に見舞われると」と僧侶は続けた。「人は自分の真の気持ちに気づきます。苦難に見舞われると、新たな伝統をつくり、進むべき道を見いだします」母と父と珠美、それにわたしがばあばのお骨の前にたち、ほかの参列者が席に着いた。テントが日差しをさえぎってくれていたし、ポールに吊《つ》るしてあるミストファンのおかげで夏の暑さをしのげた。ばあばの写真と氏名――〝多田志喜美子《ただしきみこ》：２０３４―２１０５〟

――が印刷されている横断幕が掲げられていた。一同は母がはじめるのを待った。母は父に、はじめてほしいと合図した。父が最初の骨片をゆっくりと拾いあげ、近所に配ることになっているいくつかの小さな木箱のひとつに入れた。足指か足首のかけら？　だれにわかるの？　ばあばが参列者のひとりとしてわたしたちを見ているような気がしてしかたなかった。珠美が続いた。肋骨《ろっこつ》と背骨を、そしてばあばの命をつないでいた骨を、手遅れになってから見つかるまでばあばを苦しめた病を内包していた骨を拾った。ばあばにはわたしたちが自分のかけらを運んでいるのがわかっているし、骨をつかんでいる箸の圧力を感じているかのように、妹は一挙手一投足がゆっくりで慎重だった。父が、次はわたしだと合図した。わたしは、ばあばの笑顔の、頬の、たくさんの愛と秘密と知恵を宿していた頭の一部を拾ったと考えようとした――ばあばは、わたしの家出を黙認してくれたが、母がうしろですすり泣いている、いまこの瞬間のような場面を覚えておいてほしがったはずだ。

最後の母の番になったとき、母の涙がお骨を黒ずませたのが見えた。母は、手が震えて箸をきちんと持てなかった。わたしは母のかたわらに立ち、片腕で母の腰を抱き、もう片方の手で母の手首を押さえた。

「泣かないで」とわたしは言った。母はわたしを見てうなずき、涙をぬぐった。「一緒に拾いましょう」

「お願い」と母は言った。ふたりの手が灰を探り、残った骨のかけらを拾った。ばあばがわたしたちに最後の贈り物をしてくれたのを感じた。

葬儀のあと、母は変わった。母が近所の人と笑いながらばあばの思い出話をしている声を聞いた――バーチャルポップアイドルにハマった何人かのおじたちのジャケットにホログラムバッジを縫いつけてやっていたとか、じいじがまだ生きていたときに社交ダンスとカントリーラインダンスを習って大会で優勝したとかいう話を。ばあばは、乳児のときに感染症にかかって生きのびた経験がきっかけで、若かったころにボランティア看護師として働いた話もしていた。そして、これは事実ではなく伝説なのだろうが、近所の警官が、市が洪水地帯の住民を強制的に移住させたとき、ばあばが友人たちの家財を運ぶのを手伝ったという逸話をみんなに披露した。

「鏡台を背中にかついで、全員におなじことをするように言いつけたんだ」と警官は語った。「みんなの住むところが決まるまで、庭にうずたかく積んで箱や家財を預かっていたそうだよ」

「防潮堤が完成する前に台風で被害が出たとき、ゴムボートをこいでたって聞いたよ」と若い男性が言った。「猫を二匹と犬を三匹とウサギを一匹、それに最低でも五家族を助けたんだって」

夕方遅くなっても、大勢が道をうろついていた。やがて片付けがはじまって、骨壺におさめられたばあばの遺骨が運ばれていった。一度、悲しみを爆発させてしまったが、この日、母は前日よりも元気になったように見えた。そして母は、骨壺の準備ができたかどうか、みんなで墓地ビルまで歩いていかないかと提案した。

「明日になるかもしれないって言われてるのは知ってるけど、しばらくここを離れたいのよ」と母は言った。「それくらいの気晴らしをしたって罰《ばち》はあたらないはずだわ。早足での散歩は健康にいいんだし」

珠美は残って酔っ払ったおじおばたちを送ることになったので、わたしと父だけが、快調に歩きつづける母よりもはるかに遅れてついていった。近所のどこにいても、つねにもよりの葬儀ビルが視界に入る。それはシカゴでも、ほかのどの大都市でもおなじだ――高層ビルを改装してとむらいと供養の場にしているのは。だれもが葬式の行きか帰りに見えた。死がすっかり日常になっているのだ。

「きょうはどうだった?」と父がたずねた。

「たくさんの人がばあばのために集まってくれてうれしかったわ」とわたしは答えた。父は昔気質《むかしかたぎ》で無口だ。悪いことをしたときに叱るのを手伝うとき以外、子育ては基本的に母まかせだった。だが、わたしが妊娠しているのがわかったわたしのお腹を見つめてはにやにやしているからだ。わたしたちは何ブロックか、黙ったまま歩いた。

「きょうはおまえのおかあさんにとっていい日になったと思うな。あいつは、ずっと体調が悪くて――もちろん、ばあばとは違ってたが――この何年かはつらそうだった。近所づきあいがあいつにとって、前よりもっと大切になってるんだ。近所の人たちはあいつにとって頼りにできる存在なんだよ」

「あてこすりみたいに聞こえるわ」とわたしは言った。

「おれはおまえに一度も腹をたてたりしなかったよ」と父。「それに、おまえがショーンと結婚してよかったと思ってる。いまどきの若い者が、特におまえが昔の若者と違ってることはわかってる。おまえはじっとしていられないんだ。だが、ちょっとは懐かしがってるか？　帰ってくるつもりはないのか？」

前方に目をやると、母は大きく腕を振って歩きながら、ときどき、知人に手を振っていた。わたしが聖地と呼んでいたマンガ専門店の外に十代の若者グループがたまっていたし、居酒屋のカウンターには、わたしが子供のころから目にしていたのとおなじ年配の男たちが座っていた。通りでは、自動運転タクシーが、上役《うわやく》と夜の街に繰りださざるをえないサラリーマンをターゲットにした夜の流し営業をはじめていた。うしろのほうのどこかで、珠美がおじおばたちを彼らの家まで送っているはずだった。わたしは、もしもここで子供を育てたら、みんなが愛情にあふれたご近所さんになるのだろうかと考えた。

「ええ」とわたしは答えた。「そりゃ、懐かしいわ」

葬儀ビルが近くなったとき、母に追いつく前に、父が足を止めた。

「おまえのおかあさんはおまえを愛してるんだ」と父は言った。「それに、たぶん、絶対に認めないだろうが、おまえをもう許してる。おまえを、おまえの家族を、おまえの人生を必要としてる。

たとえ、おまえが海の向こうにいても」

二十二階の38B号室に着くと、母は電話を、部屋の真ん中にある木の台のセンサーに向けてタップした。ひんやりしたリノリウムの床からホログラムの桜の木が生えてきて花びらが舞いはじめ、石のベンチに腰かけて桜を見上げているばあばが出現した。その直後、到着した骨壺が隠し戸から出てきて台に鎮座した。母が携帯の葬儀アプリの別のボタンを押すと、ばあばのかたわらにじいじがあらわれてバイオリンを弾きだした。さらに、大おばたちや大おじたちが、壁を抜けてきたかのようにやってきた。いとこが飼っていたミニチュアプードルがじいじのほうに歩いていって、足元で丸くなった。がらんとしていた床が、いまや石灯籠《いしどうろう》が置かれ、熊手を使って砂に見事な模様が描かれた庭になっていた。墓友のままでいる選択をしたら、どんな姿でここに保存されるのかしら、とわたしは思った。老婦人として、少女として、それとも母として永遠の命を得るの？　ショーンと子供と一緒にここで曾祖母の横に座ることになるの？　母もわたしも、ばあばの映像に何度も手を振った。

「おかあさんは、見逃した世界を見たがってた」と母が言った。「世界中に病気が広がる前、海面が上昇する前の、何百年も前とほとんど変わってなかった街を――高いコンクリートの壁が、葬儀ビルができる前の街を」

わたしは部屋のなかを歩きまわって、ご先祖さまひとりひとりの前に立ち、ホログラム映像の光を浴びながら手をあわせた。

これから――子供が大きくなったら、みんなにシカゴに来てもらったり、わたしが日本に来たりしながら――話しあいを重ね、さまざまなことを決めなければならないだろうが、このときわたしは、光でできている砂の波紋の上に両親とともに無言で座って、じいじが奏でる調《しら》べを聴きながら、わたしたちの心をひとつにしてくれている永遠の桜吹雪に包まれていた。

娘が七百歳になったとき、世界創造者としては赤ん坊同然にもかかわらず、わたしは娘を、わたしが地球をデザインしている種子畑に連れていった。ふつう、子供が畑に入ることを許されるのは、二千歳を過ぎて修行を終えてからなのだが、娘に見せなければならなかった。理解させなければならなかった。衛星ほどの大きさがあってリボン状の光を放っているものもある球体ひとつひとつについての話を娘にしながら、娘とふたりで巨大な球体の列のあいだを歩いた。銀河系の高度な文明のほとんどはこのような畑で誕生したのだし、おそらく、すべての銀河のすぐ外の闇のなかを、世界創造者の惑星がひとりぼっちでめぐっているのだろう。このとき、わたしたちの星は娘にとって広大な遊び場に過ぎなかった。わたしは小さな青い種子の前に立って娘に可能性スコープを渡した。

あなたが生まれてから、わたしはこれにほとんどかかりきりだったの、とわたしは言った。そしていつか、それほど遠くない先に、わたしはここへ行く。観察して、必要なら手を貸すために。わたしは彼らのひとりになる。最初の、そして最後の彼らと一緒に生きる。だけど、わたしはいつまでたってもあなたの母親よ。

§

かわいそうなわたしの娘ヌリは、わたしが去るとき、裏切られたような顔になった。わたしがもう戻らないのだと気づいた瞬間、ヌリのなかの光がふっと消えた。なにしろ、もう、散歩したり、笑う樹に駄洒落《だじゃれ》を言ったり、ふたりで可能性スコープをのぞいて、未来に存在するかもしれないし、しないかもしれないへんてこな動物を観察したりできなくなったのだ。そして、揺りかごに、スペースポッドに（好きなように呼んでほしい）何世紀もとらわれていたとき、わたしにはそんな記憶を思いかえすくらいしかできることはなかった。わたしの母親がわたしと別れたとき、わたしはずっと年上だった。もう訓練を修了していた。そう、ヌリは幼すぎて事態を把握できなかったのだ。たしかに、わたしたちは——どんなに遠くても、一日で、一週間で、ひと月で——A地点からB地点まで移動できたし、長老たちはたぶん、こうした状態を望んでいたのだろう。世界創造者には、あとにしてきたものについて考える時間が、忘れられてよかったと思うようになるための時間が必要だからだ。だけど、どうして忘れられる？

わたしは海面下に降り、小型海洋生物として、ヒトデの祖先として海岸に打ち上げられた。揺りかごは、おそらく、それ以来ずっと、厚さ数十メートルの氷に閉じこめられている。はじめて地球にやってきたとき、わたしは、言うまでもなく生物学的手段がなかったので、話せなかったし、いまこうしているように日記を書くこともできなかった。ときどき、だれかに秘密を打ち明けた。だが、注意しなければならなかった。戻ってこられなくなることもあるからだ——火葬や断頭といった、長いあいだ主流だった死をとげたときは。最初の数十億年は水と灰とごく単純な生物、それにわたしが惑星の中心部に打ちこんだ種子しかなかった。ハコクラゲに、そのあと三葉虫に恋をしたが、どちらも片思いに終わった。

§

娘は理解できなかった。一緒に行けないのかとたずねた。ママ、お願い、と娘は言った。いい子にするから、と。わたしたちが生まれるはるか以前に種子を打ちこむ順番を決めていた長老たちは、夫とヌリを最後まで残る世界創造者に指名していた。だから、わたしたちは、幼いうちから、大切な人たちみんな——近所の人、親友、二足歩行の甲殻類《こうかくるい》が住んでいる惑星へ出発する前に、きみを永遠に愛しつづけるとわたしに言ってくれた少年——に別れを告げることに慣れていた。

ヌリが重みに耐えられるように支えてやりながらスコープを種子に向け、ダイヤルを調節して地球になにが起こる可能性があるかを見せてやったときのことを覚えている。可能性スコープはわたしたちの技術の重要な一端をになっている——望遠鏡に似ているが、レンズはわたしたちの祖先のゼリー状の遺体でできている。スコープをのぞくと、それぞれの種子の内容にもとづいて現実を見通せる。父親はよくわたしに、わたしたちの惑星とわたしたち住人は純粋な可能性でできているのだと言っていた。だからわたしたちは特別なのだし、なんでも創造できてなんにでも好きなものになれるのだと。

この星を出たら、わたしたちはどうなるの？　星々へ旅するとき、わたしたちになにが起きるの？　子供たちは、「わたしたちは通過するものすべてになって、最後はわたしたちが創造したものになるの」と答えられるように教えられる。わたしたちの体は星系から星系へと移動するたびに変化する。わたしたちの体が、わたしたちの種族が生みだしたものたちのカタログになるのだ——ジリアン、パース、ターリアン・モーク、キアリ、パンゲアのディメトロドン。

§

数百万年後、観察に徹し干渉するべからず、という世界創造者の厳格な掟《おきて》を無視して、わたしは地球における最初の家族をつくって心の隙間を埋めようと決めた。ネアンデルタール人としてのわたしは、所属する一族が移住や冬や初期人類との戦いを生きのびられるように手を貸した。わたしは、力強い素手と小さな石のナイフだけでサーベルタイガーを殺した男と恋仲になった。わたしたちは洞窟で、マンモスの死体のかたわらで愛しあった。そして、子宮がふくらみだしたとき、ついに偽りの限りある人生で幸せを感じられたと思った。だが、トリルの連続のような名前をつけた娘が生まれると、わたしの人間への変身が不完全だったことが明らかになった。あるべきではないところにある遺伝子か染色体のせいで、産声《うぶごえ》をあげた娘は星雲のように輝いていた。娘は父親から眉《び》弓《きゅう》と目と頑固な性格を受け継いだ。わたしから鼻を受け継いだし、血管をわたしの故郷の世界のかけらが星のように流れていた——そしてしばらくのあいだ、わたしは、孤独と、愛と希望のみから創造したいという気持ちが、もっとも美しい生き物を生みだしたのだと思っていた。

だが、娘が八歳になったころ、洞窟仲間たちのか弱い体のなかでウイルスが大増殖し、わたしはわがままの代償を支払うはめになったことをさとった。最初は、ツンドラの寒さのせいで、夜、焚《た》き火が消えてしまったせいでふつうの病気にかかったのだろうと思った。だが、やがて、ひとりまたひとりと、一族の狩人《かりうど》たちが熱を出して戻ってきた。母親たちは苦しげに息をしながら子供の世話をした。彼らの半透明になった皮膚の下でわたしの一部が光っているのがわかった。すぐに、わたしがひとりで火の番をし、原野を歩きまわって獲物をしとめ、意識を失ったまま目を覚まさない者たちの面倒をみなければならなくなった。娘はなにを口に入れてやっても戻してしまった。わたしがどんな感染症を意図せずしてみんなにうつしてしまったのだとしても、わたしの娘はだいじょうぶであることを願った。だが、娘の腹がぽっかりとへこみ、口から血の泡があふれた。わたしは娘を胸に抱きしめ、最後の鼓動を、最後の息を感じ、最後に発した、くぅぅぅという張りつめた悲しげな音を聞いた。わたしは娘を、この世界を去るときに夢見ていてほしかった故郷の星系が刻まれている岩の前に葉と草でこしらえた寝床に横たえ、ヒト科として旅をはじめたばかりのころにわたしが集めた貝殻で飾られている皮をかけてやった。おまえにはどこかにおねえさんがいるのよ、と娘に語りかけた。おまえはいつまでもわたしの一部よ、と。そして、洞窟の床に、時とともに失われてほしくない、わたしの世界の記憶と歌と科学を刻んだ。火をおこし、娘に最後の子守歌を歌ってやってから、夜明けとともに旅立った。氷でおおわれた平野を歩きながら人間に変身し、自分本位で不注意だった自分を許そうとし、こんな間違いは二度としないと心に誓いながら、何世紀もひとりで生きた。

§

ほかの世界創造者だったら苦しむままにさせたかもしれないが、可能性の断崖のほうへ這《は》っていっているわたしの人間たちを放っておけるだろうか？　シュメール人はわたしをティアマトと呼んだ。たしかに当時は違う顔をしていたが、神話に記録されている、頭がたくさんあるドラゴンの女神ではなかった。わたしは魚の捕りかたや、網や小さな舟のつくりかたを教えた。灌漑《かんがい》の仕方やティグリス川とユーフラテス川の治《おさ》めかたを教えた。当然、このころは忙しかった。わたしは指導に没頭するかたわら、ジッグラトを建造したりもした。暇な時間があると、抱きあっている男女を見たり、子供の泣き声を聞いたりするたびにヌリと洞窟の娘を思いだしてしまった。ネブカドネザル王の治世に、ヌリと名づけた猫を飼った。しばらくのあいだ、その猫の名前を呼ぶたびに心が安らいだ。娘と暮らしているような気分になれた。ヌリ、ご飯よ。ヌリ、もう寝なさい。ヌリ、愛してるわ。ヌリ、星の国でおねえさんと会えた？　どこにいるの、ヌリ？　どこにいるの？

§

見える？　わたしは娘にたずねた。わたしたちは、スコープを通して、長い棒を使って奇妙な獣を狩っている人々を見ていた。皮膚が透明でなく、なかで光が星雲のように踊っているのが見えない人々は、わたしたちよりずっと小さかった。その人々は、多くの種と同様に髪があって、火を携帯しながら、集団をつくって長距離を移動した。この星のなだらかに起伏する丘は紫の草でおおわれているが、そこの草は緑だった。娘が飼っていたジリアン・ジャビに似ている（ただし角《つの》も鱗《うろこ》もない）四足歩行のペットを連れている一族もあった。人数の多い部族同士の、金属をまとった人々による戦争も見た。小さな舟が惑星を出ていくところも、ガラスの環《わ》からなっていて浮遊している大都市も見た。もっとも近い恒星へも到達できないうちに自滅しかねない文明も見た。だが、はじめて静寂に包まれた銀河間空間を目撃し、わたしたちが残した廃墟《はいきょ》を訪れそうな世界も見た。

故郷の星のことを思いだすと、畑で、わたしたちの一族が打ちこんだ最後の種子の世話をしている夫が思い浮かぶ。川は干上がって鈍色《にびいろ》の河床があらわになり、もはやきらめいていない。洞窟群が闇に閉ざされてからもひさしい。仲間のほとんどはすでに、自分の世界の世話をするために出ていった。ほかの故郷を見つけ、どこかに溶けこみ、ただひたすらに永遠を生きている。いまや畑はひとつの種子をのぞいて空っぽだ。わたしたちの惑星の大部分が、かつて蔵していた世界の残りかす――声や歴史上の瞬間や動物の鳴き声や風変わりな果物の香り――しかないクレーターだらけになっている。夫と娘は仲よくやっている。わたしがいなくなって支えあうことを学んだのだと信じたい。ふたりは地球の種子のクレーターを訪れ、可能性スコープを土のなかの光のかけらに向けてわたしの新しい故郷を垣間見《かいまみ》ているのだろうか？　わたしが生きた数々の人生を夢見ているのだろうか？　寝る前に、わたしのように空を、わたしたちを隔てている数十億光年を見上げているのだろうか？

§

地球初の高度文明が滅亡したのには、正直言って、わたしにも責任があった。アトランティス人に与えたものは、彼らには早すぎたし多すぎたのだ。彼らは、まだ知識を受けとる準備がととのっていなかった。子供たちは気の毒だった――アトランティスが揺れたとき、子供たちは叫びながら両親に駆けよった。ああ、なんという揺れだったことか。アトランティスの科学者たちは、地中に小型の星を三つ打ちこんで、火山の揺れを静めよう、惑星のエネルギーを吸収しようとした。彼らはわたしの言葉を曲解し、武器化し、わたしにもなにが起きるかわからなくなった。案のじょう、星は巨大化し、地面がひび割れ、真っ赤に輝いた。地震は増幅され、海は街の外輪を乗り越え、見渡すかぎりの陸を呑みこんだ。高層ビル並みに巨大な守護神と古代の王の石像が倒れ、砕けて波間に沈んだ。わたしは脱出できた数少ない舟の一艘《いっそう》から、天涯孤独となった少女を抱きながらそれを見ていた。少女に七つの世界の子守歌を、ヌリに歌ってやったのとおなじ歌を歌ってやった。そしてその舟がのちにギリシャと呼ばれる地にたどり着くと、わたしはその子を若い夫婦の荷物のかたわらに残して去った。だが、去る前に、「家族はいつもそばにいてくれるわ。家族のことを忘れないで。強く生きなさい」とその子にささやいた。わたしは歩きに歩き、そのあとのいくつもの時代をひとりで過ごした。わたしは人類を放置した。

§

故郷の星をあとにする直前に種子畑へ行くと、夫がヌリに、世界創造者はどのようにして種子に可能性を、何千年も議論を重ねた結果である化学物質と鉱物を職人芸の正確さで加えながら注入するかを教えていた。

「結果がどうなるかはわからない」と夫はヌリに説明した。「わたしたちは潜在している現実を植えつけるんだ。スコープで見えるものは、実現するかもしれないし、しないかもしれない——少なくとも、この宇宙では」

「じゃあ、だれが決めるの?」とヌリがたずねた。

「偶然もあるわね」とわたしは説明した。「希望や愛や創意も影響する。可能性っていうのはわたしたちの血管を流れているもの以上の存在なのよ」

ヌリはあてがわれている種子に歩みよってその輝く膜に可能性スコープを向けた。

「この空飛ぶ生き物には生きてほしいわ」とヌリは言った。ヌリは自分の星に、いつか飛べるようになるかもしれない毛むくじゃらの動物種に生き残れる望みがあってほしいと願っていた。その星には、最初の文明からはヴァラと呼ばれ、恒星に歴史を焼きつくされる前に、最後の住人となる知的な種からは三音の高い笛の音《ね》のような名前で呼ばれる可能性が七十パーセントあった。わたしは、その最後の文明が恒星によって滅亡させられる前に脱出に成功する可能性がごくわずかだがあることを確認したことがあった。そう、これが、地球にほかの星からのメッセージが届いていない理由のひとつだ。ほとんどの文明は、その光がわたしたちの空に到達する前に滅んでしまった。ごく単純な生命同士の間隔が数百光年におよぶこともあるのだ。

§

外宇宙からの来訪者は天文学的な口説き文句に弱くないと思うかもしれないが、それは間違いだ。十六世紀、マリナ・ガンバとしてヴェニスで暮らしていたわたしは、もちろん正しかったわけだが、地球は太陽のまわりをめぐっていると信じている学者の情熱に心打たれた。きみの背中のほくろはプレアデス星団のようだ、とその学者は言った。ガリレオについて、いまさらほかに言うべきことがあるだろうか？　わたしたちは、愛しあう前後に、一緒に星図を作成した。そして、ガリレオの望遠鏡では数多くの星を観測できなかったが、わたしは空の暗い部分を指さして、「あそこ。あそこに、あなたには見えないたくさんの光がある。で、わたしはそのすべての向こうから来たの」と言った。ガリレオは、ほかの種についていてたずねた。どうして文明と文明のあいだはこれほど離れているのかと問うた。そしてわたしは、ほとんどの星は仲間づきあいが下手なのだと答えた。恐怖や無知から滅ぼしあうのだと。だから、距離は抑止力にもなっているけれど、同時に挑戦でもあるのだと。なぜなら、星々が困難を乗り越えてともに発展すれば、ひょっとしたらわたしたち——わたしたちの生き残り——を見つけられるかもしれないと。


十七世紀、マリナとしてのわたしが死んでから約五十年後、わたしはアイザック・ニュートンがケンブリッジにいたころの同居人になった。アイザックは、おおむねわたしを馬鹿だと思っていたが、わたしが彼の計算の間違いを訂正するたびに、わたしの話を心のどこかで信じるようになったと思う。ふたりで酒を飲んでいるとき、アイザックはわたしに、故郷の星の話をしてくれと頼んだ。わたしはアイザックに、地球の種子とヌリについて、そして夫とした、娘をわたしのもとに送ってくれ、娘の代わりにヴァラの世話をしてくれるという約束について話した。

「でも、きみは二度と旦那さんと会えないんだね？」と愛《いと》しいアイザックは、またも彼の計算を訂正しているわたしに言った。

「わたしは、あなたが想像もつかないほど、人生何回分も夫と過ごしたの」とわたしは答えた。「わたしが少女時代にこの惑星をつくったのよ。懐かしいわ。娘がどんなふうに成長したかを見たいの」

より多くのチャンスと自由を求めて大勢が海を渡るようになると、わたしも一八二〇年にアメリカ行きの船に乗り、まずバージニアに降り立った。それから数十年、わたしがどんな顔をしていてどんな社会階層に属していても立ち入りや通行が自由な、この若い国を探りながら静かに暮らした。一八四八年には、デラウェアから来た婦人帽子職人として、可能性の精神に満ちみちたセネカ・フォールズ会議に参加し、女性の権利を訴えるモットとスタントンの演説を聴いた。人類がこうしたことをするようになったのは、ひとえにわたしが、ルールを破り、夢を追うことを選んだからなんでしょうね、とわたしは思った。

この会議が終わってからまもなく、わたしは思いがけずまた恋をし、ゴールドラッシュを追う予定を変更して南部に向かった。

「大家族がいいな。息子を三人ほしい。いや、四人だ」ある夜、ノースカロライナ州ローリーの町はずれに自分たちで家を建てているとき、夫のエリオットがそう言った。

「ふうん。でも、そんなに子だくさんになったら、わたしはなんにもできなくなるわ」とわたしは笑った。わたしも家族をつくりたいとはエリオットに言っていた。だが、本気でまた子供を生む気になるにはあと二、三千年は必要だっただろう。こんどは慎重にならなくちゃ、とわたしは自分に言い聞かせた。人間をちゃんと理解できるようになってるんだから、と。戦雲が垂れこめてはいたが、わたしたちの農場は希望に満ちた別世界に存在しているように感じた。当面、マスケット銃の遠い銃声もわたしたちには届かないように思えた。

§

あの兵士たちがわたしや夫や幼い息子にしたことをここで詳細に述べるつもりはない。だが、兵士たちがわたしの死体を置き去りにしたあと、わたしにはなにも残っていなかった。わたしは家族を庭のハナミズキのそばに葬ると、家を燃やした。以前に何度もしたように、人生から人生へと渡り歩いた。わたしの存在の性質そのものゆえ、自分が創造したものを見たいという欲求ゆえ、困っている人を助けられることがわかっているがゆえに、わたしは自分自身をつくりかえているが、いまもわたしの子供たちのことを夢に見る。わたしはいまも、闇のなかでふたりの名前をつぶやいている。

明治時代に訪れたとき、日本は改革の最中だった——まず、一八〇〇年代末にアメリカ人兵士として行き、日本人に大砲の撃ちかたの手ほどきをしたが、その後、鵜匠《うしょう》の妻になった。三人の男の子をもうけたが、全員、戦死した。翌年、夫も死んだ。天皇をおとしめる嘘をついたとして路上で処刑されたのだ。とにかく、そう言われた。みんな、男たちの死を悲しんだ。戦争が終わってほしいと願った。近所の人たちは、わたしは悲しみのあまり崖から身を投げたのだと信じたが、歩いてほかの県に移動し、船に乗っただけだった。だれにともなく手を振って別れを告げながら、次はどんな人生を送ろうかと考えた。

サンフランシスコでアユミからキヨになり、第二次世界大戦中と戦後は〝ヴァイオレット〟になった。そのときの夫のトモは、わたしたちが何者かを忘れてはならないが、生きのびるために〝彼らのゲーム〟につきあわなければならないと言った。わたしたちは、玄関前で兵士たちが待っているあいだに荷づくりをした。娘のミチコの荷物をまとめ、上着を着せ、帽子をかぶせてやった。振りかえってわが家を、愛するようになっていた街を見た。近所の人たちが窓から見ていた——オサリヴァン家とヴァイバーグ家とコーエン家の人たちが。ミチコが通りから彼らに手を振った。だれもわたしたちをかばってくれなかった。だれも立ちあがらなかった。わたしはカリフォルニア州アルカディアのサンタアニタパーク競馬場の厩舎《きゅうしゃ》で、トモとミチコと丸まり、世界を憂《うれ》いて泣きながら寝た。娘が家に帰れないと理解したときになぐさめてくれるメロディになることを願いながら、数世紀ぶりに使う異星の言葉で娘に歌ってやった。

「だいじょうぶだからね」とわたしはミチコの耳元でささやいた。「家族で一緒にいさえすれば」とわたしは、強制収容所の庭でほかの子供たちと遊びにいく娘にそう言った。娘が枕を血で汚し、夫が看守に懇願して医務室に行かせてもらったあとにもそう言った。わたしはいまだに、娘が最後の夜も抱いていた、古い服でつくってやった人形も、娘の靴も持っているし、娘の笑い声も覚えている。わたしとトモがやっとかつてのわが家に戻れたとき、残っていたのは、コーエン家が隠せた、本といくらかの服を詰めた箱ひとつだけだった。

ときどき、これだけの時間がたつと、（感情は汚れのように染みついているが）事実をきちんと整理しておくのが、起きたことをすべて覚えておくのが難しくなる。ああするのがトモのためになったと言いたいが、娘は父親似だった。トモとはきちんと話しあったと言いたい。そしてわたしはトモと別れのキスをした。トモは、丘を越えて霧のなかへと消えるわたしを見送った。そしてわたしは夜、ふと気づくと、そうした瞬間のルーレットをまわしている。すべての人生は、どれもわたしの想像の産物なのではないかと疑うこともある。ある程度の混乱は問題ないし、思いだせなくなってもかまわないのよ、と自分に言い聞かせている。いちばん大切なこと――わたしがどこから来たのか、だれを愛したのか、世界（とわたし）はどんなふうによくなりうるのか、そしてヌリをふたたび抱けるという希望――を忘れさえしなければ、と。

§

惑星の住人の半分が地球の種子の打ちこみを見にきた。はるか両極の大陸を含め、数千人が集まっていただろう。父が注目の的になっていた。ほかの人たちが父について話しているのを聞いて、彼らが父を一種の英雄とみなしているのがわかった。名家出身の父は、世界創造者としてわたしをはじめ、数多くの人たちの種子について助力することによって伝説的存在になっていた。「きみの仕事を思いだすよ」……「ああ、あれはすばらしい生物種だったね」……「きみときみのおとうさんはリリアですばらしい成果をあげていたのに、あのいまいましい小惑星がぶち壊しにしたんだよな」夫は、人垣の向こう側でヌリと遊んでいた。

種子は、ロケットのように空に打ちあがったり、噴煙を吐きだしたりしない。種子がおさめている揺りかごが空間の構造を擾乱《じょうらん》してターゲットの星系への通廊《つうろう》を開く。わたしは両手を揺りかごにあて、地球の空間の座標を入力した。するとほどなくして、種子は揺れはじめ、夜空という渦巻きにゆっくりと沈んでいき、やがて残っているのは幾筋かのリボン状の光だけになった。

打ちこみのあと、わたしたちは抱きあい、一体となって輝いた。夫がわたしと向きあって、そろそろ時間だと告げた。パーティーも食事会もなかった。ただちに出発だった。わたしたちは急ぐことに決めていた。すぐに出発したほうがいいとわたしは判断したのだ。わたしは、おずおずと近づいてきたヌリを強く抱きしめた。愛してるわ、とわたしは言った。永遠に愛しつづけるわ、と。そして、この惑星の核から抜きだした可能性を封じこめてつくったふたつのペンダントのひとつを渡した。この惑星の外でお互いに近づくと、水晶は小さな星のように輝いて道を示すビーコンとなる。わたしは、自分と娘の涙をぬぐってから、わたしを探して、と言った。さっきまで地球をおさめていた揺りかごにわたしがもぐりこむと、揺りかごは貝殻のように閉じた。

§

いつも年をとってほとんどの人に自然死と思われる死にかたをすることを選んできたわけじゃなかったけれど、あなたとの人生ではたぶんそうするでしょうね——つまり、病死したり、転落死したり、寝ているあいだにおだやかに、それとも苦しみながら息をひきとったりするんでしょう（そしてそのあと、いつものように、埋葬されるか火葬される前にこっそり抜けだすことになる）。この未来を実現させたければ時間をかけなければならないと思ったから、しばらくのあいだ、ヌリを探すのをやめていた。この千年ではじめて子供になって、フラワーパワーとデモ行進と自由と突きあげられたこぶしのさなかで育った。変化は可能だと、わたしが創造したものたちがやっと更生するのだと信じていた。ケイコ・イラカワは一九六〇年代にノヴァ・ムーンとなってベトナム戦争に反対するデモ行進に参加した。クララ・ミヤシロとしては、地球が温暖化して氷河と永久凍土が解けるのを防ごうとした。わたしのいちばん古いミス——わたしの地球での最初の娘を、はじめての人間の家族と友人たちを奪った感染症——の封印が破れて過去からよみがえるかもしれないとわかっていたからよ。そう、あれはわたしのせいだったの（だけど、治療法を発見したのもわたしだった）。あなたがすべてを失ったあとであなたに話したら、わたしもすべてを失ってしまうんじゃないかと思って話せなかった。そうね、それは間違いだった。愛を見つけて可能性について考えつづけたことは後悔してない——わたしにはおおいにそういうところがあるからこそ、この星を創造したんでしょう。星について話しているあなたを見てひと目惚《ぼ》れしたのもおなじ理由よ。

ケプラー62ｅ、くじら座タウ星ｅ、グリーゼ６６７Ｃｆ——とにかく、わたしたちの同僚はそれらの星をそう呼んでいるけれど、わたしは別の名前で覚えている。世界各地の電波望遠鏡が地球を出発した宇宙船からのメッセージが届くのではないかと耳をすまし、ついに彼らの旅が続いていることが明らかになることを期待している。多くの人にとってこの件は古代史で、送りだした宇宙船はすべて失われたと思われている。でも、わたしはいまも、遠い未来のいつの日か、（あなたの息子が乗っている〉〈ヤマト〉から、新しい故郷を見つけたというメッセージが届くだろうと思っている。

あなたの頭から特異点を取り除くのを手伝っているとき、どうしてわたしはそんなに宇宙に夢中なのか、とあなたに聞かれたことがあったわね。きみはほかの天文学者とはぜんぜん違うふうに空を見上げるんだ、とあなたは言った。可能性について考えるのが好きなの、とわたしは答えた。それは嘘じゃなかった。でもいま、あなたはそれ以外の理由を知った。そしてあなたは、わたしをイカれてると思っているかもしれないし、少しでもわたしの話を信じてくれたのなら、わたしをちょっぴり憎むか、わたしを妻と考えるのが難しくなっているかもしれない。わたしは、だれにもすべてを話してはいない。ほとんどの人は受けとめきれないから。真実はわたしについての思い出をめちゃくちゃにしてしまうから。でも、これがわたし。これがあなたが愛した女なの。あなたは七十年以上、わたしの命だった。わたしの生涯では一瞬の光点だけれど、わたしの記憶にくっきりと刻まれている。じゃあ、ちょっとのあいだ目をつぶって。もうあけていいわ。そう、これがわたし。これがわたしのほんとうの見た目。光なの。まぶしい？　天使みたい？　でしょうね。ときどき、自分が人間にはどう見えるのかを忘れてしまうの。触ってもいいわ。だいじょうぶ。これがわたしだけど、わたしはあなたの妻のテレサでもある。わたしのもともとの名前は、人間の言葉にするとクウェリに近い。あなたの最期の瞬間には、わたしのすべてを見てほしい。

§

全裸で、ブルネットで、すごく寒かった。長いあいだほかの動物や原人として何度も生きたあと、はじめて人間として目覚めたときのわたしはそんなふうだった。海の音が聞こえ、体の下に波を感じた。わたしはよく、はじめての娘は、ここでどんなふうに目覚めるだろうと想像する。空いっぱいに、大きくて色とりどりの凧《たこ》が風を受けて上がっているかもしれない――それとも竜や蝶《ちょう》や複葉機が飛んでいるのかも。遠くないところでバレーボールをしていた人たちが娘に気づくだろう。「なにかあったんですか？　どうかしたんですか？」その人たちが駆けつけてくるのに気づいて、娘は立ちあがるが、自分の体を恥ずかしがったりはしない。自分の体のやわらかさと、肌についている地球の砂粒を手で探る。たぶん、男性が自分の上着を娘にかけてやる。

「怪我はありませんか？」と男性は娘にたずねる。「もうだいじょうぶですからね」

だれも、女性がたんに海から出現したとは考えない。娘に住所氏名や電話番号をたずねる。ジョンやジェーンやゾーイやセバスチャンといった呼び名を知りたがる。

娘は、問題ありのおとぎ話のように、見つけてくれた男性と恋に落ちるかもしれないし、危害から逃れなければならなくなるかもしれないし、氷や砂だらけの場所に到着して、自分は正しい惑星に着いたのだろうかと疑うかもしれない。だれにわかる？　娘はもう来ているのかもしれない。娘が到着したときの目撃談が陰謀論者フォーラムに投稿されているのかもしれない――ＵＦＯやその墜落についての情報や政府による隠蔽工作として。わたしの水晶が光って知らせてくれたとき、わたしは寝ていたのかもしれない。

可能性が低いことはわかっている。たしかに小さな惑星だけど、充分に広いことは。だけど、あなたとわたしはめぐりあったじゃないの。そうでしょう？　娘がもう来ているのか、これから来るのかどうかはわからない。わたしには首にかけているこの水晶、可能性の小さなかけらがあるだけ――あとは、あなたたちみんなのように、動きつづけ、生きつづけ、探しつづけるしかない。この人生か、次の人生か、そのまた次の人生で、水晶が光り輝いて通りかかった人たちが足を止めて見る日が来るかもしれない。「ヌリ、あなたなの？　ヌリ、あなたに話したいことがたくさんあるの」そしてわたしも足を止めて、人込みを見まわし、超高層ビルの窓を見上げ、丘陵地帯や彼方《かなた》の家々を見渡して、わたしを故郷に導いてくれる小さな星を探すでしょう。

聞いてくださっているどなたかへ、そこにいらっしゃるどなたかへ、こちらは恒星間探査計画初号機、米国船《USS》〈ヤマト〉。打ち上げは二〇三七年。新たな故郷に到着しましたが、うっとりするほど美しいです。このメッセージは入植候補地を調査する合間に仮設基地から発信していますが、この短いメッセージが初の試みだと言ったら嘘になります。わたしたちにとっての数年間が、地球では六千年以上になります。歴史学者たちが、わたしたちが長い眠りについていたあいだに船が受信したメッセージを整理しはじめています――数千年分の歴史を、理解するどころか、読み通すだけで何世代もかかることでしょう。前回、千年以上前にわたしたちが受信したメッセージによれば、人類は太陽を囲むダイソン球を建造して、火星と月とタイタンにある大都市にエネルギーを供給していました。あなたがたはわたしたちに、ほかの惑星上でのはじめての出産のニュースや、裁判の結果、人工知能に、そしてクラウドに意識をアップロードした人々に基本的人権を認めることになったというニュースの映像を送ってくださいました。あなたがたがどれほど変わったかを理解するのは難しいし、小さな青い惑星で誕生したという事実以外に、わたしたちのあいだにどれだけの共通点が残っているのだろうかと考えてしまいます。わたしたちのことは忘れてしまいましたか？　わたしたちを見捨ててしまったのですか？　戦争が起きて絶滅してしまったのですか？　それとも、わたしたちのように心機一転の機会を探しているのですか？　無事でいるなら教えてください。わたしたちはあなたがたが探しに来てくださるのを待ちつづけることを知ってください。そのときを楽しみにしつつ、こちら〈ヤマト〉からの送信を終了します。明日は夜明けを見るために早起きします。

――フランクリン・バレット、アメリカ空軍退役大佐

謝　辞

　十年以上前、東京のインターネットカフェでアイデアメモを走り書きして以来、本作を書籍として刊行する助けになったすべての人とことを挙げるのは困難だ。だが、はるかな過去で、また未来の恒星間空間で生きる人々が織りなす関係に没頭していない作家人生は想像もできない。わたしが通っていた小学校の図書室にタイムライフ社の *Mysteries Of The Unknown* シリーズ（未訳）がなかったら本作を書くことはなかっただろう。星々についての想像力をかきたててくれたカール・セーガンのテレビドキュメンタリーシリーズ〈コスモス〉にも、冒険だけでなくその本質にも魅せられて夢中になった『スター・トレック』にも大きな影響を受けた。また、以下に挙げる著作も、死と悲しみという複雑な対象を分析するにあたって、そしてしばしば、わたし自身の喪失を乗り越えるためにおおいに役に立った。シャーウィン・B・ヌーランドの『人間らしい死にかた　人生の最終章を考える』と *How We Live*（未訳）、ジェシカ・ミットフォードの *The American Way of Death*（未訳）、メアリー・ローチの『死体はみんな生きている』、ピム・ヴァン・ロンメルの *Consciousness Beyond Life*（未訳）。

　そのような礎《いしずえ》以外だと、まずは、担当エージェントのアニー・ウォンに深く感謝しなければならない。彼女は何度も生まれ変わった本作を一貫して信じてくださり、新型コロナウイルスによるパンデミックの初期に、本作の原稿を出版社に提出し、出版契約を結ぶまでの過程で、つねに共感と熱意と熟慮をもって教え導いてくださった。ウィリアム・モロー社関係だと、ジェシカ・ウィリアムズ以上に熱心な編集者は望めなかっただろう。彼女のご助力のおかげで、本作の世界と登場人物に、期待をはるかに超えるほどの生気を吹きこむことができた。時間と空間を問わず綿密にチェックしてくださり、わたしが本作の構造を理解するのを助けてくださった慧眼《けいがん》の持ち主である原稿整理担当編集者、ローラ・チャーカスにも感謝する。そのほかのウィリアム・モロー社のみなさんにも謝意を表する。広報担当のイライザ・ローゼンベリー、マーケティング担当のライアン・シェパード、それに発行人のライエイト・ステーリクとジェニファー・ハートは、このわたしの人生の大きな一部を読者に届けられるようにしてくださった。そしてジョエル・アルカンジョ、レイチェル・ウィルキー、ロス・エリスなど、ブルームズベリーUK社で本作を担当してくださったみなさんにもお礼を申しあげる。特に、編集者のポール・バガリーが、初期のビデオ会議で本作に示してくださった反応には涙がこぼれそうになった。

本作の初期の抜粋を執筆途中で読んでくださったり、たんにわたしが切望していた親交を結んでくださったりした作家と編集者のみなさんには心から感謝している。特に、ダン・ポール、アンディ・ハーニッシュ、ジェシカ・イースト、アシュリー・シグモン、ピンクニー・ベネディクト、スコット・ブラックウッド、そしてベス・ローダンには、のちに本作にとって重要だとわかった章について、初期にご意見をくださった。アレクサンダー・ワインスタインは、わたしがマーサズヴィニヤード島に滞在して、深夜、部屋でせっせと長編小説を執筆していたときに作家同士のつきあいをしてくださった。ゾエトロープで知りあった旧友のみなさんにも感謝を申しあげる。とりわけオヴォ・アダガは、わたしが小説を書きはじめてまもないころに国際的なアンソロジーに寄稿するきっかけをつくってくださり、文学上の夢を追うために不可欠だったあと押しをしてくださった。過去と現在のわたしの学生全員にも感謝する――わたしが作家でいられるのはきみたちのおかげだ。きみたちのおかげでつねに気を引き締めていられる。きみたちのおかげで物語を語ることのこの上ない喜びを忘れないでいられる。ここで感謝を申しあげたいかたはほかにもまだいらっしゃるが、どなたのことを考えているかは、ご本人にはおわかりのはずだ。そう、あなたのことです。ありがとうございます。あなたのご成功を大声で祈りたいです。

家族は、書店とコミック専門店にしょっちゅう連れていってくれ、わたしの奇妙でオタクっぽい趣味をためらうことなくはげましてわたしの世界を広げてくれた。そしてなにより、生煮えのアイデアにいつも耳を傾けてくれ、とりとめないブレインストーミングにつきあってくれ、執筆中はいつもちょっぴり夕食が遅くなるというわたしの悪癖に耐えてくれた妻のコールに感謝しなければならない。ときどき、これからもきみと人生という物語をともに体験できることが信じられなくなる。このあとすぐ夕食にしよう。

解　説

渡邊《わたなべ》利道《としみち》

本書は、アメリカの作家セコイア・ナガマツが二〇二二年に発表した長編小説*How High We Go in the Dark*の全訳である。気候変動とパンデミックで人類が破滅の危機に瀕《ひん》する近未来の一時期を中心に、人類発生以前から遠未来まで悠揚《ゆうよう》たる時の流れにわたって、相互に関連する複数の登場人物をモザイク状に描いた作品で、ニューヨーク・タイムズのエディターズ・チョイスに選ばれるなど多くのレビューで好評を博し、第一回アーシュラ・K・ル＝グイン賞ではファイナリストとなり特別賞（次席）を獲得している。著者は名前からすぐわかるように日系アメリカ人であり、登場人物の多くが日系人に設定されていたり、物語の舞台となる場所に複数の日本の地域が選ばれたりしているので、日本の読者には親しみやすい部分がある一方、アメリカから見た日本及び日本人のありようという未知の部分を味わうことができる作品だ。

物語はシベリアではじまる。語り手は考古学と進化遺伝学を専門とする学者クリフ・ミヤシロ博士。彼は、気候変動対策のプロジェクトで作業中に事故死した娘クララが発見した三万年前の少女の死体を研究し、娘と仲違《なかたが》いしたまま生き別れになってしまったことを悔やみ、娘の生き方をもっと理解したいと願っていた。クララが遺した日記を読みながら研究を進める中、三万年前の少女の死体から発見された未知のウイルスによって、体内の臓器が違う臓器に変容してしまうという奇怪な感染症にプロジェクトの参加者が次々に罹患《りかん》していく。次の章では舞台はロサンゼルスに移動し、「北極病」と名付けられたその感染症はすでに全世界に波及、子どもと身体的な弱者に対して猛威を振るっている。語り手は売れないコメディアンのスキップ。彼は子どもを北極病で失った大富豪が建設した、遊園地を模した安楽死のための施設で着ぐるみをかぶって、死にゆく子どもたちを最後まで楽しませる仕事に就いている。そこで彼は一組の母子と出会い、深く関わっていくことになる……と、このように物語は章ごとに毎回舞台と語り手を変え、感染症と気候変動が世界を変容させる未来史として綴《つづ》られていく。

　病者たちが異様な空間に閉じ込められて、熱気球ほどの大きさの虹色の球体に現れるそれぞれの過去を見る幻想的な挿話や、臓器移植用に遺伝子操作された豚が人語を話しだしたり、故人が生前に遺した音声データを再生するロボット犬、宇宙からもたらされた技術によって建造された恒星間宇宙船で外宇宙へ飛び出す人々など、いかにもＳＦ的なさまざまな物語が語られる。宇宙船を見送った地球ではその後、治療法が確立して再生が図られるがその歩みはゆっくりであり、大量死のために人口が激減して奇妙な風習が浸透し、林立する高層ビルには巨大産業となった葬儀社が入って新たな葬送方式が次々に生み出されていく……。人類発生以前の歴史から数百光年離れた外宇宙の惑星に人類が到達する遠未来まで壮大なスケールで物語は展開するのだが、それでも人々の死がもたらした喪失感は決して埋められることはなく、ただ、傷を抱えた痛みを受け入れて生きていくほかないという現実が静かに提示される。

　発表された時期もあり、いかにもポストコロナＳＦと思われそうな作品だが、作者が本作を構想したのはCOVID-19が流行するよりも前で、作者の祖父が逝去し、その悲しみを癒す一種の自己治療の試みとして書きはじめ、パンデミックの前にはほとんど書き上げていたのだという。もちろん、作品を推敲《すいこう》して仕上げるに当たっては同時進行するパンデミックによる混乱が少なくない影響を与えているだろうが、しかし、安易な救済や癒しに道を開かず、ただ静かに埋められない喪失と向き合って理不尽な世界と決して和解しないという態度は、親しい人の死という個人的な体験から来ているのに違いない。

ブライアン・W・オールディスは、その長編評論『十億年の宴』で、第二次世界大戦後のイギリスで流行した終末SFを、文明が崩壊して人々が次々死んでいく状況を傍観者として抜け抜けと生き残る物語として「心地よい破滅」と名付けて批判したが、本作で生き残る人々の多くは家族関係が崩壊し、過酷な世界に孤独を抱えて取り残されていくようであり、その苦しみや悲しみの描写は執拗《しつよう》かつ切実で、しかも絶望にも陥らず現実的な冷静さを失わない。感染症に関するさまざまな陰謀論なども語られながら、登場人物たちはそうした極論には終始距離をとっており、性格的に難のある、他人と協調できない人物もいるものの、概《おおむ》ね誰もが理性的に行動し、他者への思いやりや内省も欠かさない。悲しみの中に宙吊《ちゅうづ》りになりながら、誰もが「よりよく生きたい」という願いを失っていないのが、むしろ読むものに希望を与えてくれるのだ。深く傷ついた経験を持つ人にこそポジティヴに読まれるのではないかと思われる、非常に現代文学的なSFだ。

本作では近年しばしば話題にのぼる気候変動と感染症が世界の崩壊をもたらすのだが、SFでは環境破壊と疫病は人類の終末の二大要因であると言っていい。そういう意味では本作は非常に伝統的な作品でもある。

終末SFとか、破滅テーマなどと言われるSF作品の流行は、二つの世界大戦において科学技術の発展がもたらした大量死と、その後の核戦争の恐怖に起因する。「心地よい破滅」の代表的な作例としては、ジョン・ウィンダムの『トリフィド時代』があり、人類を盲目にする流星雨が人工衛星や核実験の影響ではないかと示唆され、また食人植物トリフィドが遺伝子工学の産物とされている。核戦争による破滅を扱った作品としては、本作と方向性は逆だがテイストの似ているネヴィル・シュートの『渚《なぎさ》にて』がある。従来のSFでは科学技術で破滅の危機を乗り越える物語が多かったが、この作品では人々が静かに滅びを受け入れるのが画期的だった。小松左京が一九六四年に発表した、生物兵器として開発された致死率百パーセントのウイルスによって人類が破滅の危機に瀕する『復活の日』は、COVID－19のパンデミックによって再注目されたが、もともとはシュートの作品の影響を受けているとされる。戦争には関係のない、生活の質を向上させる技術による環境破壊をテーマにした作品では、J・G・バラードが一九六五年に発表した『旱魃《かんばつ》世界』で、大量の工業廃棄物によって海面が化学物質の膜に覆われ、水分が蒸発できなくなって大規模な旱魃が訪れるのが挙げられるだろう。一九七〇年代の後半から科学者の間でしばしば話題となっていた「地球温暖化現象」は、八八年に米国議会で取り上げられてから一気に「問題」として拡散し、多くのSF作品で取り上げられるようになる。実際近年頻発する自然災害や異常気象の要因として語られることが増えたこともあって、いまや気候変動SFというサブジャンルが成立するに至っている。感染症は、ペスト以来しばしば大量死をもたらしてきたいわば伝統的な災厄であり、一九二〇年前後のスペイン風邪、八〇年代のHIVなど枚挙にいとまがなく、カミュの『ペスト』のような古典を始め、架空のパンデミックを描いた近年の作品にはチャック・ウェンディグの『疫神記』などがある。本作はそうした流れの最先端にある作品だと言えるだろう。

最後に作者について。セコイア・ナガマツは一九八二年アメリカ合衆国のカリフォルニア生まれ。ハワイとサンフランシスコで育ち、シリコンバレーのハイスクールを卒業後、グリネル大学で人類学の学士号を取得し、南イリノイ大学ではクリエイティヴ・ライティング・コースでMFA（芸術修士）も取得した。現在は創作のかたわら聖オラフ大学の英語科准教授としてクリエイティブ・ライティング・コースを担当し、ミネアポリスで妻と猫と犬とaiboとともに暮らしている。単行本は本書の他に二〇一六年に刊行された *Where We Go When All We Were Is Gone* がある。ゴジラやろくろ首、桃太郎などが出てくる日本のポップ・カルチャーと民間伝承を巧みに織り交ぜた作品集で、本作同様、家族の崩壊が全編を通して大きなテーマになっている。本作にも登場する新潟に二年ほど住んでいたことがあり、日本が舞台の作品の多くはその時の経験も反映されていると思われる。本作は二冊目の単行本で、初の長編小説。とあるインタビューではイタロ・カルヴィーノとジョゼ・サラマーゴの影響があると語っている。ＳＦファンのみならず、海外文学の愛読者にぜひ読んでいただきたい作品だ。

HOW HIGH WE GO IN THE DARK

by Sequoia Nagamatsu

訳者紹介
1958年生まれ。早稲田大学政治経済学部中退。訳書にロビンスン『2312 太陽系動乱』、スミス『帰還兵の戦場』『天空の標的』、バチガルピ『ねじまき少女』（田中一江と共訳）他多数。

[海外文学セレクション]

闇の中をどこまで高く

2024年 3月8日　初版

著者——セコイア・ナガマツ
訳者——金子浩（かねこ・ひろし）
発行者——渋谷健太郎
発行所——（株）東京創元社
〒162-0814　東京都新宿区新小川町1-5
電話　03-3268-8201（代）
URL　https://www.tsogen.co.jp
装画——最上さちこ
装丁——岩郷重力＋W.I
印刷——萩原印刷
製本——加藤製本

ISBN 978-4-488-01688-3 C0097